Zum Buch:
Die letzten Sommerferien vor dem Abi: Felix träumt von der großen
Liebe und dem echten, aufregenden Leben. Die Wirklichkeit sieht anders
aus. Mit seinen Freunden hängt er an der Parkbank ab, wo alle nur trinken und dumme Sprüche klopfen. Im Grunde geht es nur darum, hart zu
sein und nicht alleine zu bleiben, denn sonst überlebt man nicht auf den
Straßen, die von Hölzenbein und seinen Schlägern kontrolliert werden.
Felix will um jeden Preis raus. Aber wohin? Und wie?
Nadja, seine große Liebe, hat Felix mit einem Freund betrogen und verlassen, doch er kommt nicht von ihr los. Seine anderen Freunde wollen
nichts von seinem Kummer hören, seine gutbürgerlichen Eltern nichts
vom Krieg der Unterschicht gegen die Mittelschicht, der in der Stadt tobt.
So macht Felix mit bei diesem Spiel, das keine Sieger kennt, und denkt
sich seinen Teil. Er erweist sich als letzter Romantiker und Moralist: Mit
klarem Blick und viel schwarzem Humor erzählt er von seiner archai-
schen Jungswelt, in der man sich mit den falschen Mädchen tröstet, mit
der Angst vor brutalen Proleten leben muss und in dubiosen Kneipen
abstürzt. Bei allem Spaß, den das auch immer wieder macht, merkt Felix, dass es so nicht weitergehen kann – und zieht daraus radikale Konsequenzen.
Rainer Schmidt liefert ein komisches und einfühlsames Porträt junger
Männer, die auf den ersten Blick stumm und stumpf wirken, aber voller
Sehnsucht stecken. Sie überspielen ihre Sprachlosigkeit mit Alkohol,
Drogen und Gewalt, und wollen doch nur die ganz großen Gefühle. Felix
spricht aus, was die anderen bloß denken, beweist dabei großen Witz und
viel Selbstironie und wird in diesem modernen Entwicklungsroman zum
schlauen und empfindsamen Antihelden, der sich aus den Verhältnissen
befreit.

Zum Autor:
Rainer Schmidt wurde 1964 in der Nähe von Düsseldorf geboren. Er
wuchs in einer Zeit auf, in der Jugendgewalt zum Alltag gehörte, ohne
dass sie ein großes Medienthema war. Er hat den braunen Gürtel in Ka-
rate und war Quarterback in einem American Football Team. Er lebt und
arbeitet als Journalist in Berlin. »Wie lange noch« ist sein erster Roman.

Rainer Schmidt

Wie lange noch

Roman

Kiepenheuer & Witsch

1. Auflage 2008

© 2008 by Verlag Kiepenheuer & Witsch, Köln
Umschlaggestaltung: Walter Schönauer, Berlin
Umschlagmotiv: © Walter Schönauer, Berlin
Autorenfoto: © Dieter Eikelpoth
Gesetzt aus der Aldus
Satz: Pinkuin Satz und Datentechnik, Berlin
Druck und Bindung: Clausen & Bosse, Leck
ISBN 978-3-462-03985-6

1. Hölzenbein

Sie zogen quer über den Schneematsch am großen Back-
steinbau der Volkshochschule vorbei, als Felix aus der anderen Richtung Frank Hölzenbein kommen sah. Der Hölzenbein, der hatte ihnen gerade noch gefehlt. Zu allem Unglück
marschierten neben Hölzenbein auch noch Lockenköpfchen
und der Baltus. Felix konnte es nicht fassen. Ausgerechnet
Lockenköpfchen und der Baltus, Hölzenbeins Sklaven, wie
sie von allen nur genannt wurden, heimlich genannt wurden, musste man wohl sagen.

Wie ein SS-Sturmtrupp sehen sie aus, diese Fetzenschädel,
dachte Felix und fragte sich sofort, womit er und seine beiden
Freunde dieses Unglück verdient hatten. Zum Umkehren war
es eindeutig zu spät, zumindest zum Umkehren ohne Gesichtsverlust. Das musste ja immer mitbedacht werden. Wann
sah es aus wie panisches Weglaufen, wie kopflose Flucht, und
wann war es bloß ein geschicktes Verschwinden, das im Kern
natürlich auch nichts anderes war als: panische Flucht. Allerdings ohne Gesichtsverlust. Und allein das zählte hier.

Obwohl, so ein kleiner Gesichtsverlust, was ist daran denn
so schlimm? Darüber kommt man doch hinweg. Ich müsste
das nur Christoph und Tom jetzt sofort vorschlagen, ganz
schnell, dachte Felix, jetzt bliebe noch Zeit, noch könnte man
umdrehen, weglaufen, sich in Sicherheit bringen. Doch er
ging einfach weiter. Seine Beine verrichteten stur ihre Arbeit. Die lassen sich nicht beirren, diese Beine, registrierte er
erstaunt, die funktionieren einfach.

Seine Freunde hatten offenbar noch nichts bemerkt und gingen zügig neben ihm weiter. Wie zwei Schnellzüge, die aufeinander zu rasen, nur dass unser Schnellzug aus dünnem Sperrholz ist und der Hölzenbein-Zug aus Titan. Felix musste grinsen. Titan – so hart wie dessen Schädel. Witze über Hölzenbeins riesigen Betonkopf kamen ihm in den Sinn. Dutzende davon kursierten, seit Jahren schon. Jeder kannte sie, und dennoch bekam man nie genug davon. Meist waren es irgendwelche Geschichten über zerbrochene Stuhlbeine und verbeulte Baseballkeulen, die an dem Hölzenbein'schen Schädel gescheitert waren. Geschichten, an deren Ende immer gequält gelacht wurde und die den Hölzenbein noch grausamer wirken ließen, als er ohnehin schon war.

Nur noch wenige Sekunden, dann müsste Hölzenbein sie sehen. Plötzlich sagten Tom und Christoph fast gleichzeitig »Scheiße!« und stießen Felix an.

Als ob er die Situation nicht schon lange erkannt hätte, was glaubten die eigentlich? Dachten ausgerechnet Tom und Christoph, sie seien so besonders große Schnellmerker, dass sie ihm, gerade ihm, hier, im Neubauviertel-Nord, das jedem, der bis drei zählen konnte, als eine Art Friedhof galt, als eine Gegend, wo jeder verdammte Gang zum Bus lebensgefährlich war, weil überall Typen herumschlichen, deren Eltern Berufsverbrecher waren, deren ältere Geschwister alle, ausnahmslos alle, in unterirdischen Hochsicherheitstrakten gehalten werden mussten, deren Großeltern im Wald immer noch Blitzkrieg übten und deren Kampfhunde vorzugsweise auf kleine Kinder, Radfahrer oder Rollstuhlfahrer abgerichtet waren, die auf jeden Fall aber alle … er verlor plötzlich völlig den Faden – Frank Hölzenbein hatte sie entdeckt.

Er sieht aus wie ein verdammter Gnom, dachte Felix, der ist völlig verwachsen, der sieht doch aus wie Rumpelstilzchen, allein dieser riesige quadratische Kopf auf diesem kleinen Muckelkörper, völlig albern, wo stellen sie solche eigentlich her? Ob die ganze Familie so gedrungen ist, so eine verwachsene Hutzeltruppe womöglich, überlegte Felix und konnte bei der Vorstellung nur mit Mühe seine Mundwinkel kontrollieren, das ist wahrscheinlich so eine richtige Zwergencombo, diese Hölzenbeins, dessen sogenannte Familie. In einer normalen Welt würde man über so einen wie den Hölzenbein bloß lachen, das ist doch absurd, dass man sich von so einem Kobold terrorisieren lässt, das kann nicht richtig sein, dachte er und merkte, wie sich sein Puls beschleunigte.

»Wir müssen jetzt ganz ruhig bleiben«, zischte Christoph und hielt sich dabei die Hand vor den Mund, als ob er hüsteln würde, »wir gehen einfach weiter.«

Tom nickte beflissen und murmelte: »Genau, genau so machen wir es, wir gehen einfach weiter, nur nicht provozieren lassen. Scheiße. Der Hölzenbein. Wir gehen einfach weiter. Genau so machen wir es.«

Dabei bewegte sich Tom etwas von ihm weg. Vergrößert der da gerade den Abstand zwischen uns, fragte sich Felix. Muss ich das als Absetzbewegung interpretieren, oder geht das noch so durch? Wird da neben mir schon vorausschauend taktisch gedacht? Ahnt etwa Tom, dieser Überlebenskünstler, gerade sehr instinktiv Dinge, die hier auf uns zukommen? Der Tom hat den sechsten Sinn, hieß es doch immer wieder, der hat Kräfte, die versteht nicht einmal er selbst. Und wenn da etwas dran war? Wenn also Toms nicht übersehbarer Drall von ihm weg etwas mit Hölzenbeins Erscheinen zu tun hatte? Roch da Tom, der Mann mit den paranatürlichen Kräften, wie er manchmal auch genannt wurde, weil er immer auch aus den ausweglosesten Situationen zu entkommen schien – im Gegensatz zu seinen Begleitern, wie manche verbittert hinzufügten –, spürte dieser in seiner beneidenswerten Entkommerexistenz also vielleicht Felix' ganz nahe Opferzukunft? Hat Tom, dieser Sack, wie er ihn jetzt mal kurz und sehr aufgebracht nennen wollte, mich vielleicht angesichts des überraschenden Hölzenbein'schen Anwesenheitsterrors bereits völlig abgeschrieben? Abgehakt? Das Kondolenzschreiben schon diktiert, den Kranz geflochten, den schwarzen Anzug gebügelt?

Ich darf mich da nicht reinsteigern, ermahnte sich Felix, dem leicht schwindelig wurde, jetzt nur nicht paranoid werden, nicht aufregen, alles völlig normal, vergrößert sich der Abstand halt mal, sind ja nicht festgewachsen, wir beiden, muss überhaupt nichts bedeuten.

Hölzenbein kam näher.

»Was auch immer passiert, wir bleiben auf jeden Fall zusammen!«, sagte Christoph mit zitternder Stimme, »wir bleiben auf jeden Fall zusammen.«

Der blickt beim Sprechen starr nach unten, und trotzdem geht er geradeaus, dachte Felix, das ist allerhand.

»Wir bleiben auf jeden Fall zusammen!«, sagte Christoph, deutlich leiser jetzt.

Irgendwie wiederholt der heute immer die letzten Satzteile, fiel Felix auf, hängt immer noch eine Kopie dran, der vorsichtige Christoph, könnte ja was verlorengehen. Ob das schon Echolalie ist? Litt Christoph eventuell an dieser ominösen Krankheit? Oder war das nur eine neue, bewusst eingesetzte Marotte? Ein als schick empfundener Spleen, den er jetzt langsam aufbaute? Das gäbe ein paar neue Aufmerksamkeitspunkte. Da ist der Typ mit dem Wiederholungszwang, würden sie sagen, dieser Echolalie-Christoph, würde es heißen, ganz selten, diese Krankheit, echt außergewöhnlich, so würde es die Runde machen. Aber kann man so kaltblütig sein, gerade in dem Augenblick, in dem der Hölzenbein heranwalzt, das persönliche Marketing auf ein neues Level zu heben? Vielleicht war Christoph, was ja angesichts der Situation verständlich wäre, einfach nur gestresst. Felix nahm sich vor, ab jetzt genauer darauf zu achten.

Tom nickte noch schneller und beflissener.

»Genau, genau so machen wir es, Christoph, wir gehen einfach weiter und bleiben zusammen. Genau, genau so machen wir es, wir gehen einfach weiter und bleiben zusammen.«

Felix starrte ihn an. Wie redete der denn plötzlich? Der Hölzenbein bringt uns noch alle völlig durcheinander, dachte er und sagte: »O.k., ja, ja, wir bleiben zusammen, egal, was passiert.«

Hölzenbein kam immer näher.

Wenn wir die Ellenbogen einfahren, ihn unter keinen Umständen anrempeln und unauffällig und ganz leicht nur von der eingeschlagenen Richtung abweichen und vor allem zügig vorbeiziehen, könnten wir es schaffen, das muss doch möglich sein, dachte Felix und blickte bewusst in eine andere Richtung. Dem bloß nicht in die Augen schauen, aber auch nicht zu demonstrativ nicht hingucken, nur keinen Vorwand liefern, dachte er, obwohl er ahnte, nein, wusste, dass der Hölzenbein so etwas gar nicht mehr brauchte, so einen platten Vorwand, der war schon längst in einer anderen Sphäre.

Felix sah kurz nach vorne. Sie hatten keine Chance.

Das Killer-Trio rollte feixend auf sie zu. Er hörte sie juchzen und lachen, eindeutige Armbewegungen und Handzeichen in ihre Richtung ließen keinen Zweifel aufkommen.

Es war so weit.

Hölzenbein stieß Lockenköpfchen und Baltus in die Seite. Er lachte demonstrativ laut und strahlte über das ganze quadratische Gesicht, das ein wenig schief an dem riesigen Kopf klebte.

Wie kann man nur so aussehen, dachte Felix, man müsste ihm einfach mal sagen, wie verwachsen er ist, man müsste es ihm einfach mal sagen, einfach mal sagen. Irgendwie wiederhole ich auch schon Satzteile, schoss es ihm durch den Kopf, ich wiederhole Satzteile wie die anderen. Der Hölzenbein schafft uns noch alle. Er fühlte sich plötzlich sehr müde.

»Zusammenbleiben, zusammenbleiben«, röchelte Christoph kaum hörbar.

»Genau, genau so machen wir es, wir bleiben zusammen«, sagte Tom.

Argwöhnisch drehte Felix seinen Kopf in Toms Richtung. Rutschte der nicht schon wieder etwas weiter von ihm weg? Wurde da der Sicherheitsabstand unmerklich vergrößert? Tom ist ein Entkommer, dachte Felix, und er ahnte langsam, was damit womöglich gemeint war.

»Na, ihr Schwachköpfe. Wo wollen denn Mamas Lieblinge hin? Dürft ihr um die Zeit überhaupt noch raus?«, brüllte Hölzenbein und ging im Eilmarsch die letzten zehn Meter an, die sie noch von ihm trennten.

»Wollt ihr Penner mir etwa nicht antworten?«

»Hallo, Frank«, sagte Christoph und grinste verkrampft.

»Hi, Frank«, sagte sofort auch Tom mit brüchiger Stimme und sah dabei aus, als würde er sich gleich in die Hosen machen.

»Hallo, Frank, hi, Frank«, äffte Hölzenbein Christoph und Tom mit extra schriller Stimme nach und kontrollierte mit einem schnellen Blick nach hinten, ob Lockenköpfchen und der Baltus, die ihm in einigem Abstand folgten, seinen Auftritt angemessen würdigten.

»Wollt ihr mich verarschen?«, schrie Hölzenbein. »Ich glaube, die wollen mich verarschen. Was meint ihr, Jungs? Wollen die mich verarschen?«

»Auf jeden Fall!«, sagte der Baltus in seiner grünen Bomberjacke.

»Ist doch klar!«, pflichtete Lockenköpfchen in der engen Jeansjacke bei und leckte sich über die kaputten Zähne.

Die sind ja gammelbraun, und überall hat er hässliche Lücken, das sieht ganz schlimm aus, dachte Felix. So sind die, die hauen sich die Zähne raus und laufen halt mit diesen Gebiss-Kratern rum, das macht denen gar nichts aus, die finden so eine Lücke womöglich richtig schick, die eifern geradezu um die nächste und spüren nichts als Verachtung für Leute wie mich und Christoph und Tom, also Leute, die es irgendwie nicht so schlecht finden, wenn man vorne noch alle Zähne hat. Deswegen ziehen die Hölzenbeins dieser Welt so siegessicher durch die Gegend und rempeln einen aus Spaß an, weil sie das wissen. Deswegen regieren die Hölzenbeins diese verdammte Scheißwelt. Und deswegen werden wir ihnen immer wieder weichen müssen.

Die Erkenntnis deprimierte ihn, und er fühlte sich schwach und elend. Die tragen ihre Verstümmelungen wie Orden in den kaputten Visagen, je mehr, desto besser. Mit jeder Verunstaltung zeigen sie ihre Verachtung und ihre Abscheu gegenüber Weicheiern wie uns, die lieber Situationen aus dem Weg gehen, in denen bleibende Schäden entstehen könnten. Die benutzen schon ihre Gesichtsentstellungen als Waffe, zur Einschüchterung von Jammerlappen wie uns, deren ganze Schädelarchitektur ist eine einzige Abschreckung, eine Warnung an alle, was für einen Preis sie jederzeit zu zahlen bereit sind. Das ist der schiere Terror. Und sie wissen, dass er immer funktioniert. Das macht sie so unerträglich. So grausam. Eigentlich müsste man etwas sagen, dachte Felix, während Hölzenbein ungebremst auf sie zuraste. Er registrierte, dass sich Christoph und Tom leicht seitlich hinter ihm positioniert hatten, ihn also praktisch nach vorne gedrängt hatten, durch Nichtbewegung gewissermaßen, diese Zusammenbleiber. Irgendwie ist das alles unwürdig, dachte Felix.

»Frank, leck mich am Arsch und lass uns einfach weitergehen, o.k.?«

Erstaunlich, wie schnell man so etwas sagen kann, überlegte Felix, als er seinen Worten hinterherhorchte. Seltsam, wie schmal der Grad zwischen Denken und Aussprechen manchmal ist. Eben noch ein Gedanke nur, ein bisschen Aktivität an der Großhirnrinde, schon ein Laut, Schallwellen, unsichtbar, geruchlos, aber irgendwie sind sie da und können nicht mehr zurückgenommen werden. Für Sekundenbruchteile war er sich nicht sicher, ob er es wirklich gesagt hatte. So laut dröhnen Gedanken manchmal, dachte Felix, dass man gar nicht mehr weiß, was ist schon Schall geworden, was bloß elektrischer Impuls geblieben.

Ein Blick beseitigte alle Zweifel: Der Satz war draußen und im Hölzenbein-Ohr, womöglich noch weiter.

Die wenigen Worte wüteten fürchterlich in Hölzenbeins Gesicht. Auch die beiden Sklaven guckten jetzt anders, eine Mischung aus Überraschung und Vorfreude ließ sie noch hölzenbeiniger aussehen als vorher.

Was für ein Satz, was für eine Wirkung, dachte Felix nicht ohne Stolz, mein Satz, so oft zu Hause vor dem Spiegel probiert, nicht gerade den, aber so ähnliche, so forsch hinausgeschleudert, so selbstbewusst, so hart – und genau deswegen so unwahrscheinlich. Immer wieder hatte er solche Sprüche geübt in unterschiedlichen Tonlagen, mit anderen Gesichtsausdrücken, mit wechselnden Körperhaltungen, für jede mögliche Situation hatte er eine neue Kombination aus Körperhaltung, Gesichtsausdruck und Tonlage erdacht, das ergab unendlich viele Variationen. All das mentale Training, diese endlosen Anti-Erniedrigungsübungen, wie er sie selbst manchmal spöttisch nannte, all das, um dann hier vor der Volkshochschule ausgerechnet Frank Hölzenbein im denkbar blödesten Moment eben so einen Satz in das quadratische Gesicht zu schleudern.

Seine zwei »Wir-bleiben-auf-jeden-Fall-zusammen-was-auch-passiert«-Freunde waren augenblicklich einen Meter zurückgewichen, sodass er alleine dort stand, wo Hölzenbein gleich sein würde.

Nicht ungeschickt, dachte Felix, die zwei Supertaktiker wollen wohl bloß nicht vorschnell den Eindruck erwecken, wir gehörten jetzt irgendwie übertrieben intensiv zusammen. Aber so, wie der Hölzenbein auf ihn zulief, hatte er sogar ein bisschen Verständnis für sie.

Frank Hölzenbein galt ja als Irrer. Total gefährlich. Der dreht plötzlich durch, und, zack, zieht der dir eine, hieß es immer. Wenn du weißen Schaum in seinen Mundwinkeln siehst, ist es vorbei. Der haut dich tot. Der merkt das gar nicht, sagten alle.

Felix hatte kaum Zeit, etwas Weißes in Hölzenbeins Mundwinkeln zu erkennen, als es auch schon sehr wehtat.

Es geht wirklich schnell, das muss man ihm lassen, dachte Felix. Wie der nach seiner ansatzlosen Geraden aufs Jochbein meine Schrecksekunde ausnutzt, um mir einen präzisen Haken aufs Kinn hinterherzusetzen – alle Achtung, der versteht sein Handwerk.

»Ui, ui, ui«, sagte Christoph.

»Alter Schwede«, sagte Tom.

Hölzenbein trümmerte Felix mit einem Ruck die Stirn auf das Nasenbein. Es knackte fies.

»Mensch, Mensch«, sagte Christoph.

»Oh, oh, oh«, pflichtete Tom bei.

Hölzenbeins Atem riecht chemisch, bemerkte Felix noch, so ein bisschen nach Dixie-Klo.

»Das sieht nicht gut aus«, sagte Christoph.

»Oje. Man kann kaum hingucken«, sagte Tom.

Die regen mich irgendwie auf mit ihren blöden Kommentaren, dachte Felix, das ist doch hier kein Fußballspiel.

Nach dem »Dänemann«, wie sie solch einen Stirnkick nannten – wobei zu erforschen wäre, dachte er kurz, woher der Begriff eigentlich kommt, das würde man schon gerne wissen, wenn man ab morgen wochenlang mit Gips auf der Nase rumläuft –, nach diesem Dänemann also schossen ihm sofort Tränen in die Augen. Dichte Schlierenvorhänge behinderten die Sicht. Es war offensichtlich ein Fehler gewesen, wie er sofort einsah, dass er Hölzenbein beim ersten Schmerz reflexartig das Knie in die weiche Körpermitte geschoben hatte. Der jaulte auf und stöhnte laut und gefährlich.

»Ich bring dich um!«

Das klang überzeugend, und auch wenn er sie in seiner Tränenblindheit nicht sehen konnte, erahnte Felix noch größere Speichelflocken in den Hölzenbein'schen Mundwinkeln. Als ob der das absichtlich macht, dachte er, das verstärkt seinen irren Eindruck, das völlig Losgelöste, das Unkontrollierbare, das Unzurechenbare. Das war sozusagen sein ganz persönliches Signal an alle, jetzt wird's wirklich gefährlich.

Das Hölzenbein'sche Grunzen und Hecheln wurde indessen auf alarmierende Art und Weise leiser.

Dieses ganze Biosozialsystem Hölzenbein, dachte Felix fasziniert, hat jetzt nur noch einen einzigen Existenzgrund: mich zu vernichten. Dieser Blick. Der Hölzenbein'sche Totmacherblick. Der schlägt mich jetzt tot. Alle trauen es ihm zu. Und ich traue es ihm auch zu. Sofort nervte ihn der Gedanke. Was fällt dem eigentlich ein, diesem wahnsinnigen Gnom? Irgendwo muss es doch eine Grenze geben, auch für so einen. Man darf sich doch nicht alles gefallen lassen, sagte er sich, obwohl er sich der Folgenlosigkeit dieses Gedankens bewusst war.

Da, wo vor kurzem noch Felix' Nase gesessen hatte, war nur noch ein großes Donnern und Ziehen. Durch seinen Tränenschleier hindurch bemerkte er, dass Hölzenbein sich langsam aufrichtete. Es dröhnte und hämmerte immer lauter in Felix' Kopf. Das ist es, überlegte er, was man Schockstarre nennt, ich ersaufe gerade im Adrenalin. Er spürte, wie ihm das Zeug von innen alles verstopfte, die Blutzufuhr unterband, um ihn und jedes einzelne Körperteil zu konservieren. Wie im Traum, dachte Felix, man möchte sich bewegen, aber man kann nicht. Die Arme: nutzlos. Die Beine: festgewachsen. Was ist das für ein blödes Evolutionsprogramm? Fliehen oder kämpfen, das geht ganz automatisch, hatten sie immer erzählt. Die Wahrheit war doch, dass er wie einbetoniert dastand. Seine Fäuste wogen gefühlte lächerliche fünf Gramm. Kämpfen oder fliehen. Was für ein Quatsch, erboste sich Felix. Das müsste man denen mal sagen, wie sich angesichts eines Hölzenbein die schönen Theorien auflösen und verabschieden.

Der macht mich jetzt kalt, war sich Felix sicher, und Tom und Christoph stehen einfach da, keine zwei Meter entfernt, die Augen, soweit er erkennen konnte, weit geöffnet, in den Gesichtern ein hilflos-dümmliches Grinsen.

Das ist völlig inakzeptabel, dass die keinen Finger krümmen, während mich der Hölzenbein zermalmt. Wenn ich hier gleich tot liege, werden sie schon sehen, was sie davon haben, diese Entkommer. Das werden ihnen die anderen nicht verzeihen, das wird an ihnen kleben bleiben wie ein Fluch. Felix musste innerlich lächeln, als er sich vorstellte, wie die beiden auf seiner Beerdigung von allen geschnitten würden, wie man kleine fiese Bemerkungen zu ihnen hinüberwerfen würde, wie sie, die eindeutigen Bestattungs-Paria, die Aussätzigen, die sie dann wären, nicht mehr die Entkommer und Überleber wären, nein, sondern plötzlich und mit brutaler Macht die als Aussätzige Erkannten, wie sie es bereuen würden, ihn alleingelassen zu haben.

Er sah es genau vor sich, wie Mike, Gerd, der Roloff und Mark hinter seinen Eltern eine stumme Reihe bilden und dafür sorgen würden, dass Tom und Christoph nicht in die Nähe der Grube gelangen. Die Eltern dicht am Rand des Grabes, aber weit genug entfernt, sodass ein Topf mit Erde vor den Füßen der Mutter Platz hätte. Oder vor den Füßen des Vaters? Oder gibt es diese Eimer vielleicht gar nicht mehr? Ist ja auch egal, die sollen da ja keine Sandburg bauen oder so. Auf jeden Fall die Eltern vorne, dahinter seine Jungs. Oder daneben? Aber wie sähe das denn aus – so eine kilometerlange Reihe von Eltern, Geschwistern und Freunden? Nein, das ginge nicht, was sollten da die Verwandten denken? Oder wären die bei diesem Teil der Veranstaltung gar nicht dabei? Und wieso »diesem Teil der Veranstaltung«, fragte er sich sogleich etwas genervt, gäbe es denn noch einen anderen?

Wichtiger wäre, dass Tom und Christoph die Verachtung der anderen spüren. Aber wer würde seiner Mutter sagen, dass die beiden, nur – Felix musste über seinen eigenen Kalauer grinsen – über seine Leiche vorne stehen dürften? Das war ein echtes Problem. Wenn er tot wäre und die beiden unverletzt blieben, wäre zwar jedem sofort klar, dass sie ihn hatten hängen lassen, aber ob sich jemand trauen würde, das seiner verzweifelten Mutter zu erklären, bezweifelte er. Er half alles nichts, er müsste diese Direktive persönlich ausgeben, hier, an Ort und Stelle.

Wenn ihm der Hölzenbein, besser: der Zustand, in den ihn der Hölzenbein gleich versetzen würde, genug Zeit ließe, wäre das Problem eventuell zu lösen. Er würde ihnen sagen: »Ihr seid schuld, und ich will nicht, dass ihr zu meiner Beerdigung kommt!« Ja, das wäre es so in etwa.

Da wird selbst der Hölzenbein blöd gucken, dachte Felix, schlägt mich gerade tot und hört mich die Nebensteher beschimpfen, das wird dem Respekt abverlangen, da wird er sich fragen, ob er mich nicht völlig falsch eingeschätzt hat. Diese Kaltblütigkeit, wird der Hölzenbein denken und spüren, wie sein archaisches Signalsystem mal kurz heftig ausschlägt und gewisse Gemeinsamkeiten erkennt. Die merken schon, wenn sie einen echten Kerl vor sich haben. Andererseits wäre dann der Hölzenbein, also sein Umbringer, gleichzeitig der einzige Zeuge für die im Todeskampf erlassenen Beerdigungsregeln. Wie glaubwürdig aber wäre das?, fragte sich Felix zweifelnd. Er fasste das bisherige Ergebnis schnell zusammen, denn er spürte mit einem Seitenblick auf Hölzenbein, dass ihm die Zeit davonlief: Es gibt eine Zeremonie und direkt vor dem

Grab zwei Trauerreihen, vorne die Eltern, hinten die Jungs, hoffentlich ohne Tom und Christoph. Ganz wichtig wäre in jedem Falle die Musikauswahl. Das war ein wichtiger Punkt, seine letzte Botschaft, das dürfte er auf gar keinen Fall verbocken. Er dürfte es aber auch nicht übertreiben und zu hart werden lassen. Das könnte er seinen Eltern nicht antun, die würden sich sonst noch am Grab schämen. Andererseits, dachte Felix genervt, ist das jetzt meine Beerdigung, oder was? Da darf ich mir ja wohl meine Musik selbst aussuchen. Egal. Die ganzen alten Punksongs hatte er sowieso schon verworfen, zu pathetisch, zu kämpferisch, zu pubertär. Hinterher wirkt man noch wie so ein Alt-68er-Idiot, dachte Felix, also wie jemand, der musikalisch sehr früh stehengeblieben ist und sich nie weiterentwickelt hat. Andererseits würde er mit neueren Klängen vielleicht nicht das notwendige Pathos erzeugen können vor den Reden. Was, wenn da plötzlich ein paar einfach lostanzen, dachte Felix, und dann völlig durchdrehen und alles zusammenbricht?

In diesem Augenblick trat der Hölzenbein Felix mit Wucht in den Magen.

»Scheiße, Scheiße«, sagte Christoph.

»O Gott, was machen wir nur? Was machen wir nur?«, sagte Tom.

Dass der das Bein so hochkriegt, hätte ich nicht gedacht, bemerkte Felix anerkennend, während ihn der Schmerz zusammenklappen ließen, der Hölzenbein hat echt Ehrgeiz, das muss man ihm lassen. Als er den Boden näher kommen sah, spürte er, wie der Hölzenbein ihm im Fallen nochmal auf die gebrochene Nase schlug. Wie flink der ist, das habe ich irgendwie unterschätzt, stellte Felix fest, der hat echt mehr drauf, als ich dachte.

Felix führte seine Fünf-Gramm-Fäuste in Kopfhöhe und rollte sich zusammen, so gut das noch ging, damit die Tritte ihm nicht zu viele Innereien zerstörten. Das ist schon ein bisschen beschämend, überlegte er, hier so zu liegen, so regungslos, so nutzlos, so halbtot, während der Hölzenbein einem alles kaputttritt. Lieg ich da so und mach nichts, das ist doch völlig unwürdig. Und was ist, wenn jetzt die Nadja vorbeikommt?

Felix erschrak.

Der Katastrophen-Gipfel. Der Worst Case, das Ende: Was, wenn jetzt Nadja vorbeikäme?

Das ist doch gar nicht so unwahrscheinlich, überlegte Felix entsetzt, die geht doch oft abends in den Club um die Ecke. Sieht die mich hier liegen, zusammengekrümmt, der Hölzenbein fröhlich reintretend, was macht das für einen Eindruck? Die kann ich dann doch für immer und ewig vergessen, wer will denn schon so einen Zusammenkrümmer, der von einem verwachsenen Gnom erledigt wird?!

Unbewusst hatte er sie eben im Beerdigungsszenario irgendwo in die Nähe der Grube gestellt, als Weltschmerzzerrissene, die nur mit Gewalt davon abgehalten werden kann, seinem Sarg hinterherzuspringen. Alle würden sehen, endlich sehen, dachte er, wie sie, Nadja, die Schönste, die Begehrteste, wie sie um ihn trauert. Ehrfürchtig würden die Blicke zu ihr hinüberwandern, ungläubig, neidisch gar. Es wäre sein Triumph.

Dass war auf jeden Fall bis eben das Szenario gewesen, dachte Felix irritiert, während die Hölzenbein'schen Stiefel versuchten, mehr Unheil anzurichten. Aber der Gedanke, Nadja könnte dass peinliche Ende gleich leibhaftig verfolgen, warf alles durcheinander.

Und dann wird sie auch noch sehen, dass der Hölzenbein bloß ein alter Handwerker ist, dachte Felix, der hat ja jetzt keine besonderen Tritte angewendet, der ist nicht Kung-Fu-artig über die Bäume gesprungen, der hat einfach solides Handwerk demonstriert. Wie ein stumpfer Kneipenschläger. Und so schlägt der mich tot, mit ganz simplen Dingern, empörte sich Felix und spürte mehr Scham in sich aufsteigen. Das darf doch eigentlich gar nicht sein. Dass man so versagt. Vor diesen Gesichtsmonstern, die aus dem Maul nach Dixie-Klo riechen und auf ihre gammelbraunen Zähne stolz sind. Felix geriet in Rage. Das würde ihm nicht noch einmal passieren. Er wusste jetzt genau, wie er hätte reagieren müssen.

Schon als der Hölzenbein angelaufen kam, schmatzend und feixend, hätte er, Felix, nicht toter Mann spielen, sondern gleich in Position gehen und aggressiv sein sollen, dachte er. Das ist doch das Einzige, was die verstehen, wenn sie in ihrer Testosteron-Suppe schwimmen, wenn sie nichts mehr spüren als den Tötungstrieb, da kannst du denen doch nicht mit Appeasement kommen, du schwachköpfiges Mittelstandswürstchen, wie er sich jetzt einmal kurz und präzise nennen musste.

Er sah die Situation genau vor sich: Der Hölzenbein stob in ihre Richtung, er, Felix, drehte sich in letzter Sekunde leicht aus der Bahn, würde, wie von Bruce Lee selbst in Szene gesetzt, dem ungebremst dahinrasenden und ob Felix' plötzlicher Ausweichbewegung völlig überraschten Hölzenbein geschmeidig und mit großer Wucht das linke Bein quer über das Gesicht ziehen, um dann, nein, stopp, so nicht, überlegte er, wie sollte er aus dieser Position genug Schwung entwickeln? Das ginge gar nicht, er müsste sich filmmäßiger mit so einer eingesprungenen Kehrtwende herumschleudern und den Hölzenbein mit dem rechten Bein in der Mitte des Körpers treffen. Oder doch eher auf Kniehöhe? Das waren kniffelige Fragen, aber ein paar vertraut klingende Stimmen brachten ihn durcheinander.

»Hör doch mal auf, Frank, er bewegt sich nicht mehr!«, sagte Christoph.

»Frank, bitte lass ihn jetzt in Ruhe!«, sagte Tom.

Ist ja auch egal, dachte Felix, auf alle Fälle würde ich ihn so oder anders stoppen. Im Schmutz läge der Hölzenbein dann, wie ein Großwildjäger würde ich meinen Fuß auf seinen Oberkörper setzen, jubilierte er innerlich, die bewundernden Blicke von Tom und Christoph genießen, ihre atemlose Furcht aufsaugen, die der haltlosen Begeisterung vorangegangen wäre. Er hielt kurz inne.

Noch besser wäre natürlich, wenn just in diesem Augenblick Nadja hinten aus dem Club käme. Sie würde nicht sehen, dass er ihr Kommen schon längst bemerkt hätte. Und dann würde er gönnerhaft den Unterlegenen ziehen lassen, nach ein paar harten, klaren Ansagen an den Hölzenbein-Schlächter, lauten Ansagen, dachte Felix, so lauten Ansagen, dass Tom und Christoph noch am nächsten Tag überall eingeschüchtert und begeistert erzählen würden, wie hart Felix mit dem Hölzenbein umgesprungen war. Und Nadja ganz beeindruckt wäre.

Das würde sich überall herumsprechen, dachte Felix, überall. Man würde sich anstupsen und zuzwinkern, wenn er das nächste Mal in eine Kneipe ginge. Da ist er, der Hölzenbein-Bezwinger.

Felix lächelte glücklich, genüsslich kostete er die Sekunden des Ruhms aus. Genau so wird es sein, schoss ein letzter triumphierender Gedanke durch seinen Kopf, bevor er das Bewusstsein verlor, genau so wird es sein beim nächsten Mal.

2. Rache

Am ersten Abend der Sommerferien trafen sich alle an »der Bank«. Die meisten hatten beschlossen, dieses Jahr zu Hause zu bleiben. Einige, weil sie kein Geld hatten, andere, weil sie die letzten Ferien vor dem Abi lieber zusammen verbringen wollten. Christoph, Tom, der Roloff, Mark und natürlich Mike und Gerd waren schon da, dazu ein paar Jüngere, die Felix nur vom Sehen kannte und deswegen zwar grüßte, aber nur eben so, dass sie sich nicht ganz sicher sein konnten, ob er sie nun wirklich gegrüßt oder bloß unwillkürlich mit dem Kopf gezuckt hatte. Die Jüngeren, die respektvoll ein paar Meter Abstand hielten, hofften natürlich, er habe sie gegrüßt. Denn so ein quasi Akzeptanz- und Respektbeweis würde bedeuten, dass sie vielleicht schon bald zum engeren Kreis der Meute gehören dürften, die ihn wie üblich johlend begrüßte.

»Ey, Felix, alter Penner«, rief Mike und schlug ihm in den Magen. Tom brüllte »Saufi, saufi« und warf ihm knapp über die Köpfe der anderen hinweg eine Flasche Bier zu. Christoph lugte mit Froschaugen aus einer gigantischen Kiff-wolke, die aussah, als hätte jemand neben ihm eine Nebel-granate gezündet, und winkte mit einem riesigen Joint, der eher an eine Schultüte erinnerte. Gerd taumelte mit glasigen Augen auf ihn zu und wollte einen Tritt andeuten, stolperte aber und fiel unter dem Gegröle der anderen längs hin. Mark stellte sich über den fluchenden Gerd und spuckte ihm prus-tend einen Schwall Bier in den Nacken, um dann blitzschnell davonzulaufen. Christoph und Tom halfen Gerd lachend auf die Beine, drückten ihm eine neue Flasche in die Hand und prosteten ihm zu, bevor er brüllend Mark nachsetzte. Der Roloff sprang auf die Holzbank, rülpste demonstrativ in die Nacht, als wolle er eine besonders wichtige Rede einleiten, und schrie heiser »Knülle im Politbüro«, woraufhin alle im Chor »Oi, oi, oi« zurückbrüllen mussten. Felix sah, dass auch ein paar der Jüngeren mitbrüllten und die Flaschen nach oben reckten, in der Tat versuchten sie, ihre Flaschen und Dosen noch höher als die anderen zu halten und noch lauter »Oi, oi, oi« zu brüllen, um sich mit dieser Solidaritätskundgebung, die ja nichts anderes war als eine verzweifelte Unterwerfungsgeste, noch etwas näher heranzuwagen.

Hysterisches Gelächter und lautes Geröchel ließ Felix aufmerken, nachdem er eine weitere Bierflasche geleert hatte. Keinen Meter vor ihm würgte einer der Jüngeren mit hochrotem Kopf etwas tief aus seinem Inneren hoch, während Mike der gebeugten Gestalt rhythmisch auf den Rücken klopfte, als bearbeite er ein Schlagzeug, und in einer Mischung aus Husten- und Lachanfall hervorpresste: »Wie schmeckt mein Pfefferminz?«

Aus dem Mund des Gepiesackten fielen ein paar feste Brocken, die im fahlen Licht der Parkbeleuchtung auf dem Gehweg bläulich glänzten. Tom stützte sich von hinten schnaubend auf Felix.

»Da ist schon wieder einer auf Mikes Trick mit den Klosteinen reingefallen! Nimmt der die Dinger aus den Pissoirs vom Kalkwerk, und der kleine Trottel glaubt wirklich, das sei Pfefferminz! Ich dreh durch!«

Ein Freund des Opfers hatte sich nach vorne gewagt und reichte ihm ein Dosenbier zum Spülen, das der dankbar und mit verschämtem Blick auf Mike entgegennahm, der ihn jetzt wegschob.

»Schmeckt dir mein Pfefferminz nicht, oder was? Dann geh wieder mit den anderen spielen, Kleiner. Zisch ab!«

Felix blickte auf Mike, der triumphierend grinsend dem Jüngeren hinterherstarrte. Der steht da wie ein Feldherr vor den unterworfenen Barbaren, dachte Felix, und weiß gar nicht, wohin mit seinen breiten Schultern. Eben noch der nette Mike, der zwar von allen wegen einer konsequenten Zahnbürstenphobie heimlich bloß »Häuptling moosgrüner Zahn« genannt wurde, sich zu Hause aber liebevoll um die Stallhasen der kleinen Schwester kümmerte, dann plötzlich der Folterer, der Klosteine-Verteiler, der Unmensch, der Bierreinschütter, der aggressivste Gefühlsignorant und brutalste Fertigmacher all dieser Hohlköpfe, die er als Freunde bezeichnete und mit denen er jede freie Minute verbrachte.

Wir sind ja alle nur Lebenszeitabsitzer, dachte Felix erschüttert, und das hat die Nadja erkannt, deswegen hat sie mich verlassen. Sie hat die Leere in dir gespürt, hat sich wahrscheinlich geekelt. Völlig zu Recht, wie man sagen musste. Komm doch mit, süße Nadja, und verschwende dein Leben an einer verkommenen Parkbank mit ein paar Klosteineklauern, Chor-Rülpsern und Zeitabsitzern. Das war ja eine tolle Perspektive für die Nadja, Herr Felix, dachte er grimmig, der hast du ja ein verlockendes Zukunftspaket geschnürt. Wirklich überraschend, dass sich die junge Frau da anders entschieden hat, schimpfte er innerlich und zog aus einer der Plastiktüten unter der Bank eine angebrochene Kornflasche.

Die anderen waren beim wöchentlichen Schadensbericht angelangt.

»Der Schulze hat bei uns um die Ecke dem Freund von dieser Annette mit den dicken Dingern das Schienbein durchgetreten«, sagte Tom.

»Der Schulze? Wieso das denn?«

»Der ging betrunken auf der einen Straßenseite, Annette mit ihrem Typen auf der anderen. Brüllt der Schulze: ›Was guckst du so doof?‹ Der Kerl von Annette kannte den wohl nicht und wollte nicht klein beigeben vor seinem Busenwunder. Der also: ›Was soll das? Komm doch rüber, wenn du Ärger willst.‹ Schulze natürlich rüber, ein Sprung, zack, durch, Ende! Und die Polizei hat gleich abgewunken, als sie das anzeigen wollten. Können sie vergessen, haben die gesagt, das läuft auf Notwehr hinaus, der andere habe ihn schließlich aufgefordert rüberzukommen!«

»Oh, oh, oh«, sagte der Roloff, »das Schienbein ausgerechnet, heilige Scheiße.«

»Ach du Kacke«, pflichtete Gerd bei, der sich bei so etwas besonders gut auskannte. An dem war ja auch kein Knochen noch nicht gebrochen, dachte Felix etwas geistesabwesend. Der kleine gedrungene Gerd ging schon seit unendlich vielen Jahren täglich bis zu 10 Stunden als Mechaniker in unmöglichen Schichten in einer dieser von außen schon als Todeshölle und Vernichtungsort klar erkennbaren riesigen Fabrikhallen, die Felix nur vom Vorbeifahren kannte, »rabotten«, wie Gerd das immer nannte. Oft hatte Felix diesen Gerd schon – an einer Überdosis eigenen Adrenalins berauscht – mit leerem Blick alleine in heranstürmende Mengen springen sehen, um sich dort mit Todesverachtung und beeindruckender Effizienz aus Was-auch-immer-für-Gründen mit Wem-auch-immer zu schlagen. Danach sah man ihn dann irgendwo in der Ecke stehen, leicht zitternd, manchmal auch ein wenig blutend, wie er sich betont langsam und mit immer noch erregungsgeweiteten Pupillen eine Zigarette drehte, ohne seine Umgebung auch nur eine Millisekunde aus den Augen zu lassen. Dafür hatte Felix ihn insgeheim schon immer bewundert und sich umso mehr gefreut, dass ausgerechnet dieser Gerd, der mit seinen Eltern und vier Geschwistern im Neubauviertel-West in einer Vier-Zimmer-Wohnung lebte, ihn, Felix, den Gymnasiasten und Einfamilienhausbewohner, dass dieser von allen geachtete und auch gefürchtete Gerd ihn wie einen Freund behandelte. Das Neubauviertel-West lag unweit vom Felix'schen Haus – und war zwar auch problematisch, aber ein wahres Paradies im Vergleich zum viel größeren Neubauviertel-Nord, das ihnen allen verhasst war und aus dem die schlimmsten Totschläger kamen, die ihre Gespräche bestimmten.

»Die Blaschek-Brüder haben vor der VHS einem aus Garath mit der Gasknarre ins Gesicht geschossen. Den hätte es fast gerissen. Wurde im letzten Moment ins Krankenhaus gebracht«, sagte Mike jetzt und deutete mit einer verächtlichen Handbewegung an, dass man auch nicht viel Besseres verdient hatte als einen Schuss ins Gesicht, wenn man sich ausgerechnet als Garather vor die VHS wagte, und dann auch noch unbewaffnet.

»Volltrottel«, sagte Mark, und alle in der Runde nickten.

»Den Clausen haben sie auch wieder erwischt, die arme Sau«, erzählte Gerd, »am Samstag. Kam total druff aus dem Park. Hat die gar nicht kommen sehen, so knülle war der. Lag anschließend mit Verdacht auf Milzriss und ein paar Brüchen drei Tage im Krankenhaus.«

Niemand sagte ein Wort. Immer wieder der Clausen. Der große hagere Clausen. Der die Schule geschmissen hatte, weil er es nicht mehr aushielt. Der mal hier, mal dort schlief, weil der cholerische Vater ihn in einem Wutanfall mitsamt seiner Plattensammlung einfach vor die Tür gesetzt hatte. Kein Mensch wusste, warum ausgerechnet er, der Harmloseste, der Zahnloseste, der Einsamste, zu ihren Lieblings-Opfern gehörte. Es verging kaum eine Woche, ohne dass die Blascheks, Schulzes und Hölzenbeins ihn, den wahrscheinlich letzten echten Punk der Menschheitsgeschichte, malträtierten. An der Bank war er ein gern gesehener Gast, auch wenn er selten etwas sagte oder irgendwen näher an sich ranließ.

»Der kleine Gehrens hat vorm Kalkwerk zwei Motorrad-Typen aus Eller von den Maschinen getreten. Die dachten wohl, was will der Zwerg von uns, da lagen sie schon. Schädelbasisbruch der eine, Kiefertrümmerbruch der andere«, sagte der Roloff.

»Wow, der kleine Gehrens? Das hätte man jetzt auch nicht gedacht«, sagte Mark und spielte darauf an, dass die drei älteren Brüder vom Gehrens zwar stadtbekannte und gefürchtete Schläger waren, man vom jungen Gehrens aber noch nie viel mehr gehört hatte, als dass er wie ein Besessener Full-Contact-Karate in der familieneigenen Kampfschule lernte.

Immer mehr Berichte und Gerüchte und Mutmaßungen wurden analysiert und kommentiert, immer mehr Namen tauchten auf, immer mehr Opfer wurden genannt, bis sich alles in Felix' Kopf zu einem einzigen tosenden Blut- und Knochenschwall vermengte.

In was für einer Welt leben wir nur, dachte er, man läuft durch die friedlichsten Straßen, und doch sind es die gefährlichsten, man sieht normale Menschen, und doch sind es potenzielle Mörder. Man sieht einen harmlosen Baum, und doch ist es nur ein Versteck für den nächsten Würger, man hört ein normales Auto kommen, und doch sitzt darin eine Todesschwadron. Die ganze verdammte Stadt ist in Wirklichkeit ein Schlachtfeld.

Felix ließ die Namen und Daten in einer Endlosschleife an sich vorbeiziehen. Schulze-Blaschek-Gehrens, sie sind es, die aus jeder Straße einen Schützengraben machen, aus jeder Busfahrt einen Selbstmordversuch, aus jedem Partybesuch ein Himmelfahrtskommando, aus jedem falschen Blick ein Todesurteil. Es ist das immer gleiche Personal in den ewig gleichen Berichten, in den nur leicht variierten Kriegsberichten, wie man sie ja nennen musste. Denn für ihn und die anderen herrschte da draußen Krieg, ein Krieg, von dem seine Eltern, die Nachbarn, ja nicht einmal seine Geschwister etwas mitbekamen. Er schon. Viel zu viel bekomme ich davon mit, erboste sich Felix jetzt. Was ist das eigentlich für ein verkommenes Land, in dem diese Töter und Knochenbrecher die Straßen beherrschen, und keiner merkt es außer uns? Wo wir uns in der eigenen Stadt bewegen müssen, als wäre es Beirut?

Plötzlich tauchte Christoph aus seiner Kiffwolke auf, um sich kurz in die Niederungen des trivialen Seins der anderen zu begeben.

»Wo ich gerade Kalkwerk höre. Da hat der Hölzenbein vorgestern einem das Auge ausgetreten«, sagte er sehr langsam.

Der Joint hatte Christoph die Lider bis auf einen winzigen Strich hinuntergeklappt und die Sprechmuskulatur arg entspannt, aber wenn es – wie jetzt – drauf ankam, ließ er keine Gelegenheit aus, alle mit seinem Spezial- und Sonderwissen zu beeindrucken, auch wenn sich seine Sätze nur sehr langsam über die Lippenrampe quälten. Wegen seines Vaters, der Chefarzt war, wusste er immer mehr als alle anderen. Genug jedenfalls, um in der unbarmherzigen Aufmerksamkeitsschlacht an der Bank die Oberhand zu gewinnen. Das ist doch die trostlose Wahrheit, dachte Felix, es geht nur darum, dass man all die anderen Zeitabsitzer mit ein paar möglichst exklusiven Informationen zum Schweigen verdammt und selbst für ein paar heilige Sekunden so etwas wie Zuwendung erfährt.

Nur wer etwas Spannendes beisteuern kann, hat eine Chance. Bloß niemanden mit persönlichem Dreck belästigen, das will keiner hören, dafür sind alle viel zu cool, resümierte Felix und ärgerte sich maßlos, dass er vor ein paar Minuten in einer schwachen Sekunde auf Mikes Frage, die in der konkreten Situation geradezu aufrichtig interessiert geklungen hatte, warum er denn so bedröppelt dreinschaue, gequält grinsend den Antwortsatz mit »Die Nadja …« begonnen hatte, nur um sofort von der betont theatralischen Mike'schen Bulldozer-Stimme vor allen mit den Rasierklingenworten

»Der arme Felix ist mies drauf, weil die holde Nadja es wild mit anderen treibt« in kleinste Teile zerstückelt zu werden. Was war er bloß für ein Schwachkopf, was hatte er denn erwartet, ausgerechnet von Klostein-Mike?

Mein Hirn ist eine einzige Synapsenverwirrung, dachte Felix, da stimmen die Anschlüsse vorne und hinten nicht, und dann präsentieren sie einem eben die Quittung für dieses Dauerblackout. Plötzlich dämmerte ihm, was Christoph gerade gesagt hatte.

»Moment, warte mal, meinst du echt Hölzenbein, unseren Hölzenbein?«

Felix betete, dass er sich verhört hatte und die anderen bereits zu bedröhnt waren, um die nackte Angst in seiner Stimme zu spüren.

»Ja, genau den.«

Man glaubt, man ist in der dunkelsten aller Gruften, dachte Felix, und dann macht jemand ein noch schwärzeres Verlies auf. Man denkt, schlimmer kann es nicht mehr kommen, und dann kommt es noch viel schlimmer. Felix spürte, wie sein Gehirn heißer wurde und den Alkohol verdampfen ließ.

Der Hölzenbein. Das Tier, das ihn im Februar krankenhausreif geschlagen und seinen Abtransport lachend mit den Worten kommentiert hatte – so berichteten Christoph und Tom später –: »Ab heute bist du richtig auf meiner Liste.« Seine Eltern hatten Felix in völliger Verkennung der wahren Gesetze der heimischen Todeszone gezwungen, gegen Hölzenbein Anzeige zu erstatten. Einen Tag später hatte ihm Lockenköpfchen vor dem Gymnasium aufgelauert und ihm grinsend mit seiner linken Hand eine wortlose Halsabschneide-Geste gemacht. Daraufhin hatte Felix trotz angedrohter Enterbung seine Anzeige zurückgenommen. Die leicht verärgerte Polizei hatte ihm bei dieser Gelegenheit mitgeteilt, es seien ohnehin so viele Verfahren gegen Hölzenbein anhängig, dass der bald für längere Zeit im Bau verschwinden würde. Lange genug jedenfalls, um die Schule zu beenden und danach auszuwandern, hatte Felix gehofft. Wieso also war der Hölzenbein, dieser Lebensvernichter, doch noch im Einsatz?

»Ja, genau, DEIN Hölzenbein. Ein Freund von mir hat es gesehen. Scheiße, mit der Stiefelspitze ins linke Auge, und die arme Sau lag eh schon am Boden, Mannomann. Und Hölzenbeins Freunde haben sofort gebrüllt: Das war Notwehr! Felix, dein Hölzenbein ist ein Tier!«

»Ja, ein Tier«, schrie Mike.

»Der Wichser schlechthin«, stöhnte der Roloff.

»Ein Irrer, dein Hölzenbein«, fügte Tom anklagend hinzu.

Mein Hölzenbein, dachte Felix erregt und strich sich an der Lippe lang, die sie nach Hölzenbeins Tritten mit eindrucksvollen sechs Stichen hatten nähen müssen. Die Aufmerksamkeit und respektvollen Blicke, die er dafür und für den lächerlichen Nasengips geerntet und auch ein bisschen genossen hatte, waren nur ein schwacher Trost gewesen für die Schmerzen, die bleibende Lippennarbe und den kleinen Höcker auf seinem Riechorgan.

Mein Hölzenbein, dachte Felix, das sagen ausgerechnet diese nichtswürdigen Entkommer. War das jetzt ein besonderes Privileg, von dem halb umgebracht zu werden? Habe ich meinen neuen Kumpel Hölzenbein vielleicht zum Augenaustreter gemacht, weil er sich bei mir noch nicht richtig austoben konnte, der arme Kerl, oder was? Die spinnen doch alle. Die Wahrheit ist, Nadja ist weg, und ich kriege vom Hölzenbein bald die Augen ausgetreten, das ist vielleicht seine neue Spezialität, die er bestimmt noch verfeinern will, so ein Perfektionist, wie der ist, überlegte er.

»Kohle raus, Bier ist alle.«

Mike stieß ihn an und hielt die Hand auf. Felix gab ihm ein paar Münzen. Mike quittierte das mit einem übertriebenen Kussmund dicht vor seinem Gesicht:

»Danke, Schatz, und nicht weglaufen, Papi kommt gleich wieder mit neuem Stoff!«

Gerd, Tom und Mike verschwanden schwatzend in der Dunkelheit, begleitet vom rhythmischen Scheppern der leeren Flaschen in den Bierkästen. Mittlerweile hatten sich die Jüngeren näher herangetraut, und als sie merkten, dass sie niemand daran hinderte, werteten sie das als Zeichen unausgesprochenen Einverständnisses. Sogleich begannen sie, kleinere Tüten zu bauen, die sie dankbar für das Teilhabendürfen kreisen ließen. Und für ein paar Minuten hatte man das Gefühl, hier genoss eine verschworene Gemeinschaft das simple Glück gemeinsamen Seins an einem lauen Sommerabend. Aus den Ghettoblaster-Boxen schrie Tommi Stumpff etwas von seinem goldenen Schlagring, Cure wanderte durch hängende Gärten, und Slime ließ den Himmel brennen. Es roch nach schwarzem Afghanen. Bald hörte man den Biertrupp näher kommen. Klar stach Mikes gackerndes Stakkato aus dem Dunkeln hervor, unterlegt von ein paar helleren Stimmen, die unmöglich zu Gerd und Tom passten.

»Entweder wir haben hier gleich ein Eunuchenzentrum, oder ich höre da tatsächlich ein paar Elfenstimmchen«, bemerkte der Roloff.

Die Runde wachte auf. Lippen, die eben kaum noch den Joint hatten halten können, formten nun Worte, manche gar Sätze.

»Was? Kann nicht sein?«

»Wie, echt?«

»Wer denn, wie denn, was denn?«

»Stimmt, jetzt höre ich es auch!«

»Unfassbar!«

»Wenn es wieder eine von Mikes Ex ist, gehört die mir.«

»Beim Heiligen Roten Libanesen, halt dich da raus.«

»O gütiger Häuptling moosgrüner Zahn, wie können wir ihm bloß danken?!«

Schon standen Mike, Tom, Gerd und drei Mädchen im Lampenlicht, zwei blonde und eine kahlgeschorene, die Felix alle schon öfter aufgefallen waren, mit denen er aber noch nie geredet hatte, auch wenn Jungs wie Mike sie ganz gut kannten.

Die Rückkehrer knallten die vollen Kästen unter die Bank, und Mike verkündete stolz: »Darf ich vorstellen, meine Herren, das sind Anna, Bella und Conny. Stellen Sie bitte das Rülpsen ein und benehmen Sie sich. Und jetzt, meine Damen: Prost!«

Alle lachten, während Mike den Mädchen die Bierflaschen öffnete. Mit einem beunruhigenden Grinsen stellte er sich plötzlich direkt vor Felix.

»Jetzt ist Schluss mit dem Frust, verstanden?! Vergiss sofort die bescheuerte Nadja, das ist ein Befehl …!«

»Aber Nadja ist gar nicht …«

»Felix, halt mal den Rand! Was glaubst du denn, warum ich hier mitten in der Nacht mit diesen Mädels auflaufe, während wir alle einen gemütlichen Abend unter uns haben könnten? He? Kann es sein, dass dir der liebe Mike gerade aus dem tiefen Tal der Depression helfen will, ja?!«

»Aber Mike …«

»Leck mich. Ich kann mir dieses Elend nicht mehr länger mitansehen. Siehst du die da vorne, ja, die mit der Glatze, die grad rüberguckt, genau. Das ist Anna. Den Namen hast du doch schon mal gehört, oder?«

Felix drückte den Arm runter, mit dem Mike zur Seite zeigte. Das kann doch nicht wahr sein, dass der mit seinem Ofenrohrarm vor allen einfach auf das Mädchen zeigt. O Gott, jetzt guckt die auch noch genau zu uns rüber.

»Ist das nicht diese Coole, die immer ältere, so ganz harte Freunde hat …?«, bemerkte Felix hilflos.

»Papperlapapp, vergiss den Unsinn«, schnitt ihm Mike das Wort ab und drückte sich noch näher an ihn.

Der wird jetzt echt sauer, bemerkte Felix erschrocken und

sog unfreiwillig die Bierausdünstung aus Mikes Mund ein, da muss ich aufpassen, wenn Häuptling moosgrüner Zahn sauer wird, versteht der keinen Spaß – zack, schon hat man Klosteine im Mund, das kennt man doch.

»Das Wichtigste ist für dich, dass die es mit fast jedem macht«, zischte ihm Mike verschwörerisch und vielleicht eine Spur zu aggressiv, ganz bestimmt aber 100 Dezibel zu laut ins Ohr.

Was sollte das denn heißen? Felix hoffte auf das schützende Gefühl einer spontanen Ohnmacht, die sich aber leider nicht einstellen wollte.

»M-i-t-f-a-s-t-j-e-d-e-m«, schrillte es in seinem Kopf.

»Mike, ich weiß nicht, ob ich das …«

»Felix, geh mir nicht auf den Senkel. Ich bin der Weihnachtsmann, und das ist allein deine Bescherung.«

Mike konnte sich kaum noch beherrschen vor Freude über seine eigene Großzügigkeit und schubste ihn gackernd Richtung Anna.

»Anna, darf ich vorstellen, mein charmanter Freund Felix, der dich gerne mal kennenlernen würde …«

Felix konnte gerade noch rechtzeitig abstoppen, sonst hätte er Anna gleich umgerempelt. Jetzt nur keinen Mist bauen, flehte er sich innerlich an und spürte förmlich, dass die Mike'schen Überwachungsaugen wie Saugnäpfe in seinem Nacken klebten, jetzt nur locker bleiben. Denn mittlerweile hatte sich seine Denkblockade etwas aufgelöst, und Daten und Fakten zu Anna, der legendären Anna, wie man sagen musste, kamen ihm in den Sinn.

»Hallo, Anna, ich bin Felix.«

»Hallo, Felix, schön dich kennenzulernen. Habe schon viel von dir gehört.«

Leise berührten sich ihre Bierflaschen, und für einen Augenblick glaubte Felix, in ihren Augen trotz der Dunkelheit ein Funkeln auszumachen.

Was sollte das heißen, ›Habe schon viel von dir gehört‹?, fragte er sich, sofort aufs heftigste verunsichert. Was denn?, hätte er gerne gefragt, traute sich aber nicht. Mike konnte ihr erzählt haben, dass er ein deprimierter Miesepeter war, der dringend mal aufgeheitert werden müsse. Völliger Blödsinn, befand Felix sofort, so etwas würde Mike, der größte Zyniker unter der Sonne, nie und nimmer machen, wie ein birkenstocklatschender Therapeut würde sich der Mike dabei vorgekommen, das konnte man ausschließen. Er merkte mit Unbehagen, wie sie ihn weiter anlächelte.

»Ich auch von dir«, hörte er sich mit brüchiger Stimme sagen, nein, eher krächzen, wie er zugeben musste.

»Ach ja? Na dann ist ja alles gut, wenn wir schon so viel voneinander wissen«, antwortete sie lachend und nahm einen Schluck aus der Flasche.

Super, Felix, echt super, du schießt ja hier schön einen Bock nach dem anderen mit deinem Gestammel, und das ausgerechnet bei der legendären Anna. Sie galt doch als die Frau, die jede chemische Substanz auf diesem Planeten bereits ausprobiert hatte, wie ihm jetzt wieder einfiel, die schon Trips genommen hatte, als er noch in kurzen Hosen mit der katholischen Jugend auf Wanderfahrten gewesen war, die in jeden Schuppen hereinkam und von den coolsten Typen mit Küsschen begrüßt wurde, und die – Felix musste schlucken – es bereits mit Jungs in deren Autos getrieben hatte, so hieß es, als sie noch keinen kannten, der alt genug für einen Führerschein gewesen wäre.

»Alles in Ordnung, Felix?«

Sie lächelte ihn an, wirklich freundlich an, wie er fand.

»O ja, bestens, danke.«

Das wird ja eine tolle Unterhaltung, du Kommunikationsgenie, dachte Felix und prostete ihr verlegen zu, wenn das so weitergeht, wird sie morgen allen erzählen, was für eine öde Flachpfeife ich bin. Zum Glück stieß in diesem Moment Mike mit Bella zu ihnen. Mike blinzelte ihm zu. Felix zwinkerte erleichtert zurück. Der gute Mike, eben noch der Furchtbarste, jetzt schon der Retter, ein echter Freund, der mich vor dem Absturz bewahren will. Das erste Mal seit langer Zeit war er dankbar für das hektische Geschnatter, mit dem Mike mühelos Bella, Anna und ihn unterhielt. Sie redeten über Bands und Gigs und wer wen woher kannte und wann und in welchem Zustand getroffen hatte und was dann mit dem und dem und der und der passiert war, der ganze Mikrokosmos ihres kleinen Paralleluniversums Nachtleben wurde in allen Einzelheiten abgeglichen.

Anna hatte, so hörte er mit wachsender Freude heraus, ähnliche Konzerte besucht, gleiche Platten gehört, und wenn ihm der wachsende Biernebel nicht einen Strich durch die Realitätsrechnung machte, spürte er ihren Blick auf sich ruhen. Das fühlte sich sehr gut an. Nicht nur, weil er merkte, dass die anderen bewundernd zu ihm rüberschauten von Zeit zu Zeit. Denn in all den oft ätzenden und abfälligen Gerüchten und Erzählungen über die legendäre Anna, das wurde ihm immer klarer, schwang vor allem Angst und noch viel mehr Ehrfurcht mit. Weil da eine ist, die uns allen was voraus hat, wie Felix sie jetzt mal loben musste. Die Jungs hatten Schiss vor einer wie ihr, die einfach ihr Leben lebte, ohne einen Deut darauf zu geben, was die anderen von ihr dachten. Die Mädchen auf der Schule hassten sie, die Lehrer hassten sie, die Eltern der anderen hassten sie, und ihr war das alles egal.

Immer wohlwollender betrachtete Felix Anna, die ihn immer offener anlächelte. O.k., dachte er, das sieht schon hart aus mit diesem großen runden Glatzenschädel, und da war auch ganz schön viel Metall im Gesicht, aber unter ihrem T-Shirt spannte es sich vielversprechend und aus den ramponierten Springerstiefeln ragten beachtliche Beine, die eine zerrissene Strumpfhose verdeckte. Eigentlich ist die echt cool, beschloss er beim nächsten Bierholen auf dem kurzen Weg zur Bank, wir sind ja hier auch nicht auf der Modemesse, oder was? Die Wahrheit ist doch, Nadja ist weg und treibt es mit irgend so einem Lackaffen, ohne einen Gedanken an mich zu verschwenden, lässt es sich immer wieder von ihm besorgen, in allen verrückten Stellungen womöglich, in ihrem Zimmer, in seiner Wohnung, in der Küche, auf dem Sofa, und wahrscheinlich schreit sie dabei immer extra laut und, ach, und Scheiße, dachte Felix mit plötzlicher Entschlossenheit, Schluss damit, du stehst hier mit der legendären Anna, und das ist heute dein verdammter Abend.

Als er mit zwei neuen Flaschen zu ihr zurückkehrte, sah er, wie sie ihn von oben bis unten musterte. Sie war alleine. Er spürte einen rasend schnell wachsenden Flammenherd, der sich vom Magen bis zur letzten Faser seines Körpers ausweitete und ihn wie in Trance ihre Frage vernehmen ließ:

»Sag mal, wo schläfst du heute Nacht eigentlich?«

Aus Annas Kajal-Augen schossen zwei Laserstrahlen, die seinen Verstand zerstäubten und Felix' Autopiloten aktivierten.

»Da, wo du heute auch schläfst.«

Felix konnte es nicht glauben. Das habe ich nicht gesagt, sagte er sich, ich fasse es nicht.

»Ach ja? Und wo, glaubst du, wird das sein?«

»Bei mir.« (Ich fasse es nicht, ich fasse es nicht.)

»Na dann.«

Felix spürte Helium in seinem Schädel, das ihn abheben und mechanisch das Notwendige erledigen ließ. Er drückte dem verdutzten Mark seinen Fahrradschlüssel in die Hand, erklärte ihm, wo er sein Rennrad angekettet hatte, ließ sich von Gerd noch etwas Gras und Papers in die Hand drücken, denn er kiffte zwar nicht so gerne, wollte aber unter gar keinen Umständen vor der legendären Anna zu Hause zu verklemmt wirken. Benommen nahm er ihre Hand und führte sie unter den anerkennenden Blicken der anderen Richtung Taxistand.

»Was werden deine Freunde jetzt denken?«, fragte Anna grinsend.

»Ist mir total egal« antwortete der neue Felix, »ist ja nicht mein Problem.«

Der Taxifahrer guckte etwas seltsam, als sie hinten ein-stiegen, die Glatzen-Anna und er, der leicht schwankende Helium-Felix.

Schweigend glitten sie durch die Nacht, vorbei am großen Fluss, über lampenhell erstrahlte, menschen- und autoleere Straßen. In der Ferne rückten die Lichter des Neubauviertel-West näher, die Felix auch aus seinem Zimmerfenster sehen konnte, wenn er sich weit genug hinauslehnte.

So schnell ändert sich ein Leben, dachte Felix, eben noch der Depressivste, der Kleinlauteste, der Beschämteste, plötz-lich fährt man Taxi, als ob man nie etwas anderes gemacht hätte, fährt mit Glatzenfrauen nach Hause, um – ja, um was eigentlich dort genau zu machen? Ein Angstpfeil bohrte sich in die Haut von Helium-Felix, der sofort zusammensank.

Anna schmiege sich an ihn und legte eine Hand auf seinen Oberschenkel.

Felix fühlte Panik in sich aufsteigen.

Er versuchte, seine heftiger werdende Atmung unter Kon-trolle zu kriegen.

Fängt die jetzt etwa an, meinen Schenkel zu streicheln? Die bewegt doch ihre Hand, da streichelt doch was, und warum so weit vorne, gewissermaßen in Knienähe? Will die vielleicht unauffällig mein Erregungspotenzial testen? Was erwartet die denn für Sensationen, dachte Felix bestürzt.

Die ersten Grundstücke seines Viertels tauchten auf, das wegen seiner gepflegten Gärten aus einer Mischung aus Tatsachenbeschreibung und Neid auch Rosen-Siedlung ge-nannt wurde. Stattliche Einfamilienhäuser wohlanständiger

Bürger, die im tiefen Schlaf um diese Zeit Kraft tankten für die Mühen des morgigen Büro-Tages – während er mit seiner Nymphomanin ins Ungewisse brauste. Aber was für ein Glück er doch hatte, dass seine Eltern ihn hier alleine weiter wohnen ließen, obwohl sie selbst mit seinen beiden kleinen Geschwistern vor ein paar Monaten in den Norden gezogen waren, wo sein Vater einen noch wichtigeren Führungsposten bei der Versicherung übernommen hatte. Weil sie ihn so kurz vor dem Abitur nicht aus der gewohnten Umgebung reißen wollten, unterhielten sie für eine Übergangszeit zwei Häuser. Sonst hätte er jetzt nie und nimmer Anna mitnehmen können.

Er ließ den Taxifahrer nicht direkt vor dem Haus, sondern etwas weiter entfernt neben dem kleinen Brunnen am Parkplatz anhalten, damit kein Nachbar durch den Autolärm auf sie aufmerksam würde. Hektisch drängte er Anna ins Haus.

Als sei sie schon hundertmal hier gewesen, holte sie sich sogleich ein Bier aus dem Kühlschrank in der Küche, inspizierte kurz diesen und jenen Raum, zog ihre Stiefel aus und legte die Füße mit den löchrigen Strümpfen auf den Marmortisch. Ihr Kajal-Stift war verlaufen, die Glatze schimmerte grauschwarz.

»So, und jetzt?«, fragte sie etwas zu gelangweilt, die Augen halb geschlossen.

Tolle Frage, dachte er, wer macht es denn bekanntermaßen mit »fast jedem«, wer treibt es denn vollgedröhnt andauernd mit der halben Stadt?

»Willst du vielleicht Gras rauchen?«

»Echt? Hast du was da?«

»Ja klar, hier!«

Glücklich, richtig vorbereitet zu sein, legte Felix Gerds Plastikbeutel auf den Tisch. Während Anna einen Stick baute, verschwand Felix im Bad und hielt den Kopf unter Wasser.

Fassen wir einmal kurz alles zusammen, versuchte er die Situation in den Griff zu kriegen: Nebenan, im verdammten Wohnzimmer meiner Eltern – o Gott, o Gott, wenn die das wüssten –, sitzt die mannstolle, legendäre Anna mit illegalen Drogen und erwartet doch bestimmt jetzt ein bisschen mehr Programm. Küsse ich die jetzt einfach, oder was?, überlegte Felix kurz, sah aber dann vor seinem inneren Auge das Herpesbläschen in ihrem linken Mundwinkel in Riesenaufnahme.

»Sag mal Felix, kommst du, oder bist du schon eingeschlafen?«, hörte er Anna rufen.

Wie oft hatte er sich das schon vorgestellt, wie das wäre, jemanden kennenzulernen und gleich mit der intim zu werden, mit Anfassen und so, das ganze Zeug halt, was alle immer als One-Night-Stand bezeichneten und anscheinend immerzu praktizierten. Alle – außer ihm.

Er musterte sich kritisch im Spiegel.

So völlig verwachsen sah er wirklich nicht aus, wenngleich sich der liebe Gott etwas mehr Mühe hätte geben können, ein bisschen mehr Liebe zum Detail, das hätte ihm schon gutgetan. Er war eher das Modell Standardbausatz – Nase, Augen, Mund, Ohren – alles dran? Der Nächste, bitte. Zack, zack. Da ein bisschen zu viel Masse, hier zu wenig Eleganz in der Linienführung, er war eher der robuste Typ, räumte er unfroh ein. Aber andere hatte es doch viel härter erwischt, da war das Regal mit den Standardbauteilen wohl schon alle gewesen.

Der Tom etwa musste doch mit seinem Alien-Schädel als 1-a-Betriebsunfall in den himmlischen Büchern vermerkt werden, oder Mike, das klassische Rübengesicht mit einem Kiefer wie ein Hammerhai. Und trotzdem, fügte er resigniert hinzu, trieben es all diese Nussknackervisagen und Akneopfer irgendwie doch tagein, tagaus mit den schärfsten Mädchen. Im Gegensatz zu ihm, der immer nur an Nadja denken konnte. Aber jetzt war hier eine Möglichkeit, endlich auch das Ticket für den One-Night-Stand-Club zu lösen.

Er atmete tief ein.

Sollte Nadja doch sehen, was sie davon hatte, dass sie ihn so verschmähte. Seine Nadja. Wie sie ihm im Vorbeigehen auf dem Schulhof mit gespielt unschuldigem Augenaufschlag die Haut vom Leibe schälte und ihn als offene Wunde zurückließ. Jetzt könnte er sich aus dem Opfersessel stemmen, in den sie ihn gepresst hatte, dachte Felix, das war seine Gelegenheit zur unerbittlichen Rache.

Im Wohnzimmer – im elterlichen Rauchverbotswohnzimmer! – roch es süßlich, helle Qualmschwaden hingen in der Luft. Die Wohnung ist praktisch jetzt schon hin, dachte Felix. Da reicht kein Raumluftspray mehr, da muss morgen renoviert werden, sonst …

»Felix!«

Anna grinste ihn vom Sofa mit rotgeäderten Augen an.

»Äh, ja?«

»Willst du auch mal ziehen?«

»Ja, warum nicht, gib her.«

Er nahm die unförmige Zigarettenwurst und sog an dem feuchten Pappfilter. Damit ist mir der Herpes schon mal sicher, dachte Felix.

»Habt ja eine feudale Hütte hier«, sagte Anna, ohne dass er aus der Tonlage hätte schließen können, ob sie das als Lob oder als eine ironische Form eigentlich vernichtender Kritik – Ihr Spießer! Ihr Bonzen! – meinte. Gemächlich ging sie Richtung Bad und streifte ihn kurz mit dem Arm.

»Bin gleich wieder da.«

»O.k., ich warte.«

Ich warte, ich warte, o.k., ich warte, äffte sich Felix sofort innerlich nach. Du bist ja ein echtes Sprachgenie, sensationell, was du für lockere Sprüche raushaust. Er legte den Joint in den Aschenbecher.

Wieso hat die meinen Arm gestreift? War das ein Signal? Und warum ist es im Bad so still? Erwartet sie, dass ich hinter ihr herlaufe, ihr die Kleider vom Leib reiße und es ihr gleich da drin besorge? Er hörte die Toilettenspülung und atmete erleichtert auf. Entspannt lehnte er sich auf dem Sofa zurück. Was war er doch für ein cooler Hund. Da saß er leicht bekifft und alkoholisiert morgens um drei im Wohnzimmer seiner Eltern, und aus dem Bad würde gleich die legendäre Anna kommen. Und alle hatten gesehen, wie er mit ihr abgezogen war. Das wäre in den nächsten Tagen auf jeden Fall überall DIE Sensation. Da wird Frau Nadja aber staunen, dachte Felix zufrieden, da wird sie sich vielleicht doch einmal fragen, ob sie die richtige Entscheidung getroffen hat.

»Na, worüber denken wir denn nach?«

Erschrocken blickte er auf. Anna stand vor ihm.

Nackt.

Direkt vor seinem Gesicht sah er ihr Geschlecht, das sich ihm wie ein gefährliches kleines Tier langsam näherte. Auweia, dachte Felix. Er wusste nicht, wohin er blicken sollte. Unwillkürlich hatte er sich etwas aufgerichtet, die Nase jetzt praktisch vor ihrem Weiblichkeitszentrum. Da hat sie aber keine Glatze, dachte er und ärgerte sich sofort über diesen überflüssigen Gedanken.

Anna setzte sich mit gespreizten Beinen auf seinen Schoß, zog ihm wortlos das T-Shirt aus und fing an, am Reißverschluss seiner Hose herumzunesteln, während sie ihm ihre Zunge in den Mund drückte.

Das fühlt sich nicht schlecht an, dachte Felix benommen und bedauerte, dass er ihr zuvor keine Zahnbürste angeboten hatte. Die ist ja ein richtiger Zungenbohrer, dachte er verblüfft, die schraubt sich ja regelrecht in mich rein. Die will mich wohl gleich in Grund und Boden drechseln.

Anna versuchte vergeblich, seinen Reißverschluss zu öffnen, ließ sich etwas zur Seite aufs Sofa fallen und deutete ihm mit Ruckelbewegungen an seinem Gürtel an, die Hose auszuziehen. Mechanisch leistete er Folge und hoffte dabei inständig, er möge doch bitte, bitte eine verdammte Erektion haben – spüren konnte er das im Moment nicht richtig.

Anna hatte sich längs aufs Sofa gelegt, die Augen halb geschlossen, die Beine leicht gespreizt. Er sah ihre Scham und bemerkte die Metallstücke in ihren aufrecht stehenden Nippeln, während er endlich seinen rechten Fuß aus dem verhedderten Hosenbein ziehen konnte. Erleichtert begutachtete er für einen Moment seinen Schwanz, der o.k. aussah.

Anna richtete ihren Oberkörper ein wenig auf, griff seine Hand und zog ihn auf sich drauf.

»Los jetzt!«

Die ist ja eine richtige Romantikerin, dachte Felix noch, während er sich auf dem viel zu schmalen Sofa zwischen ihre Beine quetschte. Anna hatte die Augen geschlossen und mit einer Hand seinen Schwanz schon umgriffen, bevor er eine vernünftige Position für seine rechte Hand zwischen ihrem Kopf und der Lehne gefunden hatte, die linke drohte derweil an der Sofakante abzurutschen.

»Komm!«, sagte Anna nochmal.

Die hat gut reden, dachte Felix, legt sich da faul hin und kriegt gar nicht mit, welche Kämpfe ich hier auszustehen habe. Plötzlich drückte Anna ihr Becken etwas weiter nach unten. Er spürte, wie er in sie eindrang.

»Langsam«, sagte Anna und umklammerte mit beiden Händen seinen Hintern.

Was heißt hier »langsam«, dachte Felix und stützte sich rechts in einem sehr instabilen Winkel mit dem Unterarm auf der Lehne ab, ich habe mich doch noch gar nicht bewegen können.

Annas Hände drückten ihn weiter in sich rein.

Gleichzeitig schob er die linke abrutschende Hand wieder etwas mehr zu ihrem Kopf auf den ebenen Teil des Sofas. O.k., o.k., so könnte es gehen. Langsam fing er an, sich rhythmisch zu bewegen. Er hatte sich gerade vier- oder fünfmal hin- und hergeschoben, als sie plötzlich wimmerte. Vor Schmerz, du Vollprofi, wie ihm augenblicklich in den Kopf schoss. Kaum bewegt, schon musst du den Notarzt rufen. Eben noch der Hilfloseste, der Ungeschickteste, jetzt schon der Folterer, der Schmerzbereiter. Ich bringe sie um und merke es noch nicht mal, ich bin das Allerletzte. Erschrocken hielt er inne.

»Anna, habe ich dir wehgetan?«

Sie antwortete ihm nicht und verstärkte den Druck ihrer Hände auf seinen Hintern. Das verstehe, wer will, sagte sich Felix, aber bloß nicht zu viel Aufsehen erregen. Angespannt und hellhörig bewegte er sich weiter. Das Spiel wiederholte sich nach wenigen Sekunden. Es erklang ihr leises, helles Wimmern, er hörte auf, sie drückte verstärkt auf seinen Hintern. Er beschloss irritiert, sie fortan zu ignorieren. Doch aus dem Wimmern wurde langsam eine Art Grunzen, das schließlich in ein schrilles Quieken ausartete. Das klingt ja wie auf dem Bauernhof, dachte Felix und starrte Anna an, die unter ihm mit geschlossenen Augen aus dem halb geöffneten Herpesmund immer absonderlichere Töne von sich gab. Die übertreibt doch, überlegte Felix kurz und fühlte sich merklich von der Sache abgelenkt. Die spielt schon die Entzückteste, während du noch Schwarzbrot servierst, die verhöhnt dich bereits jetzt, so kaltblütig ist die.

Immer heftigere Schallwellen drückten sich in sein Ohr, ihr Mund nur wenige Zentimeter entfernt.

Plötzlich musste er an das Rentnerpärchen denken, an das seine Eltern seit geraumer Zeit Teile des ersten Stocks vermieteten, damit er sich in dem großen Haus nicht so alleine fühlte, wie seine Mutter immer betonte. Wenn die Alten über uns das Gequieke hören, bin ich geliefert, die drehen doch durch, überlegte Felix, die rufen glatt die Polizei, und ich kann es ihnen nicht verdenken. Werden um halb vier morgens durch das Unmenschliche, allzu Unmenschliche aus dem Bett geschüttelt, fallen aus der Welt und der Zivilisation wie nie zuvor. Bei solchen Lauten ruft jeder redliche Mensch die Polizei, weil man das Schlimmste befürchten muss. Es konnte also nur noch eine Frage von Sekunden sein, bis er die Sirenen hörte, bis die Spezialeinheiten die Pforte aufsprengten, durchs Gartenfenster einstiegen, sich über dem Dach abseilten, um ihn mit Frau Glatze auf Mutters Lieblingssofa zu finden, der Joint noch im Aschenbecher glimmend. Danach bliebe nur noch die Auswanderung, die Flucht, am besten der Selbstmord.

Felix spürte einen hysterischen Überlebenswillen aufkommen. Verzweifelt versuchte er, Anna mit einer Hand den Mund zuzuhalten, doch wenn er die rechte Hand nahm, drohte er nach links abzustürzen, und mit der linken Hand brauchte er es erst gar nicht zu versuchen, da der rechte Unterarm auf der Lehne allein nicht ausreichte, um das Gleichgewicht zu halten.

Eine schöne Scheiße ist das, dachte Felix inmitten des gellenden Grunz- und Quiekkonzerts und blickte sich hilfesuchend im Wohnzimmer um, während er sich bemühte, im Rhythmus zu bleiben. Darauf wartet die doch nur, dass ich hier abbreche und ihr so einen noch viel größeren Anlass liefere, mich zum Verspottetsten zu degradieren. In diesem Moment fiel sein Blick durch die riesige Glasfront in den nächtlichen Garten, an dessen Rand sich die anderen großen Häuser der Siedlung abzeichneten. Dass da um diese Zeit bei einigen noch Licht brennt, bemerkte er verwundert und bemühte sich, Annas Geräuschpegel zu ignorieren, das ist ja allerhand.

Er stutzte kurz. Sofort drückten Annas Hände wieder zu.

Jetzt erst fiel ihm auf, dass die Gardinen vor der großen Glasfront vollständig zurückgezogen und praktisch alle Lampen und Strahler im Wohnzimmer an waren. Draußen ist es dunkel, drinnen gleißend hell, dachte Felix, das heißt doch, und die jähe Erkenntnis ließ ihn schwindeln, dass man uns von den anderen Häusern sehen kann wie auf einer verdammten Rockbühne. Ich vögel auf Mutters Sofa die Glatzen-Anna, und praktisch die ganze Stadt schaut zu! Ich bin geliefert, ich bin am Ende. Er musste das jetzt schnellstens zu Ende bringen. Er beschleunigte seinen Rhythmus, was Anna mit einem Oktavensprung quittierte, schloss die Augen und versuchte, sich wieder auf seine eigentliche Beschäftigung zu konzentrieren. Aber nur mit Hilfe aller jemals erdachten Sex-Phantasien schaffte er es schließlich, in ihr zu kommen. Sofort sprang er auf, zog die Vorhänge zu, dimmte das Licht auf ein absolutes Minimum herunter und setzte sich erschöpft neben die zufrieden dreinblickende Anna, die sich einen neuen Joint drehte.

»Sag mal, Anna, verhütest du eigentlich?«

»Nö, du?«

»Wie, du verhütest nicht?!«

»Ja.«

»Wie ja, du verhütest also nicht?«

»Sagte ich bereits.«

»Ja, und was heißt das?«

»Was soll das schon heißen, du Schlauberger? Ich verhüte nicht, du verhütest nicht. Haben wir wohl ein kleines Verhütungsproblem.«

Anna grinste mitleidig.

»Was gibt es denn da zu grinsen?«

Felix wurde zornig.

»Kleiner Scherz. Ich verhüte zwar nicht, aber mach dir keine Sorgen. Ich werde nicht schwanger.«

»Wieso wirst du nicht schwanger?«

»Weil ich nicht schwanger werde.«

»Woher willst du das denn wissen? Bist du unfruchtbar, oder was?«

»Nö, aber ich werde einfach nicht schwanger. Und jetzt langweil mich nicht.«

»Anna?«

»Ja, was denn noch?«

»Wann kriegst du denn wieder deine Tage?«

»In drei oder vier Wochen. Und jetzt halt endlich die Klappe.«

Anna reichte Felix den Joint. Ermattet zog er an dem Filter und analysierte kurz die Lage. Ich habe die Glatzen-Anna geschwängert, ich werde Vater. Bei meinem Glück kriegt die Zwillinge oder Drillinge. Das war's. Tschüss, Zukunft. Ich werde hier mit Schmuddel-Anna ein wahrscheinlich völlig verwachsenes Kind in die Welt setzen, bei der Chemie, die die in der Blutbahn hat, um bis ans Ende meiner Tage in einer miesen Dreizimmerwohnung im zehnten Stock mein Dasein zu fristen. Hallo, Nadja, ja, wäre auch gerne mit dir zusammen, muss aber jetzt wieder nach Hause zu Anna, du weißt schon, die Kinder.

Felix erschauderte. Die Mieter aus dem Schlaf geschrien, vor allen Nachbarn gevögelt, Mutters Sofa befleckt und Anna geschwängert. Keine schlechte Bilanz für einen Abend, das hatte er ja wieder glänzend hinbekommen.

Sie saßen ein paar Minuten nackt nebeneinander, schwiegen sich an, rauchten und leerten noch ein, zwei Bier, bis sie sagte, dass sie jetzt ins Bett wolle. Er führte sie durchs Treppenhaus hoch in sein Zimmer. Kurz vor seiner Schlafstätte, einer Art riesiger Liegewiese, pfiff sie anerkennend:

»Na, hier haben wir endlich mal ein bisschen mehr Platz.«

Sagte es und legte sich hin. Was wollte sie ihm damit sagen? Das konnte doch nur bedeuten »mehr Platz« für irgendetwas, was die Bezeichnung Sex endlich verdiente – und war damit nichts anderes als eine Radikalkritik an der Sofa-Aktion. Felix erstarrte. Die hatte ihn also praktisch jetzt schon zur größten Betten-Null der Beischlafgeschichte erklärt.

Ihm fiel ein, was ihm der Roloff kürzlich erzählt hatte, der Zeuge einer unglaublichen Unterhaltung in der Eisdiele neben der Schule geworden war. Atemlos und mit vor Unglaube geweiteten Augen hatte er ihm berichtet, wie sich eine glatzköpfige Frau, die nur Anna gewesen sein konnte, mit dem schönen André, wie sie ihn verächtlich, aber auch eingeschüchtert nannten, und Nadja über Sex unterhalten hätten. Seine Nadja, er hatte es gar nicht glauben wollen, aber Roloff hatte es bei seinem Leben geschworen. Dieses Trio also hätte sich genüsslich und in hemmungsloser Lautstärke über die Vorzüge bestimmter Geschlechtspraktiken ausgetauscht und sich durch immer detailliertere Schilderungen höchst exotisch klingender Techniken gegenseitig aufgestachelt. Das Gespräch hätte dann in der Aufzählung all der persönlich bereits vollzogenen Stellungen gegipfelt. Der Roloff hatte betont, und das kam Felix jetzt wieder in den Sinn, als es sich Anna vor ihm auf dem Bett gemütlich machte, dass die mit der Glatze das große Wort geführt und sich mit 18 Stellungen gebrüstet habe.

»18«, hatte Felix fassungslos ausgerufen, »das kann doch nicht sein!«

Doch der Roloff hatte wiederholt: »A-c-h-t-z-e-h-n.«

»Das glaube ich nicht!«

»Ich schwöre, sie hat es gesagt!«

»A-c-h-t-z-e-h-n?«

»Ja!«

»Roloff?!«

»Ja?«

»18, wir reden hier über 10 plus acht, ja?«

»Genau.«

»Du hast dich nicht vielleicht verhört, und sie meinte ›acht oder zehn‹, nein?!«

»Ehrenwort, das war kristallklar und völlig eindeutig a-c-h-t-z-e-h-n.«

Tagelang hatten sie anschließend verzweifelt versucht, mit den von Roloffs kleineren Schwestern heimlich entliehenen Barbiepuppen und nach der Lektüre diverser Pornohefte nachzustellen, was ihnen nachzustellen nicht möglich war.

»Das geht anatomisch gar nicht, nie im Leben«, hatte der Roloff ein um das andere Mal bemerkt, wenn sie wieder ratlos an den Plastikteilen gezerrt und schließlich Ken ein Bein und Barbie versehentlich den Kopf abgerissen hatten. Sie gaben deprimiert auf. Nur mit offensichtlichen Doppelzählungen kamen sie auf knapp ein Dutzend Stellungen. Da gab es also Gleichaltrige in ihrer Umgebung, die furchtbare Lichtjahre von ihnen entfernt auf einem Planeten der enthemmten Lust und ungezügelten Gier ein orgiastisches Dasein führten – und die nur mit Mitleid und Verachtung auf solche wie sie herabblicken konnten, das war klar.

»Felix, jetzt komm doch endlich.«

Anna schaute ihn an und streichelte dabei provozierend über einen ihrer Brustwarzen-Metallknöpfe. Und auf eine wundersame Weise löste dieser Anblick, gepaart mit der Wut, die er eben noch aufgrund der Erinnerungsqual verspürt hatte, plötzlich die ungeheuerste Erregungswelle in Felix aus, eine wahre Hormon-Springflut, ein Körperbeben, dem er, so beschloss er tapfer, nun mit größter Erbitterung nachgeben würde.

»Bin schon da«, sagte er heiser und löschte das Licht.

Als Felix aufwachte, drückten unsichtbare Gewichte auf seine Lider, sodass er nur blinzeln konnte. Benommen blickte er auf einen traurigen grauen Mond. Kleine Krater sah er und winzige helle Hügel, eine bizarre Landschaft in einem Stoppelfeld, geordnet nach einem Muster, das sich jeder irdischen Systematik entzog.

Der Mond riecht irgendwie nach Bier, dachte Felix müde.

»Ach du Scheiße.«

Felix rückte sein Gesicht von der Glatze weg, um sogleich vom himmlischen Kater-Beauftragten den Kopf wieder ins Kissen gedrückt zu bekommen.

Da lag sie.

Er starrte zur Decke.

Anna.

Er schloss die Augen.

Lichtblitze explodierten, eine grausame Erkenntnis löste sich aus der zerfasernden Dunkelheit vor seinen Augen und zog ihn in einen Sumpf aus Scham und Atemnot. Gleich explodiert der Herzmuskel, war sich Felix sicher. Das werde ich nicht überleben. Zum Glück nicht, wie er besänftigt hinterherschickte. Er wurde weiter in einen flirrenden Angst- und Peinlichkeitsstrudel gezogen, zum Grund allen Seins, wo seine nackte, entblößte Seele auf einem Messer aufgespießt wurde. Und als er – nach einem Seitenblick auf die Glatze, die gepiercten Brüste und den offenen Herpes auf ihrer Unterlippe – bereit war, sich mit seinem Ende abzufinden, explodierte der fürchterlichste aller Erinnerungsfetzen:

Sie hat nicht verhütet.

Du hast sie geschwängert.

Auf Mutters Sofa.

Und hier oben gleich nochmal, du Volltrottel, schrie er sich innerlich an. Weil du der Beschränkteste, der Kleingeistigste, der Lächerlichste bist. Weil du dachtest, jetzt ist es auch egal, in deinem leeren kleinen Kopf.

»Guten Morgen.«

Anna räkelte sich und berührte ihn mit den Fingerspitzen an der Schulter. Felix zuckte zusammen. Plötzlich ekelte ihn alles. Er ekelte sich vor sich selbst, er ekelte sich vor ihr, er ekelte sich davor, dass er sich vor ihr ekelte.

»Äh, guten Morgen. Wir müssen jetzt gehen.«

»Was? Nun mal langsam, erst einmal aufwachen.«

»Nein«, Felix richtete sich auf und versuchte, sich aus dem Griff des zähnefletschenden Erinnerungsmonsters zu befreien, »wir müssen sofort gehen. Ich habe einen Termin.«

»Was denn für einen Termin, Herr Manager?«

Anna lachte auf und rutschte näher an ihn heran.

»Schon vergessen? Wir haben alle frei.«

»Ich habe aber einen Termin«, wiederholte Felix und fragte sich verzweifelt, was er wohl für einen Termin haben könnte.

»Nun mach mal nicht die Pferde scheu. Was soll das denn plötzlich für ein Termin sein?«, fragte Anna, und tief in ihrer Stimme kündigte sich ein Gewitter an.

»Was ist das denn für eine Frage, ›Was soll das für ein Termin sein‹?«, antwortete Felix unwirsch.

»Das ist eine ganz normale Frage: Was soll das für ein Termin sein?«

Anna klang jetzt gereizt und hatte sich ebenfalls aufgerichtet.

Felix fragte sich immer verzweifelter, was das nur für ein bescheuerter Termin sein könnte, den er da angeblich hatte. Die treibt mich richtig in die Enge, dachte er zerknirscht, man will höflich sein, sie eröffnet die Treibjagd, man denkt, man steht am Notausgang, und da wartet sie mit dem Flammenwerfer und brennt alles nieder.

»Lass uns nicht streiten, ich habe eben einen Termin. Und deswegen müssen wir jetzt aufstehen, damit ich dich nach Hause fahren kann.«

»Wir streiten uns doch gar nicht, ich will einfach nur wissen, warum du mich morgens aus dem Bett schmeißt, wo wir doch alle freihaben, auch du«, sagte Anna jetzt mit sehr bestimmter Stimme.

Weil ich dich auf Mutters Lieblingssofa geschwängert und

mir außer Herpes wahrscheinlich Tripper und Syphilis eingefangen habe und deswegen sowieso bald sterbe oder aber, im schlimmeren Fall, durch unsere Kinder für immer an dich gekettet bin, dachte Felix.

»Anna, komm jetzt bitte. Ich geh schon mal runter.«

Er kämpfte sich hoch und wankte Richtung Tür.

»Darf ich wenigstens noch duschen?«, fragte Anna gereizt.

Duschen? Wieso will die denn ausgerechnet jetzt duschen, überlegte Felix irritiert. Sonst duscht die doch offensichtlich wochenlang nicht, und kaum hier, denkt die, wir machen hier einen Wellnessurlaub, oder was?

»Wenn's denn unbedingt sein muss, aber bitte schnell.«

»Ich weiß, ich weiß, du hast ja einen T-e-r-m-i-n …!«

Der Satz trieft vor Gemeinheit, dachte Felix, muss sie denn weiter in dieser Wunde rühren? Dachte die etwa, dass wir jetzt gemeinsam in die Flitterwochen fahren, oder was?

Während Anna duschte, überlegte Felix die nächsten Schritte. »Drei oder vier Wochen« hatte sie gesagt. Einundzwanzig oder fast achtundzwanzig Tage Ungewissheit, das überlebe ich nicht, dachte Felix und konzentrierte sich ausgelaugt auf das nächste Problem. Ich muss den Wagen aus der Garage holen. Wenn sie sofort mit rauskommt, wird sie ein paar Minuten vor dem Haus stehen. Und natürlich werden alle Nachbarn genau dann vor die Tür treten und das Glatzen-Monster erspähen, so werden sie Anna sofort taufen, diese Spießer, dachte Felix und nahm sie innerlich vor den Blockwartblicken der anderen in Schutz. Sie werden heuchlerisch grüßen und doch nur denken, er habe den Feind eingeschleust, das Tor für die Brut geöffnet, das Böse angelockt. Der Gedanke gefiel ihm sogar. Dann würden sie endlich spüren, dass er nicht auf ihrer Seite steht, dass er sie verachtet in ihrer bräsigen Selbstzufriedenheit. Aber natürlich würden sie diese Information bei der nächsten Gelegenheit seinen

Eltern auf die gemeinste und hinterhältigste Art vermitteln. Durch eine scheinbar freundlich formulierte, aber doch vernichtende Bemerkung, die nichts als seine Hinrichtung bedeuten würde. Denn der Deal mit seinen Eltern war eindeutig: Als Preis dafür, hier alleine wohnen bleiben zu dürfen und nicht mit der Restfamilie umziehen zu müssen, hatte er sich verpflichtet, keinerlei Aufsehen zu erregen oder die für sein Alter ja als außergewöhnlich anzusehende Situation des Alleinseins auch nur in Ansätzen auszunutzen. Wenn er dagegen verstieße, könne er sofort die Koffer packen. Da kannten die Eltern nichts. Deswegen durfte niemand Anna sehen. Wenn er erst den Wagen rausholte, vor der Tür parkte und sie dann einstiegen ließe, hätte er eine winzige Chance, unerkannt mit ihr zu fliehen.

»Wir können.«

Anna stand angezogen vor ihm, der Blick leer, das Gesicht eine uneinnehmbare Festung, die Stiefellappen schlabberten offen.

Sie hasst mich jetzt schon, dachte Felix selbstmitleidig, und das Schlimmste weiß sie noch gar nicht.

»Anna, ich hole den Wagen aus der Garage. Kannst du solange noch drinbleiben?!«

»Ne, ich komm mit raus.«

»Es ist nur, wenn du mit rauskommst, das wäre nicht so gut.«

»Wieso? Was gibt es jetzt schon wieder für ein Problem?«

Gute Frage, dachte Felix, die lässt sich nicht so leicht aufs Glatteis führen, die lässt keine Gnade walten.

»Weil dich, also, das ist hier so eine komische Gegend, wenn du, also, die Nachbarn, ich meine, meine Eltern sind da auch sehr eigen und …«

»Hör mal mit dem Gebrabbel auf. Was willst du?«

Felix atmete tief ein und wagte es kaum, sie anzusehen.

»Ich könnte Ärger kriegen, wenn dich jemand sieht.«

Kann sie das denn nicht verstehen, schrie es in ihm, haben wir hier etwa keinen Spiegel im Flur, oder was?

»O Gott, Herr Felix hat Angst um seinen Ruf oder vor Mami. Was bist du nur für eine Memme. Also hol schon den verdammten Wagen.«

Felix raste nach draußen, fuhr das Auto aus der Garage, hielt direkt vor der Tür und gab ihr dann – nachdem er sich mit einem unauffälligen Rundblick vergewissert hatte, dass niemand in der Nähe war oder irgendwo eine Gardine wackelte – ein Handzeichen.

Anna schloss die Tür, ging schweigend zum Auto und sagte auch während der Fahrt kein einziges Wort.

Das wird sie allen erzählen, dachte Felix, die ganze Stadt wird lachen über mich. Sie ist noch nicht ganz ausgestiegen, schon bin ich die größte Witzfigur, der Verlorenste, der Gedemütigtste.

»Hier an der Ecke kannst du mich rauslassen«, sagte Anna unvermittelt.

»Aber ich dachte, du wohnst ganz woanders«, konterte er schwach.

»Felix, halt an.«

Er bremste. Anna öffnete die Beifahrertür.

»Anna?«

»Was gibt's denn noch?«

»Sagst du mir Bescheid?«

»Bescheid wegen was?«

»Na, wegen, du weißt schon?!«

»Mensch, nerv mich nicht, was willst du?«

»Sagst du mir Bescheid, ob du deine, du weißt schon, wenn du deine Tage hast?«

Anna grinste ihn spöttisch an.

»Ach, haben wir ein wenig Schiss?«

»Nein, aber …«

»Nein, aber was?«

»Sagst du mir Bescheid?«

»Felix, vergiss es einfach!«

Anna knallte die Tür zu und ging Richtung Fußgängerzone, ohne sich noch einmal umzudrehen.

3. Nadja

Felix starrte auf den Kalender. Es half alles nichts. So oft er auch nachzählte, es waren erst drei Tage seit der katastrophalen Anna-Nacht vergangen. Wie sollte er bloß die nächsten Wochen überleben, bis er endlich Gewissheit hätte?

Neben dem großen Wandkalender hing immer noch Nadjas Foto. So sehr ihn ihr Anblick auch schmerzte, so unmöglich war es ihm, das Antlitz der Begehrten, der Einzigen, seiner großen Liebe zu entsorgen. Er hatte den Eindruck, wenn er ihr Foto abhängen würde, dann, erst dann, wäre die Situation unumkehrbar, erst dann würde für immer zementiert, was für ihn immer noch, nach all den Monaten, unbegreiflich war. Sie hatte ihn verlassen, das gemeinsame Lebensglück zerstört, sich vom windigsten Schmierkopf der Geschlechter-Geschichte, wie er seinen einstigen guten Freund André nur noch nennen konnte, verführen lassen. Und ihn, Felix, damit in den Abgrund gestoßen, in dem die Annas dieser Welt überhaupt erst in sein Blickfeld geraten konnten.

Erschöpft lehnte er sich zurück und erinnerte sich noch einmal an die quälenden Details jenes verhängnisvollen Tages, der seine Welt für immer aus den Angeln gehoben hatte.

Felix eilte an diesem Dienstag im Januar nach der sechsten Stunde Richtung Bushaltestelle, als ihm einfiel, dass er für den Nachmittag mit Nadja noch gar nichts ausgemacht hatte. Schleunigst kehrte er um und rannte zu den Nebengebäuden, aus denen sie nach seinen Berechnungen gleich kommen mussten. Es ist Haus 3, dachte Felix, dahinten stehen ein paar von ihren Freundinnen, sie kann noch nicht weg sein. Aus Langeweile oder einer plötzlichen Eingebung heraus, was es genau war, konnte er hinterher nicht mehr sagen, schaute er kurz nach rechts, als er die ersten beiden Häuser passierte.

In der Toreinfahrt stand Nadja, eng umschlungen mit seinem Freund André, dem schönen André, wie sie immer lästerten.

Felix stoppte, nein, nicht er hielt an, seine Muskeln lösten sich auf, seine Knochen zerflossen, alles implodierte und verflüchtigte sich auf diesem stinkenden Rasen vor diesen elenden Nebengebäuden.

Felix sah, wie sie übereinander herfielen, sah die geschlossenen Lider, die genussvoll geschlossenen Augen, erahnte die heftigst umherrührenden Zungen, spürte das Ende seiner Träume, seiner ganzen verdammten Existenz.

Die Tasche fiel ihm aus der Hand.

Er drehte sich weg.

Drehte sich wieder hin.

Schlug sich auf die Oberschenkel mit luftleeren Fäusten, öffnete den Mund zum stummen Schrei, strich sich durchs heiße Gesicht, drehte sich weg, dann wieder hin, um sich das Bild seiner zerfallenden Existenz für immer in die Hirnhautrinde einzubrennen. Er wischte die ersten Tränen weg. Schloss die Augen. Öffnete sie wieder.

Das allerfürchterlichste Bild blieb da.

Änderte sich nicht.

Bewegte sich jetzt.

Die gucken zu mir rüber, raste es durch Felix' Vakuum-Schädel, jetzt merken sie es, jetzt kommt gleich die Auflösung, das Ende des Schreckens, die Erklärung der abgefeimtesten Ungeheuerlichkeit.

Aber als ob sie ihm zeigen wollten, dass er keiner Täuschung unterlag, wandten sie den Blick zeitgleich wieder ab und flossen noch einmal in aufreizender Langsamkeit zärtlichst ineinander.

»Ihr Schweine!«, röchelte es aus Felix, »ihr Schweine!«

Nadja und André lösten sich voneinander, hoben ihre Taschen auf und gingen dann mit ernstem Blick Hand in Hand auf Felix zu.

»Ihr Schweine!«, rief Felix, »ihr Schweine!«, und ärgerte sich sofort darüber. Das mit den Schweinen wissen sie ja nun bereits, dachte er, da muss ich jetzt mal mit etwas anderem kommen, wie beschränkt wirkt man denn sonst?

Aber was soll das jetzt werden, mit dem Händchenhalten, diesen hündischen Blicken, wollen die jetzt etwa meinen Segen für diese brutalste Niedertracht, das unterirdischste Hintergehen, die perfideste Gemeinheit, bin ich jetzt plötzlich der Hohepriester für Hochverrat, der Barmherzige höchstselbst, der große Verzeiher, oder was?

Wenige Meter vor ihm hob André, sein ehemaliger Freund André, wie er ab sofort genannt werden musste, beschwörend die freie Hand.

»Felix, das musst du verstehen …!«

»Du Arschloch!«

Felix war aufrichtig froh, endlich von dem etwas einfallslosen »Schweine«-Trip herunter zu sein. Geht doch, dachte er kurz, geht doch.

»Bitte, Felix, du musst das verstehen!«

Hält der mich für völlig beschränkt?, fragte sich Felix. Der nimmt mir Nadja, meine Angebetete, meine Erfüllung, was gibt es da nicht zu verstehen, dieser Schwachkopf, das ist doch völlig offensichtlich, dass er der Jämmerlichste ist, der Verabscheuungswürdigste, der Verkommenste.

André hatte sich Felix auf Armlänge genähert.

Dieser widerliche Blick, dachte er, der ganze schöne André, mein ehemaliger Freund, ist nur noch ein ekelhafter Haufen Menschendreck.

Unaufhaltsam schob sich Andrés beschwichtigende Hand auf ihn zu.

»Geh mir aus den Augen, du Verräter«, brüllte Felix ihn an und schlug ihm mit Wucht den Arm weg.

Wenn das nicht überzeugend kam, weiß ich es auch nicht mehr, dachte er für eine Sekunde nicht ohne Stolz.

»Felix!«

Nadja guckte ihn mit ihren großen braunen Verstandverschlinger-Augen an.

Nadja!, dachte er erschrocken, stimmt ja, die hätte ich jetzt fast vergessen in dem ganzen Tohuwabohu. Wie will man sich hier aber auch konzentrieren, in dieser völlig neuen, unerträglichen Situation, da weiß man doch gar nicht mehr, wo einem der Kopf steht.

»Felix, dreh jetzt nicht durch!«, beschwor sie ihn mit der sanftesten Stimme.

Na gut, dachte Felix, darüber könnte man reden, andererseits hatte er den Eindruck, allen Grund zum Durchdrehen zu haben.

»Felix, wirklich, ich kann alles erklären«, platze da André unvermittelt in diese anstrengenden Überlegungen herein.

Der ist ja immer noch da, dachte Felix, wie will man da einen normalen Gedanken fassen, wenn sie einem permanent von allen Seiten ins Wort fallen. Mal er, mal sie, dann wieder er, das macht einen ja ganz kirre.

Er packte André blitzschnell am Kragen und stieß ihn kräftig von sich.

»Hau ab, oder ich vergesse mich!«

Felix' Stimme krampfte vor Wut und Verzweiflung, der ganze Körper war eine fürchterliche Dauervibration. So bringt man ja keinen ordentlichen Satz heraus, dachte er, da wird noch aus den poetischsten Ankündigungen ein klägliches Gestotter und aus den furchtbarsten Drohungen ein lächerliches Gefasel.

Nadja gab André durch ein Nicken zu verstehen, dass er sich besser entfernen sollte. Das war aber ein verdammt vertrautes Nicken, schoss es Felix sofort durch den lichterloh brennenden Kopf, nicht nur so ein nebensächliches, mechanisches Nackenmuskulatur-in-Bewegung-setzen-Nicken, nein, das war ein vielfach erprobtes, eingeübtes, auf gegenseitigem Verständnis basierendes Pärchennicken.

»Du Schlampe!«, heulte er auf, unkontrolliert, wie er leider feststellen musste. Er hätte den Satz gerne sofort zurückgezogen – zu spät. Nadja verzog angewidert das Gesicht:

»Was hast du gesagt?«

Ein Bewerbungsgespräch für das Diplomatische Corps wird das von mir heute auch nicht gerade, stellte Felix entsetzt fest.

»Tschuldigung, das nehme ich zurück«, presste er hervor, »aber was soll das, was war das eben? Was machst du da? Was hat das zu bedeuten?«

Warum einem in so einer Situation keine besseren Fragen einfallen, dachte Felix, das war doch klar, was das zu bedeuten hat. Sie hat dich betrogen und dein Leben zerstört, da braucht man nicht noch so schlau zu fragen, als wäre man der Begriffstutzigste von allen, als der man womöglich, völlig zu Recht, wie er einräumte, ohnehin wirkt.

Nadja schaute ihn aus diesen unglaublichen Augen an, von denen er noch gestern geglaubt hatte, sie würden nur ihn verschlingen wollen. Langsam schüttelte sie den Kopf, als verstehe sie selbst nicht ganz, was gerade passierte, oder aber, Felix glaubte, sofort ersticken zu müssen, das hier war noch ernster, als es aussah.

Seine Wut verflüchtigte sich, und übrig blieb plötzlich nichts als die kalte, nackte Angst, die ihm erst den Kopf und schnell den einen, den bedrohlichsten Gedanken eineiste: Ich will sie nicht verlieren.

So standen sie sich gegenüber, zwei verlorene Seelen auf

einer matschigen Wiese, an denen schon die gewaltigsten, wie Felix in seinem höchst alarmierten Unterbewusstsein deutlich spürte, Fliehkräfte zerrten, nur noch durch das sich stetig weiter dehnende, dünne Band der Vergangenheit verbunden.

Wenn ich jetzt nicht aufhöre herumzupoltern, dachte Felix panisch und wischte sich die Tränen aus dem Gesicht, ist es völlig aus. Stolz, Aufrichtigkeit, Wahrheit, das schienen ihm augenblicklich läppische Werte, um die sich zu kümmern er weder Zeit noch Energie hatte. Jetzt ging es darum, ihr Herz für sich zu retten. Da durfte man sich nicht vor ein bisschen Unterwürfigkeit zieren.

»O. k., jetzt lass uns das doch einfach vergessen«, bemühte sich Felix, immer noch heftig vibrierend, um einen geraden Satz, »ich bin mir sicher, wir können über alles reden.«

Nadja schüttelte ihren schönen Kopf. Fasziniert beobachtete er ihre nachtschwarzen Haare, die den Kopfbewegungen mit Verzögerung folgten. Die berühmte Trägheit der Masse, das müsste man im Physikunterricht mal berechnen, wie das mit so wippenden Haaren ist, das müsste er mal dem Kurs vorschlagen, da würden aber alle staunen, was er für Ideen hat.

Nadja hörte gar nicht mehr auf, den Kopf zu schütteln. Da wird einem ja noch schwindelig, dachte Felix plötzlich völlig ermattet.

Die Stille war unerträglich.

Ich darf sie bloß nicht in die Enge treiben, nur nicht bedrängen in dieser für uns alle schwierigen Situation, sonst kann sie nur fliehen, von mir weg fliehen.

»Am besten ist doch, ich fahre nach Hause, du gehst nach Hause, wir denken über alles nach, und nach dem Mittagessen komme ich zu dir, und wir reden?!«

Felix musste sich schnäuzen. Unentwegt verdampften dicke Salzwassertropfen auf seinen kochenden Wangen.

Nadja hörte auf, mit dem Kopf zu schütteln. Eine fremde metallene Stimme drang aus ihrem Mund.

»Du kannst dir um drei deine Sachen abholen. Tut mir leid, Felix.«

Sie streichelte ihm zaghaft über den rechten Arm, wischte sich über die Augen, die tränennassen Augen, wie er registrierte, hoffnungsvoll registrierte, denn deutlicher als die Wörter der grausamen Sätze, die sie soeben formuliert hatte, nahm er das offensichtlich unkontrolliert aus ihr Herausströmende wahr, das ihn sofort veranlasste, sich Restchancen auszurechnen. Die weint doch, dachte er, die ist doch auch völlig fertig, solange da noch geweint wird, muss es Hoffnung geben. Jetzt nur nicht drängen, das kriegen wir schon hin.

»O. k., ich bin um drei da!«

So schnell er konnte, rannte er zum Bus, wo bereits der letzte Schüler eingestiegen war. Mit einem Satz sprang er in die Menschenwand. Die Türen schlossen sich. Durch die verdreckten Scheiben sah er Nadja langsam fortgehen. Gebeugt und fremd wirkt sie jetzt schon, dachte er tödlich erschrocken, eben noch die Vertrauteste, jetzt die Fremdeste, man denkt, man hält noch das schönste aller Leben in den Händen, schon ist es nur noch ein toter Zellhaufen.

Nadja. André. Nadja. André.

Wo war er blind gewesen, wann hatte sich all das angebahnt? Wie viel Heuchelei war er bereits aufgesessen, wie oft hatten sie schon gemeinsam über ihn gelacht, wie oft hatte sie schon an den anderen gedacht, wenn er geglaubt hatte, sie würden gerade gemeinsam abheben? War wohl nur ein Soloflug, dachte Felix bitter, die Liebesshow für den Liebeskasper. Es schnürte ihm die Organe zusammen.

Nadja.

Es setzte sich zu Hause auf die Terrasse. Lief eine Runde durch den Garten. Setzte sich wieder. Ging in die Küche.

Öffnete eine Dose Ravioli. Nahm eine Gabel kalter Nudeln, spuckte sie aus. Schmiss die Dose weg. Ging ins Bad. Wollte sich übergeben, steckte sich den Zeigefinger in den Rachen, bis er würgte. Schmeckte nur bitterste Säfte. Spürte Verwesung im Mund.

Ich zerfalle bei lebendigem Leib, das stirbt alles, ist schon tot, allein die Hülle quält sich noch ein bisschen, die Vergeblichkeit sitzt mir wie ein Schwert im Herzen, dachte Felix, bei jedem Atemzug schneidet es ein Stück tiefer, kappt, was keinen Sinn mehr macht, zerstört, was nicht mehr gebraucht wird.

Er legte sich aufs Sofa. Stand auf. Lief zum Gartenfenster. Setzte sich wieder aufs Sofa. Ging zur Tür, drehte um, ließ sich im Ohrensessel nieder. Der Zeiger der alten Standuhr kämpfte gegen jede Sekunde, schob die Zeit vor sich her wie die größte, die grausamste Last. Er machte das Radio an. Wechselte den Sender. Setzte sich hin. Stand auf. Legte eine Scheibe auf. Wechselte wieder zum Radio.

Die Decke fiel herunter, die Wände brachen zusammen, die Möbel holzten ihn nieder, die Blumen legten sich wie Schlingen um seinen Hals. Er zündete sich die dritte, die vierte, die fünfte Zigarette an, sog dran, machte sie aus. Zündete sich eine neue an. Versuchte nochmal, sich zu übergeben. Schlaff hing er schließlich im fensternahen Sessel im Wohnzimmer, bis er losmusste.

Benommen fuhr Felix mit dem Fahrrad zu ihrer Wohnung. Hörte sich zu laut atmen. Spürte Stiche in der linken Brusthälfte. Wenn er direkt vor ihr zusammenbrechen würde, eine Kolik vielleicht oder ein Kollaps, das könnte sie doch nicht kaltlassen, frohlockte Felix und steckte sich auf dem Sattel freihändig fahrend eine Kippe nach der anderen an, je mehr Schmerz, destso besser, kalkulierte er, je mehr Zigaretten jetzt, desto größer die Möglichkeit, Punkt drei auf der Türschwelle in ihren Armen zusammenzubrechen. Das würde

Nadja doch zu denken geben müssen, dann würde sie doch sehen, wer sie hier wie liebte.

Er schmiss das Fahrrad, ohne es abzuschließen, auf die Wiese vor dem grauen Klotz, war ihm doch egal, wenn das einer klauen sollte, was war ihm heute nicht schon alles gestohlen worden, eine Liebe, ein Leben, der ganze verdammte Glaube an die verdammte Menschheit, dachte er, während er die Treppen emporhetzte, mein ganzer beschissener Existenzgrund ist mir gestohlen worden, da ist mir doch so ein Schrottfahrrad egal.

Er klingelte.

Langsam ging die Tür auf. Ihre Mutter, diese edle, vornehme Frau, blickte ihn an wie einen Fremden. Ließ die Tür halb offen und drehte sich stumm um.

»Nadja, es ist Felix.«

Gestern war man noch der Willkommenste, praktisch der vielversprechende Schwiegersohn in spe, heute ist man nur noch der lästigste Störenfried, der elendste Hausierer, die Ursache größten Verdrusses, oder was, dachte Felix, empört über das ungewohnt abweisende Verhalten der sonst so zuvorkommenden Mutter von Nadja. Das ist ja ein regelrechter Familienaufstand gegen mich.

Nadja schlich auf Socken zur Tür. Mit geschwollen-rotverheultem Gesicht stand sie da, Tränen liefen ihr bis zum Kinn, stürzten von dort auf das T-Shirt. Wortlos drückte sie ihm eine halbvolle Plastiktüte in die Hand, offensichtlich seine beiden Pullover, die er letztens hier vergessen hatte. Wie Stunden zuvor schüttelte sie den Kopf, schluchzend, und schloss langsam die Wohnungstür.

»Ich dachte, wir wollten reden«, sagte Felix und war sich der Sinnlosigkeit der Bemerkung sofort bewusst.

»Dann ist es also«, Felix spürte eine fußballgroße scharfe Granate im Hals stecken, die ihn nur noch krächzen ließ, »dann ist es also aus?«

Nadja nickte zur Abwechslung mal.

»Ja. Tut mir leid.«

Ein letzter haarverhangener Blick, dann war die Tür zu.

Felix stand mit seiner lächerlichen Plastiktüte fünf Zentimeter vor der geschlossenen Tür und wartete auf die Detonation, den Knall, die Explosion, die ihn augenblicklich zerreißen müsste.

Betäubt vom Nichtknall taumelte er nach unten, schwang sich auf das Rad, steuerte irgendwie nach Hause, sah nichts, hörte nichts, spürte nichts, dachte kurz, er würde jetzt gerne einen Blaschek, Gehrens oder Hölzenbein treffen, sich auf sie stürzen, um wie ein Held in der Schlacht zu fallen. Ausgerechnet an diesem Tag aber hatten sie wohl alle etwas Besseres zu tun, als auf ihn zu warten, auf dieses Pack war einfach kein Verlass. Unerfreulich lebendig kam er zu Hause an, stürzte zur Wohnzimmerbar und arbeitete verbissen an einem Blackout, der die unfassbare Wirklichkeit vergessen machen könnte.

Fast ein halbes Jahr ist das jetzt her, dachte Felix und starrte auf Nadjas Foto neben dem Wandkalender, und doch fühlt es sich an, als wäre es erst gestern geschehen. Nur mit dem Unterschied, dass ich jetzt auch noch Anna geschwängert habe.

4. Vampire

Atemlos stand plötzlich der Roloff, dem die Mieter die Tür geöffnet haben mussten, in Felix' Zimmer und wedelte mit einer Zeitung.

»Der Clausen, Alter, der Clausen, Scheiße, die haben ihn alle gemacht.«

Der Roloff zog zischend Luft ein, ging zum Fenster, schlug mit der Faust gegen die Wand, fluchte, wedelte weiter mit der Zeitung, ging auf Felix zu, der verdattert am Schreibtisch saß, machte kehrt, einen Ausfallschritt zur Tür, als hätte er sich kurzfristig entschlossen, gleich wieder zu gehen, stoppte abrupt, schlug abermals gegen die Wand und rief unentwegt »der Clausen, Scheiße, der Clausen«.

Felix ahnte Böses.

»Was ist denn los? Was ist mit dem Clausen, Roloff?«

Aber der Roloff war jetzt anscheinend gehörlos und wusste nicht mehr, wohin mit sich und den Ungeheuerlichkeiten dieser Welt, der Wutschmerz war in ihn gefahren wie ein elektrischer Stoß. Er lehnte die Stirn gegen die Wand und feuerte eine Haken-Serie ab, die Zeitung segelte auf den Boden. Dumpf klatschten die Roloff-Knöchel gegen die Mauer, bis er sich umdrehte, auf den Boden setzte und die Zeitung mit einem Fuß in Felix' Richtung schob. Auf seinem rechten Handrücken suchte sich ein Rinnsal Blut einen Weg zum Teppich.

»Lies selbst«, sagte er matt und irgendwie auch ein bisschen weinerlich, »diese Schweine.«

Felix griff sich das Boulevardblatt und erschrak. Er blickte in eine Höhle, die einst ein Gesicht gewesen war, trotz aller Verfremdung das Clausen-Gesicht, das frühere Clausen-Gesicht, wie Felix entsetzt feststellte. Über eine halbe Seite hatte die Zeitung den Zerstörten aufgezogen.

Die Gestalt kauerte vor einer Mauer, den Kopf nach hinten gelehnt, den Hals grotesk gebogen, den Mund wie zum Schrei unnatürlich weit geöffnet, ein durch und durch zahnloses Nichts, aus einem Mundwinkel führte ein dicker dunkler Strich in dieser Schwarz-Weiß-Aufnahme, der nur Blut sein konnte, dachte Felix, der Strich führte bis über den Hals und verschwand dort unter dem Jackenkragen. Nase, Augen und Stirn waren auf eine fast künstlerisch erscheinende Art zu einem glänzenden, prallen Klumpen aufgebläht, dessen Gleichförmigkeit nur durch eine klaffende Öffnung auf der linken Seite unterbrochen wurde. Wo einmal Augen gewesen sein mussten, erinnerten bloß schwarze Linien an ein Vorher, als dieser Zellhaufen noch zu Recht Clausen genannt werden könnte.

Das T-Shirt unter der offenen Jacke schien zu glänzen, klatschnass zu sein, bestimmt von seinem Blut, dachte Felix zitternd, er liegt da in seinem Blut, und die fotografieren ihn auch noch, während der da verblutet, zusammengekauert an der Wand. Er versuchte, den Kloß mit Gewalt hinunterzuschlucken, der sich durch die Speiseröhre, durch seinen ganzen Körper unaufhaltsam nach oben drückte und der gleichsam den Wasserstand in seinen Augen hochpresste.

»Stirbt der allerletzte Punk?«, las Felix die lüsterne Schlagzeile und konnte nur noch verschwommen den Text darunter entziffern. Von einem Überfall stand da etwas, von einem Schlägertrupp sehr kurzhaariger Radaubrüder, die sich den wie immer friedlich und fröhlich mit Freunden vor dem Kaufhaus trinkenden C. vor den Augen aller geschnappt hätten, »herausgepickt« hätten, wie Felix fassungslos las, die haben sich den armen Clausen »herausgepickt« aus der Gruppe der anderen Kaputten, mit denen er, wie Felix wusste, gerne am Kaufhaus seine Tage verbrachte, waren da mit Absicht aufgetaucht und hatten nur ihn gesucht, diese Menschendarsteller, diese Vernichter, diese Mörder. Und ohne auch nur von einem Passanten oder Mittrinker gestört worden zu sein, las Felix weiter, hätten sich die Angreifer minutenlang immer neue Methoden ausgedacht, den C. zu schlagen, niederzutreten, wieder aufzurichten, seien sogar zum benachbarten Kiosk gelaufen, um den ohnmächtig gewordenen C. mit allein für diesen Zweck gekauftem Mineralwasser wieder wach zu machen, damit er, so hätten Zeugen die Schläger rufen hören, »ja auch nichts verpasse«, sogar »meinst du, wir machen das für uns?« sollen sie höhnisch gerufen haben, las Felix weiter und musste heftig schlucken.

Angefeuert hätten sie sich gegenseitig und lachend gerufen: »Ja, C., du alte Kakerlake, du Zecke, das ist allein für dich, deine Show«, und wie beim Freistoß hätten sie Anlauf genommen, um mit ihren Stiefeln in seinen Magen, gegen seinen Kopf und immer wieder auch in den Unterleib zu treten. »Willste mit uns nicht spielen, C., komm, streng dich doch mal ein bisschen an«, hätten sie juchzend geschrien. Richtig ärgerlich seien sie geworden, als der in die Bewusstlosigkeit Geflüchtete sich weigerte, wieder aufzuwachen, mit Ohrfeigen und noch mehr Wasser hätten sie ihn bearbeitet und ihn wütend angebrüllt: »Wach auf, C., wach auf«, um ihm dann solange den Hinterkopf gegen die Kaufhaus-Mauer zu knallen, bis die Marmorfassung in weitem Umkreis rot besprenkelt gewesen sei, hätten Zeugen gesehen, las Felix und spürte, wie ihm ein wenig Salzlösung aus beiden Augen rann. Mit einer schnellen Handbewegung und einem verstohlenen Blick auf den Roloff, der den Kopf in den Händen hielt und auf dem Teppichboden das zähe Rot an seiner Hand fixierte, wischte er die Nässe aus seinem Gesicht.

Einer der Schläger hätte noch versucht, über den wie tot dasitzenden C. zu urinieren.

Die haben auf den halbtoten Clausen gepisst, dachte Felix, der fühlte, wie seine Schädeldecke taub wurde, sie wollen noch die Bewegungsunfähigsten, die Regungslosesten, die Kaputtesten demütigen.

Grölend seien sie dann abgezogen. Niemand habe sich getraut einzugreifen, berichtete ein fassungsloser Polizist, las Felix. Es folgte eine lange Liste der inneren und äußeren schweren Verletzungen des C., die Felix kaum noch wahrnahm. Der Artikel endete mit dem Satz: »C. schwebt in Lebensgefahr. Sein Zustand gilt als äußerst kritisch. Der Chefarzt der Klinik erklärte vor der Presse: ›Es ist ohnehin ein Wunder, dass das Opfer die Attacke überlebt hat. Die nächsten fünf Tage sind entscheidend. Dann wissen wir, ob er durchkommt.‹ Die Fahndung nach den Tätern läuft.«

Felix ließ die Seiten fallen. Der Roloff zog die Nase hoch und starrte ihn mit leerem Blick an. Wie von Sinnen rieb er sich das Kinn.

»Der Clausen«, sagte Felix.

»Ja, Scheiße.«

»Der verdammte Clausen.«

»Ja, Scheiße. Was machen wir jetzt?«

Der Roloff hatte die Worte beinahe gebrüllt.

»Keine Ahnung.«

Wir haben keine Chance, dachte Felix, und es wird immer schlimmer. Jetzt schrecken sie auch vor dem Letzten nicht mehr zurück, jetzt drehen sie völlig durch.

»Man müsste sie alle umbringen«, sagte Felix langsam.

»Ja, vierteilen.«

»Mit dem Baseballschläger jeden Knochen einzeln brechen.«

»An den Füßen aufhängen und mit Pfeilen draufwerfen.«

»Oder mit Wurfsternen, die finden doch Kampfsportarten so toll.«

»Meine Shuriken stelle ich gerne zur Verfügung. Würde die sogar nochmal nachfeilen.«

»Oder wir schießen ihnen in die Gelenke, wie die IRA in Belfast«, erwähnte Felix mal wieder eine seiner Lieblings-Bestrafungsideen.

»Genau, ein verdammtes irisches Sixpack für alle.«

»Exakt. Erst in jedes Handgelenk, dann in beide Knie, dann in die Fußgelenke.«

»Sechs saubere Schüsse für jeden. Da hätten sie richtig lange was von.«

»Ich sehe sie schon vor mir, wie sie dann von ihren strunz-dummen Freundinnen geschoben werden müssten«, sagte Felix und lachte ob seiner eigenen Boshaftigkeit.

»Und wenn sie uns blöd kommen, kippen wir ihre Rollis um und lassen die Luft aus den Reifen.«

Jetzt musste auch der Roloff lachen.

Eine halbe Stunde ging das so hin und her, immer detaillierter wurden die Gemeinheiten, immer fieser die Methoden, immer besser fühlten sich die beiden dabei, und wie ein gütiger Schleier legte sich die Hobby-Henker-Phantasie über die unfassbare Clausen-Realität. Als sie loszogen, um mit den anderen ins Kino zu gehen, waren sie nur noch leicht bedrückt.

Wie abgebrüht wir schon sind, ermahnte sich Felix kurz, als sie in der Bahn saßen, wir registrieren das Ungeheuerlichste, das Abscheulichste, das Unvorstellbarste bereits wie den täglichen Wetterbericht. So weit haben sie uns schon, so stumpf sind wir bereits. Wir sehen die Freunde fallen, trauern nur kurz und freuen uns insgeheim, dass es nicht uns getroffen hat. Das ist ein verdammter Krieg, dachte Felix, und niemand schickt die UN-Blauhelme, um uns zu retten.

Zum x-ten Mal sahen sie mit ein paar Freunden im Düsseldorfer Stadtzentrum »Shining« mit Jack Nicholson. Für Felix und den Roloff war das einer der besten Filme aller Zeiten. Vor allem die Szene, in der Nicholson mit dem sympathischen Wahnsinn im Gesicht »Was du heute kannst besorgen, das verschiebe nicht auf morgen« in die Schreibmaschine hämmert, hatte es ihnen angetan. Wie dann die Kamera offenbart, dass das ganze Buch, an dem er so lange gearbeitet hat, aus nichts anderem besteht als aus einer Endlosschleife dieses Satzes: »Was du heute kannst besorgen, das verschiebe nicht auf morgen Was du heute kannst besorgen, das verschiebe nicht auf morgen ...«, begeisterte sie immer wieder aufs Neue.

Nach dem Kino gingen sie noch in eine gesichtslose Kneipe direkt an der Bushaltestelle. Felix hasste Busse, hatte aber heute ausnahmsweise auf den Wagen verzichtet, weil sie zu viele waren. In so einem Falle galt das ungeschriebene Gesetz, dass alle gemeinsam mit dem Bus fahren. Wie sich aber rausstellte, wollten Christoph und Tom noch auf eine Party am anderen Ende der Stadt, sodass Felix und der Roloff alsbald mit Stefan und Sabine alleine am Tisch saßen.

Der Film hatte ihn nur kurz aufgeheitert, jetzt kam ihm alles wieder in den Sinn, der Clausen, die schwangere Anna, die unerreichbare Nadja. Was würde er dafür geben, mit ihr »Shining« zu sehen. Er war sich sicher, sie mochte den Film genauso wie er. Er würde hier mit ihr sitzen, sie würden sich bloß angucken müssen und spüren, dass sie zusammen den Planeten anhalten könnten, die Luft würde surren und brummen, und selbst diese Spelunke würde ihm vorkommen wie Gottes Paradies auf Erden. Stattdessen musste er dem immer nervenderen Gerede von Stefan und Sabine folgen.

Stefan mit seinem blauen Pulli über dem Hemd sah bereits aus wie der öde Kölner BWL-Student, der er garantiert in nicht allzu ferner Zukunft mit Begeisterung sein würde, genauso wie die Blusen-Sabine, die jetzt schon so stumpf wirkte wie eine Bonner Jura-Studentin, deren unschuldige Seele noch nie von einem reflektierenden Gedanken irritiert worden war, wie Felix innerlich ätzte, aber beide, vor allem Stefan, gehörten zum Restbestand von Felix' altem Freundeskreis aus seiner Siedlung, aus der Zeit, als er auch noch solche Pullover getragen und Tennis gespielt hatte, damals, im vorvorherigen Jahrtausend. Von Zeit zu Zeit suchte er ihre Nähe, weil er wissen wollte, was er damals empfunden haben musste, als er solche »Freunde« hatte, als er ihren ganzen Habitus, ihr Geschnatter und ihre übertriebene Etikette noch nicht als hohl und leer empfunden hatte. Seine neuen Freunde von der Bank zogen ihn auf, wenn er sich mit ihnen traf oder sie gar, eine große Ausnahme, mitbrachte zu harmloseren Vergnügungen wie Kino. Insgeheim hatte er immer noch die Hoffnung, er würde in Stefan noch einmal den Freund sehen können, als den er ihn einst doch lange empfunden hatte. Aber so sehr er sich auch anstrengte, es gelang ihm nicht mehr. Vor allem seit Stefan Sabine, die, wie er zugeben musste, zwar langweilige, aber an den richtigen Stellen durchaus üppige und deswegen ganz attraktive Sabine, gefunden hatte, war er offensichtlich für immer verloren.

Felix konnte sich nicht mehr daran erinnern, wann das alles genau zerbrochen war, ab wann er die gemeinsamen Nachmittage und Abende nur noch mit Widerwillen und allergrößtem Unbehagen überstanden hatte. Ich ertrage die alle nicht mehr, hatte er immer öfter gedacht, sie deprimieren mich auf das Unheimlichste in ihrer grenzenlosen Naivität und Denkfaulheit.

Es hatte schleichend begonnen, dachte er und kippte noch ein Bier, zuerst hatte er die Lust am Tennis verloren, plötzlich war ihm dieses Herumgehopse auf dem Platz wie die fürchterlichste Zeitverschwendung erschienen, hatte er jeglichen Ehrgeiz verloren, Spiele zu gewinnen. Wie kann sich ein denkender Mensch so erniedrigen und einem kleinen Ball in den unwürdigsten Bewegungen hinterherhechten, hatte er plötzlich gedacht, der ganze Wettkampfgeist war ihm von einem auf den anderen Tag absurd vorgekommen, abgrundtief sinnlos. Kriege ich den Ball halt nicht, verliere ich eben den Satz oder das Match, hatte er gedacht und sich auch nicht mehr erinnern können, warum er das jemals hatte anders sehen können. Ob man gewinnt oder nicht, was macht das für einen lächerlichen Unterschied, das verbessert doch nichts, weder mein Menschsein noch die Welt, noch irgendetwas. Warum soll ich überhaupt in irgendetwas besser sein wollen als andere, beim Tennis, in der Schule, im Leben, hatte er sich immer wieder gefragt. Ich will Wärme, ich will große Gefühle, sie wollen nur Siege, sie wollen diese Kopf-Onanie, die wirkungsloseste, die groteskeste, so war es ihm vorgekommen, und das hatte er nicht mehr ertragen können. Ihm war immer drängender aufgefallen, wie dümmlich ihre Ansichten waren, wie stolz sie ihre Ahnungs- und Interessenlosigkeit vor sich hertrugen. Er fing an, das demonstrativ Positive und Sportlich-Gesunde an ihnen zu hassen, wie sie sich um ihren Schein sorgten, um ihre Wirkung in der Schule und daheim, wie sie ihre öde Zukunft in den ödesten Kategorien dachten, ohne Mut, ohne Phantasie, ohne eine andere Idee, als es ihren Eltern gleichzutun.

Wenn er mit ihnen über seine wachsenden Zweifel und die Frage nach dem großen Sinn reden, wenn er seine Ängste und Sehnsüchte mit ihren abgleichen wollte, blickte er immer öfter in verständnislose Gesichter, in große, jämmerliche Fragezeichen. Er solle nicht immer so schwarzmalen, nicht alles so negativ sehen – er hatte es nicht fassen können, wie sie das Standardrepertoire ihrer Eltern völlig ungerührt und schamfrei vor ihm abspulten.

Immer angewiderter und mutloser hatte er registriert, wie sehr sie es sich in ihrer rosafarbenen Lebensblase gemütlich machten, ein Leben als Abziehbild, hatte er denken müssen, wie konnte man sich nur schon so früh so aufgeben.

Bald hörten sie gänzlich andere Musik, besuchten andere Konzerte, gingen nicht mehr in dieselben Kneipen, lasen gar nicht oder andere Bücher als er, Felix. Schnell war er in die Kreise um die Bank vorgedrungen, wo sich die trafen, die ähnliche Musik hörten, zu denselben Konzerten gingen, sich anders anzogen. Es waren härtere und ehrlichere Typen, so war es ihm vorgekommen, mit denen er dort trinken, reden und kiffen konnte. Jungs, so dachte und hoffte er, die von denselben Zweifeln geplagt und von derselben Sehnsucht nach etwas anderem getrieben wurden wie er. Mittlerweile war er ein fester Bestandteil der Truppe, in der sich auch viele herumtrieben, die aus ganz anderen Verhältnissen kamen, die schon arbeiteten und sich auf der Straße auskannten. Nur der Roloff, der Christoph und der Tom waren vom alten Kreis übrig geblieben, alle anderen hatte er aufgegeben, weil sie ihm die Luft zum Atmen nahmen. Viel zu lange habe ich es mit ihnen ausgehalten, wurde ihm bewusst, es macht einfach absolut keinen Sinn mehr, auch solche Abende wie heute darf es nicht mehr geben, beschloss er und starrte das Pärchen vor ihm an wie eine bizarre Spezies.

Stefan und Sabine spielen bloß Beziehung, dachte Felix und nippte lustlos an einem weiteren Bier, während sich das Pärchen lautstark über die Vorzüge von Sabines Cabrio unterhielt, das sie von ihrem Vater zum 18. Geburtstag bekommen würde. Es schien Felix, als arbeiteten sie verbissen ein Drehbuch ab. Ohne Pause, ohne Erbarmen. Sie nannten sich im Beisein anderer gerne mit kieksigen Stimmen »O mein Liebster« oder in einer Art Baby-Schnuller-Sprechlall »Süßer Schatz«. Sie suchten nach dem perfekten Timing für tiefe Blicke und demonstrative Küsse, bei denen sie ihre Lippen kräftig, aber leidenschaftslos aneinanderpressten. Wenn Sabine in ihrer aufgesetzten, mädchenhaften Aufregung

ihren offensichtlich öden Alltag mit theatralischen Armbewegungen zu etwas glitzernd Bonbonartigem aufblähte, fal-
tete Stefan gerne die Hände und stützte seinen Kopf, leicht
schräg geneigt, andächtig auf die Fingerspitzen. Das Paar-
sein als widerliche Schmonzette, dachte Felix, man müsste
beide allein dafür schon umbringen. Davon hatte er immer
geträumt, von einer Art James-Bond-Lizenz zum Töten ge-
langweilter Pärchen, denn nichts war ihm mehr zuwider als
so eine lebende Antithese zum eigentlich möglichen großen
Liebesglück. Aber Stefan und Sabine bekamen gar nicht
mit, welche Wirkung sie entfalteten, und ignorierten mit
imponierender Ausdauer auch das immer unverschämtere
Gähnen vom Roloff.

Felix beobachtete schweigend die Szene und konnte nur
an Nadja denken. »O mein Liebster«, wie konnte man sich so
lächerlich machen, wie entwürdigend das für alle Beteiligten
war. So würde er nie mit Nadja sprechen. Sie wären eine natürliche Einheit, die sich nicht als solche inszenieren müsste. Inmitten dieses ganzen großen, verrohten, lächerlichen
Nichts einen anderen Menschen zu treffen, der einem ins
Herz schauen kann, das war die Rettung aus der Sinnlosigkeit, das könnte ein Grund sein fürs Weitermachen. O.k., gibt
es halt keinen Sinn, nirgends, aber mit Nadja fühlt sich das
wenigstens gut an, nicht so deprimierend leer und kalt wie
ohne sie. Diese Überzeugung war normalerweise seine Rettungsleine gewesen, die sich ihm aber nun wie eine Schlinge
um den Hals legte, seit das mit Nadja so einen schrecklichen
Verlauf genommen hatte. Die tödliche Gewissheit, es gibt
diesen einen Menschen, aber er verschwindet wie auf einem
Stück Treibholz in einem reißenden Strom mit jeder Sekunde
ein Stück weiter aus dem Sichtfeld, diese bleierne Differenz
aus theoretischen Möglichkeiten und ernüchternder Realität
bedeutete für Felix nichts als das größte Unglück, aus dem
er, das wurde ihm gerade wieder mal klar, keinen Ausweg

wusste. Und doch, immer wenn er an diesen entmutigendsten Punkt der Überlegungen angelangt war, sah er verschwommen in der Ferne die Möglichkeit eines gütigen, freiwilligen Abgangs, die ihm Trost verhieß, aber so unerhört erschien, dass er bisher nie gewagt hatte, sie auszuformulieren.

Stefan und Sabine schickten sich jetzt Luftküsse zu. Er hatte genug von diesem widerlichen Schauspiel und winkte den Kellner heran.

»Zahlen, bitte!«

»Wollen wir schon gehen? Es ist doch gerade so nett«, flötete Sabine, und Felix dachte, entweder ist die sozial total behindert, oder das ist eine neue Form von fortgeschrittener Selbstironie, für die er sogleich bereit wäre, sie zu bewundern und ihre omahafte Perlenkette über der weißen Bluse zu verzeihen, über die man nichts Vorteilhaftes sagen konnte, außer dass Sabine es sich heute Abend nicht hatte nehmen lassen, einen Knopf mehr als sonst offen zu lassen.

»Wenn wir jetzt nicht gehen, verpassen wir den letzten Bus. Und dann wird's richtig teuer mit dem Taxi«, sagte Felix.

Zu viert machten sie es sich in der letzten Reihe im ansonsten leeren Bus bequem. Stefan und Sabine quetschten sich fest umschlungen in eine Ecke und verschwanden sogleich in einer Giggelschmusewolke, der Roloff und Felix saßen in der Mitte, sodass sie beide die Beine langmachen konnten. Der Roloff hatte sich die Kapuze seiner Jacke tief ins Gesicht gezogen und machte Anstalten einzunicken, Felix zwang sich, seinen Bus-Ekel zu unterdrücken. Dieser Gestank, diese verklebten Polster, all die Ausdünstungen und Bakterien überall, die Vorstellung reichte, heftigsten Allergiealarm auszulösen.

Es waren kaum noch Passanten unterwegs, an den ersten, leeren Haltestellen fuhr der Bus meist langsam vorbei, ohne die Türen zu öffnen. Nur ab und zu hielt er auch an einer verwaisten Station, um den Zeitplan nicht durcheinanderzubringen.

Es wird bald richtig Herbst, dachte Felix, man kann förmlich riechen, wie die Natur sich auf das Sterben vorbereitet. Draußen bildeten die erleuchteten Fenster immer neue Muster in den mächtigen Neubaufronten. Für Sekundenbruchteile erkannte er im Vorbeifahren Stofflampenteile, Schrankwandelemente, bläulich flackernde Fernsehlichter. Der Anblick deprimierte ihn. All diese Fenster, Hunderte, Tausende, immer neue Blöcke tauchten auf, Zeile um Zeile, Straße für Straße. Felix dachte an die Menschen hinter den Scheiben, wie sie da sitzen in ihren Eichenfurnierzellen und sich doch etwas anderes wünschen. Hinter jedem Fenster ein nicht gelebter Traum, eine unerfüllte Hoffnung, eine nie gefundene Liebe. Und jeder von ihnen will doch nur sein kleines Glück, und stattdessen sitzen sie in ihren Puppenkistenwohnungen und holen sich durch komatöses Fernsehschauen eine Welt in ihr Leben, an der sie nie richtig teilhaben werden. Ihnen bleibt morgen früh nur wieder der Gang in die Henkel-Gruft, in die Bayer-Mühle, in die Mannesmann-Maschine. Da arbeiteten die meisten dieser Menschen, da verdienten sie ihr Geld.

Was muss das für eine fürchterliche Erkenntnis sein, überlegte Felix, wenn man eines Tages in so einer Wohnung aufwacht mit der tödlichen Gewissheit, dass das nun das Leben ist. Ein Stacheldrahtverhau vor jedem Horizont, im Kopf die generationenerprobte Vergeblichkeit. Wie überlebt man das, fragte sich Felix, es gibt keinen Grund, warum nicht mehr Menschen Amok laufen. Auch Nadja wohnte in so einem Block, er wusste, wie es da drinnen aussah, der Roloff lebte mit seiner Riesenfamilie in einer ähnlichen Wohnung im Neubauviertel-West. Da gab es kein Entkommen, keine Zuflucht, keine Ruhe. Diese Enge, die einen schier zum Wahnsinn trieb. Jedes Zimmer ein Hochdruckkessel ohne Ventil, jede Wohnung eine permanente Sprengfalle. Das kann doch keiner gewollt haben.

Ein paar Stimmen rissen ihn aus diesem traurig-wohligen Gefühl frühherbstlicher Sentimentalität. Auch der Roloff schlug sofort alarmiert die Augen auf und suchte die Quellen der Brachialstimmen. Zwei Schnauzer-Jungen in Jeansjacken ohne Ärmel polterten durch die hintere Tür in den Bus. Der größere von beiden trug eine lange Holzstange, die am oberen, dünneren Ende abgebrochen war. Der andere hatte ein zusammengeknülltes rot-weißes Tuch in der Hand, in der anderen eine Flasche Bier. Die zwei stellten sich in die Mitte des Busses, laut feixend und rülpsend, das war jetzt ihr Gefährt, das war sofort klar.

»Los, du Penner, Tür zu und weiter!«

Der Befehl an den Busfahrer kam bestimmt und duldete keinen Widerspruch. Felix blickte nach vorn. Er glaubte, das schreckensstarre Gesicht des Mannes am Lenkrad erkannt zu haben, der im Rückspiegel die Situation beobachtete und es weder wagte, sich umzudrehen noch die beiden zurechtzuweisen, die ihn so unverschämt anfuhren.

Die Türen gingen zischend zu, der Bus ruckelte los.

Felix stieß den Roloff an. Der saß stocksteif neben ihm und blinzelte möglichst unauffällig nach vorne.

Hier drohte Fürchterliches, das merkten die beiden sofort, dafür lebten sie lange genug hier. Bloß Stefan und Sabine flogen weiterhin unbeschwert durch rosa Wolken.

Die zwei Jeanswesten fingen mit Turnübungen an den Haltestangen an, die sich unter ihrem Gewicht bogen. Der Längere zog die Nase hoch, würgte etwas aus weit entfernten Organen hoch und spie auf den Boden.

»Los, du fette Sau, schaffst du etwa nicht mal einen Klimmzug oder was.«

Der Angesprochene hing tatsächlich wie ein nasser Sack am Gestänge und grinste schief.

»Schnauze, selber fette Sau.«

»Hey, Busfahrer, gibt es hier eigentlich keine Musik?«

»Ja, was ist das denn für eine Scheiße, los, mach mal das Radio an.«

Der Fahrer hatte den schwarzen Vorhang hinter sich so weit wie möglich zugezogen und spielte toter Mann.

»Ich glaube, der hat Schiss.«

»Oder der ist taub.«

»Oder der will uns ignorieren.«

»Meinst du etwa, der will uns scheiße behandeln, nur weil wir schwarzfahren?«

Das letzte Wort hatte der Größere extra laut und über-dehnt ausgesprochen. Sie kicherten. So ein Spaß. So eine Freude. Wer hatte schon am Samstagabend einen eigenen Bus mit Fahrer? Sie fühlten sich sehr gut. Und das war ja erst der Anfang.

Als der Bus sich der nächsten Haltestelle näherte, drückten sich die beiden die Nasen an der Scheibe platt.

»Da sind sie.«

»Ja, aber nicht alle.«

»Ich sehe mindestens den Willi und den Zosch, glaube ich.«

»Müssten aber mehr sein.«

»Kommen noch, kommen noch.«

Die Türen öffneten sich hinten und vorne. Insgesamt waren es vier Jungs, die lärmend in den Wagen stolperten, ebenfalls in abgeschnittenen Jeansjacken, einige auch mit Stöcken und Tüchern in der Hand.

»Fahrkartenkontrolle. Bitte die Fahrscheine zeigen.«

Der Trupp lachte über den Witz des Großen.

»Hallo, Willi, du alter Schläger.«

»Sieh an, Zecki, dich alte Kanaille haben sie also auch wie-der freigelassen.«

Sie schlugen sich zur Begrüßung in den Magen oder zogen den Kopf des Gegenübers mit einer abrupten Bewegung nach vorne, für die sie eine Hand in den Nacken des zu Begrüßenden legten. Und als Felix noch überlegte, woher er diesen Willi kannte, drehte ihm dieser den sehr, sehr breiten Rücken zu.

»Scheiße«, dachte Felix.

»Scheiße«, sagte der Roloff leise, »o Gott.«

Auf dem breitesten Rücken der Stadtgeschichte stand praktisch ihr Todesurteil, wie Felix glasklar analysierte. Man sitzt eben noch in einem Bus, schon ist man in der Hinrichtungszelle, eben noch auf dem Weg nach Hause, schon auf dem Weg zum Schafott.

Willis Kutte zierte ein großer, weißroter Kreis, in den jemand, Handschrift imitierend, liebevoll »Fortuna-Vampire« gestickt hatte. Die Vampire, grausamste aller grausamen Fan-Gruppen, gefürchtetste der gefürchtetsten. Mit einer durchaus beachtenswerten Konsequenz hatten sich diese Anhänger des Fußball-Vereins Fortuna Düsseldorf im Laufe weniger Jahre im, vor und auch weit außerhalb des Stadions einen Namen gemacht. Kein anderer Trupp schien mit so viel Engagement und Spaß bei der Sache zu sein wie sie, keine andere Vereinigung führte die Knast-Statistik so beharrlich und stolz an. Wo immer Blut floss und Knochen brachen, waren sie entweder von Anfang an dabei oder schnell zur Stelle. Und weil sie das so erfolgreich, leidenschaftlich und mit unerhörten Energiereserven betrieben, hatten sie diese Aktivitäten auch gleich auf weitere Stadtteile ausgedehnt.

Ja, die Fortuna-Vampire kennen da nichts, die unterscheiden nicht groß zwischen Dienstlichem und Privatem, dachte Felix kurz, die machen auch mal Überstunden, denn wer so gerne Terror verbreitet, kann eben auch in der Woche nicht drauf verzichten. Das hatte sie genauso berühmt gemacht wie ihre abgrundtief hässlichen Freundinnen, die sich gerne im Jugendzentrum trafen, um dort die Kutten ihrer Jungs neu zu besticken oder warme Fan-Schals für den Winter zu stricken.

An jeder der nächsten drei Haltestellen stiegen weitere Vampire ein. Bald war der halbe Bus gefüllt. Es roch nach Bier und Schweiß. Hin und wieder rülpste einer von ihnen laut. Besonders beachtet wurden vor allem diejenigen, die möglichst gewaltige Darmwinde abließen. Da lachten die Vampire, so ein Spaß aber auch.

Felix schnaufte vor Wut und Angst. Natürlich, was für Volltrottel sie doch waren, heute war Samstag, da hätte man sich doch mal erkundigen können, ob Fortuna spielt, wie konnte man so etwas vergessen. Denn egal, in was für einer Liga dieser Loserhaufen gerade kickte, auf die Vampire war Verlass, die kamen immer. Und natürlich fuhren die mit Bus und Bahn zum Stadion, da fanden sie ihre ersten Opfer, das war doch für die eine Art Vorspeise, ihre Version von Essen auf Rädern. Und wir werden jetzt wahrscheinlich das Dessert nach einem anstrengenden Tag, fügte Felix mit Blick auf die gut zwei Dutzend durcheinanderschreienden Jungs vor ihnen bitter hinzu.

Es gab kein Entrinnen. Bis nach Hause waren es bestimmt noch 30 Minuten in dieser rollenden Exekutionskammer. Die Vampire fuhren weiter, ins Neubauviertel-Nord. Man würde also irgendwann aufstehen und an ihnen vorbeimüssen. Ein schrecklicher Gedanke. Oder aber einfach bis zur allerletzten Station mitfahren und dann eben die paar Kilometer zu Fuß zurückgehen. Allerdings konnte es sein, dass der ein oder andere Zombie in der Nähe der Endstation wohnte und auch dort ausstieg. Dann wäre man erst recht geliefert.

Der Roloff stieß ihn in die Seite.

»Was machen wir jetzt? Aussteigen?«

»Super Idee. Glaubst doch selber nicht, dass die uns noch rauslassen.«

»Was dann?«

»Weiß ich doch nicht. Nichts. Und bloß nicht hingucken.«

»Ja, ja, aber was machen wir im Ernstfall?«

»Tolle Frage, Roloff, ja, was machen wir wohl im Ernstfall? Wir können sie ja alle umhauen und dann aussteigen, du Schlauberger.«

»Was meinst du denn?«

»Roloff, im Ernstfall sterben wir. Und wenn wir Glück haben, geht es schnell.«

Das Gekicher von Stefan und Sabine dröhnte ihm plötzlich schrill in den Ohren.

»Roloff, stoß die mal an, wenn die so weitermachen, sind wir gleich dran.«

Der Roloff zog Stefan an Arm und schickte einen bedeutungsvollen Blick Richtung Vampire-Meute. Doch Stefan kapierte nichts und fragte laut, viel zu laut:

»Was ist denn, was ruckelst du so an meinem Arm?«

»Da vorne«, zischte der Roloff nur, und Felix versuchte, nicht zu platzen. Wie kann man nur so dämlich sein, wie verkümmert muss man denn sein, nicht zu merken, in welcher tödlichen Gefahr wir hier sind? Der hirnlose Stefan, wie er ihn fortan nur noch nennen wollte, würde sie noch alle im Eilverfahren ins Grab bringen.

»Was ist denn da vorne?«, fragte Stefan jetzt noch deutlicher, und zwar so laut, dass tatsächlich einige Vampire nach hinten zu ihnen blickten.

»Was ist denn, sag doch mal«, wiederholte Stefan und beugte sich auch noch umständlich, also extrem auffällig, zu ihnen rüber. Die Blicke von Roloff schnitten Stefan in kleine Scheibchen, aber der merkte nichts. Ein paar Vampire stießen sich an und machten sich auf die bislang übersehene Vierergruppe auf der Rückbank aufmerksam. Felix drehte sich mit einer blitzschnellen Bewegung über Roloffs und Sabines Schoß zu Stefan, stieß dabei aus Versehen eine Spur zu heftig Sabine an und packte den Überrumpelten drohend am Kragen.

»Da vorne sind die Fortuna-Vampire. Und jetzt halt endlich die Schnauze, kapiert?«

Fassungslos stierte Stefan ihn an. Sein Mund stand etwas offen. Die Kombination aus Felix' überraschender Aggressivität und dem Stichwort »Vampire«, um deren Ruf selbst so einer wie Stefan wusste, ließ ihn zusammensinken.

Felix stieß ihn zurück.

»Kein Wort mehr, sonst haue ich dir aufs Maul!«

Sabine war entsetzt.

»Also Felix, ich finde …«

»Schnauze!«

Das kam aus dem Roloff regelrecht rausgebrochen. Und zwar mit so roher Gewalt, dass Sabine sofort restlos überzeugt war, verstummte und sich kleinlaut bei Stefan anschmiegte, der sich sichtlich bemühte, jetzt, da er die neuen Rahmenbedingungen verstanden hatte, nicht in den Panikmodus zu verfallen.

In der Mitte des Busses hatte man unterdessen das Interesse an der Rückbank verloren. Der Haufen Vampire-Versprengter hatte sich viel zu erzählen, denn, so viel wurde schon nach wenigen Sätzen klar:

Die Vampire waren am frühen Nachmittag mit fast drei Dutzend Jungs aufgebrochen. Allerdings war ihre Vorhut zu früh vor dem Stadion eingetroffen und so, zahlenmäßig extrem unterlegen, auf die gegnerischen Fans getroffen, mit denen man sich eigentlich für nach dem Spiel zur Schlacht verabredet hatte. Ein paar undisziplinierte Anfänger auf deren, ein paar Hitzköpfe auf der Vampire-Seite, schon war unerwartet das grausamste Gemetzel ausgebrochen, in das das Gros der Vampire bei Ankunft sofort hatte eingreifen müssen. Als Folge hatten fast alle Vampire das eigentliche Spiel auf diversen Polizeirevieren verbracht, wo ihre Personalien – wieder mal – aufgenommen wurden. Daher die Aufteilung auf verschiedene Haltestellen um diese Uhrzeit

– die Beamten hatten gewartet, bis ihre Kollegen die Abfahrt der letzten gegnerischen Anhänger gemeldet hatten. Einige der Jeanswesten-Ungetüme waren von der Schlacht gezeichnet. Hier und da klafften offene Wunden im Gesicht, mehrere Augen waren verquollen, Felix zählte mindestens zwei Armverbände.

»Der Willi hat dem Dicken voll mit der Gasknarre ins Gesicht geschossen. Hätteste mal sehen müssen, der ist wie tot umgefallen.«

»Wow, echt, Willi?«

Der Angesprochene entblößte ein paar verfaulte Zähne und guckte gespielt verschämt gen Boden.

»Ach, war doch nicht der Rede wert.«

Ein paar pfiffen anerkennend.

»Der lag noch nach dem Spiel da, hat mir der Frank erzählt. Würd mich nicht wundern, wenn der hin ist.«

»Jojo hat gesagt, er hat gesehen, wie sie den nach dem Spiel abtransportiert haben, so volles Programm mit Blaulicht, Atemmaske und so.«

Alle johlten. Willis Rücken wurde mit Handschlägen bombardiert.

»Gut war auch, wie Andy dem Typen mit dem Fahnenstock von hinten auf den Kopf geschlagen hat, zack, war die Stange durch, dem Arsch kamen fast die Augen raus, hab ihm noch schnell in die Eier getreten, dann lag der.«

Der Große, der zuerst den Bus betreten hatte, schwenkte triumphierend seinen abgebrochenen Holzstab, aus dem die spitzen Enden wie scharfe Messer staken.

»Mir haben die Bullen das Nunchaku abgenommen«, nölte ein Dicker.

»Mir ein Messer.«

»Mein Butterfly ist auch weg.«

»Rat mal, wo meine Gasknarre ist.«

»Guido ist ja heute auch völlig durchgedreht.«

»Was hatte der denn eingeklinkt?«

»Wie der mit beiden Füßen auf den Arm von dem Bewusstlosen gesprungen ist, harte Sache.«

»Jau, hatte den extra zwischen Bordstein und Straße platziert.«

»Der und Jens sind wohl noch länger weg.«

»Jens ist auch bescheuert, den hatten sie letzten Monat wegen seines Totschlägers bereits verwarnt.«

»Ich bin im Blutrausch, hat der immer gebrüllt, ich bin im Blutrausch – wie geil!«

»Und dann noch so einem 16-Jährigen mitten durch die Fresse.«

»Morgen stehen die vor dem Haftrichter, hat der eine Bulle gesagt.«

»Konnte ja keiner ahnen, dass der Lederjacken-Typ daneben ein Ziviler ist, kann man Jens jetzt echt nicht vorwerfen.«

»Toll, muss ich morgen wieder dessen Arbeit machen oder was?«

»Kein Wort zum Schmitz, verstanden?!«

Der, den sie Zosch nannten, hatte diesen Befehl mehr geflüstert als gesagt. Augenblicklich verstummte der ganze Bus. Alle murmelten zustimmend. Das war ihr Anführer, ihr grausamer, unumstrittener Anführer, wie Felix gehört hatte. Viele von ihnen, anscheinend auch dieser Zosch, arbeiteten als Mechaniker oder Auszubildende bei einem großen Kfz-Betrieb im Zentrum, der »Auto-Schmitz« hieß. Ob dieser Schmitz ahnte, was er da für Bestien beschäftigte?

Dieser Zosch hatte seine Jungs nur kurz zur Ruhe gebracht, zu viel gab es noch zu erzählen, zu viele witzige Details aufzulisten, bevor sie vergessen und somit untergehen würden. Doch dann ging ihnen der Stoff aus, Langeweile machte sich breit. Die ersten fingen an, sich spielerisch Ohrfeigen zu geben, einer führte kleine Kunststückchen mit einem besonders großen Nunchaku auf, das er aus dem Hosenbein gezogen hatte. Dieses Prachtexemplar eines asiatischen Würgeholzes, das aus zwei harten schwarzen Stäben bestand, die mit einer Kette verbunden waren, bollerte gegen Haltegriffe und Sitzpolster.

Felix ging die Zahl der verbleibenden Haltestellen durch. Er kannte diese Stimmung, wusste, wie schnell das kippen konnte, weil sie sich auf ihrer ständigen Suche nach guter Unterhaltung bald langweilten. Noch fast 15 Minuten müssten sie nach seinen Berechnungen durchhalten.

»Was sitzen da hinten eigentlich für Affen?«

»Sind mir auch schon aufgefallen.«

»Die mit der Oma-Kette hat ganz schöne Dinger, glaube ich.«

»Die Piekfeine?«

»Die neben dem geleckten Arsch?«

»Jetzt sehe ich es auch, da wölbt es sich doch ganz gewaltig bei der Schnalle.«

Von vorne drängelten ein paar der Vampire nach hinten, weil sie wissen wollten, worüber geredet wurde.

»Wo ist die Schlampe?«

»Geht mal zur Seite, man sieht ja nichts.«

»Ich will die Titten sehen.«

»Oh, was für eine geile Sau.«

»Nur keine Schimpfwörter jetzt, Jungs, hinterher kriegen wir noch Ärger mit ihren gefährlichen Begleitern.«

Alle Vampire grölten laut und positionierten sich für den bestmöglichen Blick auf die Rückbank.

»Hey ihr, ihr werdet doch bestimmt richtig böse, wenn wir so über eure Freundin mit den dicken Dingern reden, oder?«

Zosch hatte das Wort ergriffen.

»Sagt mal, redet ihr Helden nicht mit uns oder was? Sind wir nicht fein genug für die Herrschaften, ja?!«

Jetzt ist es aus, das ist das Ende. Wenn ihr Anführer diesen Ton anschlägt, dann ist die Grube doch bereits ausgehoben, dachte Felix, der die Stimme nur noch durch ein kräftiges Rauschen hörte, das durch seine Ohren donnerte. Da spielen wir aber das falsche Akkustikprogramm ab, fiel Felix auf, da kriegen wir im Moment höchster Anspannung wohl nicht mehr den richtigen Soundtrack auf den Plattenteller. Wieso rauscht das denn jetzt wie an den Niagarafällen, wo ich mich wahrlich auf ganz andere Dinge konzentrieren sollte.

»Huhu, hätten die Herrschaften die Güte, mit so einem Asozialen wie mir zu reden?«

Zoschs Ton war jetzt gespielt vornehm, womit er bei seinen Jungs weitere Lacher erntete. Ihr Zosch, der hatte den Bogen raus. Der wusste immer noch einen draufzusetzen. Der einzige Vampir mit Realschulabschluss, wie Felix mal gehört hatte, einer, der kein Problem hatte, andere zu Krüppeln zu schlagen, und dennoch – mit dieser Ausbildung – als unumstrittener intellektueller Kopf der Bande galt.

Wenn wir etwas sagen, sind wir geliefert, wusste Felix, wenn wir nichts sagen, sind wir erst recht geliefert. Im Film würde man jetzt die Knarre ziehen, sie mit einer einzigen schnellen Geste zum Schweigen bringen. Da würden sie aber gucken, wenn er jetzt einen Ballermann zöge und auf sie richtete. So aber war es bloß wie immer.

Was hatte dieser zarte, schwächlich aussehende Timo zu ihm gesagt, nach diesem erneuten Moment der Schande, damals, auf dem Bolzplatz, als der Baltus ihn vor allen wieder einmal tödlichst erniedrigt hatte:

»Felix, warum lässt du dir das gefallen, warum schlägst du nicht zurück, so ein großer Kerl wie du, den haust du doch so um, Mann, das verstehe ich nicht.«

Und er, Felix, hatte sich die Tränen und das Blut aus dem Gesicht gewischt und darauf keine Antwort gewusst, die es wert gewesen wäre, ausgesprochen zu werden.

Wie einen Film sah er die Szene vor sich, während die Vampire immer unruhiger wurden.

Sie hatten drei gegen zwei auf dem Bolzplatz gespielt, er, dieser Timo, Roloff, Christoph und der Tom. Roloff und er führten zwei zu null. Sie hatten einen wirklich guten Lauf an diesem schönen Nachmittag. Aus den Augenwinkeln bemerkte er, wie ein Dreiertrupp über den Feldweg am Spielfeldrand entlangzog, Richtung Supermarkt. Plötzlich löste sich ein einzelner Schatten aus der Gruppe, just in dem Moment zischte der Roloff: »Scheiße, der Baltus!«

Schockstarr standen sie da, ließen den Ball einfach ins Aus laufen, unbewegt, festgemauert in der Erden, wie eine chinesische Tonarmee – das dümmste Prügelempfangskomitee der Republik, so musste man ja sagen.

Fünf Leute auf dem Bolzplatz, die Hälfte davon mindestens einen halben Kopf größer als der Baltus, der eine von Hölzenbeins Sklaven, der jetzt rauchend sehr zielgerichtet auf ihn, Felix, zugegangen, nein, geradezu zugelaufen kam, nicht ohne seinen Freunden am Spielfeldrand noch zuzurufen: »Geht ruhig weiter, ich bin sofort fertig!« Das hatte er wirklich gerufen, fröhlich gerufen, schüttelte sich Felix. Dieser Satz alleine brachte die Haltung dieser Totschläger, die die abstoßendste ist, auf den lapidaren, grotesk lapidaren Punkt.

So lief der Baltus also auf ihn zu und schlug ihm mit einem Schlagring erst ins Gesicht und dann auf den Solar Plexus, sodass er, Felix, wie von Gottes Hand gefällt, augenblicklich in die hündischste Krummliegstellung aller unglücklichen Krummliegstellungen niedersank, sich einigelte, mit den Armen mehr recht als schlecht schützte, während der Baltus, ohne die Kippe aus dem Mund zu nehmen und ohne sich von den anderen gestört zu fühlen, noch ein paarmal kräftig in den Menschenigel reintrat. Dann zog der Baltus pfeifend seines Weges. So einer nimmt uns gar nicht mehr als Mensch, als Lebendgeschöpf wahr, hatte Felix gedacht, für den sind wir bloß eine Trainings- und Zeitvertreibsmasse.

Verschämt waren die vier Freunde auf ihn zugekommen. Völlig stumm, das war ihm sofort aufgefallen, denen hatte die Scham den Kehlkopf einfach zugedrückt. Ihre Bewegungen waren plötzlich linkisch. Eben noch die Bolzplatzgazellen, die Ballvirtuosen, die Tortänzer, jetzt nur noch die Behindertsten, die Bewegungsungeübtesten, die Gesichter verunstaltet durch die unerträgliche Gewissheit eigenen Versagens. Bloß dieser Timo hatte ihn geradezu ausgeschimpft. Wie er sich das gefallen lassen könne, er habe erst gedacht, dass sei eine ganz besonders raffinierte Art der Selbstverteidigung, jeden Augenblick habe er einen Überraschungsgriff von ihm, Felix, erwartet. Hätte er, Timo, gewusst, dass da nichts mehr kommt, er hätte den Baltus umgehauen, so ein Würstchen sei das doch, und die Art und Weise, wie er das »Würstchen«-Wort betonte, ließ es noch schlimmer klingen, als es ohnehin schon klang. Und so eine wilde Entschlossenheit hatte dieser nette, schmale Junge ausgestrahlt, dass jedem sofort klar war, dass der sich so etwas nie hätte gefallen lassen.

Auf dem Weg nach Hause flehte ihn Timo, der leider bald darauf mit seinen Eltern in die nächste Stadt ziehen musste, inbrünstig an, sich zu wehren, sich nicht zum Schlachtvieh machen zu lassen. Sofort nannte er Namen und Adressen von diversen Kampfschulen. Und alle Einwände von Felix, dann werde er doch wie die anderen, er habe gar keine Lust, sich auf deren Spiel einzulassen, ließ der erst seit kurzem hier wohnende entrüstete Timo nicht gelten, der schon seit Jahren offensichtlich Aikido-Experte war und furchtlos, wie er mehrfach betonte, völlig furchtlos und gelassen hier sein Leben lebte, obwohl er viel schmächtiger als Felix war – und ein Jahr jünger.

Das ein jüngerer Junge ihn auf seine Schwäche derart selbstbewusst aufmerksam machte, hatte Felix so beeindruckt, dass er gar nicht anders konnte, als dem Drängen nachzugeben und diesem doch fast Unbekannten in die Hand zu versprechen, er werde sich die ein oder andere Schule, das ein oder andere Dojo, wie es fachgerecht hieß, ansehen. Das hatte er dann tatsächlich gemacht und war in einer sehr professionellen Sportschule gelandet, in der er den Eindruck hatte, sein Karate-Ausbilder, eine Mischung zwischen Dalai Lama und israelischem Kampfpanzer, der ausgerechnet Herr Blitz hieß, könne ihm vielleicht wirklich helfen. Seit fast zwei Jahren ging er jede Woche mindestens zweimal zum Training, nur um im entscheidenden Moment doch wieder nur gelähmt zu sein und nichts zu spüren außer einem unbändigen Todeswunsch – für die anderen und für sich selbst.

Die Vampire wurden ungeduldig.

»Hey, ihr Arschlöcher, wir warten!«

Mit einem schnellen Blick nach rechts erkannte Felix, dass von den anderen keine Hilfe zu erwarten war. Sabine liefen bereits vor Angst Tränen die Wangen herunter, mit der linken Hand hielt sie die Jacke verkrampft zu, als ob sie so das Gerede über ihre »Dinger« stoppen könnte, mit der rechten klammerte sie sich an Stefan, dessen Unterlippe zitterte, das Gesicht bleich, die Augen zuckten. Der Roloff hatte den Blick eines Delinquenten, der seit fünf Jahren im Hochsicherheitstrakt auf »Death Row« sitzt und soeben erfahren hat, dass das Urteil sofort vollstreckt wird.

Der bereitet sich schon mal auf die Schmerzen vor, dachte Felix und nahm all seinen Mut zusammen:

»Wir wollen keinen Ärger. Also lasst uns bitte in Ruhe, ja?!«

Höhnischer Applaus brandete auf.

»Der kann ja reden.«

»Was für ein mutiger Mann.«

»Bravo, bravo, Zugabe.«

»Ja, komm, du Held, mach weiter. Gib's uns mal richtig.«

»Kenn ich den Kerl nicht?«

»Woher willste den denn kennen?«

»Ist das nicht der, den der Hölzenbein mal alle gemacht hat, weil der so ein dickes Maul hatte?«

»Echt?«

»Ist ja auch egal.«

»Doch, ich glaube, das ist so einer aus der Rosen-Siedlung, einer, der immer denkt, er sei etwas Besseres.«

»Sieht aber ganz normal aus.«

»Der tarnt sich.«

»Wie link von ihm.«

»Trotzdem scharfe Frau.«

»So sind die. Schleppen die schärfsten Weiber ab und wollen nie teilen.«

»Guck mal, wie der guckt.«

»Stimmt, der guckt doch komisch.«

»Und der Kapuzen-Penner neben ihm auch.«

»Jetzt sehe ich es auch, unglaublich.«

»Wollen wohl die Helden spielen vor dem Luder mit den dicken Titten.«

»Ey, guckst du uns gerade doof an, oder was?«

Felix starrte auf seine Schuhspitzen.

Würde es sehr wehtun? Hatten die in diesen verdammten Bussen eigentlich keinen Funk oder was? Löste man hier eine Fahrkarte, um dann auf besonders perfide Art und Weise, unter Aufsicht des Fahrers gewissermaßen, hingerichtet zu werden? Der musste doch im Rückspiegel sehen, welche Katastrophe sich hier abzeichnete, wie viele Lebenswege sich hier gleich ändern oder für immer enden würden. Aber nein, fahren wir schön weiter und ignorieren das Massaker hinter uns, oder was? Da muss man sich beschweren, wenn man das hier überlebt, diese Ignoranz anklagen, den gesamten Busbetrieb schließen, den Fahrer entlassen, Demos organisieren, den Staatsanwalt und die Presse auf den Plan rufen, ihnen zumindest aber auf unserer Beerdigung einen richtig mitgeben, das war das Mindeste. Weiter kam er nicht, die Vampire hatten andere Pläne.

»Zosch, ich glaube, du hast recht, er guckt doof!«

»Ja, Willi, wir stellen fest, der will uns provozieren.«

»Ja, Zosch, völlig richtig.«

»Und, Willi, was steht bei uns auf solche unverschämten Akte der Aggression?«

»Die Höchststrafe, Zosch!«

»Gut, Willi, und was ist die Höchststrafe?«

Ja, Zosch; gut, Willi – die gehen mir langsam auf den Geist mit ihrem Willi-Zosch-Gequatsche, dachte Felix, können die sich nicht einmal auf das Wesentliche konzentrieren?

»Erschießen, Zosch.«

»Ja, Willi. Also: die Kanone, bitte.«

Die Vampire kreischten, stießen die Fäuste in die Luft, klatschten.

»Ja, erschießen, erschießen. »

»Zosch hat immer die besten Ideen.«

»Dem macht keiner was vor.«

»Blas sie weg, Zosch.«

»Zeig ihnen, wo der Hammer hängt.«

Felix guckte den Roloff an, der sich im selben Augenblick zu ihm umgedreht hatte. Erschießen? Felix fühlte sich plötzlich so leicht, befreit von Hirn und Reflektionen. Die Stimmbänder verödet, die Muskeln blutleer. Er nahm alles nur noch wie eine Kamera auf, ungefiltert, unkommentiert, bloß schnöde Realität. Stefan und Sabine gab es nicht mehr, instinktiv hatten die Vampire sich Felix und den Roloff herausgepickt, ihnen würde es an den Kragen gehen, niemand sonst.

Zosch ließ sich eine Pistole geben, schwarzes Gehäuse, schmaler, längerer Lauf, mehr konnte Felix nicht erkennen.

»Kanonier Willi, laden.«

Willi kramte etwas aus der Tasche und stopfte es in den abgeknickten Lauf. Zosch gab Anweisungen wie vor einem Füsilierregiment.

»Kanonier Willi, anlegen.«

Um Willi und Zosch hatte sich eine geschlossene Wand aus schweißfettig glänzenden Gesichtern gebildet, alle Vampire kämpften um einen Platz in der ersten Reihe.

Noch einmal trafen sich die Blicke von Roloff und Felix. Eine Mischung aus Unglaube, Endgültigkeit und Erwartung des großen Nichts.

»Achtung!«

Willi zielte auf Felix und den Roloff. Die saßen Schulter an Schulter nebeneinander und setzten sich bei »Achtung!« unwillkürlich etwas gerader hin.

Wie bescheuert sind wir eigentlich, dachte Felix, bemüht man sich selbst bei der eigenen Hinrichtung, eine gute Figur zu machen, oder was? Da verdient man doch nichts anderes als so ein jämmerliches Ende, da hat man doch die Lebensberechtigung schon abgegeben, bevor einen die Kugel trifft, wer so seine Würde fahren lässt, ist doch das Allerletzte.

»Feuer!«

Felix schloss die Augen. Im selben Moment knallte es laut neben seinem rechten Ohr, dann spürte er einen kurzen stechenden Schmerz auf dem rechten Bein, gefolgt von mehreren schnellen Tönen, die klangen, als ob jemand einen Stahlflummi durch den Bus geschmissen hätte.

Die Vampire pfiffen anerkennend, klatschten und brüllten lachend »Zugabe!«, klopften Willi auf die Schulter, ließen Zosch hochleben und drehten sich um.

Der Gag war vorbei, ihr Interesse an der Hinterbank erloschen.

Wenige Meter vor Felix, der sich mechanisch den rechten Oberschenkel massierte, lag ein kleiner verschrumpelter Bleiklumpen.

»Das was knapp!«

Der Roloff presste die Worte durch den geschlossenen Mund.

Willi hatte mit der Luftpistole genau zwischen ihren beiden Hälse geschossen. An der Scheibe sah man eine unscheinbare Macke.

Sie sprachen kein Wort mehr.

Ein paar Stationen später stiegen sie mit Stefan und Sabine unbehelligt aus dem Bus, an den grinsenden Fortuna-Vampiren vorbei. Sie trennten sich mit Handzeichen, unfähig, auch nur ein Wort über die Sache zu verlieren. Kurz vor der Haustür bemerkte Felix, dass seine Jeans im Schritt nass war.

Ich habe mir in die Hose gemacht, stellte er erst unbewegt, dann immer wütender fest. Sie schießen auf dich und machen dich zum Bettnässer, sie steigen mit Gewalt in deinen Kopf und bringen nicht nur dein Leben, sondern auch deine Organe durcheinander, sie sorgen für eine einzige erbarmungswürdige Existenzverwirrung.

Ich halte das nicht mehr aus, resümierte Felix, während er in sein Zimmer ging, ich kann nicht mehr. Das geht so nicht weiter.

5. Vater-Abschied

Am Abend fuhr Felix mit dem Roloff und seinem Vater in die Düsseldorfer Altstadt, wo der mit mehrmonatiger Verspätung in einer Traditionskneipe den Abschied von den alten Kollegen feiern wollte. Nur dafür war er aus dem Norden angereist. Die Mutter und seine Geschwister waren bereits in den Urlaub gefahren. Felix und der Roloff hatten sich freiwillig zum Kellnerdienst gemeldet. Dass seinem Vater die früheren Kollegen so wichtig waren, kam Felix komisch vor. Wie ihm überhaupt dessen ganzer sogenannter Beruf ein einziges Rätsel war. Ihm fiel im Auto auf, dass er ihn dazu noch nie befragt hatte.

»Papa, macht dir das eigentlich Spaß, Versicherungen zu verkaufen?«

Ein leichtes Zittern der Stimmbänder ließ die Frage brüchiger klingen, als gewünscht. Na toll, dachte Felix, jahrelang zittert da nichts, kommen die unnötigsten, die unwichtigsten Sätze flüssigst über die Lippen, redet man sich und andere praktisch pausenlos ins Koma mit seiner festen Stimme, aber kaum will man einmal wirklich ruhig wirken, krächzt man wie ein Vollidiot.

»Das ist mein Beruf, Felix, Spaß ist dafür vielleicht nicht der richtige Ausdruck.«

»Aber wie kann man jahrzehntelang etwas machen, das einem keinen Spaß macht?«

»O.k., na gut, wenn du so willst, macht es natürlich schon Spaß, wenn alles gut läuft und man erfolgreich ist.«

Was war das schon wieder für eine Antwort, dachte Felix und guckte seinen Vater vom Beifahrersitz sehr kritisch an. Man stellt eine simple Frage, sie kommen einem gleich abstrakt. Man fragt nach Spaß, sie antworten mit Erfolg.

»Papa?«

»Ja?«

»Wie kann es einem denn Spaß machen, Leuten Versicherungen zu verkaufen?«

»Wie meinst du das?«

Wie soll ich das wohl meinen, das ist doch klar, da gibt es doch keine Gegenfragen zu stellen. Man will eine kleine Unterhaltung, schon ist man mitten in einer ihrer unbarmherzigen Redeschlachten, dachte Felix, da kennt der kaltblütige Taktik-Vater nichts, Verwandtschaftsverhältnisse hin oder her. Gleich schlagen sie mit Gegenfragen um sich und wollen einen mit ihrer hammerharten Rhetorik fertigmachen. Aber nicht mit ihm.

»Ich meine, Versicherungen sind doch völlig egal. Logo, die sind schon wichtig und so, aber das kann doch für dich selbst nicht befriedigend sein, so etwas zu verkaufen.«

»Ich weiß nicht, was du meinst. Ich fühle mich sehr befriedigt, wenn ich Erfolg mit dem habe, was ich tue.«

»Aber was hast du denn davon, so persönlich, wenn ein Typ, den du gar nicht kennst, der dich gar nicht interessiert, wenn der so ein Stück Papier unterschreibt?«

»Dann weiß ich, dass ich den mit meinen Argumenten überzeugt habe, dass ich meinen Job gut gemacht habe. Und dafür werde ich ja bezahlt.«

»Es geht mir nicht um das Geld …«

»Ach nein, wer wollte denn eben erst wieder etwas Kleingeld von mir, einfach so? Oder verzichtest du ab sofort auf dein Taschengeld?«

Dieser Ausweicher drückt sich um einfachste Antworten, dachte Felix, und verteilt dabei die unfairsten Tiefschläge.

Den ganzen Tag mimen sie die Sorgenden und Schützenden, aber stell ihnen eine vernünftige Frage, dann machen sie dich fertig. Sie wollen nicht, dass man denkt. Sie wollen Sklaven. Und wer das nicht akzeptiert, wird sofort an ihre Geldketten erinnert, an denen man baumelt, an die Strippen, die sie jederzeit ziehen können.

»Papa, die Frage war, ob dir das persönlich Spaß macht, obwohl das gar nichts mit dir zu tun hat.«

»Felix, was soll der Unsinn? Das hat mit mir zu tun, weil es mein Job ist, und der macht mir Spaß!«

»Aber das kann doch keinen Spaß machen, blöde V-e-r-s-i-c-h-e-r-u-n-g-e-n zu verkaufen!«

Felix spürte, wie er langsam die Beherrschung verlor, weil er völlig umsonst versuchte, in das Hirn des Mannes neben ihm zu dringen. Da stehen ja riesige Betonplatten im Weg, das ist ja völlig hoffnungslos.

»Wieso denn nicht, Felix?«

Auch sein Vater klang jetzt etwas genervt, aber man will ja auch nicht an so einem Abend so angegangen werden, nahm Felix ihn gleich etwas vor sich in Schutz, nur ein bisschen mehr Mühe könnte er sich schon geben.

»Weil das sinnlos ist, der ganze Versicherungskram, das bringt dir doch persönlich nichts, wenn du ihnen noch eine Hausrat-, Auto- oder Lebensversicherung oder was weiß ich aufschwatzt …«

»Felix, ich schwatze niemandem etwas auf, verstanden?!«

»Ja, aber du bist nur erfolgreich, wenn du immer mehr von dem Kram loswirst, also verkaufst du denen Versicherungen bis zum Abwinken, bis die ihr ganzes verdammtes Leben versichert haben, das ist doch krank!«

»Felix, sehr viele Leute fühlen sich sehr viel besser, wenn sie unsere Versicherungen haben. Oder möchtest du die Autoreparatur beim nächsten Unfall selbst bezahlen? Ich weiß wirklich nicht, was du willst.«

»Verstehst du denn nicht, Papa, wie kann man denn sein Leben damit verschwenden, anderen Leuten Versicherungen anzudrehen, das ist doch so hohl, so leer, so krank!«

Er hatte fast angefangen ein wenig zu schluchzen und merkte, dass er irgendwie nicht weiter kam mit dem Thema.

»Felix, reg dich mal wieder ab. Natürlich wäre ich auch lieber wieder 18 und könnte so wie du einfach in den Tag leben. Aber einer muss das ja finanzieren. Wenn das alles so sinnlos und krank ist, bin ich schon gespannt, was du so Sinnvolles vorhast. Riesige Geistesblitze kann ich bislang nicht erkennen. Und jetzt muss ich mich mal wieder auf den Verkehr konzentrieren!«

Das ist echt eine Spitzen-Unterhaltung, wie ich das wieder hinbekommen habe, dachte Felix, ich sollte dafür Seminare anbieten.

Im Partyraum der Kneipe bekam er sofort eine Art klaustrophobischen Anfall. All das dunkle, schwere Holz, die nikotingelben Wände, all der Schweiß und der Irrsinn der Millionen Trinker, die sich hier in Jahrhunderten abgefüllt hatten, raubten ihm den Verstand. Das Gefühl wurde auch nach ein paar ersten, sehr schnellen, sehr heimlichen Bierchen vor Ankunft der Gäste nicht besser. Wie die in ihren Anzügen und Kostümchen hereinstolzieren mit ihren Lächelmasken-Gesichtern. Das ist alles so künstlich, dachte Felix, das ganze Kasperletheater dieser Scheintoten. Wie die alle aussehen. Die Haare der Männer so licht, die Bäuche meist rund, die Gesichtszüge grob, Rasierklingenlippen hier und dort, rötlich schimmernde Haut, das Selbstgefällige in jeder Geste. Die Schlimmsten waren die, die ihn besonders jovial mit »Hi, Felix« begrüßten, weil sich die Schlauberger wahrscheinlich vorher erkundigt hatten, wie der Sohn vom Chef hieß, oder was?

Der Roloff machte ihn auf ein paar Frauen aufmerksam, die deutlich jünger waren als der Rest. Sekretärinnen oder so, deren adrette Kostümjäckchen teilweise einladend offen standen.

»Ich glaube, die haben schon zu uns rübergeguckt«, zischte ihm der Roloff zu.

»Träum weiter«, gab er breit grinsend zurück.

Anfangs standen alle sehr förmlich herum, und er und der Roloff konnten gar nicht so schnell zapfen, wie die Männer und Frauen die Biere wegstürzten, um wenigstens irgendwie beschäftigt zu sein. Wie unbeholfen sie da stehen, dachte Felix traurig und bückte sich hinter das Fass, um sich ein Alt zu genehmigen.

Nach und nach merkten sie, wie sich ihre Zapfarbeit auszahlte und die Stimmung langsam drehte. Hier und da wurde plötzlich gelacht, die Kreise lösten sich auf, neue Gruppen und Untergrüppchen bildeten sich, Jacketts wurden abgelegt, Hemdärmel nach oben gerollt. Nach dem vierten Fass vernahm Felix erste extralaute Kichersalven und sah, wie sich um einzelne Frauen, die eindeutigst in der Minderheit waren, kleine Zirkel bildeten. Immer näher rückten die Männer den Frauen, immer dröhnender wurden die Stimmen, immer anzüglicher die Sprüche, direkter, obszöner. Felix trank in immer kürzeren Abständen hinter dem Fass noch ein Bierchen.

»Ach was, Mallorca, da kann man doch nicht mehr hin, da fahren doch nur Proleten hin wie der Heyder aus der Buchhaltung.«

»Der Heyder? Der mit der kleinen Nase? Na, der hat's ja nötig!«

»Wieso?«

»Wieso? Sie wissen doch, was man über Männer mit kleinen Nasen sagt …«

Die Runde direkt vorm Tresen lachte schallend, auch die umringte Blonde mit der Perlenkette über der engen weißen Bluse, die Felix ab und zu ein Lächeln zugeworfen hatte, schnappte nach Luft.

»Und Fräulein Gombert muss uns jetzt noch einmal erklären, was sie wirklich so an Jamaika im letzten Urlaub gereizt hat ...«, sagte der Rädelsführer und rotierte mit den Hüften.

»Aber Herr Ernst, ich bitte Sie«, gab die höflich grinsend zurück und prostete dem Sprecher zu. Ein Rotgesichtiger stand jetzt ganz dicht neben ihr und legte praktisch seinen Arm um sie, wie zufällig. Sie spielte verlegen mit ihrer Perlenkette.

Diese Balzer glauben, sie sind die Lustigsten, fiel Felix auf, und doch sind sie nur die Deprimierendsten, sie glauben, sie unterhalten die Menge und machen sich doch nur lächerlich.

Er starrte in den Raum.

Fast alle Männer hatten mittlerweile ihre Jacketts ausgezogen und die Krawatten gelockert.

Das sind so ihre erbärmlichen Signale, dachte Felix grimmig, diese kleinen, feinen, genau festgelegten Konsensgesten. Dass die überhaupt mit diesen Stoffschwänzen um den Hals hierherkommen, in der Bürouniform auf eine private Party! Das ist ja abartig, dachte Felix und musste seine Überlegungen sofort abbrechen, durch feine Stiche im Brustkorb irritiert.

Ich kriege einen Herzinfarkt, schoss es ihm durch den Kopf, das sind doch genau die Signale, die er seit Jahren immer alarmierter beobachtete, auch wenn er bei jeder Untersuchung als durchtrainiert und topfit durchging und sein Hausarzt mittlerweile schon genervt abwinkte, wenn er ihm mal wieder mit seinen eigenen Befunden kam. Der traut sich einfach nicht, mir die grausame Wahrheit ins Gesicht zu sagen, wie schlimm es tatsächlich um mich steht, dachte Felix jedes Mal. Er spürte sie jetzt deutlich: Stiche unter der Brust, am Herzen, und natürlich links. Jetzt nur nicht zu tief einatmen, nicht die letzten Kapillar-Halterungen durchreißen, analysierte er blitzschnell und sah das rotbollernde

Muskelgewebe in Nahaufnahme vor seinem inneren Auge, wie das alles ächzte und zum Zerreißen angespannt war, wie man förmlich ahnte, dass es da gleich knallen würde. Flach atmen, ganz flach, das war die Lösung, die kleinen Nadeln ein bisschen an die Herz-Außenwand pieksen lassen, nur nicht durchbohren, oje, oje, das bohrt aber doch ganz schön, wenn man so atmet, das bohrt doch!! Ich drehe durch, ahnte Felix. Er würde hier röchelnd zusammenklappen, auf der Abschiedsparty seines Vaters, vor allen. Andererseits, frohlockte er, ein Infarkt, in seinem Alter, das wäre praktisch eine medizinische Sensation, so nah hatte er noch nie vor bundesweitem Ruhm gestanden.

Einmal hatte er eine sehr seltene Krebsart an seinem linken Ringfinger diagnostiziert – bis zur nächsten Dusche, als die äußeren Anzeichen innerer Verwesung einfach weggespült wurden. Ähnlich erging es dem Geschwür über dem linken Auge. Er war felsenfest überzeugt gewesen, in dem grotesk geschwollenen Stirnballen steckten die Spinnen, von denen er schon so viel gehört hatte: Frau von Spinne gebissen, Riesengeschwür, Haare gekämmt, mit Bürste Haut aufgerissen, kommen ganz viele Spinnen raus. Jeden Abend hatte er im Bett wach gelegen und darauf gewartet – leicht angewidert, aber auch mit einer gewissen Vorfreude –, das erste Kitzeln kleinster Beinchen auf der Stirnplatte unter arg angespannter Haut zu spüren. Und das alles wegen eines stinknormalen Pickels, wie die Hautärztin dann doch eine Spur zu lapidar feststellte, wie Felix damals fand.

Mit dem Herzinfarkt ist das jetzt aber eine andere Nummer, dachte er und schloss die Augen kurz, um den Stichen intensiver nachspüren zu können. Da werden alle gucken, wenn er auf dem Boden aufklatscht. Er stellte sich vor, wie sie ihn anstarren würden, blutgefroren, versteinert. Dann würde aus ihrer Gehirnstarre sofort eine körperliche, da würden sie ganz schön blöd aussehen, die Krawattendeppen.

Langsam ließen die Stiche nach.

Erschöpft fixierte er ein paar sogenannte Freunde seines Vaters, wie diese Bürokollegen manchmal genannt wurden, völlig unberechtigterweise genannt wurden, wie Felix fand. Kollegen waren es, keine Freunde. Sie nennen Menschen Freunde und wissen gar nicht, was das ist, ein Freund, deshalb benutzen sie die Worte wahllos. Eben ein Kollege noch, plötzlich ein sogenannter Freund, dann wieder ein Kollege, es ist ihnen im Grunde völlig egal, das eine bedeutet ihnen so wenig wie das andere, deswegen laufen sie alle auch so rum, im Gesicht nichts als eine einzige Lebensverwirrung.

Er goss sich noch mehr Alt in den Rachen und beobachtete die Gäste durch das leere, verschlierte Glas. Jetzt sehen sie so unförmig aus, wie sie eigentlich alle sind, dachte er fasziniert, der Blick durchs Brennglas offenbart ihren Wesenskern. Und ihr standardisiertes, trostloses Alkohol- und Sozialprogramm – aber Hauptsache mit Krawatte. Obwohl sie ja sonst nichts lieber machen, als sich mit großer Geste das Ding zu Hause vom Hals zu ziehen, um allen und sich selbst zu zeigen, bis eben, ja, da war ich noch Sklave und Erfüller, ein mieses Rädchen in einer miesen Maschine, aber jetzt bin ich wieder Mensch. Und weil sie im Grunde nicht mehr unterscheiden können zwischen Büroversklavung und Normalleben, weil sie nicht mehr wissen, was das ist: Leben, deswegen laufen sie hier auf wie im Büro. Wie Sträflinge überraschend freigelassen werden und sich dann für besondere Anlässe noch einmal die Kugel ans Bein binden, dachte Felix und musste höhnisch auflachen. Ein paar vorm Tresen drehten sich zu ihm um und prosteten ihm zustimmend zu.

Plötzlich sah er sie alle an ihren Krawatten von der Decke baumeln. Einer neben dem anderen, die Hälse gezerrt, die Augen aufgeglupscht, die Zungen lappig aus den Mundwinkeln hängend, in absoluter Stille. Wie er dann grinsend durch die Kneipe gehen würde, mal hier ein Paar leblose

Beine anstoßend, mal dort einen Körper gegen den anderen pendeln lassend. Der Gedanke gefiel ihm, Felix, der Glöckner von Düsseldorf, so würden sie ihn bestimmt nennen, später in der Presse.

Er zapfte noch ein paar Bier.

Die nehmen meine Getränke und ahnen nicht, dass sie praktisch schon unter der Decke hängen, amüsierte sich Felix jetzt richtig, während er das Tablett vollmachte. Sie lächeln mich an und sehen nur den Hobby-Kellner, nicht den Aufhänger. Immer breiter musste er grinsen, während er Glas um Glas füllte.

Er sah genau vor sich, wie sie ihn abführen und er triumphierend in die Kameras und Fotoapparate blicken würde. Er hätte die Hände mit Handschellen auf dem Rücken, zwei Kripobeamte an seiner Seite, ein Blitzlichtgewitter würde sie empfangen. Dann die Fragen:

Warum haben Sie das gemacht?

Warum nur?

Er würde nur einen Satz sagen: »Ich habe diese Leute von sich und die Welt von ihnen befreit!«

Was aber, wenn sie das als peinliches Primanergeschwätz abtun würden? Denn kaum sagt man etwas Vernünftiges, etwas Menschliches, machen sie daraus ja einen Schwachsinn, aus jedem Argument eine Verwirrung und aus jeder Wahrheit ein Jugendgeschwätz. Das ist ihnen doch das Allerliebste, auf Geburtsdaten wie auf schlimmste Verbrechen hinzuweisen, um einen mit dem Jahrgangshammer zu einem Haufen Staub zu zertrümmern.

Er könnte natürlich auch sagen: »Ihre Krawatten waren zu hässlich!«

Felix lachte. Auf jeden Fall würde ihn das in die Tagesschau bringen.

Er stockte.

Wie bin ich denn eigentlich drauf? Felix blickte vorsichtig

vom Spülbecken hoch, ob ihn jemand beobachtet hatte. Ihm war ein wenig schwindelig. Er stieß laut auf. Schnell sah er nach rechts, wo sein Vater mit anderen lachte. Niemand hatte etwas bemerkt.

Er leerte noch ein Glas.

Er starrte auf den tropfenden Zapfhahn.

Mein Blut tropft aus dem Fass, jeder Tropfen, der danebengeht, verkürzt mein Leben um ein Jahr.

Ein Tropfen, ein Jahr.

Hektisch schob Felix mehr Gläser unters Fass, viel zu viele, ein paar stürzten über die kleine metallene Erhöhung auf der Zapfebene und zerplatzten klirrend auf dem Boden, egal, dachte er, mein Leben verrinnt, was kümmern mich da so ein paar Gläser. Wie an Gummibändern schnellten seine Hände immer wieder zurück unter den Hahn, Schweißtropfen rollten ihm über die Augenbrauen juckend auf die Wangen. Mit flirrenden Augen starrte er auf den braunroten Strahl aus dem geneigten Fass, der in das nächste Glas plätscherte.

Er stützte sich schwer auf den Tresen und suchte den Roloff, der grinsend mit jemandem sprach. Der lacht ja, als ob es mit denen etwas zu lachen gäbe. Der Roloff, der also jetzt auch.

An Felix' Füßen bildete sich ein Altbiersee mit Flussausläufern unter die Theke und Richtung Speisekammer. Der Zapfhahn röchelte plötzlich und spuckte, schaumig spritzte Bier auf seinen Schoß.

Das Fass ist alle, ich bin alle, völlig alle, dachte Felix, ich muss hier sofort raus. Er versuchte, den Kopf etwas höher zu heben. Die Hemdenträger hatten sich mit den Kostümträgerinnen und der Dekoration zu einer weißbraunschwarzen Skulptur vereint. Und wie eine schmutzige alte Decke legte sich die umherschwirrende Wortemasse über ihn.

Man ist mittendrin, dachte Felix bestürzt, und sieht doch alles wie von außen.

DIE halten das alles für völlig normal, man selbst hält das alles für völlig lächerlich.

Man sieht das Lächerliche, sie erahnen es nicht.

Welten dazwischen, ganze Parallelwelten.

Unentwegt riesige Missverständnisse, bei fast allem.

Und allen.

Das ist das Schlimmste, überlegte er, das Allerfürchterlichste: Wie man so an ihren Köpfen abprallt, wie man ganz benommen ist von ihrer Bewusstlosigkeit. Du kommst nicht in ihre Köpfe und sie nicht in deinen. Und jedes Mal, wenn du mit einem verdammten Missverständnis an ihnen abprallst, bleibst du ein bisschen kaputter zurück.

Plötzlich kam der Roloff lachend auf ihn zugeschlurft, den rechten Arm mit einem vollen Bierglas zum demonstrativen Prost wie ein Schwert vor sich hertragend. Die Lider hingen ihm schwer nach unten, das Gesicht glänzte feuchtfettig.

»Irgendwie doch ein ganz geiles Fest hier, oder?«, formulierte die Roloff-Zunge schwer.

Felix stockte. Schon lag ihm der Roloff'sche bierdünstende Körper im Arm, fiel schwer ein nasser Kopf auf seine Schulter, atmete er warmsalzige Schweißluft.

Das ist widerlich, dachte Felix plötzlich und erschrak sofort darüber. Das ist ja widerlich, dass ich das widerlich finde, eben war er noch ein Freund, schon ist er widerlich, eben noch der Beste auf der Welt, schon der Ekeligste, der Verzichtbarste, erboste sich Felix über sich selbst und rang nach Luft, während er sich eine von Roloffs schweißigen Locken aus dem Mund zog, unangenehmst berührt von der gewichtsschweren Nähe des Freundeskörpers.

Er stieß den Roloff kräftig von sich, der mit verwundertem Blick gegen das Fass stolperte und schreikichernd zu Boden ging, während Felix mit schnellen Schritten über die Scherben unzähliger Gläser zur Vorratskammer eilte und darin verschwand.

Durch die Milchglasscheibe sah und hörte er das Treiben im Nebenraum wie durch große Gedankenwolken, präsent genug, um da zu sein, aber weit genug entfernt, um nur noch als Daseinsdampf Beachtung zu finden.

Was war nur mit dem Roloff, was war nur mit ihm selbst, was war mit all diesen Halbtoten keine drei Meter von ihm entfernt, was war mit Nadja, den Hölzenbeins und Blascheks? Das ist alles so stumpf, und ich gehöre dazu, stellte Felix bitter fest, während er, eine Regalwand im Rücken, langsam auf den Boden rutschte.

Du bist alleine, sie sind alleine; sie sind mit dir alleine, und du bist mit ihnen alleine; wir alle sind zusammen alleine und denken, das ist ein Gegensatz – alleine und zusammen, dabei sind wir entweder alleine alleine oder eben mit anderen zusammen alleine. Aber immer alleine. Nur wollen wir das nicht einsehen und glauben, da gäbe es noch etwas anderes. Und auf der Suche nach diesem Anderen, das es vielleicht gar nicht gibt, verzweifeln wir. Das kann man ja nur als Irrsinn bezeichnen, als einen erbarmungswürdigen Schwachsinn.

Vielleicht ist das Leben sogar noch besser mit den Vertretergesichtern hier, dachte Felix jetzt versöhnlich, als mit der unerreichbaren Nadja und den Jungs von der Bank, weil Schmerz ja immer ein Resultat aus Erwartung minus Realität ist. Von denen hier erwartest du nicht viel, da ist die Enttäuschung nicht so groß, zumindest nicht so groß wie bei Nadja. Er wischte sich ein wenig Rotz von der Nase. Andererseits hat nicht jeder so hohe Erwartungen, die anderen haben fast keine, man selbst hat die höchsten, deswegen leidet man am heftigsten. Der Gedanke gefiel ihm.

Im Spiegel gegenüber, der bis zum Boden reichte, beobachtete er sich, wie er die Kieferknochen mahlen ließ. Er versuchte, das Gesicht so unter die Neonlampe zu halten, dass sich ein profilverstärkender Wangenschatten über das Gesicht legte, wofür er sich sogleich ein bisschen schämte.

Da kannst du versuchen, so kantig auszusehen, wie du willst, du Held, du bist und bleibst alleine.

Er lauschte Richtung Milchglasscheibe. Das Stimmengebrabbel stand fest an der Tür, unter der Bier- und Rauchdünste durchwaberten. Er griff sich eine der fast leeren Rotweinflaschen, die hier gesammelt wurden, und goss den dunklen Rest in einem Schwung in den Hals. Säure schoss ihm aus dem Magen durch die Speiseröhre in den Mundraum, er würgte.

Ich bin ja so ein großartiger Weltversteher, ich übergebe mich gleich, dachte Felix angewidert, die nassen Augen reibend. Du bist ein Emotionslappen, wie er sich fortan nennen wollte, ein alter, nichtsnutziger Emotionslappen. Er hatte das Beben seines Brustkorbes kaum noch unter Kontrolle. Ich kotze mich an, und warum hält mein Hirn nie das Maul?

Plötzlich hörte er jemanden seinen Namen rufen und sah einen Schatten aus dem Gastraum auf die verglaste Tür zu kommen. Er wischte sich mit einer schnellen Handbewegung den Schleim von der Nase und die Augen trocken. Er rieb die Hände an der blauen Kellnerschürze ab und drückte sich schwerfällig die Wand hoch, als die Tür aufflog und der Roloff auf ihn zu federte. Der Satz »Was ist denn los, Alter?« quälte sich durch dessen Mund und blieb fast an den aufgedunsenen Lippen hängen, aber Felix drehte den Freund bloß um und schob ihn aus der Vorratskammer.

»Komm, Roloff, jetzt noch ein Bier!«

Erschrocken registrierte er den Mann hinter dem Tresen, die Ärmel hochgerollt, die Krawatte deutlich gelockert. Felix schloss die Augen kurz, um mit einem Lidschlag die Realität auf ein erträgliches Maß zurückzubiegen. Aber die Krawatte blieb am Hals des Mannes in dem weißen Hemd, der ihn jetzt anlachte, leicht betrunken anlachte, wie er unangenehm berührt bemerkte.

Der sieht aus wie mein Vater, dachte Felix entsetzt, der

trägt ein Hemd wie mein Vater, der trägt eine Brille wie mein Vater, der – er konnte den Gedanken kaum zu Ende denken und starrte in das bekannt-fremde Gesicht: Der sieht ja aus wie – sie.

Felix zitterte leicht. Ihm war, als habe er diesen Mann, den Vaterdarsteller, wie er ihn vorläufig nennen wollte, bis die furchtbare Situation geklärt war, so noch nie gesehen.

Felix schoss Säure in den Mund. Ein kleiner Schwall, den er nicht mehr aufhalten, sondern nur halbwegs geschickt seitlich unter den Tresen lenken konnte. Das gab ein unangenehmes, plätscherndes Geräusch. Er wischte sich verstohlen den Mund ab und bekam das Vibrieren nicht mehr in den Griff.

»Was ist denn los, Felix?«, fragte sein Vater und guckte bestürzt zu ihm herüber, nicht ohne sich dabei blitzschnell umzusehen, wohl um den Raum sowie die anderen Gäste zu kontrollieren, dachte Felix, jetzt bin ich ihm auch noch peinlich, nur weil ich hier gerade mal ein kleines Problem habe, oder was? Da fangen wir wohl gerade an, uns ein bisschen für die Angehörigen zu schämen, ja?

»Nichts! Alles in Ordnung!«, antwortete Felix so lässig wie möglich. Verschwommen nur sah er die Umgebung. Man müsste sich sofort hinlegen, dachte er, und hier nicht so Hochleistungssozialdinger abziehen. Sein Kopf fühlte sich an wie ein verdammter Reaktorkern kurz vorm GAU.

»Felix!«

Sein Vater klang verärgert. Am Tresen hatten sie die Gespräche eingestellt, glaubte Felix zumindest, aber wer konnte das schon richtig beurteilen, wenn im Ohr jede Zelle machte, was sie wollte?

»Felix, was soll der Quatsch?«

Sein Vater wurde lauter.

Das kam schon aggressiver. Eben noch der lachende Vater, der Sozialschauspieler, dachte Felix, schon der Vollstrecker. Möglichst verächtlich blickte er aus seiner gebeugten Haltung in das fragende Gesicht, das er nicht mehr scharfstellen konnte.

Er schluckte schwer.

»Felix, ich frage dich noch einmal, was soll das?«

Ja, bin ich denn taub?, dachte Felix. Wer hat denn den ganzen Dreck hier bislang anstandslos, geradezu vorbildlich überstanden? Und wer wird gerade offensichtlich vorgeführt, nur weil er ein klitzekleines Säureproblem hat?

»Du fragst MICH, was das hier soll??!!«

Das kam ein bisschen quietschender aus dem alkoholisierten Mund, als es gedacht war, bemerkte Felix und ahnte, wie ihn alle anstarrten, außer dem Roloff, der sich an seinem Vater vorbeidrückte, um noch zwei Alt zu zapfen. Der gute Roloff, der hatte immer die richtigen Prioritäten.

Bollernd schlug ihm die Stimme seines Vaters entgegen:

»Genau, Felix, reiß dich zusammen und hör auf mit dem Theater!«

»Theater? Wer macht hier denn Theater? Guck dich doch mal um!«

Felix stützte sich auf den Tresen und richtete sich so gut es ging auf. Das kann man jetzt nicht so gebeugt herauswürgen, dachte er, das endet sonst in einer Riesenblamage.

»Papa, merkst du nicht, was hier los ist? Die ganzen Langweiler hier, das sind doch nicht deine Freunde, das sind doch Schwachköpfe, die sich erst betrinken müssen, damit sie ihre blöden Krawatten aufmachen und die Sekretärinnen anbaggern.«

»Felix, hör sofort auf damit. Ich verbiete dir, so weiterzureden!«

»Stimmt aber doch!«, rief Felix trotzig und ignorierte den Roloff, der ihm ein Bierglas in die Hand drücken wollte. Der übertreibt es manchmal doch ein bisschen, dachte Felix und rief:

»Sie besaufen sich und reißen ihre schmierigen Witzchen,

sie sind verheiratet und starren hier doch nur den anderen Frauen auf die Brüste, und das sollen deine Freunde sein, das ist doch nicht wahr!«

Felix schluchzte. Irgendwie stieg ihm schon wieder das Wasser in die Augen. Was ist das denn für eine neue Brunnenfunktion, dachte er verärgert.

Er sah den Vaterdarsteller auf sich zu kommen.

Wie kann der sich nur mit diesen Typen abgeben, dachte Felix. Sie haben alle Angst vor dem richtigen Leben, sie wollen alles kontrollieren und eindämmen und unterdrücken, damit nichts durchdringt, durch ihre Ignoranz und Angst, darum wollen sie das Leben wegversichern, bis alles so tot ist, wie sie es schon sind. Sie schützen sich so lange gegen das Unglück, bis kein Platz mehr ist für das Glück. Aber weil bei allen tief drinnen dennoch etwas brodelt, deswegen lechzen sie ängstlich nach mehr Freiheit, deswegen verziehen sie ihre Gesichter nach ein paar Bier zu noch hässlicheren Fratzen. Sie mauern sich selbst ein und träumen doch nur vom Ausbruch, deswegen laufen sie alle mit diesen unterdrückten Sklavengesichtern herum.

Sein Vater packte ihn jetzt an den Schultern.

»Felix!«

Ich bin ihm peinlich, dachte Felix, dabei sind die anderen doch die Peinlichen.

»So eine Scheiße!«, brüllte es aus ihm heraus. »Guck dir doch an, wie die alle aussehen, diese blutleeren Zombies. Ich dachte, du bist anders, aber du bist genau wie sie, verdammte Scheiße!«

Die letzten Worte hatte er kaum noch artikulieren können, so schüttelte es ihn durch. Er wusste gar nicht, was er zuerst machen sollte, sich kurz übergeben oder gleich weinen, oder erst weinen und dann übergeben. Wenn ich mich da nicht langsam entscheide, dachte Felix, wird das noch richtig böse enden.

110

Er übergab sich noch einmal neben der Zapfanlage und fing an, unkontrolliert zu wimmern. Er war froh, dass der bierselige Roloff zwar nicht genau mitbekam, was gerade passierte, sich aber instinktiv neben ihn gestellt hatte, um ihn zu stützen und um seinen Vater zu beruhigen, der da bestürzt oder wütend herumstand, was jetzt genau, konnte er wirklich nicht mehr sagen oder sehen.

Manchmal denkt man, man ist völlig alleine, dachte Felix versöhnlich mit Blick auf den Roloff, und dann ist da doch einer, der dich hält; man denkt, man hat keine Freunde, und dann sind da doch die allerbesten Freunde, man glaubt eben noch, die Welt ist die kälteste, schon ist sie für einen Moment die wärmste, dachte er zufrieden, während der Roloff ihn langsam Richtung Ausgang zog und sein Hirn aus der Ferne Stimmen vermeldete, die sich überschlugen und ihn vergeblich zu erreichen versuchten.

6. Kalkwerk

Felix war mit dem Roloff und Gerd um 21 Uhr vor dem Kalkwerk verabredet. Mark und Mike wollten später nachkommen. Eigentlich hassten sie die Kneipe ja, weil sie hier nicht unter sich blieben, sondern immer Gefahr liefen, auf Hölzenbein & Co zu treffen, aber samstags, und nur samstags, gab es in der ganzen Umgebung keinen besseren Treffpunkt. Vor allem, weil das Kalkwerk der beliebteste Laden der Mädchen war – sogar Nadja wurde hier regelmäßig gesichtet –, hatten sie allen Überzeugungen und Abneigungen zum Trotz keine andere Wahl, als dort hinzugehen.

Im Zentrum des hallenartigen Raumes stand eine rechteckige, rundum begehbare Bar, zu deren Seiten sich wie riesige flache Stufen die drei eigentlichen Stehflächen erhoben. Die oberste Ebene war die begehrteste, weil man von hier den besten Überblick hatte und am ehesten gesehen werden konnte. Im Laufe der Zeit war jedoch eine immer striktere Aufteilung des Territoriums durch die diversen Gruppen und Grüppchen erfolgt, an die man sich zu halten hatte, wollte man keinen Ärger provozieren. Immer wieder kam es zu Rempeleien und kleineren Schlägereien, wenn sich ahnungslose Gelegenheitsgäste an Stellen postierten, die nach dem nur Insidern offensichtlichen System fest vergeben waren. Die Jungs von der Bank trafen sich immer auf der mittleren Ebene vor der Barfront. Von dort waren sie schnell an der größten Zapfstelle und kamen auch bei tödlichster Enge in der Regel immer noch problemlos auf die Toiletten.

Felix kettete in einer Seitenstraße sein Rennrad an einen Laternenmast. Direkt vor der Kneipe am Fuße der Treppe zum Eingang waren zwar Fahrradständer, aber nur Neulinge und andere Naive benutzten diese. Denn immer wieder wurden dort Räder für eindrucksvolle Trittübungen missbraucht oder gleich geklaut. Dabei machten sich die Diebe oft gar nicht erst die Mühe, die Schlösser mit dem Bolzenschneider zu knacken, sondern warteten mit ähnlich ambitionierten Freunden – immer wieder fielen da die Namen Blaschek, Gehrens oder Hölzenbein – einfach in Seelenruhe neben dem Gefährt ihrer Wahl auf den Eigentümer. Sobald der das Schloss geöffnet hatte, wurde ihm mitgeteilt, dass man sich herzlich für die Kooperation und die Übergabe des edlen Rosses bedanke. Wer das nicht sofort einsah oder gar krampfhaft auf einem der Situation nicht angemessenen konservativen Eigentumsbegriff bestand, hatte augenblicklich zwei Probleme: Zum unvermeidbaren Fahrradverlust kam dann noch wahlweise eine gebrochene Nase oder eine behandlungsbedürftige Hodenquetschung. Mike, der im betrunkenen Zustand sehr uneinsichtig sein konnte, hatte das im Frühjahr einmal erfahren dürfen. An seinem Krankenhausbett war man übereingekommen, dieses Risiko fortan zu vermeiden.

Am Fuße der Treppe warteten bereits Gerd und der Roloff auf Felix und bedeuteten ihm von weitem, schneller zu gehen. Wollte man nicht den halben Abend vor der Tür verbringen, musste man jetzt schleunigst hinein. Denn oben am Eingang bildete sich schon eine kleine Schlange, die neuerdings von zwei Türstehern reguliert wurde. Das waren zwei grobschlächtige Hünen in schwarzen Baumwolltrainingshosen und dazu passenden Kapuzenjacken. Meist würdigten sie die Gäste beim Einlass keines Blickes und unterhielten sich lautstark und äußerst angeregt über ihr tägliches Krafttraining, während sie pausenlos beige und weiße Pulvermassen aus großen Dosen in sich reinschaufelten, auf denen männliche Oberkörper zu explodieren schienen. Wenn sie die Tür für längere Zeit nicht öffneten und jemand unvorsichtigerweise zu fragen wagte, wie lange das wohl noch dauern könne, unterbrachen sie mit angewidertem Gesichtsausdruck ihre Unterhaltung, um den unerhörten Störenfried, der eben noch glaubte, ein gern gesehener Gast zu sein, von oben bis unten zu mustern und mit psychologischem Feingefühl an seine Rolle zu erinnern.

»Willst du Ärger, oder was?«

»Bin ich hier die Auskunft, ja?!«

»Was für ein Großmaul bist du denn?«

»Noch ein Wort und du wirst für ein paar Wochen bereuen, heute ausnahmsweise nicht bei Mutti geblieben zu sein.«

»Und jetzt nach unten, ans Ende der Schlange.«

»Und zwar zack, zack.«

»Sag mal, hörst du Spacken schlecht, oder was?«

»Los, Abflug!«

Und derart ermuntert blieb dem Gedemütigten nichts übrig, als sich an allen vorbei runter ans Ende der Schlange zu schleichen oder besser: gleich nach Hause zu gehen. Denn wenn sie den Fragesteller beim erneuten Einlassversuch wiedererkannten, konnte es durchaus passieren, dass sie ihn zur großen gegenseitigen Belustigung gleich noch einmal ans Schlangenende verbannten. In manchen Fällen wiederholten sie das drei- oder viermal, wobei sie nicht versäumten, etwaigen Freunden, vor denen sie sich produzieren wollten, auf den Unglücklichen in der Reihe der Wartenden aufmerksam zu machen.

»Siehst du den Mongo da vorne? Der steht da schon seit einer Stunde.«

»Und fängt immer wieder brav von hinten an.«

»Ja, genau du, brauchst gar nicht so blöd zu glotzen, sonst kannste das hier völlig vergessen, klar?!«

Die Funktion dieser Türsteher war Felix und seinen Freunden unklar. Sie waren erst aufgetaucht, nachdem die lokalen Blätter nach dem Zwischenfall mit dem ausgetretenen Auge über die »besorgniserregenden«, »skandalösen«, ja »inakzeptablen« Verhältnisse in der Stadt im Allgemeinen und im Kalkwerk im Besonderen gewettert hatten. Um guten Willen zu demonstrieren und seine Lizenz nicht zu verlieren, hatte der Kalkwerk-Besitzer sofort reagiert und diese beiden Gestalten vor die Tür gestellt.

Gleich am ersten Abend war Felix aufgefallen, dass der eine drei Punkte unter dem linken Auge, der andere zwischen Daumen und Zeigefinger der linken Hand tätowiert hatte. Das Erkennungszeichen der Ex-Knackis, das bedeutete: asozial, arbeitsscheu und aggressiv, wobei der Roloff behauptete, es hieße: schwul, pervers und arbeitsscheu. Dann aber, gab Felix bei den des Öfteren aufflackernden Diskussionen über diesen Punkt zu bedenken, war das höchstens die heimliche Definition Außenstehender und nicht der so Gravierten selbst, denn während er sich durchaus vorstellen könne, wie stolz sie auf die Attribute »arbeitsscheu« und »pervers« seien, würden sie sich unter keinen Umständen selbst als »schwul« bezeichnen, völlig ausgeschlossen ist das, dachte Felix, oder diese Totmacher waren überraschenderweise zu einer Selbstironie fähig, die er ihnen nie zugetraut hätte. Denn »schwul« war für die Hölzenbeins und Gehrens das Allerletzte, der Abschaum, die tödlichste Beleidigung, nichts als eine direkte Aufforderung zur gröbsten Gewalt, zum Vergessen der Bewährungsauflagen und Ermahnungen der Haftrichter. Einig war man sich allerdings, dass die drei Punkte im Gesicht oder auf der Hand nur als Warndreieck zu interpretieren waren. Wer sie trug, war eine potenzielle Gefahrenquelle, jemand, der weder die gängigen Wertemaßstäbe noch die Genfer Konvention respektierte. Mit anderen Worten, dachte Felix, ein durchschnittlicher Bewohner unserer Stadt oder, genauer noch, ein Behauser des Neubauviertel-Nord.

Als Felix am Tag nach dem ersten Auftritt der Türsteher das Duo in der Fußgängerzone dabei beobachtete, wie der Blaschek sie wie alte Freunde begrüßte, wusste er, dass sein Misstrauen berechtigt war. Dennoch mussten sie samstags ins Kalkwerk. Wer da nicht auftauchte, existierte nicht, war ein Verstoßener, ein Außenseiter, der Vergessenste.

Sobald sie mit einem ganzen Schwung Bier ihre Position auf der noch recht freien mittleren Ebene bezogen hatten, sah sich Felix aufmerksam um. Er grüßte den ein oder anderen Kellner durch sachtes Kopfnicken oder nahezu unmerkliches Handheben. Das war ein wichtiges Ritual, so signalisierte man Bediensteten und eventuellen Beobachtern den Stammgaststatus. Aber zu heftig genickt, zu hoch die Hand gehoben, schon hatte man sich als der Unwissendste, der Unterwürfigste entlarvt. Vergaß man andererseits, dem Personal Respekt zu zollen, war man unten durch. Dann gab es kaum noch Bier und in den heftigsten Stoßzeiten nichts außer kältester Verachtung.

Nadja war nicht da, stellte er enttäuscht fest. Ein bisschen hatte er ja gehofft, sie werde kommen und er so die Gelegenheit haben, sich ihr vielleicht doch wieder ein wenig zu nähern, sich aber zumindest einen Abend lang an ihr mal wieder sattsehen zu können.

Der Roloff war auf der untersten Ebene abgetaucht. Felix erspähte ihn, wie er sich Runde für Runde durch die immer dichteren Menschenmassen vor der Bar kämpfte, bis er wieder zu ihnen stieß.

»Sie ist nicht da.«

»Wer ist nicht da?«

»Ach, egal.«

»Wie jetzt?«

»Schon gut, vergiss es.«

»Roloff, wer ist nicht da?«

»Schnauze!«

Felix und Gerd guckten ihn grinsend an. Sie wussten genau, um wen es ging, aber es war jedes Mal wieder ein großes Vergnügen für alle Beteiligten, die Unwissenden zu spielen. Für alle außer dem Roloff natürlich. Denn der wusste, dass sie wussten, um wen es ging. Und er hasste sich im Grunde für sein »offensichtlich schwachsinniges Psychopathentum«, wie er es gegenüber Felix einmal in einem dieser Momente der großen Erkenntnisse in einer durchzechten Nacht ausgedrückt hatte. Aber er kam nicht dagegen an. Und alle wussten, dass er nicht dagegen ankam. Und deswegen gab es diese ritualisierten Gespräche, die den Roloff jedes Mal abgrundtief erschöpften, weil sie ihm erneut die eigene Hoffnungslosigkeit vor Augen führten.

Gerd drückte dem Roloff in jede Hand ein Bier aus dem enormen Vorrat, den er prophylaktisch auf einem der Stehtische gehortet hatte. Der Gerd ist ein schlaues Kerlchen, dachte Felix anerkennend, der will sich nicht durch irgendwelche Engpässe davon abhalten lassen, schnell und konsequent die notwendige Betriebstemperatur zu erreichen. Der konzentriert sich auf das Wesentliche. Der Bierdeckel vom Gerd war bereit schwarz vor Strichen.

»Roloff, uns kannst du doch vertrauen.«

»Ja, das ist wie mit der ärztlichen Schweigepflicht.«

»Man könnte sagen, wie im Beichtstuhl, mein Sohn.«

»Los jetzt!«

»Komm schon!«

»Wer ist nicht da?«

»Lass uns nicht raten!«

»Komm, sag schon, wir sind doch deine Familie.«

Der Roloff starrte genervt an die Decke und leerte in jeweils einem Zug blitzschnell die beiden Biere. Gerd drückte ihm gleich zwei neue in die Hände.

»Also gut, die Karla ist nicht da.«

»Ach, die Karla?!«

»Die Karla meinte er, sieh mal einer an.«

»Echt jetzt, ja, die Karla?«

»Genau, die Karla. Und jetzt lasst mich in Ruhe.«

Gerd feixte. Felix bemühte sich, ernst zu gucken.

»Die kommt schon noch.«

»Bestimmt, Roloff, jede Wette!«

Doch der Roloff wollte das gar nicht mehr hören, drehte ihnen den Rücken zu und machte so, als gebe er sich, ein Bier leerend und an einen der Holzpfeiler gelehnt, vollkommen dem nächsten Song hin.

»Wenn da nicht bald etwas passiert, dreht der noch durch«, sagte Gerd ernst.

»Stimmt. Können wir da nicht mal irgendwie aktiv werden?«, fragte Felix.

»Keine Ahnung.«

»Ist ja auch egal, erst einmal Prost.«

»Ja, Prost.«

Die schöne blonde Karla. Die sehr blonde und sehr schöne Karla, wie Felix sich sofort verbesserte. Er hatte sie schon öfters gesehen, wenn sie von der benachbarten Realschule in den Pausen zum Gymnasium herüberkam, um dort zu rauchen oder eine ihrer Freundinnen zu treffen. Bei so einer Gelegenheit hatte der Roloff sie erstmals getroffen, weil er zufälligerweise eine ihrer Freundinnen kannte.

Wenn man richtig überlegt, sinnierte Felix, hat den Roloff schon in jenem kurzen Augenblick ein gewaltiger Blitz getroffen und den Verstand pulverisiert. Seitdem spielen dort, wo einst das Hirn des Roloff seinen Platz hatte, die himmlischen Heerscharen höchstselbst nur noch ein fröhlich' Lied, die Lobpreisung der heiligen Karla. Der Roloff sprach nicht gerne darüber, aber Felix wusste, dass er mittlerweile besessen war.

Eigentlich ein gutaussehender Kerl, der Chancen bei fast allen Mädchen hatte, wie sie an der Bank immer wieder neidisch konstatierten, lief er seitdem nurmehr mit dem tunneligsten aller Tunnelblicke durch die Gegend, allein geeicht auf die durchaus bemerkenswerten Charakteristika der schönen Karla, die aber leider mit ihren stürmischen Engelslocken, der zartesten Porzellanhaut und der verführerischsten Zahnlücke westlich des Urals ungefähr die halbe Stadt auf ihrer Fährte hatte – und das wusste. Doch der Roloff ließ sich nicht beirren. Er hatte es mit Ausdauer bereits zu einigen Treffen im kleineren Kreise gebracht, die aber allesamt folgenlos geblieben waren. Und je länger seine ergebnislose Verehrung für sie dauerte, desto hartnäckiger, allesentscheidender wurde sie für sein Leben. Die geistverstümmelnde Schule, das nervende Zuhause, die erschreckende Bedeutungslosigkeit des eigenen irdischen Seins, für all diese Alltagsprobleme hatte der Roloff, dachte Felix, einen göttlichen Schlüssel in eigentlich greifbarer und dann doch nicht überbrückbarer Nähe – Karla. Ihre Bedeutung für sein Leben nahm geradezu monströse Dimensionen an, krankhafte Dimensionen, wie Felix in letzter Zeit immer öfter und durchaus besorgt vermutete.

»Na, ihr Penner!«

»Was ist das denn hier für ein Schwuchteltreff?«

»Gibt's hier nichts zu trinken, oder was?«

»Stimmung wie auf einer Beerdigungsfeier, Mannomann.«

Mit Orkanstärke fielen Mark und Mike über die mittlere Ebene her, ein ganzes Rudel bekannter und unbekannterer Gesichter im Schlepptau.

»Scheiße.«

Der Roloff drehte sich mit schreckensgeweiteten Augen zu Felix um.

»Was ist denn jetzt schon wieder?«

»Sie ist auch dabei.«

»Wer jetzt?«

»Na, SIE!«

»Karla?«

»Ja, nicht so laut!«

Felix erspähte in der Traube, die sich auf sie zu wälzte, tatsächlich einen blonden Schopf.

»Ist doch toll.«

»O Mann.«

»Wie ›o Mann‹? Nicht toll?«

»Doch, schon.«

»Aber?«

»Was mache ich jetzt nur?«

»Entspannen, Roloff. Locker bleiben.«

»Und dann?«

»Mann, stell dich jetzt nicht so blöd an. Biete ihr was zu trinken an, red mit ihr, was weiß ich, das Übliche halt.«

»Toller Ratschlag, danke.«

»Roloff, du machst mich fertig. Eben wärest du beinahe gestorben, weil sie nicht da ist, jetzt stirbst du, weil sie da ist.«

»Du verstehst mal wieder nichts.«

»Doch, ich verstehe, dass die tolle Karla da ist und wir jetzt alle einen super Abend haben werden, du auch.«

»Echt?«

»Echt!«

»Prost!«

»Prost!«

Innerhalb weniger Minuten hatte sich das Knäuel der Ankömmlinge aufgelöst. Es bildeten sich kleinere Runden, die sich alle paar Minuten auflösten, um sich an anderer Stelle neu zu formieren. Noch mehr Bier wurde geordert, Zigaretten geschnorrt, der ganze Laden war mittlerweile nur noch ein Tosen und Klirren, ein Schreien und Dröhnen. Immer seltener ließ Felix seinen Überwachungsblick durch das Kalkwerk streifen auf der Suche nach drohenden Gefahren und möglichen Konfliktherden. Denn das ging im Kalkwerk ja immer sehr schnell, ein falsches Wort, ein falscher Blick, eine scheinbar falsche Bemerkung zur falschen Frau, ein unbeabsichtigter Rempler auf dem Weg zum Klo, schon wurde aus dem lustigen Rund eine Arena, ein Höllenring, in dem es um Leben und Tod ging. Wie oft hatten sie das schon verfolgen können, wie oft am eigenen Leib erfahren müssen. Jetzt aber schwamm Felix' Hirn in einem angenehmen Bierpool, der unnachgiebig aufgefüllt wurde.

»Hier, du hast ja gar kein Bier mehr.«

»Danke, Gerd.«

»Diese Karla ist ja schon ein Wahnsinnsgeschoss.«

»Äh, ja?!«

»Hast du nicht gesehen, wie die rumläuft?«

»Nee, wieso?«

»Möchte nicht wissen, wie es dem Roloff jetzt geht. Guck dir das mal an.«

Felix folgte mit dem Kopf dem Gerd'schen Blick dorthin, wo sich Karla mit einem Kellner und einer Freundin unterhielt. Sie saß sehr lässig auf einer der hölzernen Balustraden, die eine Ebene von der anderen trennten, rauchte, lachte laut und herrlich mit ihrer wahnsinnigen Zahnlücke und schüttelte das Haar. Wie in so einer perfekten Zigarettenwerbung, dachte Felix und sah erst jetzt, was Gerd genau gemeint hatte. Die schöne Karla hatte ein für das harte Kalkwerk absolut ungewöhnlich schickes, enges rotes Kleid an, so ein einteiliges Sommerfähnchen, ganz offensichtlich keinen BH und, Felix musste schlucken, ganz eindeutig völlig halterlose Strümpfe. Keine ordinäre Strumpfhose, nein, sondern ganz eindeutig solche Verstandzerstäuber, die er bislang nur aus Erotikwäsche-Prospekten kannte. So, wie sie da auf der Balustrade saß, sah man zumindest an einem Oberschenkel das

Ende dieser halterlosen schwarzgemusterten Strümpfe und somit ein Stück dieses unfassbar wohlgeformten, unfassbar porzellanfarbenen, unfassbar zart aussehenden nackten Oberschenkels, wie Felix sprachlos und von einem kosmischen Hitzestrahler erfasst registrierte, ein Schenkel, der dann irgendwo unter dem Kleid in einen wahrscheinlich noch viel unfassbareren porzellanfarbenen Po überging, wie er sich sofort ausmalte. Er konnte den Blick gar nicht von diesem schreiend weißen Stück Haut lassen.

»Verstehst du jetzt, was ich meine?«

Gerd stieß ihn mit dem Ellbogen in die Seite. In dem Moment guckte ihm Karla direkt in die Augen und prostete ihm lächelnd zu. Ich sollte mal den Mund zumachen, dachte Felix und guckte sich erschrocken um, wenn das jemand sieht, wie ich hier stehe, wie so ein geifernder Sack, das hat die doch gesehen, wie du ihr da auf die Schenkel starrst, ihr, der Angebeteten deines besten Freundes, wie du deine Pupillen auf ihre Porzellanhaut gepresst hast, den dummen Mund offen, da wird die sich jetzt ihren Teil denken und womöglich gleich mit ihren Freundinnen und am besten sofort mit dem Roloff drüber sprechen, und eigentlich hast du auch nichts anderes verdient, versuchte er objektiv zu bleiben, wenn du sie so anstierst.

»Ja«, krampfte es aus Felix' Hals, während er mechanisch Richtung Karla zurückprostete, um sich schnell und verschämt wegzudrehen, »ich weiß genau, was du meinst.«

Mit einem verstohlenen Blick suchte er den Roloff, der aber mit dem Rücken zu ihm und Karla stand und sehr mit Mike beschäftigt schien. Da habe ich aber Glück gehabt, dachte Felix, wenn das der Roloff gesehen hätte, das wäre das Ende gewesen, die Katastrophe schlechthin. Nie hätte er seinen Blick dem Roloff erklären können, der doch wahrscheinlich schon wie ein Hund litt, weil er sah, wie seine Klara herumlief und welchen Effekt das auf alle hatte.

Wie ein Nachbeben rollten noch ein paar kleinere Hitze-wellen durch Felix' Körper, die er aber sofort mit diversen Bieren abkühlte.

Nur nicht mehr umdrehen, beruhigte er sich, dann kön-nen wir das ganz schnell vergessen, ist ja gar nichts passiert, war nur ein blöder Blick. Brauchen wir nicht durchzudrehen, ganz easy.

Der Kellner brachte mehr Alt. Auf den beiden Tischen, um die sie herumstanden, lagen bereits mehrere schwarz-gestrichelte Bierdeckel. Gerd griff sich mit einer durchaus gekonnten Bewegung gleich vier Gläser auf einmal und zog zum nächsten Tisch. Was für entschlossene Trinker wir doch sind, lobte Felix sich und seine Freunde mal kurz, wer kein Geld hat, wird eingeladen, bis er wieder etwas zusammen-geschnorrt oder von seinen Eltern erbettelt oder gar in ei-nem stumpfen Aushilfsjob an irgendeinem Fließband ver-dient hat, aber niemand wird jemals alleine gelassen.

Felix griff sich ein neues Glas und stürzte es hinunter. Das fühlte sich sehr gut an, so warm, so sicher. Er setzte sich alleine an einen der Tische und sog die Atmosphäre auf. Wie eine Wand wirkte die Masse der stehenden Freundes-körper um ihn herum. Ein Schutzwall, dachte Felix gerührt, sie schützen mich, eine lebendige Mauer inmitten des Hor-rors, nur um das Elend fern von mir zu halten. Er mochte diesen Geräuschteppich, der aus vielen bekannten Stimmen um ihn herum gewoben wurde, er musste grinsen, wenn das Gegacker von Mike alle paar Sekunden alles übertönte, er fühlte sich geborgen, wenn er die vertrauten Gesichter in seiner Nähe beobachtete, die glänzenden Wangen, die hoch-roten Köpfe, hektisch an den Zigaretten saugende Münder, er musste lachen, als er sah, wie sich der feixende Mark hin-ter Gerd hockte und wie dieser dann, vom Roloff scheinbar unbeabsichtigt angerempelt, nach hinten über Mark auf den Boden stürzte. Diese Idioten, dachte Felix zärtlich, diese schwachsinnigsten aller Schwachköpfe, das ist meine Familie, meine wahre Familie. Komplett irre, total kaputt und völlig verloren, aber eben da. Niemand weiß mehr über mich, niemand kennt mich so gut wie die, niemanden kenne ich so gut wie die. Um wie viel schlimmer wäre es ohne sie, noch kälter, noch dunkler, noch härter.

»Na, worüber denken wir denn nach, so ganz alleine?«

Felix fuhr herum und wäre mit der Stirn beinahe gegen Karlas Kopf gestoßen, so tief hatte sie sich zu ihm über den Tisch gebeugt. Sie lachte ihn an, die Zahnlücke blitzte, ein paar ihrer langen Locken streiften eine Wangenseite. Felix spürte sofort, dass jemand wieder den kosmischen Hitzestrahler auf ihn gerichtet hatte, und zwar mitten auf den Kopf.

»Tja, eigentlich über nichts, oder irgendwie alles, also, ich weiß gar nicht, wie ich das sagen soll, nichts Bestimmtes im Prinzip.«

Karla guckte ihn mit gespielt verständnisvollem Krankenschwesterblick an, ohne ihre Position zu verändern. Felix starrte auf die Zahnlücke und inhalierte ihren blumigen Mädchenduft. Die riecht ja wie frisch gemähtes Heu, dachte Felix, von seinen Sinnen übermannt, mitten im dichtesten, zähesten Kalkwerkmief, dieser Nichtluft aus Qualm, Bier, Schweiß, Testosteron und billigem Parfum, duftet die Porzellanene tatsächlich nach frischem Heu.

»Gefällt's dir?«

Ihr Lächeln erschien ihm so unergründlich wie ihre Frage.

»Gefällt mir was?«

»Na, mein neues Kleid?!«

Irgendwas dreht sich hier, dachte Felix verdattert, entweder schraubt da jemand gerade heftig an der Erdachse, oder ich sollte nicht mehr so viel Bier trinken. Er war sich sicher, in ihren blauen Augen eindeutige Kreiselbewegungen auszumachen, das strudelt da doch ganz gewaltig, dachte Felix, die saugt dich gleich in diesen warmen kristallblauen See, und weg bist du, ihr Blick ist ja so wenig harmlos wie diese rauchige Stimme – da vibrierte etwas in ihrer Kehle, das ihm sofort Angst machte. Und in diesem Augenblick sah er das Unglaubliche, das Unfassbare, das Bewusstseinsatomisierende: ihren Ausschnitt. Denn so, wie sie sich quer über den Tisch zu ihm herüberbeugte, konnte er ihr von oben durchs Kleid praktisch bis zum Bauchnabel schauen. Und nichts war in seiner Blicke Weg, außer den weißesten, perfektesten, schönsten Brüsten, die er, wie er sofort entschied, je gesehen hatte. Kein BH, kein Nichts, nur dieser porzellanene Körper und die sanftbraunen Brustwarzen. Der kosmische Hitzestrahler lief auf vollen Touren. Jetzt wäre es eigentlich an der Zeit, ohnmächtig zu werden, dachte Felix.

Er schaute ihr in die Augen, in diese blauen Strudel, die wie schwarze Löcher im All alle Energie ansaugten, um ihn für immer verschwinden zu lassen, und er sah, wie sie ihn noch stärker anlächelte, und das machte ihm noch mehr Angst.

»Gefällt dir DAS, Felix?«

Das hat die doch gerade nicht gefragt, dachte Felix, das kann nicht sein, ich habe mich verhört, ich bin wahnsinnig, ich höre Fragen, die keiner stellt, ich denke, ich bin noch normal, und habe schon die größten Halluzinationen, ich glaube, ich stehe noch mit beiden Beinen auf der Erde, und schwebe schon lange in den Weiten des Irrsinns.

»Felix, sag doch mal, gefällt dir das?«

Sie veränderte ihre Position um keinen Zentimeter, im Gegenteil, er hatte sogar den Eindruck, sie beugte sich noch etwas näher und tiefer zu ihm, damit er genauer dahin blicken konnte, wo er um keinen Preis in der Welt mehr hingucken wollte, wie er soeben beschlossen hatte, weil er wusste, dass er dann für immer verloren wäre.

»Doch, äh, ja, das ist ganz außerordentlich.«

Das ist ganz außerordentlich, äffte er sich sofort innerlich nach, a-u-ß-e-r-o-r-d-e-n-t-l-i-c-h, wie sprachbehindert, wie denkbehindert, wie umnachtet kann man denn sein?

»Das freut mich, das freut mich wirklich«, sagte sie und blinzelte ihm zu. Die hat geblinzelt, die blinzelt mir einfach zu, dachte Felix. Sie richtete sich mit einer flüssigen Bewegung auf, sodass Felix, ohne diese Sichtbehinderung durch ihren Körper, diesen wahnsinnigen, diesen göttlichen, diesen unfassbaren Körper, wie er konstatieren musste, blitzschnell prüfen konnte, ob eventuell der Roloff dieses unerhörte Schauspiel verfolgt hatte und er, Felix, damit zum sofortigen Harakiri gezwungen wäre. Doch der Freund stand unten, eingekeilt in einer langen Schlange vor der Zapfstelle.

»Lass uns doch mal nach draußen an die frische Luft gehen, Felix.«

Sie stand jetzt direkt vor ihm und hielt ihm provozierend eine Hand hin, um ihm aus dem Stuhl zu helfen. Denkt die, ich bin ein Rentner, ereiferte sich Felix sogleich und versuchte, blitzschnell die Konsequenzen aller Entscheidungsmöglichkeiten abzuwägen. Eigentlich kann ich mit der nirgendwohin gehen, sagte sich Felix, wenn der Roloff das sieht, stirbt er auf der Stelle, begeht Selbstmord, massakriert mich und sie und alle anderen auch. Schon das harmloseste Gespräch wird er als größten Verrat ansehen, jede unschuldige Bewegung als die schuldigste, jeden belanglosen Satz als den bedeutungsvollsten.

Er starrte sie an. Sah das Kleid, ahnte die harmonischsten Linien darunter, sah die zarteste Haut durch die schwarzen Strumpfmuster blitzen, roch das frische Heu. Das kann ich nicht machen, das geht auf keinen Fall, das kann ich dem Roloff nicht antun.

»Aber der Roloff?!«, flüsterte er leise, so leise, dass es niemand hören konnte.

Sie berührte seine Hand, kurz.

»Komm, Felix!«

»O.k.!«

Dicht hintereinander schoben sie sich Zentimeter für Zentimeter durch schwitzende Körper und abgestandene Luft zur Tür. Die Türsteher hatten bereits Feierabend oder Pause, die kleine Plattform am oberen Ende der Treppe vor der Tür war leer, auch warteten keine weiteren Gäste auf Einlass. Karla schwang sich auf das Geländer. Reflexartig griff Felix einen ihrer Arme, aus Angst, sie könne in die Tiefe stürzen. Sie legte beide Hände um seinen Nacken, als wolle sie sich absichern. Mit einer geschickten Bewegung, wie er fand, wand sich Felix aus diesem durchaus nicht unangenehmen, aber, wie er blitzartig analysierte, möglicherweise verhängnisvollen, in jedem Fall jedoch hier unpassenden, weil zu intim wirkenden Griff, sodass sie schließlich nur eine Hand auf seiner linken Schulter ruhen ließ. So schwiegen sie sich kurz an. Sie auf dem Geländer sitzend, er vor ihr stehend.

Ganz dicht.

Das Heu.

Das Kleid.

Deutlich zeichneten sich die schönsten Brüste seit Erfindung des weiblichen Geschlechts unter dem dünnen roten Stoff ab. Ihre Brustwarzen waren jetzt hart und drückten durch das Kleid. Er guckte verschämt nach unten, nur um dort, an ihrem Oberschenkel, am Rand ihres nach oben gerutschten Kleides, wieder das verlockendste Weiß der zartesten Haut über ihren halterlosen Strümpfen auszumachen.

»Magst du meine Strümpfe?«

Die macht mich echt fertig, dachte Felix sehr matt und sehr aufgeregt zugleich, die ist wirklich mit allen Wassern gewaschen. Die gibt einem ja gar keine Chance, die ist auf die völlige Zerstörung, die totale Unterwerfung aus. Die ist ja die Abgebrühteste.

Er roch das Heu.

»Ja.«

Mühsam bröckelte seine Stimme über haushohen Beton-
belag.

Ihre Hand wanderte langsam, aber eindeutig von seinem
äußeren Schulterrand Richtung Hals. Er hörte seinen eigenen Herzschlag wie Kanonenschläge, die seinen Brustkorb erschütterten, und fragte sich kurz, ob sie das merkte.
Wie ein Erstickender sog er Luft ein. Sie beugte sich etwas
vor. Eine Locke streifte ihn. Das gibt gleich einen Total-
zusammenbruch, dachte Felix beunruhigt, die Lungenflügel
klappen zusammen, der Herzmuskel reißt, die Schilddrüse
kollabiert. Wie sollte er das nur dem Roloff erklären, wenn er
gleich hier abtransportiert würde, auf der Trage liegend, im
Geflacker des Blaulichtes?

»Kann es sein, das ich dich ein bisschen nervös mache,
Felix?«

Nervös? Ich? Nö, wie kommst du denn darauf?, formulierte er eine schmissige Antwort, schaffte es jedoch wegen eines
umfassenden Systemversagens nicht, die auch zu Gehör zu
bringen. Also nickte er wahrheitsgetreu stumm.

»Das freut mich«, sagte Klara und lächelte diabolisch.

Was macht die denn da, warum kommt die immer näher,
wie nah will die denn noch kommen mit ihren wahnsinnigen
Lippen, die im fahlen Licht der Straßenlaternen rosa schimmerten. Er spürte ihr Haar auf seiner Haut. Die süßeste Na-
senspitze streifte seine linke Wange.

Das Heu! Der Roloff! Die Lippen! Der Roloff! Die Schenkel! Der Roloff!

Ihr Mund verharrte in Zungenlängenentfernung vor seinem Gesicht.

»Weiß du, dass ich dich sehr süß finde?«, hauchte der
Mund.

Das Heu! Der Roloff! Die Lippen! Der Roloff!

Sein Kopf war nurmehr eine große dicke Stahlkugel, die

128

unweigerlich vom übermächtigen Lippenmagneten angezogen wurde.

Der Roloff! Der Roloff! Der Roloff! hämmerte es auf die Kugel. Unwillkürlich machte er einen kleinen Schritt zurück, während sein Mund doch schon Fühlung mit zartester Lippenhaut aufgenommen hatte.

»Und was ist mit dem Roloff?«, presste er hervor.

»Was soll mit dem Roloff sein? Vergiss den jetzt doch mal für eine Sekunde«, hauchte der Mund.

Ihre Hand hatte den Druck in seinem Nacken zu Beginn seiner Absetzbewegung automatisch etwas verstärkt. Er drehte sich aus diesem süßesten aller Griffe und fasste sie zugleich bei der Hand, damit sie nicht nach hinten kippen würde.

»Ich kann das nicht. Der Roloff ist mein Freund«, sprach es heiser aus Felix.

Und als er gerade da so stand, ihre Hand in der seinen, eingehüllt in eine liebliche Wolke aus frischem Heu, und in die scheinbar traurigsten Augen des Universums blickte, wurde die Tür von innen geöffnet.

»Hey, was macht ihr denn hier, störe ich?«

Reflexartig zog Felix Karla von der Brüstung nach vorne, sodass sie herunterrutschte und wieder mit beiden Füßen auf festem Boden stand, ließ ihre Hand los und blickte in die augenblicklich zerfallende Ruine, die eben noch das Roloff'sche Gesicht gewesen war. Beschwichtigend ging Felix auf ihn zu, als Karla mit einem Satz dazwischensprang, den Kopf des völlig überrumpelten Roloff in beide Hände nahm, ihm einen festen Kuss auf den halb offen stehenden Mund drückte und dann scheinbar freudigst erregt ausrief:

»Da bist du ja, wir haben dich eben die ganze Zeit gesucht, um mit dir frische Luft zu schnappen, aber du warst nirgends aufzutreiben.«

Sagte es, hakte den verdatterten Roloff unter und schob

ihn wieder zurück ins Kalkwerk, nicht ohne für den Bruchteil einer Sekunde zurück zu Felix zu schauen und ihm dabei verschwörerisch zuzuzwinkern.

Felix stand alleine vor der Tür und lauschte seinem Puls. Wie ein Spitzensportler nach dem Sprint fasste er sich mit Zeigefinger und Daumen an den Kehlkopf, um die aktuelle Herzinfarktwahrscheinlichkeit möglichst korrekt abschätzen zu können.

Was sind das nur für Spielchen, fragte er sich erschüttert. Wir glauben, schlau zu sein, und sind nichts als verschlagen. So gnadenlos gegen alle und alles, so hartgesotten, so achtlos, versteinert bis in die letzten Winkel unserer ausgefuchsten Seelen. Beinahe hätte sie mich so weit gehabt, beinahe hätte ich dem Freund den Todesstoß gegeben, wegen ein bisschen Heu und weißem Schenkelfleisch, zugegebenermaßen göttlichem Schenkelfleisch. Das ist alles so schmutzig, dachte er ausgelaugt, und ich bin der Schmutzigste, so skrupellos, und ich bin der Skrupelloseste. Er spürte plötzlich, wie trocken sein Mund war. Nur noch Staub und Asche, dachte Felix und öffnete die Tür zum Kalkwerk, der unmenschlichste Durst des Unmenschen, ich brauche jetzt dringend ein paar Bier.

Im Kalkwerk redete niemand mehr normal, jeder brüllte, niemand sprach mehr zu seinem Gegenüber, ein jeder schrie für alle. An der zweiten Zapfstelle hatte es bereits eine kleinere Schlägerei gegeben, weil ein Ortsunkundiger versehentlich eine Frau aus einer Neubauviertel-Nord-Gruppe nach einer Zigarette gefragt hatte, was die Nordler als Anmache ausgelegt und mit mehreren Faustschlägen gegen den Kopf geahndet hatten. Überraschenderweise hatte daraufhin die peinlich berührte Frau dem Schläger – normalerweise fanden die Nord-Mädchen eine solche Reaktion durchaus angemessen und lustig – eine solche hysterische Szene gemacht, dass der sich nicht anders zu helfen wusste, als ihr eine schallende Ohrfeige zu geben, woraufhin allerdings der Bruder der Frau, der in dieser Gruppe als Anführer galt, sich verpflichtet fühlte, die Familienehre mit einem Tritt in den Bauch des Schlägers wieder herzustellen. Jetzt saßen die Geschlagenen und Schläger wieder friedlich vereint auf der dritten Ebene und besiegelten die neue Einheit mit großen Runden des grünen, selbstgemixten, absolut tödlichen Hausschnapses.

Nur mühsam drang die Musik aus den wuchtigen Eckboxen durch diese infernalische Kakophonie. Die Toiletten standen wie jeden Samstag halb unter Wasser, wer es in der Schlange vor den Pissoirs nicht mehr aushielt, urinierte umstandslos in eines der verstopften Waschbecken. Die Pfützen breiteten sich vom Kachelboden in langen Zungen langsam auch über den angrenzenden Holzboden der eigentlichen Kneipe aus, was aber niemanden störte.

Felix sah, wie sich Karla intensiv um den leicht irritiert wirkenden Roloff kümmerte, nicht ohne ab und zu verstohlen zu ihm hinüberzublinzeln.

Da arbeitet sie ihr schlechtes Gewissen ab, dachte Felix verbissen, da will sie wieder Punkte gutmachen beim verratenen Freund, die Berechnende. Er fühlte sich elend. Er musste unbedingt dem Roloff sagen, dass da nichts war. Als er ihn später einmal kurz alleine sah, ging Felix auf ihn zu.

»Sag mal, was war das denn eben draußen vor der Tür?«, fragte ihn der sichtlich angeschlagene Roloff sofort.

»Nichts, Roloff, echt nicht.«

Die Lüge klebte Felix ein asymmetrisches furchiges Grinsen ins Gesicht.

»Das sah aber schon komisch aus, Alter.«

»Nee, echt nicht. Wir haben dich erst überall gesucht, dann war's aber so voll, sind wir halt alleine raus, waren höchstens zwei Minuten, echt.«

Die Gesichtsfurche nahm beängstigende Ausmaße an. Das ist die Strafe für den versuchten Verrat, dachte Felix, ich werde mit dieser Grinsefurche, der verlogenen, bis ans Ende meiner Tage als der Verkommenste gebrandmarkt, und zwar zu Recht, erklärte er sich innerlich bereit, diese fürchterliche Strafe ohne Murren zu akzeptieren.

»Für einen Moment …«

Der Roloff starrte ihn aus glasigen Augen an.

»Ja, was war für einen Moment …?«

Felix spürte, wie eine Stahlschlinge seinen Kehlkopf eindrückte.

»Ach, schon gut, für einen Moment hab ich echt Mist gedacht, du und die Karla, da draußen, aber egal, Mann!«

Der Roloff prostete ihm mit einem Bier zu.

»Ach, völliger Blödsinn!«, krächzte Felix.

Die Furche war mittlerweile so tief wie der Andreasgraben.

»Mensch, Felix, bis ja schließlich mein Freund.«

»Genau, Roloff, genau.«

Schweigend tranken sie vor sich hin, während um sie herum das Kalkwerk explodierte. Erste Biergläser flogen durch die Luft und zerschellten klirrend auf dem Tresen oder an der Wand. Auf der anderen Seite hatte einer von der dritten Ebene eine Art Stage-Dive gewagt und war aber, wie jeder hätte vorhersagen können, natürlich nicht von den ihn anfeuernden Jungs aufgefangen worden, die sofort nach seinem Absprung lachend auseinanderspritzten, sondern bloß auf Stühle gekracht, die unter seinem Gewicht zusammenbrachen. Seine Begleiter ließen ihn achtlos liegen.

Neben der ersten Zapfanlage war eine besonders gedrungene Vertreterin des berüchtigten Blaschek-Clans – der heute zur Beruhigung aller ohne den furchtbaren Blaschek selbst hier war – auf den Tresen gestiegen, hatte sich ihres Hemdes entledigt und wackelte nun sehr unbeholfen mit den mächtigen Hüften und den noch mächtigeren Brüsten in einem fleischfarbenen BH zu einem Rhythmus, der – ihren Bewegungen nach zu urteilen – nichts mit den Tönen zu tun hatte, die aus den Boxen kamen. Ein bulliger Freund der Mächtigen zog sich unter lautem Gegröle und Geklatsche seiner Kumpel an einem Pfosten neben ihr hoch, um dann der Wackelnden, die Felix sofort auf Miss Piggy taufte, aus der mit einem Spinnwebentattoo überzogenen Hand ein großes Glas Bier langsam über den BH zu gießen, sodass sich ihre Brustwarzenhöfe, ihre außerordentlich großen Brustwarzenhöfe, wie Felix und der Roloff sofort übereinstimmend feststellten, sehr dunkel unter dem jetzt nahezu transparenten Stoff abzeichneten, wobei ihre enorme Oberweite auf einer darunter hervorquellenden Bauchwelle lagerte.

»Die sieht ja aus wie ein dicker chinesischer Faltenhund«, schlurfte ein Satz aus dem leicht wahnsinnig grinsenden Roloff.

»Stimmt.«

Felix musste auflachen.

»Aber jetzt ruhig, Roloff.«

Denn mit solchen Bemerkungen sprang man in den Blaschek'schen Todesstreifen. Diese Jungs verstanden bei ihren Mädchen keinen Spaß. Nicht, dass sie überhaupt irgendeinen Spaß verstanden hätten, außer den vielleicht, den Henker im Folterkeller mit ihren Opfern auf der Streckbank treiben, aber bei den Frauen des eigenen Stammes waren sie ganz besonders empfindlich.

Es war offensichtlich, dass sie ihre Mädchen nicht so sahen wie der Rest der Stadt und wahrscheinlich der ganzen Menschheit: als von der Schöpfung aufs unfairste und unerbitterlichste benachteiligte Wesen, die tapfer, aber hilflos gegen ihr grausames Schicksal ankämpften. Die Blascheks jedoch schien das nicht zu kümmern, was Felix geradezu rührte, denn da blitzte vom ja sehr tiefen Abgrund der Blaschek'schen Seelen etwas Menschliches hoch, da deutete sich an, dass für sie andere Werte zählten als die profane Oberfläche, oder, so überlegte Felix, die sind einfach blind – warum sollten sie sich sonst mit dieser Zielgenauigkeit die Schrumpfköpfigsten, Verunfalltesten und Verwachsensten auswählen?

Die Blascheks ahnten instinktiv, dass es eine große Distanz zwischen ihrer und der allgemeinen Wahrnehmung ihrer Frauen gab, konnten sich aber nicht genau erklären, warum. Deshalb reagierten sie mit einer Extraportion Beißwut auf alle tatsächlichen und vermuteten Anspielungen auf ihre Freundinnen. Auch jetzt feierten sie zwar die auf dem Tresen zur ekstatischen Hochform auflaufende Miss Piggy, zugleich hatten sich aber drei aus dem Clan mit dem Rücken zu ihr postiert, um bei etwaigen Missfallenskundgebungen, übertriebenen Grinsern oder gar verbal artikulierten Bemerkungen sogleich wie die Faust Gottes auf die Respektlosen niederfahren zu können.

»Na Jungs, bereit für den Abflug mit Stoned Airways?«

Mark stellte sich von hinten zwischen den Roloff und Felix. Freundschaftlich legte er seine Arme um sie.

»Heute ist euer Glückstag. Ich habe Besuch aus Afghanistan bekommen.«

Alle drei guckten sich kurz an, lächelten, nickten und gingen Richtung Ausgang.

Im Kalkwerk war Kiffen verpönt und wurde schwerst geahndet. Also blieb nur die Möglichkeit, unter fadenscheinigen Begründungen den Laden ohne Jacken kurz zu verlassen, um in einer geschützten Ecke draußen eine Tüte zu drehen, oder besser: den bereits zu Hause fertig gerollten Joint gemeinsam zu rauchen.

Die Treppe war immer noch verwaist, von den Türstehern keine Spur. Das Trio entschied sich für den Vorplatz der etwas höher gelegenen Kapelle in der Nähe. Der war vor möglichen Beobachtern gut geschützt. Nach wenigen Minuten erreichten sie schweigend das Ziel.

»Mist, ich glaube, die Bänke sind besetzt.«

Mark hatte recht. Sie hörten Gemurmel und sahen Zigarettenenden aufglühen. Automatisch drehten sie nach rechts in den etwas beleuchteteren Teil ab. Die Stimmen wurden etwas lauter.

»Ich muss nochmal«, verkündete der Roloff.

»Jau, ich auch«, pflichtete Mark bei.

»Dann Wasser marsch«, sagte Felix.

Nach rechts fiel der durch eine niedrige Mauer eingefasste Vorplatz scharf ab, sodass sie sich dort nebeneinander aufreihten, um es mit Blick auf das Kalkwerk-Dach in die Tiefe plätschern zu lassen. Plötzlich nahm Felix, der rechtsaußen stand, eine Art Windhauch dicht neben seinem rechten Ohr wahr.

»Da ist mir gerade was am Kopf vorbeigeflogen, glaube ich.«

Im selben Moment registrierte er unten im Gebüsch vor ihnen ein klirrendes Geräusch.

Der Roloff und Mark lachten spöttisch.

»Genau, Herr Felix, wahrscheinlich ein Engel.«

»Nadjas Geist vielleicht.«

»Wie gemein, Roloff, du weißt doch, wie empfindlich Felix da ist.«

»Ach ja, 'tschulligung«, sagte der Roloff mit sehr schwerer Zunge.

Für Sekunden schwiegen sie, konzentriert darauf, die Blasenentleerung in Würde zu beenden. Im Hintergrund hörten sie Stimmen, die lauter wurden, auch wenn es unmöglich war, einzelne Worte herauszufiltern.

Dann ging alles sehr schnell.

Ein Brausen schien die Luft zu erfüllen, plötzlich explodierten in kürzesten Abständen mehrere Flaschen direkt hinter und neben dem Trio. Glassplitter surrten umher, trafen Beine, Arme, Oberkörper, Nasses spritzte. Tödlich erschrocken drehten sie reflexartig die Köpfe nach hinten, unfähig, sich in dieser unwürdigsten aller Positionen zu bewegen. Sie hörten Lachen, sie sahen Schatten, dann folgte die zweite Welle. Hilflos duckten sie sich, als eine neue Detonationsreihe sie mit Bier und Splittern bedeckte.

»Was soll die Scheiße?«, brüllte der Roloff.

»Seid ihr wahnsinnig?«, schrie Mark.

»Wollt ihr uns umbringen?«, rief Felix. Das war ja wieder der beste Kommentar, ärgerte er sich sofort, da wurde man offensichtlich gezielt mit vollen Bierflaschen unter Beschuss genommen, mit kiloschweren Glasbomben, wie man sie ja nennen musste, mit Explosionskörpern also, die überhaupt keinen anderen Sinn haben konnten, als das klar anvisierte Ziel zu eliminieren, und man kam ihnen hier mit so ein paar überflüssigen Wissensfragen. Kann ich ja gleich noch nachhaken, welche Biermarke sie benutzen oder ob sie die Wurfbahn auch ordentlich berechnet haben.

Eine dritte Salve krachte aufs Pflaster.

Hinter ihnen schwoll das Lachen zu einem hysterischen Johlen an.

»Hört mal auf so zu schwanken, ihr Arschlöcher, so kann man euch ja gar nicht treffen«, brüllte eine Stimme.

»Ja, das macht gar keinen Spaß mit euch«, stimmte jemand zu.

»Da werden wir langsam echt sauer, ey«, dröhnte es aus einem kratzigen Kehlkopf.

Hektisch beendeten sie mit urinfeuchten Fingern und vor Todesangst und -wut pochenden Schädeln ihr Toilettengeschäft, scherten sich nicht um die benässten Hosen und bewegten sich, so schnell es ging, Richtung Platzausgang, wo die Schatten waren. Sie sahen, wie jemand Anlauf nahm, ausholte, daneben noch einer, ein Rauschen, eine Explosion direkt neben Mark, eine vor Felix.

Mark schrie auf.

»Meine Hand, ihr verdammten Wichser!«

Felix sah, wie sich Mark im blassen Licht der Kapellenleuchten die linke Hand hielt, mit vor Schmerz verzerrtem Gesicht.

»Hat uns da einer Wichser genannt?«

Einer der Schatten kam zügig auf Felix zu. Dahinter folgten mehrere Gestalten.

»Wir müssen abhauen«, zischte Felix dem paralysierten Roloff und dem leise vor sich hin fluchenden Mark zu. Beide standen dicht hinter Felix.

Wieso stehe ich eigentlich neuerdings immer in der ersten Reihe, beschwerte sich Felix innerlich, ist das jetzt mein Stammplatz, oder was? Verteilen die womöglich an mir unbekannten Orten für diese Spektakel völlig ungefragt Platzkarten und halten das für eine besonders intelligente, ja raffinierte Idee, mich immer schön in den Vordergrund zu schieben? Da sind gerade mal die Fäden aus den alten Wunden gezogen und die letzten Blessuren verheilt, schon geben sie einem bei der nächsten Hinrichtung wieder einen Ehrenplatz.

»Wer hat mich hier Wichser genannt?«

Vor Felix baute sich drohend der breiteste Rücken der Stadtgeschichte auf. Dieser Totschlägerschädel, dieser Ausmerzerblick, die ganze Physiognomie, dachte Felix kurz sehr beeindruckt, ist ein einziger fleischgewordener Vernichtungswille. Da stand er also nachts bedröhnt mit zwei schwer angeschlagenen Freunden vor Willi, dem Fortuna-Vampire-Willi, der heute ausnahmsweise in zivil, also ohne Kutte unterwegs war, Willi, der Erschießer aus dem Bus. Willi war offensichtlich ob des Gemetzels, dass er wahrscheinlich schon kommen sah, in bester Leben-Beendigungslaune. Es ist schon faszinierend, wie sie an der im Grunde für sie doch immer monoton-gleichen Auslöschungsarbeit jedes Mal wieder neu so große Freude empfinden können, dachte Felix, wie sie das ewig gleiche Existenzzermalmen mit frischem Ehrgeiz jedes

Mal zu neuen Höhepunkten führen wollen. Die Frage ist nur, fügte er betrübt hinzu, warum ich dabei seit neuestem immer eine tragende Rolle spielen muss.

»Keiner hat dich so genannt«, sagte Felix so jovial wie möglich, »wir sind alle etwas betrunken und wollten eh gerade wieder ins Kalkwerk.«

»Und was ist mit dem da?«

Unwirsch warf Willi seinen Trümmerschädel in Richtung Mark, der mit rotgeäderten Augen an ihm vorbeiblickte.

»Ach, der hat eben nur ein bisschen geschrien wegen 'nem Splitter, das war alles«, sagte Felix und beschied Mark und dem Roloff durch eindeutige Handbewegungen hinter dem Rücken, sich sofort abzusetzen, »aber wie gesagt, wir wollten eh gerade zurück.«

»Willi, jetzt lass die Penner doch.«

Von hinten legte sich eine große Spinnwebentattoo-Hand auf die breitesten Schultern der Stadtgeschichte. Das habe ich doch heute so ähnlich schon mal gesehen, überlegte Felix, auf wessen Hand nur? Das Blaschek-Gesicht schob sich heran, in der unteren Zahnreihe den charakteristischen schwarzen, abgestorbenen Zahn entblößend. Manchmal nannten sie den Blaschek deswegen auch Grabstein-Gesicht, einerseits wegen der Ruine im brutalen Mund, zum anderen, weil sein Auftauchen immer auch mit einer Todesahnung verbunden war. Der Blaschek hier auf dem Vorplatz, deswegen war der Rest seines Clans, der auch auf diese Handgemälde stand, alleine im Kalkwerk, ohne ihn, den wahren Anführer.

»Ja, lass die Flachwichser doch gehen«, sagte jetzt eine neue Stimme, deren Urheber sich federnd aus der Dunkelheit herausschälte.

Der Gehrens, dachte Felix erschrocken und verwundert zugleich. Zusammen mit dem Blaschek und dem grausamen Willi. Ist das jetzt hier so eine Art Gipfeltreffen, oder was? Kein Einlass unter vier Verurteilungen wegen schwerer Körperverletzung und einem versuchten Totschlag, oder wie? Fehlt ja nur noch der Hölzenbein bei diesem heimeligen Stelldichein. Verabreden die sich hier zum wöchentlichen Kaffeeklatsch und vergleichen mal so ein bisschen die Schadens- und Knaststatistiken? Was ist das überhaupt für eine furchtbare Allianz? Seit wann sind denn die Vampire mit den anderen Vernichtern zusammen, was bereiten die vor? Gab es da nicht einmal so etwas wie ein Gleichgewicht des Schreckens? Der Gehrens war doch ein Vertreter eines bestimmten Teils von Neubauviertel-Nord, der Blaschek kam aus einer ganz anderen Ecke dort, und die Vampire waren eine Vereinigung aus einer selbst für die dortigen Maßstäbe besonders hoffnungslosen, miserablen Häuserzeile innerhalb des Nord-Viertels, isoliert und abgeschottet gegenüber selbst schon der nächsten Straße. Die können doch nicht einfach mal eben so samstagabends die Topographie des Terrors auf den Kopf stellen, war Felix drauf und dran sich zu beschweren.

Was stand dahinter, fragte er sich. Stehen die womöglich vor größeren Aufgaben, die sie nur gemeinsam bewältigen können? Ein kleiner Massenmord vielleicht mal zur Abwechslung? Die Erstürmung des Rathauses? Vorbereitung der Weltherrschaft? Zuzutrauen war denen ja alles. Mit 100 von denen hätte man doch, egal auf welcher Seite, den Zweiten Weltkrieg alleine gewinnen können, dachte Felix erschaudernd.

Noch mehr Jungs drängten jetzt von hinten heran. Überrascht, aber nicht wirklich verwundert, erspähte Felix auch die beiden Türsteher in dem Schreckensrudel. Na prima, vielen Dank, die werden uns ja jetzt schön beschützen, ganz toll.

Mark und der Roloff nutzten das Wirrwarr, um sich wegzustehlen, allein Felix, dem das Adrenalin gleich aus den Ohren plätschern würde, da war er sich sicher, wurde noch von Willis unwiderstehlichem Bannstrahl auf dem Pflaster festgenagelt.

»Musstet ihr denn auch so schwanken, ihr Schwachköpfe?«, fragte ein geradezu aufgeräumter Blaschek plötzlich und schob Willi vollends zur Seite.

»Ja, das war doch echt Scheiße, so macht das keinen Spaß«, sagte der Gehrens traurig nickend.

»Wie soll man da denn treffen«, fügte einer der Türsteher hinzu und klang aufrichtig verärgert.

»Jetzt haben wir wegen euch kaum noch Bier«, sagte der zweite Türsteher mit beleidigtem Unterton.

»Na ja, aber wenn ihr getroffen hättet, dann hätte es ja doch vielleicht ein kleines Problem gegeben«, äußerte sich Felix schüchtern und, wie er fand, todesmutig.

»Wieso?«

»Was fürn Problem denn?«

»Verstehe kein Wort.«

»Was willst du uns denn damit sagen?«

Die Jungen guckten ihn fragend an. Keine Spur von Spott und Hohn war in ihren Gesichtern zu erkennen. Nur echte Verständnislosigkeit und hier und da drei blassblaue Punkte. Felix schluckte.

»Also, ich meine, wenn jemand von euch einen von uns mit der Flasche getroffen hätte, also etwa am Kopf, dann hätte ja locker einer sterben können.«

Felix war sehr stolz auf sich. Er stand hier praktisch vor den grausamsten der Grausamen, mehrere Minuten schon, immer noch unverletzt, und hatte gerade eine durchaus bedenkenswerte, wenn nicht kritische Bemerkung, wie er sich selbst mal kurz loben musste, in einer wirklich nicht einfachen Situation gemacht.

»Ja und?«

Blaschek schüttelte verwundert den Kopf. »Das wäre doch euer Pech gewesen, wieso hab ich dann ein Problem?«

Seine Freunde nickten zustimmend und guckten Felix an, als lese er aus einer chinesischen Fernsehzeitung vor.

»Also, wenn einer von uns, sagen wir, dabei gestorben wäre, so richtig tot, so mit nicht mehr aufstehen und so, und einer von euch wäre daran schuld gewesen, da hätten wir doch alle ein Problem gehabt, die einen vielleicht mehr, die anderen weniger, aber schon ein klitzekleines Problemchen, oder nicht?«

Ich bin richtig gut heute, freute sich Felix, als ob ich den ganzen Tag nichts anderes machen würde, das fluppt doch, mit den Jungs kann man doch reden.

»Red doch keinen Scheiß, Mann. Wenn wir euch treffen, habt ihr doch das Problem, oder bist du bescheuert?«

»Aber wenn du mit der Bierflasche einen umlegst, dann hast du doch ein Problem, weil daran könnte ja auch die Polizei interessiert sein, oder nicht?«

»Bist du behämmert?«, der Blaschek lachte böse auf und schlug Felix spielerisch, aber schon sehr fest vor die Brust, »sag mal, bist du so blöd, oder tust du nur so?«

Das war natürlich eine durchaus berechtigte Frage, dachte Felix, vielleicht war er ja tatsächlich bescheuert, zumindest zu bescheuert, um den Blaschek und dessen Freunde, also die wahren Gestalter dieser Welt, seiner Welt zumal, richtig zu verstehen, und vielleicht stammten da all seine Probleme her, das ganze Elend, die Fassungslosigkeit, die tödliche Verzweiflung. Der Blaschek, dachte Felix, ist kein Dummkopf, da hört man mal besser gut zu, wie so einer die Lage, vor allem seine Lage, klar analysiert.

»Wir treffen einen von euch, einer fällt um, ihr habt das Problem, klar?«

Blaschek kam ihm jetzt sehr nahe.

Felix nickte.

»Ist mir doch scheißegal, ob einer von euch umfällt, klar?«

Felix nickte erneut. Logo. Bislang war alles nachvollziehbar, das hatte er auf jeden Fall verstanden.

»Und wenn einer von euch umfällt, habt ihr das Scheiß-Problem alleine, oder?«

Felix überlegte kurz, ob er noch einmal dagegenhalten sollte, aber der Blaschek wirkte immer ungehaltener, und da der anderen ja aus weitaus weniger wichtigen Gründen ab und an sauber den Kiefer und mehr zertrümmerte, ließ er es lieber auf sich bewenden. Also nickte er wieder, vielleicht sogar eine Spur zu eifrig, wie er sich sogleich vorwarf, aber er merkte, dass die Laserkanonen in Blascheks Augen sofort die Zustimmung des Gegenübers an das Koordinationszentrum im Blaschek'schen Todestrakt vermelden mussten, damit dort nicht der Blitzkriegsmodus aktiviert wurde.

»Also lass mich mit deinem Bullen-Scheiß und dem ganzen Pillepalle-Kram in Frieden, was habe ich damit am Hut, wenn einer von euch umfällt und ihr das Problem habt, he? Kannst du mir das sagen, ja? Also laber hier nicht so einen hochgestochenen Scheiß.«

Sagte es, zog Felix mit einer überraschend flüssigen Bewegung kurz am Kragen zu sich, nur um ihn mit Gewalt wegzustoßen und sich zu den anderen umzudrehen, die bereits erste Anzeichen ernst zu nehmender Langeweile zeigten. Der Gehrens trat Willi spielerisch gegen die Schulter, einer der Türsteher nahm den anderen in den Würgegriff. Blaschek hielt plötzlich zwei Stöcke in einer Hand, die verdächtig nach einem großen Chaku aussahen.

Felix nutzte das Desinteresse an seiner Person und ging so zügig, wie seinem zitternden Körper möglich war, zum Kalkwerk zurück.

Das sind ja die Entmenschlichsten, dachte er schwach. Wo andere ein Herz haben, sitzt bei ihnen ein Messer, wo normalerweise eine Seele wohnt, bunkern sie Kampfstoffe. Das Gift der Niedertracht rinnt durch ihre stahlgehärteten Adern, der Sadismus ist ihre Wesensart, das Gewissenlose ihr wichtigster Charakterzug. Sie sind tödlichste Bedrohung und explosivste Waffe in einem, zu jeder Zeit, an jedem Ort, nur der Hass trägt sie durch die endlosen Steppen ihres Gefühlsnichts. Sie verstehen nichts außer der brutalsten Gewalt, der Hohn und der Spott sind ihre furchtbaren Brüder. Groteske Irrläufer der Evolution sind sie, resümierte Felix bitter, eine Verschwendung kosmischer Energie. Und sie werden nicht ruhen und nicht aufhören, bis wir alle vernichtet sind, zerstört, zerbrochen, diese Zerbrecher, sie wollen uns niederbröseln auf den Maßstab ihrer erbärmlichen Existenzen, auf dass wir ihre Überlegenheit unterwürfigst akzeptieren und ihnen zu Diensten sind als die lächerlichsten Unterhaltungskörper, Belustiger, Zeitverkürzer.

Ermattet schleppte er sich die Treppen zum Eingang hoch.

Auf der mittleren Ebene konnte niemand mehr einen geraden Satz sprechen, damit war man aber um diese Zeit, es war mittlerweile halb drei, hervorragend integriert. Die ganze furchtbare Kalkwerk-Kapsel hat sich mal wieder mit unbarmherziger Macht ins All geschossen, dachte Felix, und wir sind mittendrin.

Miss Piggy war nurmehr eine einzige feuchtglänzende Biergeduschte, die mit halb geschlossenen Augen an einen Pfosten gelehnt auf dem Tresen saß und an deren massiger Oberweite er selbst mit seinem nicht mehr ganz so scharfen Blick mindestes drei verschiedene knetende Hände ausmachte. Mike lag mehr als er saß auf den Stufen über einer nicht eindeutig auszumachenden Frau, hatte eine Hand unter ihrem T-Shirt und seine Zunge anscheinend tief zwischen ihren Lippen. Felix zuckte kurz, weil er glaubte, Karla unter Mike zu erkennen, aber das war wohl eine Täuschung. Gerd stand abwesend grinsend alleine an einem Stehtisch und sprach sehr laut mit sich selbst. Mark hatte seine Hand notdürftig mit Toilettenpapier verbunden und redete neben dem abgrundtief jämmerlich, geradezu verheult aussehenden Roloff – war das vielleicht doch Karla unter Mike? – zu einem größeren Kreis von Bekannten, über dem süßlich riechende Qualmwolken schwebten. Um die Zeit war wirklich alles egal. Irgendjemand drückte ihm zwei Bier in die Hände, die er lustlos schlürfte.

Lautstark hörte er den immer noch äußerst aufgebrachten und extrem bierbefeuerten Mark lamentieren. »Die Killer«, sagte er mehrmals, und »diese Mörder«, im Chor gaben ihm die anderen recht, »genau«, riefen sie und »unfassbar«, mehrmals fielen Sätze wie »wird immer schlimmer« und »muss auch mal Schluss sein«.

Bald sah er Blaschek, Gehrens, Willi und die Türsteher eintreten, sah, wie sie die anderen grüßten, große Hände klatschten zur Begrüßung ineinander, der ganze Blaschek-Clan johlte die Musikanlage nieder, Miss Piggy schickte ihre Brüste erlöst vom BH in den freien Fall und bot sie, jetzt mehr liegend als lehnend, dem Blaschek an, der unter zustimmendem Jubel seiner Getreuen kurz seine stummelige Zunge aus dem Grabstein-Gesicht über die hellen Fleischberge wandern ließ. Auf einmal drehte sich der Blaschek herum, redete kurz und heftig auf einen jüngeren Beisteher ein und schlug dem ansatzlos seine Faust ins Gesicht. Er musste zurückgehalten werden, um nicht auf den Stürzenden zu springen.

In diesem Moment entdeckte der erregte Mark die Neuankömmlinge, und was dann geschah, daran konnte sich Felix später nur noch bruchstückhaft erinnern.

»Da sind die Schweine!«, jaulte Mark auf.

Pfiffe und Schmährufe folgten aus der Gruppe um ihn herum. Unvermittelt holte der sehr rotäugige Roloff aus, ausgerechnet er, der Harmloseste, der Feinsinnigste, warf also plötzlich, wahrscheinlich aus einer urgewaltigen Todessehnsucht heraus, ein Bierglas in die Blaschek-Willi-Richtung, und damit stellvertretend auf alle Peiniger und Bierbombenwerfer, auf die Umbringer und Massakrierer.

144

Und niemand wird je ergründen können, dachte Felix später, warum Mark just in diesem Augenblick, als den Beworfenen noch gar nicht so klar war, woher das Glas gekommen sein konnte, hinterherbrüllen musste:

»Kommt doch hoch, ihr Wichser!«

O nein!, dachte Felix noch, o nein! Die Luft um ihn herum wurde bleischwer, keine Schallwelle drang mehr an sein Ohr, eingefroren war die Zeit, der Körper ein toter Stein. Jetzt sterben wir alle gemeinsam, war sein letzter Gedankenversuch. Er sah durch die explodierenden Blitze vor seinen Augen, wie seine zitternde Hand Ewigkeiten brauchte, um das Bierglas abzustellen, er sah, wie der kleine Gerd, der Mechaniker, der Todesfabrikschichtarbeiter, seine Selbstgespräche beendete, die Kippe sorgfältig ausdrückte, seine Schiebermütze abnahm, auf den Tisch legte und in den Taschen wühlte. Mensch, der Gerd, Felix musste innerlich lächeln, wahrscheinlich hat der alte Fuchs sogar einen Schlagring dabei, der ist immer so perfekt vorbereitet auf alles, das würde er ihm einmal sagen müssen, wie sehr er ihn dafür bewunderte. Er sah, dass sich selbst Mike, der gute alte Häuptling moosgrüner Zahn, von dieser Frau löste und mit unbewegter Miene seine Jacke auszog, er sah, wie der Roloff, der zarte Roloff, seinen Ohrring abnahm und einer Begleiterin zur Aufbewahrung gab, er sah, wie sich alle um Mark postierten.

Schlieren bildeten sich vor seinen Augen, ein gellender Alarmton wollte seinen Schädel zerreißen, die Hellhörigkeit der Angst, dachte er noch, das ist die Hellhörigkeit der Angst. Aber Felix war auch gerührt. Seine Jungs. Hier würde niemand alleine sterben. Morituri te salutant, sah er einen Schriftzug im flackernden Nichts. Er musste innerlich auflachen. Dass man ausgerechnet in seinen letzten Lebensminuten an Asterix bei den Gladiatoren denkt, kann man da vielleicht den Denkmotor bitte etwas präziser steuern? Aber wir werden nicht einfach zusehen, wie die hier unseren Mark hinrichten, dachte Felix' todesverängstigter Kopf trotzig. Und während er noch überlegte, wie er seine gelähmte, funktionsunfähige Körpermaschine dazu bringen könnte, in das Geschehen einzugreifen, spürte er auch schon einen heftigen Stoß gegen den Schädel, etwas Hartes stauchte zugleich alle seine Organe auf Zigarettenschachtelgröße, er stürzte mit dem Kopf zuerst auf eine Stuhllehne und blieb dann liegen, das Skelett verdreht, zwischen geborstenem Holz, warm floss es von der Stirn ins Gesicht und in eine Pupille. Ruhig und objektiv wie eine Kamera zeichnete er das Geschehen um ihn herum aus dieser verdrehten Weltperspektive auf.

Er sah, wie Gerd mit Anlauf in den Pulk Heranstürmender sprang, sah seinen irren Blick, diese Entschlossenheit, diese beneidenswerte Todesverachtung, er sah, wie er in dem Knäuel verschwand, ein Arm schoss nochmal hoch, dann versank der Gerd im Leibermeer. Er sah, wie der Willi, der bestialische Willi, ein Bierglas in der Hand, auf Mark stürzte und ihm dieses Glas in das Gesicht schmetterte, er sah, wie das Blut aus Marks linkem Auge schoss, wie es quoll und spritzte und alles nur noch ein grausiges Rot war, wie der Mark, den Mund zum gellenden Schrei geöffnet, sich die Hände vors Gesicht schlug und der Willi kurz wie versteinert vor ihm stand, im Triumph brüllend, die zersplitterten Reste des Glases in der Hand. Er sah, wie der Blaschek immer wieder in den am Boden liegenden Mike trat und der Roloff mit blutverschmierter Nase an einem Pfosten lehnte. Er sah, wie plötzlich die zwei Türsteher verzweifelt versuchten, den Blaschek und den um sich schlagenden Willi mit Gewalt wegzuzerren, wie immer mehr Menschen sich auf die beiden warfen und wie Mark, das Gesicht hinter beiden Händen verborgen, von Karla Richtung Ausgang geführt wurde. Rotverschmiert waren seine Haare, Blut sickerte zwischen den Fingern durch, an den Unterarmen lang, nassrote Flecken auf seinem T-Shirt, auf seiner Hose.

Langsam leerte sich die mittlere Ebene. Felix hörte Sirenen. Dann spürte er einen Ruck. Ein Kellner richtete ihn unwirsch auf und drückte ihm einen Stapel Papiertaschentücher auf die Stirn.

»Wisch mal weg, sieht ja widerlich aus!«

Felix drückte das Saugmaterial auf die heiße Stelle über dem Haaransatz und versuchte, vorsichtig durchzuatmen. Der Brustkorb fühlte sich an wie in einer Stahlpresse. Der Roloff saß direkt neben ihm, den Kopf in den Nacken gelegt, ein paar provisorische Stopfen in den Nüstern, Gerd stand unweit von ihnen am Rand der Ebene, die Schiebermütze wieder auf, der Blick irre, vergeblich bemüht, sich mit deutlich zitternden Händen eine Zigarette zu drehen. Mike lag auf einer Bank in Embryonalstellung, die Hände in den Magen gepresst.

Das Kalkwerk war bald nahezu leer, die Kellner fingen an, die Stühle hochzustellen. Schweigend saßen Mike, Gerd, der Roloff und Felix jetzt auf einer Stufe und rauchten.

»Wir schließen!«

Langsam erhoben sie sich und trotteten zum Ausgang. Unten vor der Treppe hielt gerade Karla mit dem Fahrrad.

»Ich war mit Mark im Krankenhaus. Er musste dableiben. Er hat Glück gehabt, das Auge scheint nicht beschädigt zu sein. Das Glas hat ihn wohl so getroffen, dass zwar rundum genäht werden musste, der Sehnerv aber nicht zerstört ist.«

Alle nickten stumm.

Karla sagte »tschüss« und fuhr in die Nacht.

Die vier guckten sich noch einmal kurz an.

Dann ging jeder seines Weges.

Wir müssen hier alle schnell raus, sonst sind wir für immer verloren, dachte Felix und spürte eine bleischwere Erschöpfung auf dem Weg zu seinem Rennrad, wir müssen nicht nur hier raus, am besten gleich ganz raus, raus aus dem Viertel, aus der Stadt, aus dem Land, oder, fügte er in einer Sekunde aufkommender Endzeitstimmung hinzu, warum nicht auch gleich aus dem Leben, schlimmer als hier kann es nirgendwo sein – selbst im Nichts nicht, und da tut es wenigstens nicht so weh.

7. Eltern-Besuch

Das Wohnzimmer war für Felix neuerdings ein ungeheuerlicher Ort, den er geradezu mied. Denn kaum betrat er den ausladenden Raum mit der riesigen Glasfront, verschoben sich die Raufaserpartikel zu neuen Mustern, die unregelmäßige, feine Maserung des weichen Sofaleders wirkte plötzlich wie Schrift, und selbst die Gestalten auf den Ölgemälden schienen bei seinem Eintreten den Gesichtsausdruck zu wechseln. An der Wand, auf jeder Lehne, in jedem Rahmen – wohin er auch blickte –, überall sah er nur »Anna«, las er »Anna«, fühlte er »Anna«, roch er »Anna«. Hier hatte sie nackt gelegen, hier hatte sich das unwürdige Schauspiel zugetragen. Seit jener Nacht vor gut 14 Tagen konnte er praktisch an nichts anderes mehr denken als an seine furchtbare Entgleisung und ihre niederschmetternden Worte »in drei oder vier Wochen«.

Ein, zwei Tage nur hatte das kurzzeitige Hochgefühl, das ihn wegen seines ersten echten One-Night-Stands erfasst hatte, über die Zweifelsabgründe hinweggehievt, hatte er sich von den anderen an der Bank anerkennend auf die Schulter klopfen und preisen lassen, nur um ihre Fragen nach intimsten Details mit Kennermiene abzuweisen und grinsend natürlich unbeantwortet zu lassen. Doch nach dieser durchaus angenehmen Prestigekür, sagte sich Felix, bin ich sogleich und völlig zu Recht in den Schamkerker eingeliefert worden.

Die Beine schwer, die Arme taub, der Kopf eine einzige Implosion, saß er in einem der Sessel und blickte nach draußen, wo sein Vater auf allen vieren durch ein Blumenbeet kroch. Alle paar Wochen kamen die Eltern für ein, zwei Tage vorbei, um nach dem Rechten zu schauen, wie sie sagten, und damit er »mal wieder etwas Ordentliches zu essen« bekäme. Seine Geschwister waren bei der Tante im Norden geblieben.

Aus der Küche drang gedämpfter Kochlärm. Der Mixer stotterte, Töpfe schepperten, Besteck klapperte. Seine Mutter bereitete das Mittagessen vor. Felix wischte sich ermattet den Schweißfilm von der Stirn. Um einen klaren Kopf zu kriegen, hatte er vorhin fast zwei Stunden in seiner Folterkammer im Keller gewütet, wie der Roloff und die anderen seinen Trainingsraum in einem Anflug von Spott und Anerkennung nannten. Im gedämpften Licht zweier alter Stehlampen glänzte dort matt das chromige Gestänge einfacher Gerätschaften: eine Bank zum Gewichtdrücken, auf dem Teppichboden lag eine kunstvoll geschwungene Stange für das sogenannte Curling zur Stärkung der Bizepsmuskulatur, es gab auch einen Deckenzug für den Latissimus dorsi, den breiten Rückenmuskel. Auf stählernen Regalschienen hatte er mehrere blitzblanke Kleinhanteln akkurat aneinandergereiht, in der Mitte hing ein schwerer lederner Sandsack, in einer Ecke stand auf zentimeterdicker Stahlfeder montiert ein Punchingball, von allen wegen seiner schwarzen Kunststoffoberfläche nur »der Neger« genannt, was, wie sich Felix bei jedem Training erinnerte, zu einem kurzen Moment der Peinlichkeit geführt hatte, als er den einzigen Schwarzen der näheren Umgebung, Oliver, einmal zu einer Trainingseinheit eingeladen hatte. Damals forderte er seinen Besuch völlig unbedacht zu einigen Tritten »gegen den Neger« auf, worauf Oliver lachend und mit spielerischem Ernst versucht hatte, stattdessen ihm, Felix, gegen den Kopf zu treten, womit das Thema dann erledigt war. Direkt neben der Tür war ein japanisches Schlagpolster befestigt, ein sogenannter Makiwara, ein kaum gedämpftes Stück Holz, mit Leder eingebunden, das zum Üben gerader Faustschläge sowie für Handkantenschläge genutzt werden konnte. Auf diesen hatte er eben so lange eingeschlagen, bis er vor Schmerz tatsächlich ein paar Minuten nicht mehr an Anna denken musste. Doch jetzt griffen die quälenden Gedanken wieder mit Macht nach ihm.

Ich hänge hier, angeschmiedet an die Angstketten, zu Lebenslang verurteilt, und sie ahnen es noch nicht, dachte Felix und winkte seinem Vater lustlos zu, der ihn mit auffordernden Gesten nach draußen locken wollte. Sie hoffen noch auf meine Zukunft und wissen nicht, dass ich keine mehr habe.

Zwar würde er erst in ungefähr vierzehn langen, quälenden Tagen Gewissheit haben, aber für Felix stand das Resultat ohnehin bereits fest. Anna, die legendärste Stadtmatratze, wie er sie neuerdings manchmal heimlich nannte, kriegt garantiert ein womöglich schon bei der Geburt bekifftes Kind von mir, wahrscheinlich sogar Zwillinge oder Drillinge, da ist ja alles drin, da wird sich das Schicksal noch einmal so richtig auf meine Kosten austoben, und das war's dann. Die Eltern denken, es geht noch um Nadja und große Gefühle, und spüren nicht, dass auch sie schon im Glatzenbann sind. Ich sage noch »Mutter« und denke schon »Großmutter«, da draußen grüßt der Vater, und ich sehe schon den baldigen Großvater – irgendwann werde ich es ihnen sagen müssen, daran führt kein Weg vorbei.

»Felix, kommst du gleich?«

Mühsam stemmte er sich aus dem Sessel hoch und trottete in die Küche, vorbei an dem Sofa, auf dem er sich so verloren hatte. In der Küche lehnte er sich an die Spüle und beobachtete schweigend seine gutgelaunte Mutter, die zwischen Herd und Anrichte umherwirbelte.

Wie sehr er sich in den wenigen Monaten daran gewöhnt

hatte, das ganze Haus als sein eigenes zu betrachten, dachte Felix. Seit sie sich wegen der Versetzung des Vaters so selten sahen, hatte er nicht mehr viel gegen ein gemeinsames Mittagessen am Wochenende auszusetzen, schließlich ließen sie ihn alleine hier wohnen. Das wusste er, das wussten seine Freunde sehr zu schätzen.

Wie normal das alles wirkt, fiel Felix mit Blick auf die umrührende, Temperatur prüfende, schneidende Mutter auf, so sicher und selbstverständlich. Es ist immer noch ihr Haus, ihre Burg, ihr Leben. Wie sehr sie sich immer freuten, hierherzukommen, wie viel Zärtlichkeitskapital sie in das Wort »Zuhause« steckten, wie viel Vertrauen und Zuversicht.

Für sie war die Stadt und das Haus ein Zufluchtsort, der lebensrettende Anker im tosenden Berufs- und Alltagssturm. Für sie der Zufluchtsort, für mich der Verzweiflungsort, dachte Felix. Sie leben in dieser Stadt auf, ich sterbe hier täglich. Sie fühlen sich sicher, ich weiß um den Terror. Zwei komplett verschiedene Leben in derselben Kulisse. Und sie ahnen nicht das Geringste.

Er hatte es ein-, zweimal versucht mit Berichten über die wahren Zustände da draußen, er hatte mit einigen Geschichten angefangen, die noch nicht einmal zu den schlimmsten gehörten. Abgewunken hatten sie, beschwichtigt, nichts wollten sie hören von seiner echten Welt. Zu grotesk erschien ihnen das Erzählte, zu unerhört, zu unglaublich, nichts von alledem konnten sie mit ihren Wahrnehmungen in Übereinstimmung bringen.

Wie ein elender Übertreiber hatte er auf sie gewirkt, stellte Felix rückblickend schonungslos fest, wie ein übereifriger Wichtigmacher, ein sensationshaschender Märchenonkel. Furchtbarer noch, sie hatten ihm geradezu Vorwürfe gemacht, als er damals nach dem Hölzenbein'schen Angriff genäht und geflickt werden musste, mit was für Leuten er sich einlasse, ob er alle immer provozieren müsse, anderen würde das ja auch nicht widerfahren. Gar nicht aufhören wollten sie mehr mit ihren fiesen Schuldzuweisungen und unerhörten Verdrehungen. Sie stellten ihn als dümmlichsten Selbstverschulder, aberwitzigsten Gefahrensucher und leichtfertigsten Unglücksprovokateur dar. Naturgemäß hatte er es sogleich aufgegeben, sie in ihrem jahrelang geschulten Verdrängungseifer weiter belehren zu wollen. Es ist einfach zwecklos, dachte Felix, der Beton, der ihre Welt schützt, ist zu hart und zu dick, da kommst du nicht durch, heute nicht, in Zukunft nicht, niemals. Sie wollen die faulen Pfähle nicht sehen, auf denen ihr Lebensschlösslein steht, wollen nichts riechen vom Moder am Grund, der das Fundament hier eigentlich bildet. Sie reagieren auf die Realitätsklumpen, die man ihnen in vorsichtigen Dosen reichen will, wie auf Stinkbomben ins Allerheiligstes. Du willst sie einweihen, sie fühlen sich provoziert, du willst sie aufklären, sie fühlen sich vorgeführt. Kein Verständnis, nirgends. Und damit kommen sie ja verdammt gut durch die Jahre, ihre fetten Jahre, dachte Felix bitter, wenn man Ignoranz so zur Tugend verklärt, geht es einem richtig gut, also bitte bloß nicht rütteln an den Fassaden, mit denen sich hier all diese Verdränger vor den Zumutungen des Lebens schützen, bloß kein fauliges Echtleben in diese süßesten aller Existenzillusionen schaufeln. Lieber schweigen. Wegsehen. Ignorieren.

Das ist alles so hoffnungslos, dachte Felix, und ich bin der Hoffnungsloseste.

»Sag mal, warum guckst du denn so bedröppelt?«

Seine Mutter hatte sich vor die Anrichte gestellt und hackte eine Gurke klein.

»Ich guck gar nicht bedröppelt.«

»Doch, das sehe ich dir doch an, du hast irgendwas. Was ist denn los?«

Das gibt es doch gar nicht, regte sich Felix sofort auf, wieso muss ich eigentlich mit einem Gesicht wie eine Anzeigentafel herumlaufen? Das passierte ihm immer wieder. Man glaubt, man läuft mit einem Pokerface durch die Welt, aber alle sehen nur in die offensten Karten. Man hat offensichtlich nicht nur sein Leben und seinen Schwanz nicht unter Kontrolle, dachte Felix jetzt richtig erbost, sondern noch nicht mal so ein paar lächerliche Gesichtszüge.

»Da ist nichts!«, sagte er gereizt.

»Ist es etwas mit Nadja?«

»Da ist nichts.«

»Was ist denn mit Nadja?«

»Nichts!«

»Was macht Nadja denn gerade so?«

»Mutter! Da ist nichts mit Nadja!«

Das hatte er fast gebrüllt, und es war ihm sofort ein bisschen unangenehm.

»Verstehe«, sagte seine Mutter ungerührt, schob mit einem kleinen Messer die Gurkenscheiben in die Salatschüssel und nahm ein paar Tomaten aus einer braunen Papiertüte, »also geht es um eine andere Frau?!«

Die macht mich echt fertig, dachte Felix, aber das lässt die völlig kalt. Man springt hinter die Balustrade und denkt, man ist in Sicherheit, aber die fährt einfach weiter mit ihrem Fragen-Panzer.

»Nein, wie kommst du denn auf eine andere Frau? Was soll das denn für eine andere Frau sein?«

»Aha, also eine andere Frau ist im Spiel. Wer denn?!«

»Da ist niemand.«

»Kenne ich die?«

»Mutter!«

»Du bist verliebt, sie aber nicht in dich?«

»Mutter!!«

Unglaublich, dachte Felix nicht ohne Anerkennung, steht da, scheinbar locker mit ihrer Schürze, und schneidet die Tomaten klein, so harmlos, so friedlich, und ist in Wahrheit aggressiv wie ein scharfer Jagdhund. Wenn die einmal Blut gerochen hat, lässt die nicht locker, bis sich ihre Zähne ins weiche Fleisch bohren. Die hat ja den Killerinstinkt, die Mutter.

»Oder willst du mit ihr schlafen, und sie will nicht?!«

»Mutter!!!«

»Das kann ja mal passieren, da darfst du nicht drängen, hörst du?«

»Mutter!!!«

Felix schüttelte fassungslos den Kopf.

Seine Mutter setzte sogleich unbarmherzig nach.

»Gib ihr ein wenig Zeit, dann wird das schon!«

»Mutter! Das ist es nicht!«

Das gibt es doch nicht, dachte Felix überrumpelt, jetzt hat sie mich schon fast so weit. Spult ihren Verhörfragenkatalog ab und treibt einen so weit in die Ecke, bis man sich aus Notwehr verplappert, die ist ja mit allen Wassern gewaschen, die kaltblütige Mutter. Wo lernen die Gebärenden eigentlich solche Fragetechniken, überlegte er fasziniert, werden die womöglich schon in frühen Jahren von Geheimdiensten geschult, von Profis angeleitet, durch Experten fortgebildet?

»Was ist es dann?«

Seine Mutter hatte aufgehört, Tomaten zu schneiden, und guckte ihn jetzt geradewegs an. Der Blick signalisierte die Sackgasse, in die sie ihn gedrängt hatte, die Ausweglosigkeit. Sie würde ihn nicht vom Haken lassen, so viel war klar.

»Ich habe vielleicht eine Frau geschwängert. Aus Versehen.«

Felix erstarrte. Verwundert und überrascht sah er dem Satz hinterher, der sich aus seinem Mund gewaltsam befreit hatte und unaufhaltsam der Mutter näherte.

»So?! Und wer ist es?«

Das Gesicht seiner Mutter war eine glatte Wand. Kein Reaktionsimpuls setzte das kleinste Mimikmüskelchen in

Bewegung. Was für ein Profi, schoss es Felix durch den Kopf, eiskalt. Was ist das bloß für eine neue Masche?

Sie nahm in aller Ruhe eine Karotte, fing wieder an zu schnibbeln und fragte mit der unscheinbarsten aller Stimmen:

»Kennt man die?«

»Nein.«

»Eine Freundin von dir?«

»Nein.«

»Was Ernsteres?«

»Nein.«

»Also was Einmaliges?«

»Ja.«

Das Klappern des Karottenmessers auf der Holzunterlage dröhnte wie Silvesterböller in Felix' Ohren.

»Ein ordentliches Mädchen?«

»Wie jetzt? Was meinst du denn damit?«

»Ja, was wohl? Felix! Ist das eine, die so einen Ruf hat, oder ein normales Mädchen?«

»Was für einen Ruf denn?«

»Eben kein normales Mädchen zu sein, sondern eben so ein anderes.«

»Was soll das denn schon wieder heißen, normal?«

»Du weißt doch, was ich meine.«

»Weiß ich nicht.«

»Ist die dafür bekannt, dass sie so etwas öfter macht, oder nicht?«

»Mutter! Wie redest du denn?!«

Felix war kurz davor, sich die Augen zu reiben. Wer war die Frau mit dem Messer? War das noch seine Mutter, keine zwei Meter vor ihm? Die konservative Frau, der Scheidungen suspekt waren und die diese als ein Zeichen von unangenehmer Schwäche deutete, die überzeugte Katholikin, die von der Tatsache außerehelichen Verkehrs wusste, ihn aber für einen Beweis des fürchterlichen allgemeinen kulturellen Niedergangs hielt und mehr Wert auf die Meinung des Papstes und der Nachbarn legte als auf das eigene Wohlergehen? Wie kaltblütig die auf einmal ist, wie die über Menschen redet, die sie nicht kennt, wie sie schon ihr Urteil gefällt hat, ohne Rücksicht auf Tatsachen und Empfindlichkeiten, wie sie kurzerhand mit brachialer Gewalt auch Unschuldigste abstempelt, nahm Felix jetzt einmal Glatzen-Anna vor diesen rabiaten Unterstellungen, diesen infamen Anfeindungen in Schutz.

»Felix, sei nicht kindisch. Ist die dafür bekannt oder nicht?«

Unfassbar, ich fasse es nicht, das fragt die nicht, das fragt meine Mutter mich nicht gerade, dachte Felix und musste dennoch unwillkürlich an Mikes Spruch über Anna in jener Nacht denken: »Die macht es mit fast jedem!«

»Na gut«, sagte er kleinlaut, »schon ein bisschen in die Richtung.«

»Wo ist dann das Problem?«

Der Mutter-Panzer schmetterte weiter über alle Gräben und spanischen Reiter. Felix war irritiert.

»Wo ist bitte was?«

»Wo ist dann das Problem, Felix?«

»Wo ist denn da bitte kein Problem?«

»Wieso?«

»Wenn die schwanger ist, habe ich den Salat!«

»Wieso das denn?«

Felix verstand gar nichts mehr. Was stellte die denn für Fragen? Von einer durchschnittlichen Katholikin dürfte man doch bitte etwas mehr Verlässlichkeit bei den zu erwartenden Antworten in solchen delikaten Fragen erwarten, beschwerte er sich innerlich über die offensichtlich fehlende Autorität der Kirche Roms bei ihren treuesten Anhängern. Selbst da kann man sich auf nichts mehr verlassen, selbst da verlottern die Sitten und verschieben sich die Maßstäbe erdrutschartig, ereiferte sich Felix, selbst da denkt plötzlich jeder, was er will, oder was?!

»Wenn die jetzt ein Kind von mir bekommt, ist mein Leben doch hin, dann muss ich zahlen bis in alle Ewigkeit, bin an sie gekettet bis zum Sankt Nimmerleinstag und fühle mich womöglich auch noch verpflichtet, für den kleinen Bastard den Vater zu spielen. Und alle werden es wissen.«

Genauso war es, exakt dahin führte doch dieser Katastrophenexpress, nie hatte er sich das Unglück zuvor klarer vor Augen geführt als durch diesen lauten Satz an die seelenruhig weiterschnippelnde Mutter.

Die nimmt mich gar nicht ernst, die Eis-Mutter, resümierte Felix den bisherigen Gesprächsverlauf erregt, die hackt ohne Unterbrechung mit einer maschinenartigen Präzision die Gemüseteile klein, als ob ich ihr aus den Gemeindenachrichten den Bericht über das letzte Kirchenfest vorlese. Da könnte man doch mal ein bisschen mehr Engagement erwarten, ein bisschen mehr Sorge, zumindest aber die normale Hysterie, die sonst doch schon für wesentlich unbedeutendere Sachen auf dem Programm stand. Da gibt es einfach keine echte Kontinuität mehr, keine wahre Verlässlichkeit. Man erzählt ihnen das Banalste, sie drehen durch, man offenbart ihnen Abgründe und sie gähnen dich an, die soll mal einer verstehen, diese Eltern, dachte Felix zerknirscht und alarmiert, denn das ist doch alles bestimmt nur eine neue hinterfotzige Taktik, um es dir gleich richtig zu geben.

»Ach, mach dir da man keinen Kopf.«

Die Mutter unterbrach mit dem Ausdruck äußerster Entschlossenheit ihre Arbeit und drehte sich kurz zu ihm.

»Wenn die schwanger ist, sagst du einfach, du wärst es nicht gewesen. Für einen Anwalt und all diese Sachen sind diese jungen Dinger doch viel zu dumm und unerfahren.«

Sie lächelte, tatsächlich, sie lächelte. Die hat es faustdick hinter den Ohren, diese Mutter, dachte Felix verblüfft, das fasse ich alles nicht.

»Und wenn sie ohnehin so eine ist, wird sie sich selbst auch nicht sicher sein und es dabei belassen.«

Felix bemühte sich, den Mund wieder zu schließen, um dem gnadenlos rollenden Mutter-Tank wenigstens eine letzte Frage in die Ketten zu werfen.

»Und wenn sie schwanger ist und sich dabei auch noch völlig sicher, dass ich es war?«

Seine Mutter drehte sich wieder zur Salatschüssel, um das Grünzeug mit zwei großen Löffeln zu mischen.

»Ja und? Dann zahlst du ihr halt die Abtreibung. Und wenn es sein muss, noch ein bisschen etwas obendrauf. Solche jungen Dinger brauchen doch immer Geld, wirst schon sehen. Und jetzt wasch dir die Hände, das Essen ist gleich fertig!«

Nein, dachte Felix und bewegte sich nicht, ich bin fertig, und du auch, wir sind doch alle total fertig. Man erwartet moralische Verdammnis für sich selbst und christliche Barmherzigkeit für die Leidtragenden und bekommt genau das Gegenteil, dachte er durchaus konsterniert. Er hatte nicht geahnt, wie weit der Zersetzungsprozess in der Bürgerwelt schon fortgeschritten war. Die haben da aber ein ganz dickes Problem, dachte er, wenn selbst diese Frau, seine Mutter immerhin, schon solche Sachen vom Stapel ließ. Die stellen mal eben beim Gurkenschneiden ihr gesamtes Weltbild auf den Kopf, damit das eigentlich Verquere, das eigentlich auf dem Kopf Stehende, darin wieder normal aussieht. Da leugnen wir alles oder treiben eben ab, das hat die doch eben gesagt, sagte sich Felix, das f-a-s-s-e ich nicht. Wie kann die denn plötzlich Abtreibung gutheißen, sie, die ihn sonst als radikalen Verfechter dieses Rechtes aufs böseste beleidigte, als Mörderhelfer und Unmensch und skrupellosesten Atheisten. Und jetzt will die plötzlich unschuldigstes Leben einfach entsorgen, regte er sich mittlerweile richtig auf und sah mal kurz über seine sonstige Position bei diesem Thema hinweg. Das konnte man der Mutter doch nicht durchgehen lassen, dass sie Existenzen vernichten und wehrlose Föten mal eben so aus der Weltgeschichte blasen wollte. Zur Lüge wurde er aufgefordert, zur Mordhilfe, bei seinem eigen Fleisch und Blut, so musste man das doch unbedingt sehen, das Unerhörte, das Unbegreifliche.

»Was macht ihr denn für Gesichter?«

Der strahlende Vater stand plötzlich in der Küchentür, in einer Hand einen Plastikeimer voll Unkraut, in der anderen eine kleine Harke. Das weiße Doppelrippunterhemd war von Schweiß durchtränkt, die grünen Gummistiefel zu den weißen Tennisshorts mit Lehm verschmutzt. Das war sein Lieblingsaufzug für die wenigen Wochenenden, die ihm die Versicherung arbeits- und damit anzugsfrei ließ.

Die Mutter machte eine vielsagende Kopfbewegung in Richtung Sohn.

»Frag doch mal Felix!«

Alles, nur bitte das nicht, dachte er erschüttert, nicht den Vater mit solchen schmutzigen Details belästigen, so viel Unvernunft, so viel Dummheit auf einmal, der würde ihn nicht nur noch weniger verstehen, sondern obendrein auch noch verachten, das halte ich nicht aus, dachte Felix, das darf jetzt nicht sein.

»Felix, was ist los?«

Sein Vater blickte ihn schwitzend und erwartungsfroh an. Felix schwieg.

»Felix glaubt, vielleicht so ein Flittchen geschwängert zu haben. Aber ich habe ihm schon gesagt, entweder streitet er einfach alles ab, weil die eh so einen Ruf hat, oder wir zahlen die Abtreibung. Alles kein Problem.«

›Flittchen‹, dachte Felix fassungslos, jetzt dreht sie völlig durch.

Er hielt die Luft an. Sein Vater stutzte kurz, ließ seinen

Blick einmal von Felix zur Mutter wandern und wieder zurück, lächelte feinsinnig und sagte, während er mit den lehmfeuchten Stiefeln fröhlich quer durch die Küche quatschte:

»Dann ist doch alles in Ordnung. Was gibt es eigentlich zu Mittag? Ich geh nur nochmal kurz duschen.«

Abgang Vater.

Was nehmen die eigentlich neuerdings für Drogen, die älteren Herrschaften, dachte Felix völlig verstört, während er wie in Trance zum zweiten Badezimmer schwebte, was treiben die in ihrer wochenlangen Abwesenheit wirklich, da müsste man sich doch mal eingehender informieren. Man lebt mit ihnen 18 Jahre zusammen, um dann festzustellen, dass man sie womöglich noch weniger kennt als sie einen selbst. Eben noch unbarmherzigste Erzieher, konservativste Einpeitscher, preußischste Pflichtverordner, jetzt schon die verlottertsten Hippiefreaks, die moralisch Verkommensten, die sozial Abgewirtschaftetsten. Sie rufen zu Lug und Trug auf, zu Mord und Totschlag und ziehen dann pfeifend ihrer Wege, rühren den Salat, als wäre nichts geschehen, waschen die schuldigsten Hände wie die unschuldigsten.

Wenn die Familie in Gefahr ist, wenn da jemand an der Fassade kratzt, ob von innen oder außen, traf Felix mit Wucht die jähe Erkenntnis, kennen die keine Freunde und keine Feinde mehr, keine Moral und keinen Anstand, da gehen die bis zum Äußersten und mit Anlauf darüber hinaus, da werden Maßstäbe in Sekundenschnelle geschreddert und Welten neu definiert. Da wird über Leichen gegangen und kein Opfer gescheut, solange es zur anderen Seite gehört.

Ganz schön abgefahren, dachte Felix, ganz schön abgefahren. Die würde man im Auge behalten müssen, diese Eltern.

8. Party

Für Freitagabend hatte der Bonngard zu einer Party geladen, oder besser: Dem Bonngard war erklärt worden, man werde am Freitagabend mal wieder bei ihm einfallen. Felix kannte den Bonngard kaum, war aber immer dabei, wenn das Haus gestürmt werden sollte, weil dessen Eltern nicht da waren. In einer Mischung aus devoter Dankbarkeit und unerschrockener Naivität bemühte sich der Bonngard stets, die ihm aufgezwungenen Partys als die eigenen zu betrachten. Mit größter Boshaftigkeit begegneten ihm seine Gäste, wenn er Geld für die Einkäufe sammeln wollte.

»Wieso denn, Bonngard, selbst schuld, wenn du eine Party schmeißt«, warfen sie ihm an den Kopf, oder: »Brauchst doch nur Bier und Wein kaufen, und dafür wird deine Kohle ja wohl reichen, oder?«

Es war ein trauriges Schauspiel, das jedes Mal für großes Gelächter und neue Anekdoten sorgte. Mensch, der olle Bonngard, wie kann man nur so blöd sein – aber ihr kommt doch auch, ja? So viele kamen meist, dass der Bonngard große Schuldenberge anhäufte, die er durch harte Nebenjobs abarbeiten musste.

Die Partys waren berühmt und berüchtigt. Es gab nie offizielle Einladungen, nicht jeder durfte kommen, nicht jeder einfach mitgebracht werden. Es galten ungeschriebene Gesetze, die eisern befolgt wurden. Wer beim Bonngard war, gehörte dazu. Wer nicht da war, zählte nicht.

Der Bonngard war in Felix' Augen eine tragische Gestalt. Es gab niemanden, der so punktgenau das Falsche am falschen Ort zur falschen Zeit sagte wie er. Da, wo andere hochsensible Antennen für soziale Situationen und brenzlige Momente hatten, klaffte im Bonngard'schen Kopf ein großes Loch, aus dem ungehemmt und mit Gewalt herausdrängte, was sich in vielen einsamen Stunden dort an Unrat angesammelt hatte. Wohl um sich interessanter zu machen, hatte der Bonngard eine Strategie entwickelt, die ihn nur noch schneller ins Abseits führte: Er las sich das unnützeste Expertenwissen der uninteressantesten Wissensgebiete der Menschheitsgeschichte an, um damit alle immer und überall in eine kollektive Depression und komatöse Langeweile zu stürzen.

Man redete in der Pause auf dem Schulhof über das neu gelieferte Gras in der Stadt, spekulierte, wie es wirken und was es kosten sollte, schon fing Bonngard an, über die »dringend notwenige«, die, wie er sofort laut und mehrfach hinzufügte, »überlebenswichtige« Reform des deutschen Postwesens zu referieren. Man lauschte an der Bank gebannt den brandneuen Totschlaggeschichten, schon begann der Bonngard mit einer sehr zähen Zusammenfassung der »höchst interessanten«, ja »revolutionären« Reportage, die er kürzlich nachts über Mittelwelle auf BBC gehört habe, über Tiefseekrabben vor Papua-Neuguinea. Diese Einsätze des Bonngards waren so gefürchtet wie legendär.

Der einzige Existenzberechtigungsgrund des Bonngard'schen ist sein Partykeller, dachte Felix, das ist ein verkommener Deal, den wir ungefragt mit ihm abgeschlossen haben. Aber alle seine Versuche, dem »Nervenabtöter«, wie er ihn danach nur noch bezeichnen konnte, einmal bis zum Ende der endlosen Referate zuzuhören und wie einen normalen Menschen zu behandeln, mussten für grandios gescheitert erklärt werden, weil sie ihn jedes Mal in einen schauerlichen Abgrund aus erwartbarem Stumpfsinn und zermürbender

Langeweile gestürzt hatten. So tröstete sich Felix damit, dass Bonngard an den Partytagen wenigstens nicht so einsam war wie sonst.

Es half dem Bonngard'schen Image auch nicht, dass er als hoffnungslosester Fall der Bildungsgeschichte galt. Ein kaputtes Verhältnis zu Pädagogen, schlechte Noten und extreme Fehlzeiten waren gut für das Prestige, solange alle annahmen, der Betroffene verzichte freiwillig auf die Anerkennung des offiziellen Schulsystems, weil er Besseres zu tun hatte. Kritisch wurde es, wenn der Verdacht aufkam, das schlechte Abschneiden sei auf echte Begriffsstutzigkeit zurückzuführen.

Nur durch einen Sondererlass des Kultusministers, hieß es, der die maximal mögliche Verweildauer auf Gymnasien in diesem speziellen Einzelfall aufgehoben hatte, dürfte der Bonngard'sche überhaupt noch einen Abiturversuch starten. Fast jede Jahrgangsstufe habe er einmal wiederholt – im wörtlichen Sinne. Er werde bereits von Lehrern unterrichtet, die mit ihm eingeschult worden seien, erzählte man sich – und niemand bezweifelte das ernsthaft.

Er hatte auch schon seit Jahren ein Auto, was auf sein biblisches Alter hindeutete, andererseits natürlich seine soziale Stellung deutlich verbesserte. Gleichzeitig wirkte er mit seinen schlabberigen Lederschuhen, die zu keiner Zeit der Modegeschichte als schick gegolten haben konnten, den abgeschubberten, unmöglichen Buntfaltenhosen sowie dem kläglich gescheiterten Frisurversuch so zauselig, so verrückt, dass er allein deswegen, aus grundsätzlichen Solidaritätsüberlegungen mit dem Anderen, dem Nichtstimmigen, nicht seinem Schicksal überlassen werden konnte. Er war nicht normal, das wurde ihm hoch angerechnet, hoch genug jedenfalls, um dabeistehen zu dürfen, bis es wieder hieß »Schnauze, Bonngard«.

Christoph, Mark, Mike, der Roloff und Felix fuhren zusammen im Bus zur Party – mitten durch das Neubauviertel-Nord, an dessen Rand der Bonngard wohnte, da, wo sich einige mutige Reihenhaus-Siedlungen und Villen hingewagt hatten.

Das Neubauviertel-Nord war Felix und seinen Freunde nichts als Feindesland, ein Territorium, das man nur im absoluten Notfall betrat, etwa, wenn man zur Schule musste oder einen Freund besuchen wollte, der das Pech hatte, inmitten dieser architektonischen Schandtat leben zu müssen. Hier hausten und herrschten die Hölzenbeins und Schulzes, die Blascheks und Gehrens, das ganze Totschlägerpack mitsamt ihren verbrecherischen Sippen. Hier war Testosteron-Land, hier galt allein das uralte und nirgends mit so brutaler Strenge vollzogene Gesetz des Stärkeren. Besonders Mark, der seit der Schlacht im Kalkwerk mit einer Art Piratenklappe seine ringförmig genähte Wunde am Auge schützen musste, wirkte noch angespannter als sonst.

Die Fahrt im Bus hierher war immer riskant, genauso wie die Fahrt nach Hause vom Gymnasium, das mitten in diesem baulichen Elend stand. Denn die nächsten Haltestellen nach dem Gymnasium waren die Berufsschule und die Hauptschule. Da stiegen sie ein, die zukünftigen Hölzenbeins, Gehrens und Blascheks, und manchmal fuhren auch die Meister selbst ein paar Stationen mit. Oft hatte Felix beobachtet, wie die schon berufstätigen Blascheks oder Gehrens ihre Mittagspausen nutzten, um die künftigen Schergen im Bus anzulernen. Blitzschnell entschieden sie sich zusammen für ein Opfer, das möglichst älter und größer war als der Schläger-Azubi und auf jeden Fall vom Gymnasium stammen musste.

Da sind sie schon sehr klassenbewusst, unsere Proletarier, dachte Felix öfters anerkennend. Diese Abstammungslehre war der einfachste Teil. Da der Schulbus zuerst am Gymnasium hielt, war jeder Fahrgast zweifelsfrei ein ideales

Opfer für den hoffnungsvollen Nachwuchs, wenn der an der Haupt- oder Berufsschule dazustieg.

Stand das Opfer fest, fing das Jungmonster aufs heftigste an, den Herausgepickten zu provozieren, meist einen eingeschüchterten Oberstufenschüler. Das mochten sie gerne, extra junge, extra kleine Hilfskräfte auf augenscheinlich Größere, Ältere zu hetzen. Nur das brachte ein Maximum an Erniedrigung für das Opfer. Der Auserkorene erkannte meist die Ausweglosigkeit seiner Situation: Wehrte er sich gegen den Jüngeren, der ihn bespuckte, trat oder schlug, gerne auch mit selbst gemachten Schlagringen, die besonders hässliche Hautrisse hervorriefen, wehrte sich also der Ältere gegen so einen kleinen Berserker, sah das auf den ersten Blick gemein aus und führte nicht selten zu einer spontanen Verbrüderung anderer Haupt- und Berufsschüler mit dem Angreifenden und zu einer noch furchtbareren Vernichtung des Angegriffenen, und natürlich schritt in so einem Fall der Aufsicht führende Blaschek oder der Gehrens ein, um den Provokateur »zu beschützen«, wie sie der Polizei mit treuherzigem Blick später routinemäßig beteuerten. In der Regel hieß das: Der Oberschüler wurde krankenhausreif geschlagen.

Wehrte sich der Auserkorene nicht, weil er um die Sinnlosigkeit des Widerstands wusste, wurde er vor dem gesamten Bus von einem deutlich jüngeren, deutlich kleineren Jungen auf die brutalste und perfideste Art zu Boden geschlagen. Zu den Brüchen und Platzwunden kam dann unweigerlich eine monströse Scham, eine seelenzerfetzende Erniedrigung und rigoroser Selbsthass.

Jedes Mal wenn er durch das Neubauviertel-Nord fuhr, sagte sich Felix, dass man die Erbauer dieser Brutstätte bestrafen müsste. Einst hatten sie es am sogenannten grünen Tisch wohl für eine grandiose Idee gehalten, dieses in sich geschlossene Großgefängnis auf einen Schlag hochzuziehen, um dann Zehntausende dorthin zu verfrachten und sich selbst zu überlassen. Man müsste die Verantwortlichen zwingen, selbst in einen der abscheulichen Schuhkartons zu ziehen, die sie erdacht, geplant und schlussletztendlich auch erbaut hatten und die man groteskerweise als sogenannte Wohnungen zu vermieten wagte. Noch lieber war ihm die Vorstellung, man würde die schuldigen Architekten und Politiker zwischen zwei besonders widerlichen Wohntürmen festbinden und langsam verhungern und verdursten lassen. So würden sie schnell feststellen, dass es immer noch besser war, zwischen zwei besonders schattigen, das Leben abdunkelnden Wohnsilos langsam zu verdursten und zu verhungern und also relativ zügig zu sterben, als dort unten in der von ihnen geschaffenen Hölle zu leben, wenn das Leben genannt werden konnte, was in diesem Lager aus Beton und Niederlage an Existenz überhaupt möglich war.

All diese kaputten Seelen, die hier geschaffen werden, all der Terror, der von hier ausgeht, die erbärmliche, tödliche, unwürdige Angst, die hier ihren Ursprung hat und über das ganze Land verbreitet wird, dachte Felix. Hier musste man vor jedem Achtjährigen auf der Hut sein, jeder Grundschüler mutierte in Sekundenschnelle vom süßen I-Dotz zum Prügler, zum beinharten Zutreter, der auch vor wesentlich älteren Opfern nicht zurückschreckte, weil er hinter und in sich die erbarmungslose Macht und vielfach erprobte Skrupellosigkeit der älteren Brüder und gnadenlosen Väter spürte. Auch die Mädchen hier schlugen begeistert und nicht im Geringsten weniger erbarmungslos als ihre geistesschwachen Brüder oder aufgepumpten Begleiter auf unschuldigste Vorbeikommer ein.

So wachsen die hier alle auf, dachte Felix, als sich ihr Bus dem Ziel näherte, schon von klein auf abgrundtief verkommen und verloren, fleischgewordene Gefahr, am Ende immer tödlichste Gefahr. Sie sind für die Gesellschaft nicht mehr zu retten, weil sie das Böse mit der Muttermilch aufsaugen, in ihren Wohnlöchern zusätzlich eingeprügelt und vorgelebt bekommen und somit nicht anders können, als tödlichen Hass zu spüren, den sie in tödliche Gewalt verwandeln, sobald sie losgelassen werden. Ein jedes Anders, auch ein jeder Andere ist ihnen nichts als zuwider, eine Bedrohung ihrer eingeschränktesten aller eingeschränkten Weltsichten. Indem sie vernichten, leben sie erst, nur dann spüren sie sich, dachte Felix, sie sind alle tickende Zeitbomben, widerliche Zerstörer, bewusstseinslose Vernichter.

Diesmal hatten sie Glück, unbehelligt stiegen sie in der Nähe des Bonngard'schen Hauses aus. Von überall sah man kleine Gruppen auf diesen einen bürgerlichen Fixpunkt am Rande der Hölle zueilen, die meisten mit Plastiktüten in der Hand, in denen sie teurere Alkoholika transportierten, die der Bonngard'sche nicht einkaufte. Vor dem Haus am Ende des Fußweges trafen sie Heiner Stelzer, der von allen nur Stelzi genannt wurde und wie üblich die größte Tüte trug.

»Hey, Stelzi, Triebwerke schon gezündet?«, rief Mike.

»Sollen wir uns schon mal verabschieden, Stelzi?«, ätzte Christoph.

»Stelzi, ich trage dich diesmal nicht hoch, oder du zahlst mir einen Zehner als Transportgebühr«, sagte Tom betont ernst und dienstlich.

Alle lachten und schlugen dem kleinen Stelzi auf die Schulter oder boxten ihm spielerisch in den Magen.

Stelzi grinste gequält und streckte ihnen den Mittelfinger der freien Hand entgegen.

»Leckt mich, Jungs, wer kommt denn gleich wieder angekrochen und kann den Hals nicht vollkriegen von meinen Leckereien?«

Stolz hielt er seine extrem große, extrem prall gepackte Tüte hoch, in der sich unzählige Flaschen abzeichneten.

Der kleine Stelzi war ein gefürchteter Choleriker, den alle verdächtigten, seine außergewöhnliche Expertise in militä-

rischen Dingen des Zweiten Weltkrieges und seine noch au-
ßergewöhnlichere Vorliebe für einen von allen verabscheu-
ten Bürstenschnäuzer sowie ein mit krankhafter Genauigkeit
gezogener Seitenscheitel ließen auf eine nur unzureichend
versteckte Bewunderung für Adolf schließen, was er immer
vehement abstritt. Stelzi lief meist in alten Bundeswehr-
hosen herum und war bekannt für seinen unvorstellbaren
Alkoholkonsum. Immer hatte er die dicksten Vorräte dabei,
was ihn zu einem beliebten Gast machte, immer war er als
Erster voll, was ihn zu einem lästigen Gast machte, weil er
stets durchdrehte und weggesperrt werden musste. Meist
schoss er sich so schnell ins Koma, das viele ihn live nie mitbekamen, sondern nur fragten:

»Ist Stelzi schon auf Station 1?«

Diese »Station 1« war ein Gästezimmer direkt unter dem
Dach. Dort verbrachte der Stelzi drei Viertel aller Partys,
im Dunkeln, schnarchend, in Sicherheitsverwahrung, wie
gewitzelt wurde, denn oft provozierte er kurz vor dem Zusammenbruch noch einmal alle aufs heftigste, was stets zu
harten körperlichen Auseinandersetzungen führte, die der
»zähe Stelzi«, wie er anerkennend genannt wurde, trotz
äußerster Gegenwehr immer verlor. Auf »Station 1« wurde regelmäßig sein Zustand kontrolliert. Wenn er wieder
friedlich war, wurde er befreit. Dann ging er entweder sofort
nach Hause – oder trank weiter, um eine halbe Stunde später
wieder dort oben zu landen.

Einmal hatten sie ihn vergessen. Am nächsten Mittag erst
war die Bonngard'sche Mutter auf das Hämmern unterm
Dach aufmerksam geworden und hatte beim Aufschließen
der Zimmertür einen schreienden Stelzi vorgefunden, der
an seinem seit Stunden wütenden, unstillbaren Nachdurst
fast zugrunde gegangen wäre und bereits durch harte weiße
Speichelreste in den Mundwinkeln gezeichnet war, wie sie
entsetzt berichtet hatte.

Felix und die anderen nahmen sofort das Haus in Beschlag, prüften die Biervorräte in den gefluteten Badewannen, leerten den Familien-Kühlschrank, lagen Probe im elterlichen Ehebett, durchwühlten feixend die Kommode mit der durchaus raffinierten Unterwäsche der abwesenden älteren Schwester, bis der Bonngard sie brüllend aus dem Raum drängte, blätterten in den Familienalben, die sie den privatesten Regalen im Wohnzimmer entnahmen, und gossen sich fachmännisch den wirklich teuren Whisky aus der väterlichen Minibar in kristallene Gläser, die der raffinierte Bonngard hinter einem Vorhang vor ihnen zu verstecken versucht hatte.

Das Haus füllte sich zunehmend. Aus mindestens zwei Anlagen dröhnte betäubend laute Musik, erste Bierlachen bildeten glitzernde Seen im Flur, auf dem beigefarbenen Teppichboden im Wohnzimmer lagen bereits mehrere dicke Salzschichten, um Rotweinflecken zu bekämpfen. Dichte Qualmwolken vernebelten im ersten Stock die Sicht. Jemand hatte das Schlafzimmer der Eltern abgeschlossen, von innen. Bonngard tobte deswegen kurz, gab aber bald auf.

Nach ungefähr drei Stunden hörte Felix, wie im Flur jemand brüllte. Das Gespräch in der Küche verstummte kurz, dann sagte jemand nach einem Blick in den Flur lapidar:

»Stelzi!«

Alle nickten und grinsten wissend. Ach so. Na ja, dann. Kein Grund zu Beunruhigung.

Der wichtigste Platz war im Keller auf dem Sofa direkt unter der Treppe, wo sich Felix bald mit seinen Freunden fläzte. Von hier aus konnten sie hören, wer neu dazukam, weil die Haustür am oberen Ende der Kellertreppe war, zudem sahen sie, wer hinunterging, um sich nebenan auf der Tanzfläche auszutoben.

»Habt ihr schon gehört, die Bella ist im Krankenhaus. Zusammengeschlagen worden«, sagte unvermittelt Christoph.

»Wie, die Freundin von der Anna?«, fragte Felix irritiert und griff nach dem vielen Bier jetzt zu einer der mitgebrachten Kornflaschen.

»Ja, genau die«, sagte Christoph.

»Echt, die Bella, die jetzt die Konzerte für den VHS-Club organisieren sollte?«, redete Tom dazwischen.

»Ist die nicht mit dem Blaschek zusammen?«, rief Mike in die Runde, »dem asozialen Arschloch, der jetzt sogar mit dem Hölzenbein befreundet sein soll?!«

Felix traute seinen Ohren nicht. Was waren das für Verbindungen? Bella, die Freundin von Anna, die er ja womöglich auf Mutters Lieblingssofa geschwängert hatte, diese Bella mit dem schrecklichen Blaschek und der jetzt irgendwie mit Hölzenbein? Und wann sollte Anna nochmal ihre Tage kriegen, das würde er unbedingt nachrechnen müssen. Da schmeißt man mal so eben sein Leben in die Mülltonne, dachte Felix, und dann vergisst man auch noch, sich den einen wichtigen Termin zu merken, so krank ist man schon, so versoffen, wie er innerlich nicht unzufrieden grinsend hinzufügte. Darum ging es ja auch immer: noch versoffener zu sein, noch kaputter als die anderen. Durch die eigene demonstrative, möglichst umfassende Zerstörung den Sinnlosigkeitskonsens bestätigen. Und oft half das Gedröhne ja wirklich, dem großen Nichts, der allgemeinen Lächerlichkeit, der grundsätzlichen Leere zumindest für ein paar Stunden etwas abzugewinnen, dachte Felix, der spürte, wie sich ein schützender Schleier aus weichen Promille über sein Hirn legte. Eigentlich fühlten sich diese Alkoholgleitfahrten sehr gut an, wenn man die Seile gekappt hatte und am Horizont das Rauschzieltor bereits auszumachen war.

»Wer hat die denn zusammengeschlagen?«, fragte Tom.

Christoph machte sich eine neue Flasche Bier auf und ließ dabei den Blick über die angeschlagene Truppe schweifen, die um ihn herum mehr lag als saß.

Wie der das wieder auskostet, dass er uns ein paar Daten und Fakten voraus ist, kann der nicht einfach in ein paar klaren deutschen Sätzen erzählen, was er sagen will, damit man es hinter sich hat und sich wieder auf das Trinken und die teilweise schon herüberschauenden Mädchen konzentrieren kann, nein, Herr Christoph musste daraus eine große Show machen.

»Los jetzt, sag schon«, schleuderte ihm Felix unwirsch entgegen.

»Ja, mach hin«, pflichtete ihm Mike bei, der seinerseits ein großer Meister dieser quälenden Vorträge war, die nur den Sinn hatten, den Erzähler möglichst lange glänzen zu lassen.

»Die Bella war im zweiten Monat schwanger, wusstet ihr das?«

Christoph leerte seine Bierflasche praktisch in einem Zug, das war seine Spezialität, dieser Zäpfchenumleger. Das hatte er sich in monatelangem unerbittlichem Training beigebracht. Flasche für Flasche, Kasten für Kasten hatte Christoph völlig alleine diesen Trick versucht, der sie immer wieder baff machte. Unzählige Zornesausbrüche der Mutter von Christoph hatte Felix in dieser Zeit über sich ergehen lassen müssen, wenn er diesen abholen wollte und nichts mehr vorfand als eine schlafende Bierleiche. Die Mutter vermutete perverse Wetten mit ihm, Felix, und wollte nicht wahrhaben, dass es allein Christophs Ehrgeiz war, der ihn zu diesem anstrengenden Programm trieb. Er wollte damit an der Bank glänzen, wollte allen zeigen, wie hart er sein konnte und dass er trotz seiner Arztsohn-Existenz genauso lebte und empfand wie alle anderen.

»Etwa von diesem Blaschek-Arsch? Mach's doch nicht so spannend?«, stieß Mike aggressiv hervor.

Christoph grinste triumphierend. Seine Runde, sein Auftritt.

»Ja genau, von dem.«

Er nippte an einem neuen Bier und zündete sich eine Zigarette an.

»Christoph!«

»Los jetzt!«

»Hör auf mit dem Scheiß!«

»Erzähl schon!«

»O.k. Als der Blaschek das mit der Schwangerschaft vorgestern von der Bella gehört hat und die ihm gesagt hat, sie wolle nicht abtreiben, ist er völlig ausgeklinkt und hat ihr vor Anna und Conny mehrfach in den Bauch getreten.«

»Gibt's nicht!«

»Die Sau!«

»Was für ein Schwein!«

»Der ist ja noch widerlicher, als man ohnehin dachte.«

»Ja, und es kommt noch besser. ›Ich will dein Scheiß-Kind nicht‹, soll er gebrüllt haben und ›Mal sehen, was dein verdammtes Kind davon hält‹, als er ihr, da lag sie schon am Boden, mit Anlauf nochmal in den Bauch gesprungen ist. ›Da mach ich einen verdammten Zellhaufen draus‹, hat er geschrien, da war Bella aber bereits bewusstlos.«

»Wow!«

»Glaub ich nicht!«

»Den müsste man umbringen, diesen Wichser!«

»Und wisst ihr, wer die vor dem Allerschlimmsten gerettet hat?«

»Wer denn?«

»Christoph!«

»Los! Wer?«

»Der Hölzenbein!«

»Was?«

»Wer?«

»Erzähl keinen Scheiß.«

»Toller Witz!«

»Doch, ich hab's von Anna. Wenn der Hölzenbein den nicht weggezogen hätte, als er da zufällig vorbeikam, hätte der Blaschek die Bella totgetreten. ›Denk an deine Bewährung‹, soll der Hölzenbein dem Blaschek ins Gesicht geschrien haben und ›Willst du etwa wieder in den Knast?‹.«

»Und was ist mit Bella?«, fragte Tom.

»Hat wohl schwere Blutungen, innere Verletzungen, das übliche Programm eben«, sagte Christoph, der Sohn vom Chefarzt.

»Und das Kind?«

»Sieht wohl eher schlecht aus.«

»Wie, sieht wohl eher schlecht aus? Mann, Christoph, geh uns nicht auf den Senkel!«

Felix wurde sauer. Irgendwann reichte es mit der Christoph-Sucht, aus jeder Zusatzinformation einen besonderen Knalleffekt zu machen.

»Tot oder nicht tot?«

»Bella wird überleben, aber das Kind hat er kaputt getreten.«

Niemand sagte ein Wort. Sekunden verstrichen. Ein Schub lähmender Hoffnungslosigkeit stürzte sich auf sie wie ein gewaltiger Raubvogel. Bella war mit niemand von ihnen besonders intensiv befreundet gewesen, aber sie war irgendwie auch eine von ihnen. Und jetzt lag sie im Krankenhaus, zusammengetreten, halb tot.

»Dafür geht der Blaschek aber lebenslänglich in den Bau, oder?«, fragte Mike mit ungewöhnlich knarzender, wehleidiger Stimme.

»Keine Ahnung. Anna hat erzählt, Bella konnte noch nicht vernommen werden, und sie selbst, also Anna und Conny, hätten der Polizei gesagt, sie seien erst dazugekommen, als schon alles vorbei gewesen sei.«

»Diese Schlampen«, schrie Mike außer sich, »was soll denn der Scheiß?«

»Weil beide, der Hölzenbein und der Blaschek, ihnen gesagt haben, dass sie genau so enden werden, wenn sie das Maul bei den Bullen aufmachen.«

»Das gibt's doch nicht.«

»Ich fasse es nicht!«

»Das können die doch nicht machen«, sagte der Roloff matt, und wie jeder in der Runde wusste auch er, dass die gar keine andere Chance hatten, als den Mund zu halten. Schließlich würden Anna und Conny nicht wegziehen können, wohin auch, mit welchem Geld, wohin, und um was dort zu machen? Das waren doch die ewig gleichen unbeantwortbaren Fragen, die zu den immer gleichen lebenskraftentziehenden Antworten führten: Es gab keinen Ausweg, nirgends. Eine Anzeige bedeutete für den aufrechten Anzeiger das allergrößte Unglück, für ihn, für seine Freunde und seine ganze Familie. Ein solcher Schritt war der brutalste Selbstmord – und deswegen keine Option. Stumm ließen sie ein paar kleinere Joints und halbleere Kornflaschen kreisen.

Felix wurde von Gewaltphantasien übermannt. Er sah Bella zusammengekrümmt am Boden, Anna und Conny daneben. Blaschek holt gerade zum neuen Tritt aus, da springt ihm Felix auch schon mit beiden Füßen gegen den Hals. Oder besser nur mit einem Fuß? Felix stutzte kurz. Nicht dass er den Hals verfehlt, hinfällt und vom triumphierenden Blaschek gleich mit totgetreten wird. Egal. Danach ein Tritt in den Blaschek'schen Unterleib, um dem messerartig Zusammenklappenden das Knie ins erstaunte Gesicht zu rammen. Da würden die anderen aber gucken, dachte Felix genüsslich und griff zur nächsten Flasche, die ihm von Mike gereicht wurde.

Das Fest wurde immer besser. Sie tranken, sie rauchten, ein paarmal stolperten sie sogar auf die Tanzfläche, peilten die Mädchen-Lage, bemühten sich zu koordinierten Bewegungen vor den attraktivsten unter ihnen und kehrten dann zurück, um noch mehr zu trinken und noch mehr zu rauchen.

Einmal kam ein ganzer Haufen kichernder Mädels die Treppe herunter, fing mit ihnen eine wüste Spaßrangelei an, in deren Verlauf eine besonders Dunkelhaarige sich für ein paar Sekunden tatsächlich auf ihn drauf setzte und ihm noch viel kürzer, aber unmissverständlich ihre Lippen auf seinen Mund drückte, und zwar mit der Bemerkung: »Das können wir ja hinterher noch ein bisschen üben«, worauf er in einem Moment geistiger Trägheit, an Nadja und ihre mutmaßlichen gegenwärtigen Aktivitäten denkend, antwortete »Oder lieber gleich ficken«, worauf seine Jungs natürlich auflachten, sie ihm aber eine scheuern wollte, was er nur haarscharf verhindern konnte.

Ich habe mich ja kaum noch unter Kontrolle, dämmerte es Felix, ich denke an die liebliche Nadja und werde gleichzeitig zum Widerlichsten, zum Unerträglichsten, zum größten Scheusal. Felix schloss die Augen für ein paar Sekunden und machte es sich bequem auf dem Sofa. Plötzlich flüsterte in der hintersten Ecke seines Bewusstseins Nadja ein paar unverständliche Worte. Er bemühte sich, den schlingernden Erdenlauf in seinem Kopf etwas anzuhalten.

»Ey, sagt mal, höre ich da Nadjas Stimme?«

»Du hast ja Visionen«, lallte Mike.

»Hör auf zu saufen«, murmelte der Roloff.

»Völlig ballaballa«, würgte Tom hervor.

»Ja, Mausi, ich bin's«, versuchte Froschaugen-Christoph einen Witz zu reißen.

Felix ließ sich nicht beirren. Er stellte die leere Kornflasche ab und brachte, immer noch sitzend, seinen großen schweren Kreiselkopf in eine Stellung, ganz langsam, ganz vorsichtig, aus der er nach oben durch die Stufen der Kellertreppe blicken konnte. Es gab keinen Zweifel, da oben stand wer, und da war eine Stimme, die nur Nadjas sein konnte, wie

Felix sich jetzt sicher war. Und noch eine andere, männliche Stimme, wie er alarmiert registrierte, während das schwerst eingetrübte Hirn noch aus dem Stimmenwirrwarr schlau zu werden versuchte.

»Ich glaube echt, das ist die Nadja«, hatte Felix' Kopf perfekt vorformuliert, aber die Mundmuskelmotorik verunstaltete das zu einem Buchstabenklumpen, den seine Freunde mitleidig kommentierten.

»Felix, leg dich wieder hin, das geht gleich vorbei.«

»Was hast du denn geraucht?«

»Ja, Felix, die Nadja, genau, schon klar, wahrscheinlich kommt sie gleich runter, macht dir einen Antrag und ihr reitet auf einem weißen Gaul nach Hause. Und jetzt Schnauze, sonst platzt mein Kopf!«

Felix war verstört. Hinter seiner heißen Stirn herrschten die Kornteufelchen. Gedanken wollten geordnet, Alkoholeffekte ausgeblendet, Schallwellen richtig analysiert werden. Die Jungs hatten recht, eigentlich war das unmöglich, Nadja hier beim Bonngard. Denn alle wussten um seinen Schmerz, um seine abgrundtiefe, endgültige, allesverzehrende Verzweiflung – wie er schon litt, wenn er sie auf dem Schulgelände sah.

Nadja würde niemals wagen, beim Bonngard aufzulaufen, dachte Felix. Und wenn doch, würde der sie nie hereinlassen. Die Felix-Verzweiflung zu missachten, das würde der Bonngard sich nicht leisten können, wie ihm alle im Vorfeld bestätigt hatten. Sogar mehrere Mädchen hatten ihn gefragt, ob er denn auch kommen werde. Dass sie sich darüber sehr freuen würden und er »diese blöde Sache« – damit meinten sie eindeutig sein Nadja-Desaster – endlich vergessen müsse. Diese Anteilnahme hatte ihm so geschmeichelt, wie ihn ihre Direktheit überrascht hatte, dachte Felix, als er durch seine halbgeschlossenen Lider zwei oder mehrere Fußpaare die Treppe herunterkommen sah. Und plötzlich raste die giftigste Erkenntnis aus seinem Unterbewusstsein, wo sie seit ein paar Minuten Warteschleifen gedreht hatte, direkt in sein loderndes Wut- und Hasszentrum mitten im rotierenden Korn-Kopf.

»Nadja und André sind hier«, brüllte er.

Da sah er sie auch schon die letzten Stufen nehmen. Nadja vorweg, der André, der sogenannte schöne André, hinterher.

»Ich bringe den Wichser um«, schrie Felix wie von Sinnen und hielt das in dem Moment für eine richtig gute Idee. Vor allem, als er Nadja schnellen Schrittes mit diesem etwas zu mitleidigen Blick, wie er fand, die alte Schlampe, an sich vorbeigehen, praktisch vorbeirennen sah. Will wohl nichts mehr von mir wissen, ekel ich sie wohl an, dachte Felix verbittert und entschlossener denn je, als er sich mit einem überraschend nüchtern wirkenden Schwung aus dem Sofa hochstemmte, um André, wie angekündigt, umzubringen, auszulöschen, zu bestrafen für all das Elend, das er wegen Nadja ertragen musste oder, dachte Felix, viel mehr noch für das Glück, für den Sinn, für die Hoffnung, die mir entgeht, weil sie mit diesem Schmierkopf zusammen ist.

André hatte Felix beim Heruntergehen wohl auf dem Sofa liegen sehen und gehofft, er werde im Windschatten Nadjas vorbeieilen können. Mit so einer Explosion hat der nicht gerechnet, dachte Felix nicht ohne Stolz, als er André, den Schwung von unten kommend nutzend, einen gewaltigen linken Schwinger auf die Nase knapp oberhalb der Oberlippe platzierte, die den Getroffenen nach hinten wuchtete und sofort bluten ließ. Felix wollte mit einem Tritt nachsetzen, als er plötzlich überall riesige Betongewichte spürte. Denn nach dem überzeugend wirkenden »Ich bringe den Wichser um« waren seine Freunde aus ihren diversen Zuständen erwacht, hatten die Gefahr erkannt und waren sofort aufgesprungen, um André vor Felix, Felix vor sich selbst und irgendwie die ganze Party vor alledem zu schützen. Bevor Felix also seinen zweiten Treffer landen und, wie angekündigt, dem schönen André den Garaus machen konnte, sah er sich unvermittelt den beschwichtigenden Freundeskörpern gegenüber, die er in diesem Moment nur als die provozierendsten, die feindlichsten, weil hemmendsten verstehen konnte. Es entbrannte ein unwürdiges Scharmützel, das zeitweise in eine echte Schlägerei unter den eigentlich ja Befreundeten ausartete, in die an einem Punkt auch der schöne André, der sich mittlerweile von dem ersten Schock erholt hatte, einschalten wollte, was aber natürlich eindeutig zu weit ging. Als er durch eine Lücke in dem Leiberknäuel in den Felix'schen Magen schlug, bekam er sofort von Mike derart eine gedonnert, dass er zu Boden ging, wo ihm der Roloff heftig einen Fuß in den Bauch drückte und sehr laut und sehr bestimmt noch einmal die Spielregeln verkündete:

»Du hältst dich da raus. Und jetzt verpiss dich, aber schnell!«

Währenddessen hatten sie Felix, einen der größten und schwersten von ihnen, an Händen und Beinen gepackt und versuchten, den heftigst um sich Schlagenden und Brüllenden (»Lasst mich los, ihr Schweine, ich bringe erst ihn und dann euch um, ihr Verräter!«) die Kellertreppe hochzuschleppen. Dabei landete Felix einige Wirkungstreffer in diversen Gesichtern, aber auch gegen die Bonngard'sche Ahnengalerie, die den Treppenverlauf bis unters Dach säumte. Schon hatte Felix einige Glasrahmen zerschlagen, sich die Knöchelhaut aufgeschlitzt und so sein Blut nicht nur auf den Freundessachen, sondern im ganzen Haus kartoffeldruckartig an den Wänden verteilt. Um ihn ruhigzustellen, traf die ein oder andere Faust notgedrungen auch das Felix'sche Gesicht, sodass er schon vor der »Station 1« nur noch ein verquollener Fleischhaufen war, von Prellungen gezeichnet, von Tränen und Schlieren eigenen Blutes gleichermaßen erblindet.

Eben noch der Wütendste, der Mordlustigste, der Enthemmteste, war er jetzt nur noch der Jämmerlichste, der Traurigste, der Untröstlichste, als sie ihn in viel zu hohem Bogen, wie er kritisch in der kurzen Flugphase anmerken musste, auf das Bett schmissen und er genau auf dem aufjaulenden Stelzi landete.

So weit bin ich also gekommen, zur absoluten Endstation, dachte Felix benommen und starrte sinnlos in das dunkle Nichts, während Stelzi ihn lallend beschimpfte, das sei sein Bett, was ihm einfiele, was das solle, er solle sich seine eigene Station suchen, er habe keine Lust, seine Privilegien mit anderen zu teilen und so weiter und so fort, bis Felix sich an den Rand des Bettes tastete und auf den Boden gleiten ließ.

Wie konnte ich nur so durchdrehen, warf sich Felix vor, alle haben es mitbekommen – auch Nadja –, was für ein Barbar du bist, was für ein unzivilisierter Penner, auch nicht besser als ein Hölzenbein-Totschläger. Felix versank in einer tiefen Welle Selbstmitleid. Das war's endgültig, die letzte Hoffnungsleine gekappt, der letzte Rettungsring aufgeschlitzt, der letzte Restposten Respekt aus dem Regal geräumt. Und über diesen trübsinnigen Erkenntnissen nickte er ein, bis er geweckt wurde.

»O. k., Jungs, seid ihr wieder brav? Dann lassen wir euch auch wieder in die Zivilisation.«

Felix folgte benommen Stelzis Schatten in den hellen Flur zur Treppe, runter in den ersten Stock. Er hatte das Gefühl, sein Schädel werde gleich implodieren, deshalb griff er dankbar den Joint, der ihm gereicht wurde. Er inhalierte tief und lange, so lange, dass ihn eine Unbekannte, deren Gesicht er nicht mehr scharfstellen konnte, ermahnte:

»Halloooo, Felix, du musst auch mal ausatmen, ausatmen, verstehst du mich?«

Er wusste beim besten Willen nicht, wer sie war oder was

sie damit meinte. Wieso sollte er ausatmen, geschweige denn einatmen? Erst als er es gar nicht mehr aushielt, pustete er aus, was sich nicht in den Kapillaren festgesetzt hatte, eine nunmehr dünne, kleine Restwolke dessen, was er lange Sekunden zuvor in die Lungen gesaugt hatte mit unbändiger Kraft und größtem Zerstörungswillen.

Er sah nur noch eine holzbeige Kulisse, stolperte gegen diesen und jenen, vielleicht gegen einen Schrank, leerte eine helle große Flasche, die ihm jemand an den Hals gesetzt hatte und die er nicht mehr losließ, obwohl dieser Jemand an ihm rüttelte und ihn anschrie. Felix stolperte, flog hin, rappelte sich auf, taumelte weiter. Er sah niemanden mehr, er erkannte niemanden mehr, es war ihm alles egal. Dann hatte er endlich einen ruhigeren Raum gefunden, der war nicht richtig warm, aber wenigstens ruhig und nicht so hell. Er ging bis an die äußerste Wand und setzte sich. Er fröstelte etwas. Die Bonngards sparen aber richtig beim Teppichboden, dachte Felix noch, als er den harten Boden berührte, aber was soll's. Nur nicht übergeben, nur nicht übergeben. Er schloss die Augen, das war eigentlich ganz schön, die Party als Hintergrundmusik für eine kleine Pause, mit dabei, aber nicht mittendrin. Er hörte plötzlich überklar Stimmen und Schritte, die sich ihm näherten. Er war zu erschöpft, um die Augen zu öffnen.

»Felix!? O Gott! Was machst du denn hier??«

Er zwang sich, langsam die Lider zu öffnen, um zu sehen, wer ihn aus kürzester Entfernung anbrüllte.

Direkt vor ihm hockte Nadja, die Augen aufgerissen.

Die guckt mich an wie ein Tier im Zoo, dachte Felix überraschend emotionslos und sah, dass hinter Nadja jemand stand, wer, war jetzt auch egal.

»Was machst du denn hier draußen? Bist du von Sinnen? Du holst dir ja den Tod!«

Schluchzt die etwa, ist die eventuell etwas besorgt um

mich, fragte sich Felix und realisierte in dem Augenblick, was sie gemeint hatte. Als werde ihm nach langer Blindheit wieder der Sehnerv ans Zentralnetz angeschlossen, sah er, wo er tatsächlich saß: Vor der Garage VOR dem Bonngard'-schen Haus, auf dem Steinboden, völlig alleine, draußen im Kalten, im T-Shirt, zitternd.

»Was machst du hier?«, wiederholte sie die durchaus verständliche Frage, wie Felix fand.

Er wusste keine Antwort.

»Felix?!«

Jetzt mal nicht so drängeln, dachte Felix, da braucht man auch mal ein bisschen Zeit, um die Gedanken zu ordnen.

»Was macht ihr denn da?«, rief plötzlich die wohlbekannte Roloff-Stimme von der Tür.

»Das ist Felix, völlig fertig«, sagte Nadja mit hilfloser Stimme und erhob sich aus der Hocke, »hilf dem doch mal bitte, Roloff, ich muss jetzt gehen!«

Sagte es und verschwand langsam, aber entschieden mit ihrer Begleitung, von der Felix nur die Beine sehen konnte, weil er den Kopf nicht höher bekam, in Richtung Ringstraße.

Der Roloff kam lachend auf Felix zu.

»Mensch, Alter, was für eine Party! Los, wir trinken noch einen!«

Das war, fand Felix sofort, keine schlechte Idee.

9. Glück

Mike, der Roloff, Christoph und Tom wollten am Nachmittag unbedingt wieder zum See fahren, aber Felix winkte entschlossen ab. Minutenlang erwähnten sie vor seiner Haustür immer mehr Mädchen, die auf jeden Fall kämen und die er unter keinen Umständen verpassen dürfte. Immer knapper wurden die Bikinis der Angekündigten, immer größer die Zahl der angeblich dort oben ohne Sonnenden, aber er ließ sich nicht umstimmen. Die anderen fuhren hupend und mit Musik in Konzertlautstärke von dannen. Er blickte ihnen nach, bis sie am Ende der Straße nach links einbogen und sich das sanfte Tuch absoluter Stille wieder über die Häuser gelegt hatte.

Zu tief saß noch der Schmerz des gestrigen Tages, als er am See viel zu spät erkannt hatte, dass sich nicht unweit von ihnen Nadja und André niedergelassen hatten. In einem nur als wahnhaft zu bezeichnenden Anfall von tödlicher Selbstverleugnung hatte Felix das Angebot der Freunde, sofort zu gehen oder wenigstens umzuziehen, ausgeschlagen. Gleich mehrmals hatte er ihnen hoch und heilig versprechen müssen, nicht durchzudrehen und niemanden vorsätzlich zu verletzen.

»Hast du das verstanden, Felix?«

»Ja, ja.«

»Du drehst nicht durch?«

»Nein, nein.«

»Du machst keinen Ärger?!«

»Ärger, ich? Wenn hier einer Ärger macht, dann doch die André-Ratte!«

»Felix!«

»Schon gut, ja, ja, ich bin die Ruhe selbst.«

»Willst du wirklich nicht lieber woanders hin?«

»Nö, geht schon, lasst uns hierbleiben, kein Problem.«

»Wirklich nicht?«

»Jungs, hört auf zu nerven!«

»Kein Bonngard 2 hier, Felix, o.k.?!«, hatte Mike den autoritären Schluss-Satz gesprochen, mit Recht, wie Felix einräumen musste, hatte doch Mike von ihm im Eifer des chaotischen Gefechtes beim Bonngard ein kleines Veilchen verpasst bekommen. So hatte er am See auf der Decke gesessen, die Muskeln verkrampft, der Mund trotz etlicher Biere staubtrocken, die Augen starr und doch möglichst unauffällig auf das Fürchterlichste gerichtet.

Erst nach geraumer Zeit hatte ihn André gesehen, auch wenn der so machte, als habe er ihn nicht erspäht, nur um dann Nadja für eine perfide Show zu benutzen, anders konnte Felix das nicht nennen, um ihn zu demütigen, endgültig zu zerstören, dort am See, vor allen.

Plötzlich also hatte der André, mit einem auffällig unauffälligen Seitenblick auf Felix, angefangen, die Lieblichste, die Zarteste, die Wunderbarste erst auf den Bauch und dann auf ihre Schenkel, auf die verdammten Innenseiten ihrer unfassbaren Schenkel, zu küssen, erst langsam, dann immer ungestümer, auf die Innen-Schenkel! vor allen, vor der ganzen Welt, hatte Felix gedacht und war im Takt der unübersehbaren André'schen Züngelbewegungen immer neue Tode gestorben. Irgendwann hatte er sogar den Eindruck, auch Nadja hätte ihn gesehen, kurz nur, um sich dann wieder ganz den widerlichen feuchten Mundmuskelspielen des André hinzugeben, halb nackt, mitten in der Öffentlichkeit, wie Felix sie mal ganz kurz auch ein bisschen kritisieren musste.

Sollen sie doch knutschen und Spaß haben, hatte er dann versucht zu denken, es macht mir gar nichts aus, das ist mir völlig egal, haben sie halt Spaß, wenn er sie jetzt innen am Schenkel küsst, wie er da immer höher rutscht, immer eindeutigere Bewegungen macht, und natürlich dabei zu mir rüberguckt, der guckt doch aus den Augenwinkeln, mit halbgeschlossenen Lidern, so tarnt der Sack seinen niederträchtigsten Blick, aber na und?, ist doch egal, wie die da so ekstatisch guckt, völlig wurscht ist mir das, als ob mir das was ausmachen würde, wie die sich da hingibt, macht mir doch nichts, habe ich da einen Anspruch drauf oder was, hatte Felix sich mantraartig gesagt und heftig schlucken müssen.

Die Herzkammern waren ihm einzeln geplatzt, als er sah, wie Nadja auflachte, als André dann endgültig auf ihr lag, das fiese Schwein, wie er ihn nur noch hatte nennen können, aufeinander lagen sie da, halb nackt, in obzön-spielerischen Bewegungen vereint, wie er triumphierend ihren Bikini in die Höhe hielt und damit winkte, nur für ihn winkte, wie Felix gedacht hatte, in Steinwurfweite, wie er mehrfach vor Wut rasend hinzufügen musste, in simpler Steinwurfweite, ihr ahnungslosen Todgeweihten. Er sah es genau vor sich, wie er plötzlich den messerscharfen Stein in der Hand hält und mit einer geheimen Wurftechnik, die ihm in einem GSG-9-Speziallager eingetrichtert worden war und die er in einem britischen SAS-Camp verfeinert hatte, wie er also aus dem Handgelenk den tödlichen Stein auf das Fleischknäuel schleudern und seine Berechnungen mit einem wunderbaren Schläfentreffer belohnt würden, wie der André, die Sau, lautlos nach vorne wegsackt, um auf der zuerst lachenden, dann überraschten, dann völlig panischen Nadja für immer liegenzubleiben. Und nur ein kleines Rinnsal Blut würde dem Fachmann andeuten, was für ein Profi hier zugeschlagen hatte.

Eben noch der größte Zungenakrobat, der glatteste Astral-körper, dann nur noch die schlaffste Hülle, dachte Felix in-nerlich triumphierend. Und er wäre sofort an Nadjas Seite, als Tröster im größten Elend, als wahrer Ehrenmann also, der seiner Frau beisteht und vergangene Verletzungen großzügig vergisst zum Wohle der Holden und Schutzbedürftigen. Das würde Nadja beeindrucken, dachte Felix grimmig, die sich so schamlos und willig vor allen und vor allem vor mir so ab-lecken und hochpeitschen lässt. Diese Unverfrorenheit, diese infame Verschlagenheit, die schneiden mich und meine Welt mit ihren Blicken in kleine Scheiben und stecken den Rest in einen Müllbeutel. So geht man doch nicht mit Menschen um, hatte Felix zitternd gedacht und sich zu einer nicht mehr ganz so zarten Portion Zorn auf Nadja hinreißen lassen, als er sich verstohlen eine Träne aus dem Auge wischen musste, die versucht hatte, einen wohlgemeinten Schleier zwischen ihn und das Schauerspiel zu schieben.

Felix lag jetzt oben in seinem Zimmer auf dem Bett und versuchte, nicht mehr an gestern zu denken. Er stand auf, öffnete ein Fenster, kontrollierte ohne Sinn und Ziel die sich seit Tagen nicht ändernde hohe Außentemperatur, in dem er einen Arm ausstreckte. Setzte sich vor den Schreibtisch. Nahm ein Stück Papier heraus. Warf es zerknüllt in die Ecke. Stand auf. Ging zur Zimmertür, öffnete sie, als wolle er über die Treppe nach unten jagen, schloss sie wieder. Legte sich aufs Bett. Drehte sich auf den Bauch. Probiere die Rücken-lage. Stand auf. Ging zum Bücherregal, nahm einen Asterix heraus, stellte ihn wieder weg. Griff zum Bakunin. Blätterte ziellos, sah nichts außer grauem Nebel, schmiss das Werk aufs Bett und ging wieder ans Fenster.

Die Frau bringt mich noch völlig um den Verstand, stell-te er bebend fest, ich gehe nicht zum See, um sie nicht zu sehen, und sehe sie doch überall, ich will nicht an sie denken und denke an niemand anders, mein Kopf ist nur noch eine einzige Kloake, aus der die Pest quillt, ganz entstellt sehe ich schon aus, erschrak Felix mit einem Seitenblick in den Spiegel neben der Tür, die Erniedrigungen und Gemeinheiten lassen mich im Eiltempo zerfallen.

Hektisch trommelten seine Finger gegen den Fensterrahmen. Er trat aus Verdruss den teuren Schreibtischstuhl um. Er hatte große Lust, das dunkle große Holzregal mit seinen Büchermassen, den Comic-Reihen und den vielen Musikscheiben aus der Verankerung zu reißen. Dieser ganze überflüssige Mist, wie er in einem Moment jäher Erkenntnis gnadenlos konstatierte, was waren denn all die Bücher, was waren denn all die Songs anderes als bloß die äußerst dürftige Simulation dessen, was er mit ihr doch so hätte haben können. Nadja war das richtige Leben, all das hier eine einzige Selbsttäuschung.

Ich will nicht lesen, ich will leben, dachte Felix, ich will keine Songs über die Liebe hören, ich will lieben, ich will keine Filme sehen, in denen es um große Gefühle geht, ich will große Gefühle haben. Nichts anderes als mein ureigenes echtes Empfinden ist das Höchste, das Erstrebenswerteste, das Wahrhaftigste, alles andere ist billigster Abklatsch, trivialste Kopie, dilletantischste Nachahmung.

Der Leser, dachte Felix bitter und starrte seine Buchwand an, ist ja in Wahrheit auch bloß ein trauriger Pornogucker, eine erbärmliche Existenz, der sich auf das künstliche Schauspiel, das Gefühlstheater, den Fake stürzt, weil ihm das Echte, das Wahre nicht selbst zuteil wird. Kopfwichser, dachte er angeekelt, alles Kopfwichser. Im Grunde ist das doch alles nichts als der lächerlichste Versuch zu reproduzieren, was nie und nirgends reproduziert werden kann. Also bleibt dir nichts als die zermürbendste Leere, die zehrendste Einöde, die zermarterndste Kopfkrankheit.

Kraftlos zog er die oberste Schublade seines Schreibtisches auf. Mit Genugtuung sah er den kleinen, feinen Joint, den der Roloff letztens, nach einer Nacht im Kalkwerk, hier deponiert hatte.

Jetzt kiffe ich auch schon alleine, wie arm ist das denn, dachte Felix, kramte in den Taschen nach einem Feuerzeug und kam sich für einen Augenblick nicht schlecht vor. Irgendwie mag ich das, diesen ewigen, harten, anstrengenden Kampf gegen den eigenen Körper, die wohligen Fliehkräfte bei extremster Beschleunigung des Zerfallsprozesses, das hat mich immer aufs tödlichste fasziniert, dachte Felix und fand endlich das Feuerzeug. Er lehnte sich gegen die Wand neben dem Fenster und beobachtete mit steigender Erregungsspannung, wie sein heftiges Saugen am Pappfilter die gelbgoldene Feuerzeugflamme Richtung Jointende abknickte, um sie darin verschwinden zu lassen. Viel zu heißer Rauch kratzte sich durch die Luftröhre, mit Gewalt und tränenden Augen unterdrückte er Hustenreize.

Eine unbekannte Macht pumpte ihm von innen die Pupillen auf. Felix musste grinsen und lehnte sich etwas aus dem Fenster. Die Nachbarn denken noch, hier lebt Felix, und schon sehen sie den Mann mit den Monsteraugen. Er kicherte und verspürte Lust, auf den Rahmen zu hüpfen, vielleicht auch etwas zu quaken, nur so aus Spaß. Da würden sie aber gucken, die Nachbarn.

So ordentlich die Vorgärten, dachte Felix und lächelte mitleidig, das Gras militärisch kurz, jede Hecke TÜV-geprüft – wie ihre Gärten, so ihre Leben, alles Funktion, kein Gefühl, die Wagen so dick und schwer wie die Betonköpfe, die in ihnen sitzen, ein jedes Leben am Zeichenbrett scharf berechnet, abgesteckt, vorgezeichnet. Ihr größter Feind ist die Überraschung, das größte Unglück ein großes Gefühl.

Sie haben Angst vor dem Kontrollverlust, der ihre Zwergenhirne aus dieser Zwergenwelt katapultieren könnte. Sie haben Angst vor der großen Selbstvergessenheit, die das Herz erbeben lässt und uns zu wahren Menschen macht, dachte Felix traurig, sie wollen die Fassade, ich sterbe darin. Sie fürchten den großen Herzwirbelsturm, ich komme ohne ihn um.

Langsam ließ er sich auf dem Bett nieder, schloss die Augen und erinnerte sich an jene Tage, die sein größtes Glück bedeuteten.

Plötzlich war Nadja, die Neue, wie sie jeder anfangs nur nannte, zu Beginn des letzten Schuljahres in der Stufe unter ihm aufgetaucht. Aus Süddeutschland zugezogen, hieß es, ein Elternteil irgendwie ausländisch, wie mit Blick auf ihr betörend exotisches Aussehen anerkennend bemerkt wurde. Pechschwärzeste Haare, olivfarbene Haut, samtene Haut, stolz ihre Haltung, nicht so plump, so innerlich schon erschlafft und für immer erledigt wie alle anderen Mädchen der Schule. Ihre Kleidung war cool, auf eine dezente Art sexy, lässig elegant, nicht so bewusst köperverunstaltend, wie es Mode war.

In einer Pause bei der nachmittäglichen Volleyball-Leistungsgruppe hatte er sie im Sporthallenflur gleich in der zweiten Woche im blinden Spurt auf dem Weg zu den Toiletten praktisch über den Haufen gerannt – und so kennengelernt, wenn man das sprachlose Entschuldigen und Anstarren mit anschließendem hochrotköpfigem Davonstolpern als Kennenlernen gelten lassen wollte. Wie sich ihr Wellenmund, der nicht enden wollende, zum Lächeln geöffnet hatte, als er ihr im schweißmiefenden Gang auf die unglaublichen Beine half, wie elegant sie sich allein dabei bewegte, so geschmeidig, so fließend, als sie also diese verführerischsten aller Lippen für ihn alleine verzog und ihn die strahlendsten Zähne der Gebissgeschichte anblitzten, da war ihm, als sehe er zum allerersten Mal in seinem Leben die wahre Sonne aufgehen, so heiß hatte er das Blut noch nie zuvor durch die Adern fließen gespürt. Keinen Punkt hatte er, der Mannschaftskapitän, an diesem Nachmittag mehr auf dem Spielfeld machen können.

Bald wusste er, wann sie wo Unterricht hatte, heimlich beobachtete er sie bei ihrer Tanzgruppe nachmittags, sah ihre Bewegungen, hörte ihr Lachen, sah die Sonne immer öfter aufgehen, spürte ein Ziehen und Drücken, überall, immerfort, und wusste irgendwann: Ich bin verliebt.

Verschämt näherten sie sich an, er spürte, dass auch sie ihm nachsah, da gab es Lächeln, die waren nur für ihn, redete er sich ein, wenn er sie von weitem auf dem Schulhof beobachtete. Nichts Grobes war an ihr, alles schien edel, alles nur fein. So anders als alle anderen Mädchen, die er jemals gesehen, gesprochen, geküsst hatte war sie, dass er bald nicht mehr wusste, wohin mit sich in den Momenten, in denen sie nicht in seiner Nähe war.

Die schulfreien Nachmittage wurden zur Qual, Wochenenden zum nutzlosen Zeitterror. Wie ein Besessener drehte er in seinen freien Stunden unter den lächerlichsten Vorwänden Runden in den gemeingefährlichsten Bezirken, meist mit dem Rad, nur weil er ahnte, wo sie wohnen könnte. Die Aussicht, sie zufällig zu sehen, erschien ihm jedes Risiko wert. Na ja, fast jedes, musste Felix einschränken, das ein oder andere Mal hatte er seine Patrouillenfahrten abgebrochen, wenn er den Hölzenbein oder einen Blaschek sah.

Dann war es endlich so weit.

Irgendwer gab eine Party, sie war auch da. Plötzlich standen sie auf einem Balkon, alleine. Ihr Mund strahlte, sie roch nach einem köstlichen Versprechen auf etwas, das den Begriff Leben erstmals verdient zu haben schien. Fort war die Leere, die Sinnlosigkeit, das ätzende Gefühl der Vergeblichkeit, sie ward der Sinn, füllte das Vakuum – bereits an jenem Abend. Wie zwei Magneten näherten sie sich. Erst festgehalten aus Respekt und schamhafter Vorsicht, dann, als klar wurde, dass da zwei Hirnhälften aufeinandertrafen, die zusammen ein großes, neues Ganzes ergeben würden, versanken sie bedingungslos ineinander. Diese Wonne, dieses Glück.

Er wollte nichts wissen von angeblich wesentlich älteren Freunden und wildem Vorleben in fernen Städten, über das sich alsbald andere das Maul zerrissen, neidzerfressen das dumme Maul zerrissen, wie Felix es immer sah. Was scherte ihn diese kleinkarierte Sicht seines großen Glücks?

Nach Wochen erst verschmolzen ihre Körper erstmals, so zärtlich, so endgültig, dass Felix bereit war zu sterben, weil er glaubte, jetzt könne er beruhigt abtreten. Sie war seine erste richtige Liebe und seine erste richtige Frau.

Frosch-Felix auf dem Bett öffnete schwerfällig die Lider. Und jetzt treibt sie es seit Wochen mit André, dem schmierigen Widerling, der mit seinen Fingern und noch vielem mehr doch schon jedes Mädchen der näheren Umgebung ab Kindergartenalter aufwärts beschmutzt hat. Das ist so unfassbar, Nadja mit dem, dachte er, und alles hinter meinem Rücken. Langsam war durchgesickert, wie lange sie ihn schon an der Nase herumgeführt hatte. So viele hatten es gewusst, und niemand hatte ihn gewarnt, dachte Felix angewidert. Er warf sich seitdem das brutalste Totalversagen aller Seismographen vor, ein Totalversagen durch Liebe. Ich war der Vorgeführteste, resümierte er verbittert, sie hat mir die verdammte Unschuld in jedem verdammten Sinn geraubt. Niemandem trauen, sich auf nichts verlassen, immer mit dem Schlimmsten rechnen, die Lektion hatte er verstanden.

Wie alleine man ist, fiel ihm mal wieder auf, wie verloren. Man denkt, man hat Freunde, und ist doch alleine, man spürt große Gefühle und ahnt den Betrug nicht, man wärmt sich an der Sicherheit, die doch nur die trügerischste ist, die korrupteste.

Und doch könnte alles Sinn machen, dachte Felix: Wenn sie wieder da wäre – Nadja.

10. Konzert

»Du musst mitkommen, Felix, da kannst du mich nicht hängenlassen.«

Der Roloff stand mit pendelnden Armen vor ihm und versuchte wie jemand zu klingen, der keinen Widerspruch duldet.

»Du bist mein Freund. Du musst mir helfen.«

Felix guckte ihn zweifelnd an. Natürlich war das ein verlockender Gedanke, mit dem Roloff, Karla und noch zwei Freundinnen zum Cure-Konzert zu fahren. Aber es war auch ein beängstigender – wegen Karla.

Der Roloff sah das Konzert als seine ultimative Chance, bei Karla einen großen Schritt nach vorne zu machen. Doch er brauchte Unterstützung, wie er nicht müde wurde zu betonen. Er hatte sonst große Sorge, er könnte die einmalige Gelegenheit aufgrund tödlicher Nervosität vermasseln. Unter normalen Umständen hätte Felix nicht eine Sekunde gezögert. Wenn Freunde riefen, folgte man ohne Wenn und Aber. Diesmal aber hatte er dem Roloff einen fadenscheinigen Vorwand genannt, warum er nicht mitkönne. Es bestünde die Möglichkeit, dass seine Eltern ausgerechnet heute auftauchen würden. In Wahrheit hatte er Angst vor der eigenen Courage.

Die Begegnung mit Karla im Kalkwerk hatte ihn schwerer aufgewühlt, als er zuerst gedacht hatte. Dieser Duft, diese Haut, dieser Blick, immer wieder hatte er daran gedacht und diese wohligen Erregungsschauer verspürt, diese verbotenen, absolut unzulässigen Erregungsschauer, wie er sich hatte ermahnen müssen.

Karla ist die Angebetete vom Roloff, sein Lebenselixier, sein Existenz- und Verstörungsgrund, dachte Felix. Völlig erschöpft ist der Roloff bereits von dieser verzehrenden Verehrung, und wenn Karla den Roloff ablehnen sollte, würde der sofort sterben, daran gab es keinen Zweifel. Immer heftiger hatte er sich auf sie kapriziert, das scheinbar schon Übersteigerte nochmals in groteske Höhen geführt. Geradezu beunruhigt war Felix, seitdem der Roloff ihm während des Schuljahres gestanden hatte, er warte jeden Morgen, nicht alle zwei, drei Tage, nein, jeden Morgen warte er in der Nähe ihrer Wohnung auf sie, versteckt hinter einem Mauervorsprung, manchmal auch im Gebüsch, nur um sie zu beobachten.

»Am Morgen ist ihr Antlitz noch reiner, noch vollkommener, das kannst du dir gar nicht vorstellen, wie in sich gesunken und ruhend zugleich sie da aussieht, wenn sie die Tür öffnet und hinausschreitet, die geht ja nicht wie die anderen Trampel, die schreitet dem Tag entgegen wie auf einem Wolkenteppich, so leicht, so elegant.«

Stundenlang konnte der Roloff so schwärmen, immerfort. Und jeden Morgen war er ihr vor den Sommerferien unauffällig mit dem Fahrrad gefolgt, um sie auf einer langen Geraden mit einem knappen Gruß zu überholen oder neuerdings auch mal ein paar Meter neben ihr und ihren Freundinnen zu fahren. Entschied sie sich morgens für den Bus, hetzte er aus seinem Versteck zur übernächsten Station, schloss sein Fahrrad dort an einen Zaun, um wie zufällig, das heftige Atmen ob des Spontanspurts nur mühselig verbergend, ebenfall in den Bus einzusteigen, wo er sie von noch näher noch länger beobachten konnte. War der Bus voll, stürzte sich der Roloff rücksichtslos in die Leibermauer, nahm wüsteste Drohungen und handfeste Rangeleien in

Kauf, um bloß nicht in den nächsten, den Karla-freien Bus verbannt zu werden.

»Du bist total verrückt, Roloff!«, sagte Felix dem Schwärmenden jeden Morgen, jeden Mittag, jeden Abend. Aber der Roloff lächelte bloß entwaffnend glückselig und fuhr fort, ihre unscheinbarsten Details – vom Muttermal auf dem linken Handrücken bis zur besonderen Anmut ihrer Fesseln – als die sensationellsten Aufreger zu schildern. Mit einer Innbrunst, wie Felix anerkennend einräumen musste, die nicht von dieser Welt war.

Mit anderen Worten, der Mann ist völlig verloren und jeder Gedanke an Karla meinerseits der widerlichste Verrat. Kaum macht dir jemand schöne Augen, schon drehst du durch, hatte er sich seit dem Kalkwerk-Zwischenfall mehrfach vorgeworfen, so verzweifelt bist du, so Nadja-geschädigt, so bestätigungsgeil. Du brauchst bloß eine Brust zu sehen, zugegebenermaßen die aufregendste Brust des ganzen Universums, schon erleidest du einen Kurzschluss. Sie provoziert dich, du fällst drauf rein, sie lässt den Schenkel kurz blitzen, du wirst völlig umgeworfen. Sie spielt ein infames Spiel mit dem armen Roloff, und du machst mit, weil dein Gehirn sofort aussetzt, dachte er. Unvergessen war ihm das Zwinkern, als Karla den verdatterten Roloff wieder in das Kalkwerk hineinführte. In dem Augenblick, war sich Felix sicher, hat sie mir die Enterleine zugeworfen – und ich habe sie aufgefangen, so sieht das doch aus, sonst wäre das ja alles kein Problem, das Konzert, die Karla, der Roloff.

Andererseits habe ich sie ja gebremst, da hat sie ja gemerkt, dass man mit mir so etwas nicht machen kann, wie ich zu meinen moralischen Werten selbst in heiklen Situationen stehe, das wird sie verstanden haben, beruhigte er sich, dass sie damit nicht weiterkommt, nicht bei mir.

»O.k., wenn du unbedingt willst, komme ich mit. Aber versprich dir nicht zu viel davon.«

Der Roloff zog Felix zu sich heran, als wolle er ihn vor lauter Dankbarkeit küssen, und verabschiedete sich sichtbar erleichtert.

Abends fuhren sie mit der Bahn nach Köln. Der Roloff, Karla und ihre Freundinnen, die sich als Rita und Nicole vorstellten.

»Hallo, Felix«, begrüßte ihn Karla, die mit ihrer engen schwarzen Jeans, den hohen Stiefeln, der schwarzen knappen Jacke und einer verwegen aussehenden englischen Ballonmütze zwar umwerfend, aber deutlich dezenter gekleidet aussah als zuletzt, wie Felix beruhigt registrierte, »schön, dich wiederzusehen.«

Sanft lag ihre Hand kurz in der seinen, gut fühlte sich das an, wobei er nicht schwören konnte, ob sie ihm dabei wirklich zuzwinkerte oder er sich das bloß einbildete. Was zwinkert die denn immer so, dachte er erschrocken, oder hat die vielleicht bloß einen Augenfehler, den ich falsch interpretiere? Wie ertappt schaute er sich nach dem Roloff um, der aber selbstvergessen vor sich hin strahlte.

Felix setzte sich in der Bahn direkt neben Rita und Nicole und redet über dies und das, ihre Berufsschule, das Kalkwerk und natürlich über The Cure und den verehrten Fat Bob, wie die Engländer den Sänger Robert Smith liebevoll nannten, was Rita ganz empörend fand und Nicole nicht glauben wollte. Sie mochten auch die neue Scheibe von Peter and the Test Tube Babies, waren auf dem letzten Gig der Sklaven gewesen, fanden die Nützlichen Idioten lustig und hingen ab und zu im Ratinger Hof ab. Befriedigt stellte man fest, dass man dem gleichen Kosmos angehörte.

Unauffällig ließ Felix ab und zu seinen Blick auf die andere Seite schweifen, wo sich der Roloff und Karla lächelnd, aber die meiste Zeit schweigend gegenübersaßen. Er sah ihre Zahnlücke aufblitzen, anmutig legte sie immer wieder diese blonden Locken zurück, weiß blitzte die porzellanene Haut durch den offenen Kragen unter der Jacke. Er spürte, wie sie seinen verstohlenen Blick registrierte, ohne den Roloff aus den Augen zu lassen, er sah, wie sie sich scheinbar gedankenverloren mit einer Hand sehr langsam über den rechten Jeansschenkel strich, den Kopf leicht zur Seite geneigt, die rosafeuchten Lippen leicht geöffnet.

Felix zwang sich mit Gewalt, den Kopf nicht mehr zur Seite zu wenden, und starrte durch das Fenster in das dunkle Nichts. Als sie ausstiegen, legte der Roloff freundschaftlich einen Arm um ihn.

»Und, wie sieht sie heute aus, sagenhaft, oder?«

Der Roloff wusste kaum wohin vor Energie.

»Ja, toll sieht sie aus«, antwortete Felix wahrheitsgemäß.

»Du musst dich aber auch ein bisschen um sie kümmern.«

»Äh, wieso?«

»Erstens, weil ich zu aufgeregt bin, außerdem will ich nicht so penetrant wirken.«

»Ich weiß nicht.«

»Auf jeden Fall, außerdem musst du ja auch ein wenig für mich werben, oder?«

Der Roloff grinste vielsagend und tätschelte ihm mehrfach die Schulter.

»Bisschen PR kann ja nicht schaden.«

»Na klar, Roloff, Ehrensache, mache ich«, sagte Felix heiser.

In einer Riesenmenschentraube arbeiteten sie sich im Gänsemarsch zu einem der Eingänge vor. Wie in einem hin- und herwogenden Meer wurde das Quintett nach und nach auseinandergetrieben. Hilflos grinsten und winkten sie einander zu, der Macht der Massen um sie herum ausgeliefert. Schließlich verloren sie sich aus den Augen und verschwanden in den Wellenbewegungen, von denen sie in die Halle gespült wurden.

Suchend lief Felix an der Garderobe hektisch auf und ab. Wo ist sie denn?, dachte er und hielt sofort inne. Was habe ich gerade gedacht? So weit bin ich also schon, der Abend hat noch nicht richtig angefangen, schon denke ich nur noch an sie. Das geht nicht, ermahnte er sich, d-a-s d-a-r-f n-i-c-h-t s-e-i-n.

»Wen suchst du denn?«

Felix fuhr herum. Ohne Jacke, das enge Hemd noch weiter aufgeknöpft, die Haare nach hinten gestrichen, lehnte Karla lässig an einer Betonsäule und hielt ihn mit ihrer rechten Hand fest. Zärtlich fest, wie Felix sofort sehr erhitzt dachte. Jeden einzelnen Finger schien er zu spüren, ihre langen rosa Nägel, die sich sanft in sein Fleisch gruben, den weichen Handteller, der sich an seinen nackten Muskel am Oberarm schmiegte. Sie zog die Hand zurück und lächelte ihn stumm an. Ließ die Zahnlücke blitzen. Ihre blauen, tiefblauen Pupillen schienen flackernd Kreise zu ziehen, hypnotisierende Kreise, wie Felix erstaunt beobachtete, die hypnotisiert mich einfach, das ist also ihr Trick, dachte er fasziniert.

»Was machen wir denn, wenn wir die anderen nicht mehr finden, das wäre aber schade, oder, Felix?«

Spielerisch schaute sie sich blitzschnell um, nur um ihn erneut lächelnd zu fixieren.

»Ich hoffe, das würde dir nichts ausmachen?!«

Ein tiefes Grummeln aus tausenden Kehlen erfüllte die Vorhalle, von ihrer leicht erhöhten Position auf der Stufe vor der Säule wirkten die vielen, sich eng beieinander bewegenden Köpfe wie ein lebendiger Pelz, ein braun-schwarzes Haarmeer, in dem hier und da rotrosa Gesichter aufblitzten wie Sonnenstrahlen, die sich im Wasser spiegelten. Mit einem Sprung könnten wir darin verschwinden, glitt der verlockendste Gedanke durch Felix glühenden Schädel, niemand würde uns entdecken.

Er strich sich fahrig durchs Gesicht.

»Felix, geht es dir gut? Was hast du denn?«

Karla streckte wieder ihre Hand nach ihm aus.

Der Roloff. Karla. Der Roloff. Karla. Karla.

»Doch, doch, mir geht es gut«, log er und zog seinen Arm weg. »Wir müssen aber den Roloff und die anderen finden.«

»Jetzt mach dir doch nicht so viele Gedanken, Felix, wenn wir sie finden, ist es gut, wenn nicht, ist das ja nicht unsere Schuld, oder?«

»Nein, nicht, aber, wir müssen auf jeden Fall, also ich zumindest, sonst dreht der durch, ist ja auch nicht fair, du weißt schon, solange die noch nicht angefangen haben mit dem Konzert zumindest …«

»Felix?«

Sie blickte ihn ernst an.

»Ja?«

»Alles in Ordnung?«

Tolle Frage, dachte Felix erschöpft, erst treibt sie mich mit ihren Hypnose-Augen in die Enge, und dann, wenn man nicht mehr geradeaus denken kann, stellt sie hinterhältige Fragen.

»Ja, schon, klar, ich will nur nicht, dass der Roloff …«

»Ja?«

Wie unbarmherzig die ist, dachte Felix, die will es echt wissen, die kennt da nix.

»Also, ich bin ja ein guter Freund vom Roloff und …«

Plötzlich winkte Karla hektisch und rief laut nach dem Roloff. Wenige Meter vor ihnen tauchte der aus dem lebenden Pelz auf, die beiden Mädchen hinter sich an der Hand. Er wühlte sich strahlend mit Rita und Nicole in ihre Richtung. Kurz bevor er sie erreichte, schob Karla ihre Hand in dem Gedränge unversehens von hinten halb um Felix' Hüfte, drückte leicht zu und flüsterte ihm aus Hauchentfernung ins Ohr:

»Mach dir nicht so viel Sorgen um andere, Felix, alles gar nicht schlimm …«

Alle umarmten sich, als hätten sie nach einem Flugzeugabsturz nicht mehr mit weiteren Überlebenden gerechnet.

Bald hatte sich der Vorraum deutlich geleert. Hand in Hand liefen sie in das dunkle Innere, unaufhaltbar schob sich die Fünferkette unter gelachten Entschuldigungen durch die Massen, bis sie unter dem Protestgemurmel der dort seit langem Ausharrenden vor der Bühne Position bezogen.

Felix hatte sich so unauffällig wie möglich bemüht, nicht ihre Hand greifen zu müssen, sondern im Gegenteil, möglichst weit weg von ihren Händen zu sein. Auch in der Halle stellte er sich so, dass in jedem Fall der Roloff zwischen Karla und ihm war.

Ab und zu fiel ein Strahl von der Bühne auf ihr Gesicht, das ebenmäßige, er sah die Zähne blitzen, die Lücke, die geheimnisvolle, die sich öffnete, um ihn für immer verschwinden zu lassen.

Sie lachte, sie schüttelte das Haar, sie stupste den Roloff zärtlich an, legte einmal sogar ihr Kinn auf dessen Schulter, doch nur, wie Felix glaubte, um diesen glückseligsten Moment für den Roloff zu einem so verführerischen Blick in seine Richtung zu nutzen, dass ihm ganz schlecht wurde.

Ich kenne die gar nicht, redete er sich ein, es gibt keinen Grund, wegen der Amok zu laufen, nur weil du ihr im Kalkwerk einmal in den Ausschnitt blicken durftest, in den zugegebenermaßen wahnsinnigen Ausschnitt.

Dieser Blick. Diese Haut. Der Roloff. Karla. Roloff.

Rita gab ihm einen kleinen Joint, den er geistesabwesend am Filter anzündete, um die Spitze zwischen den Lippen aufzuweichen.

»Trottel!«, rief der Roloff bestgelaunt, schlug ihm die Tüte aus dem Mund und drückte ihm eine neue in die Hand.

Der hat recht, der Roloff, dachte Felix beschämt, während er ein, zwei tiefe Züge nahm, ich bin ein Trottel. Es gibt hier nichts für mich außer einem guten Konzert. Ich halluziniere ohne Drogen, so weit ist es schon gekommen. Da steht der Roloff und hat den Spaß seines Lebens mit der Frau seines Lebens, und alles andere ist abwegig schon im Keim.

Das tiefe Surren der Bassgitarre riss Felix aus den Gedanken, die manisch-depressive Stimme von Robert Smith, das ganze abgründig Raunende, die wunderschön aufbereitete Hoffnungslosigkeit, das ganze Cure-Pathos fing ihn einmal mehr sanft auf wie eine dieser dicken Hochsprungmatten im Sportunterricht.

Die Scheinwerfer flackerten schwach, alles war nur noch Schema, ein grobes Abziehbild der Wirklichkeit, dachte Felix zufrieden, wie abends bei einem Sonnenuntergang, wenn man nur noch die Linien der Höhenrücken und Wipfel, aber keinerlei Einzelheiten mehr erkennen kann, wenn also die Natur den schönsten Weichzeichner auflegt, so tauchten hier die künstlichen Strahler grobe Fratzen und lieblichste Züge in ein versöhnliches Menschenlicht.

Er gestattete seinen schweren Lidern, etwas tiefer zu hängen.

Blau und lila streckten sich Arme und Hände in sein Blickfeld, ab und zu ragte aus der schwarzen Kulisse um ihn herum ein Haarschopf heraus, von einem irrlichternden Spot erfasst.

Er ließ sich fallen in den gütigen Strom aus lustvollem Elend und unerhörter Verzweiflung, der ihm so laut und mächtig entgegenquoll, dass ein zweites Herz in seiner Brust zu schlagen schien. Die Musik rückte sich wie ein großer, starker Freund zwischen Felix und den ganzen Rest, so viel Sicherheit verspürte er plötzlich, so viel Wärme.

Nicht die Musik ist der Hintergrund für unser Leben, fiel Felix auf, wir sind der fehlerhafte Hintergrund für das perfekte Wahre der Musik. Nur wenn wir Masse bilden und darin verschwinden, sind wir überhaupt erträglich. Nur wenn starke Scheinwerfer die Konturen schleifen, werden die Gemeinheiten unsichtbar, können wir für eine Zeitlang die Trostlosigkeit nicht erkennen, dann fühlen wir uns wohl. So müsste es immer sein, frohlockte Felix mit geschlossenen Augen lächelnd, eine gütige Dämmerung lässt die scharfen Kanten verschwinden, bis die Wirklichkeit so harmonisch und friedlich wirkt wie eine abendliche Sommerlandschaft.

Nur widerwillig öffnete er die Augen nach der dritten Zugabe. Als seien sie alle aus einem schönen Bild hinausgespült worden und könnten die neue, scheinbar reale Umgebung noch nicht richtig fassen, zogen Tausende schweigend zum Ausgang. Eine andächtige Stille lag über dem Auszug, je näher das Tor jedoch rückte, desto mehr schwand der Zauber. Wie bei einem langsam erwachenden Löwenrudel wurde aus einzelnem Gegrummel und isolierten Schreien langsam das übliche anschwellende, dann wieder entfliehende Tosen.

Sie trafen sich wie verabredet an der Litfaßsäule neben dem Weghinweiser. Sie eilten Richtung Bahn. Beim Einstieg redeten sie kaum.

Der Roloff sah zufrieden aus, vielleicht war der ja wirklich einen Schritt weitergekommen, wie Felix hoffte – und zugleich fürchtete.

In der Bahn herrschte drängendste Enge, Kneipenheimkehrer und Schichtarbeiter bestimmten das beklemmende Bild, es roch nach Bier und wärmsten menschlichen Ausdünstungen. Die machen einem noch den ganzen Abend zunichte mit ihrem Realitätszerstäuber, fluchte Felix leise vor sich hin, der die Nähe der Körper um ihn herum kaum ertragen konnte. Jede Pore verkleistert mit unerfüllten Wünschen, zerquetscht in den selbst fabrizierten sogenannten Sachzwängen, so sehen die doch alle aus, ereiferte er sich. Und inmitten der Gesichtswüsten sah er unvermittelt in diese blauen Verstandverschlinger-Augen, die ihn herausfordernd fixierten und ihm mit einem gespielt genervten Hochziehen der Augenbrauen Übereinstimmung bei der Einschätzung der Lage signalisierten. Das hört ja nie auf, dachte Felix erschrocken und musste unwillkürlich ein wenig grinsen – bis er dachte: Sieht der Roloff das?

Es war nach Mitternacht. Rita bemerkte, dass es keinen Sinn mehr machen würde, bis zur letzten Station mitzufahren, um von dort den Nachtbus zu bekommen, weil man den gerade verpasst hätte. Also beschlossen sie, vorher auszusteigen und gleich zu Fuß zu gehen. Auf der Treppe vom Bahndamm griff sich der Roloff Felix von hinten.

»Was soll das, Felix?«

Erschrocken fuhr der zusammen.

»Was soll was?«

»Ich dachte, du bist ein Freund, Mensch?!«

Felix beschloss, für den unwahrscheinlichen Fall, dass er nicht augenblicklich starb, morgen früh sofort auszuwandern. Ulan Bator kam ihm kurz in den Sinn, Mongolei, das hatte doch im Erdkundeunterricht eigentlich ganz vielversprechend geklungen, vor allen Dingen aber weit genug weg.

»Ja, bin ich doch auch …?!«

»Und du willst mir wohl einreden, du hast dich heute wie ein Freund verhalten, ja?!«

Felix nickte mechanisch.

»Ich finde aber nicht, dass du dich wie ein echter Freund verhalten hast, im Gegenteil«, zischte ihn der Roloff an.

Felix zuckte linkisch mit den Schultern. Da hast du es wieder, durchfuhr es ihn bitter, du denkst, du bist der Geschickteste, dabei schwitzt du die Gier aus jeder Faser.

»Aber Roloff«, tropfte ein jämmerlich klingender Silbenhaufen aus Felix Mund.

Der wiegelte sofort ab.

»Nein, da brauchen wir gar nicht drüber zu reden. Du hast zugesagt, mir praktisch in die Hand versprochen, für mich ein wenig PR zu machen, meine Chancen zu verbessern, aber nein, Herr Felix ist ja beschäftigt, muss da ein bisschen alleine abtanzen und lässt mich mit ihr zurück, Mensch, kannste doch nicht machen!«

»Ja, aber, ich dachte, ihr beide, also, alleine.«

Felix schwirrte der Kopf.

»Ja, das war schon ganz gut, aber ich brauche auf jeden Fall Unterstützung. Und deswegen …«

»Ja?!«

»Deswegen dachte ich, du musst auf jeden Fall den Rest der Zeit dafür nutzen, deinem Freund ein wenig unter die Arme zu greifen!«

Der Roloff zeigte mit der rechten Hand vielsagend nach vorne, wo die drei Mädchen nebeneinander in der Dunkelheit gingen.

»Das ist doch die Gelegenheit, Felix?!«

Sagte es und schob ihn Richtung Karla, nur um sogleich Rita und Nicole eine Zigarette anzubieten.

Der ist ja wahnsinnig, dachte Felix ob der unerwarteten Wendung des Gesprächs, wie kann der mich in sternenklarer Nacht neben Karla ins Rennen schicken, mich, den er zwar für den Unschuldigsten hält, der aber der Gefährdetste ist?

»Dir hat das Konzert wohl sehr gut gefallen, oder?«, lachte Karla ihn an.

»Ja, stimmt, wie kommst du darauf?«

Dieses Lächeln. Diese Zahnlücke.

»Das war ja nicht zu übersehen, wie du da vor dich hin getanzt hast.«

»Oh?! Du hast mich gesehen?«

»Ja, ich dachte ein paarmal, wo steckst du nur?«

Die hat mich gesucht, die hat m-i-c-h g-e-s-u-c-h-t, echote es in den Tiefen der Felix'schen Gehirngänge.

»Und selbst?«

»Toll. Ich mag diese Stimmung, wenn das Licht alles eintaucht und die Konturen verblassen.«

Das sagt die nicht, das sagt die nicht, dachte Felix, kann nicht sein. Er nickte langsam Zustimmung. Sie fuhr fort.

»In solchen Momenten wünsche ich mir, das würde nie aufhören, wir würden immer diese Melodien im Ohr haben, egal wo wir sind, die Musik ist das Wichtigste, der Rest nur noch Kulisse, ein auswechselbarer Bühnenhintergrund. Oder?«

Er nickte nur. Ihre Lippen schimmerten im Licht der Straßenlaterne. Ein Teil ihrer Lockenpracht lag wie ein geheimnisvoller Vorhang vor ihrem Gesicht. Neben mir schwebt ein Engel, und ich nicke wie ein Ablagendackel im Auto, warf er sich sofort unbarmherzig vor.

Sie zupfte sanft an seinem Ärmel und bedeutete ihm, im Gehen hochzublicken:

»Guck doch mal, unser Cure-Himmel!«

Er starrte nach oben in die sternenklarste Nacht seit Erfindung des Urknalls, wie ihm schien. U-n-s-e-r Cure-Himmel hat sie gesagt, nicht meiner, nicht ihrer, u-n-s-e-r, fasste Felix schwebend das Gehörte zusammen. Aber, beschwichtigte sich Felix sofort, u-n-s-e-r kann ja auch bedeuten, unser aller, wir fünf hier also, nichts anderes braucht das zu bedeuten, also mal ganz locker bleiben.

Sachte ließ sie ihn wieder los, viel zu langsam, wie Felix freudig erregt dachte, nur um im selben Augenblick jäh von einem Schreck durchzuckt zu werden. Was machst du hier, fünf Meter vor dem Freund? Felix drehte sich panisch um. Der Roloff ging zwischen Rita und Nicole hinter ihnen her und feuerte ihn theatralisch mit pseudo-verborgenen Daumen-hoch-Zeichen an.

Felix seufzte. Karla lächelte. Die Sterne glitzerten.

Felix konnte noch Stunden später jedes Wort aus dieser Nacht rekapitulieren. Wie sie manchmal nachts auf dem Balkon auf eine Sternschnuppe warte, wie sie sich von den Sternzeichen zu selbst gemachtem Schmuck inspirieren ließe. Und ihre Lieblingsvorstellung sei die, da oben wäre eigentlich unten, und wir hier, die wir uns für unten hielten, klebten praktisch unter der Himmelsdecke mit dem Blick auf den Boden.

Er konnte es nicht fassen. Das war immer auch seine Lieblingsidee gewesen, in den vielen Nächten draußen am Fluss im Schlafsack. Und wenn er sich das intensiv genug vorgestellt hatte, hatte er sich frei gefühlt, so ohne die Fesseln der Schwerkraft und anderer irdischer Qualen. Gesagt hatte er das nie jemandem. Noch nicht einmal Nadja, wie er sich kurz eingestehen musste.

Gebannt lauschte Felix ihr. Sein Körper ward eine Feder, der Geist eine große Schwinge in der Leichtigkeit der Nacht. Nie mehr sollte dieser Weg aufhören, nie der Tag anbrechen, nie die Stimmung verfliegen, in der alles möglich schien. Er glitt neben Karla und hatte den Eindruck, sie sei der Schlüssel zu einem neuen Planeten, der ihm bislang verborgen gewesen war. Da gab es keine Kälte, keine Falschheit, nur reine Menschlichkeit, er war sich sicher.

An der nächsten Kreuzung mussten sie sich trennen. Sie waren bei der Siedlung der Mädchen angekommen. Sie küsste ihn links und rechts auf die Wangen, mit dem unmerklichsten Lächeln, und obwohl er keine Lippenbewegungen wahrnahm, hörte er deutlich die getuschelten Worte: »Sehen wir uns bald wieder? Wir zwei?« Und als er noch rätselte, ob das eine Sinnestäuschung war, sah er die Porzellanene fragend die Augenbrauen hochheben, leicht nur.

Er nickte.

Sie lächelte.

Der Roloff verabschiedete sich auch von allen Mädchen mit den obligatorischen Küssen und begleitete Felix noch ein paar Meter zur Ampel, wo er rechts abbiegen musste.

»Was für ein Abend! Super, oder?!«, brüllte der Roloff in die Nacht, schlug Felix kräftig in den Rücken und trat übermütig gegen einen Laternenpfahl.

»Ja«, sagte Felix.

»Und?«

»Und was?«

»Ja, was wohl? War es auf dem Rückweg noch gut mit Karla?«

Wie zwei Planeten standen die Roloff'schen bekifften Pupillen ruhig und riesig im zartroten Äther. Felix stockte eine Sekunde.

»Ja, sehr gut.«

»Super!«

Der Roloff fiel Felix spontan um den Hals.

»Felix, du bist ein echter Freund, tausend Dank!«

Die letzten Worte hatte der Roloff schon im Weglaufen gerufen, den Kopf nach hinten gedreht.

Er winkte.

Felix winkte zurück.

»Ein echter Freund«, sagte Felix langsam, »tja.«

11. Überfall

Als wollten sich die höheren Mächte für all die erlittene Unbill entschuldigen, wurden sie mit dem schönsten Sommer seit Jahren beschenkt. Unter dem konstant leuchtend blauen Tuch sah ihre Stadt manchmal geradezu friedlich und verträumt aus. Schon der Himmel lügt hier, dachte Felix, oder auch er kann die Realität nicht ertragen.

Am Nachmittag trafen sich Christoph, Tom, Mark, Gerd, Mike, der Roloff und Felix an der Bank, um die weiteren Aktivitäten zu koordinieren.

»See oder Fluss?«, fragte Mark und machte sich eine erste Dose Bier auf.

»See!«, sagte Tom.

»O nein, nicht schon wieder, bitte lasst uns einmal an den Fluss gehen«, schlug Gerd vor, der Frühschicht gehabt hatte und deswegen bereits um diese Zeit zu ihnen stoßen konnte.

»Auf keinen Fall, da kannst du alleine hin.«

»Du weißt doch, wer da zurzeit auch immer ist.«

»Genau, grüß den Hölzenbein und das Blaschek-Gesindel schön von uns, wenn du da vorbeikommst.«

»Schon gut, schon gut«, winkte Gerd genervt ab und ließ seinen halbfertigen Joint für eine Sekunde auf dem Tabakbeutel liegen, »überredet, also zum zehntausendsten Male an den See.«

»Apropos Blaschek«, bemerkte Christoph, »die Bella ist übrigens wieder aus dem Krankenhaus entlassen worden vor drei Tagen.«

»Ach, echt?!«

»Zum Glück.«

»Hat die eigentlich bleibende Schäden?«

»Witzbold, was glaubst du wohl, wie es dir gehen würde, wenn sie dir das Baby aus der Trommel getreten hätten?«

»Ist ja gut, dass du dich damit so gut auskennst, Herr Doktor.«

»Laber, laber.«

»Wartet, Jungs, wartet, das Beste habe ich euch noch gar nicht gesagt«, warf Christoph schnell ein, damit ihm die Runde nicht entglitt.

»Ja, was denn?«

»Christoph, mach hin!«

»Jetzt zier dich nicht schon wieder so blöde.«

»Also, was ist mit Bella?«

Christoph fingerte sich umständlich eine Zigarette aus der Schachtel, kramte nach einem Feuerzeug und ließ durch beschwichtigendes Nicken erkennen, dass er schon in wenigen Sekunden zur Verbreitung der wie immer exklusiven Informationen bereit sein würde.

»Bella ist wieder mit dem Blaschek zusammen!«

»Nein!«, schrien alle zeitgleich.

»Kann nicht sein!«

»Erzähl keinen Scheiß?!«

»Das gibt es doch gar nicht!«

»Wie gehirnamputiert ist die denn?«

»Woher willst du das denn bitte wissen?«

Darauf hatte er natürlich nur gewartet. Darauf war er vorbereitet. Tief inhalierte er den nächsten Zug, klopfte betont langsam die Asche an der Rücklehne der Bank ab und verkündete dann triumphierend:

»Von Anna, und die ist ja zufälligerweise ihre beste Freundin. Und was das Beste ist, kaum sind sie wieder zusammen, hat er sie gleich gestern im Einkaufszentrum im Beisein von

Anna und Conny wieder geschlagen, weil sie angeblich einem Typen an der Kasse zugelächelt hat. Mit der Faust ins Gesicht, mitten im Supermarkt.«

»Nein!«

»Was für ein Asozialer!«

»Unfassbar.«

»Die Angestellten haben ihn rausgeschmissen und die Polizei gerufen. Kaum waren die da, hat sie erzählt, SIE hätte ihn provoziert, ihn sogar geschlagen, da habe er sie wohl aus Versehen unglücklich getroffen.«

»Die Alte hat voll den Schuss.«

»Braucht die das, oder was?«

»Was für Drogen nimmt die denn?«

»Anna und Conny wollten auch was sagen, da hat sie die vor den Bullen angeschrien, sie sollten sich da raushalten, sie könne sich sehr gut um ihr eigenes Leben kümmern, das ganze Programm halt. Und dann ist sie mit dem Blaschek nach Hause gegangen, mit dicker, blutender Nase.«

»Mannomann.«

»Wenn sie dabei glücklich ist.«

»Was hält die nur bei dem?«

»Unfassbar!«

»Vielleicht ist er so ein Kingkong im Bett.«

»Na ja, so aussehen tut er ja auf jeden Fall schon mal.«

Alle lachten. Der erste Joint kreiste. Das Bier war schön kühl, die Sonne schien, was sollten sie sich um verrückte Bellas einen Kopf machen.

»Wisst ihr übrigens, was Anna noch erzählt hat?«

Felix spürte Christophs Blick, hörte die anschwellende Stimme des Großerzählers, und das alles fühlte sich nicht gut an. Ein nervöses Kribbeln auf der hinteren Kopfhaut verkündete ihm nahendes Unheil.

»Was sie über unseren lieben, geschätzten, ja, wir haben es alle geahnt, FELIX erzählt hat?«

O nein, dachte Felix, das gibt es doch nicht. Was könnte Anna über ihn erzählt haben?

»Los, erzähl!«

»Da sind wir aber alle gespannt.«

»Hört, hört!«

»Die liebe Anna hat erzählt, der gute alte Felix habe es ihr so besorgt, dass sie ihn an ihre Freundinnen weiterempfehlen würde.«

Das Gejohle begrub Felix wie eine Felswand, Hände klopften ihm auf die Schulter, Fäuste knufften ihn freundschaftlich in den Bauch.

»Das hat sie von mir nie erzählt«, schlug sich Mike quietschend auf die Schenkel.

»Bei mir hat sie sogar gesagt, na ja, das nächste Mal vielleicht besser ohne Schnaps vorher«, gackerte Gerd.

»Einen Preis bekommst du dafür aber nicht, hat sie mir ins Gesicht gelacht«, kicherte Mark.

Alle verstummten. Guckten sich an. Grinsten schlagartig. Christoph, wer auch sonst, erfasste die Situation als Erster.

»Das gibt es doch nicht?! Ihr, wir, alle mit Anna, oder was? Also, jetzt mal Hand hoch, wer es schon mit Anna gemacht hat!«

Mike hob die Hand. Dann Mark. Gerd auch. Der irritierte Felix natürlich auch. Und schließlich Christoph und sogar Tom. Nur der Roloff guckte mitleiderregend in die Runde und zuckte entschuldigend mit den Schultern.

»Also, sechs von sieben hatten bereits das Vergnügen«, fasste Christoph prustend das Ergebnis zusammen.

Gut gelaunt stießen alle mit einem Bier an und wechselten das Thema.

Wahnsinn, dachte Felix nur, man glaubt, man weiß, wie kaputt alles ist, und dann ist es doch noch viel kaputter.

Bald brachen sie auf, die meisten zum See, nur Felix und der Roloff hatten Christoph versprochen, ihn vorher zur evangelischen Kirchengemeinde im Neubauviertel-Nord zu begleiten, wo er für seinen Stiefbruder ein ferngesteuertes Modellflugzeug abholen wollte, das der dort in einem Kurs gebaut hatte.

Im Golf von Christophs Mutter fuhren sie mit offenen Fenstern über die Ringstraße. Irgendwann mussten sie in das Viertel selbst abbiegen. Hier ließen sie besondere Vorsicht walten. Die Planer dieses abscheulichen Missgebildes hatten es für eine besonders clevere Idee gehalten, durchgehende Straßen möglichst zu vermeiden, um den Lärmpegel für die Anwohner gering zu halten.

Eine völlig lächerliche Überlegung, wie Felix schon oft gedacht hatte. Denn fehlende Durchgangsstraßen bedeuteten ja nichts anderes als fehlende Fluchtmöglichkeiten. Und jetzt hören die lieben Anwohner hier eben statt vorbeifahrender Autos dauernd die gellenden Hilfeschreie der unschuldigen Opfer in ihren beschissenen Sackgassen und verkehrsberuhigten Zonen, überlegte Felix grimmig, während Christoph den Wagen im Schritt-Tempo durch die Wüste aus Waschbeton und verkrüppelten Bäumen lenkte.

Der Gebäudehaufen aus sogenannter Kirche und Gemeindehaus erinnerte an einen Bunker und wurde deshalb auch so genannt. Inmitten dieser Todeszone kann man eben nur in einem Bunker überleben, da hatten die Evangelen einmal den richtigen Riecher gehabt, wahrscheinlich verrichtet darin auch kein normaler Pfarrer seinen Dienst, sondern ein kampferprobter Militärseelsorger, dachte Felix.

Sie parkten und gingen die letzten 30 Meter zu Fuß.

»Wie konnten deine Eltern es eigentlich zulassen, dass dein kleiner Bruder ausgerechnet hier so einen verdammten Modellbaukurs macht?«, fragte der Roloff, den Blick nach allen Seiten schweifen lassend.

»Wollen die den loswerden, oder was?«, pflichtete ihm Felix bei.

»Keine Ahnung, die spinnen eben«, sagte der sehr angespannte Christoph.

Der Gebäudekomplex hatte eine Art Innenhof mit einer offenen Einfahrt. Irgendwo da drinnen sollte die Werkstatt mit den Modellen sein. Im Eilschritt näherten sie sich dem Ziel.

Keine Fortuna-Vampire in Sicht, kein Blaschek, niemand, frohlockte Felix, wir gehen da rein, holen das verdammte Modell, spurten zum Wagen zurück, und dann nichts wie zum See.

In diesem Augenblick sahen sie alle drei, wie ein einsamer Baltus rauchend über den Innenhof ging und rechts hinter einem Mauervorsprung verschwand.

»Scheiße, der Baltus«, zischte Christoph.

»O nein«, entfuhr es Felix.

»Mist!«, sagte der Roloff.

»Nicht schon wieder«, fügte Felix matt hinzu.

Sie blieben abrupt stehen.

»Er ist alleine«, sagte Christoph.

»Stimmt. Trotzdem …«, sagte der Roloff.

»Was machen wir jetzt bloß?«, fragte Felix nervös und gab sich die Antwort gleich selbst. Eigentlich müsste man sofort umkehren, das Modell Modell sein lassen und sich schleunigst verkrümeln. Wo Baltus war, konnte Hölzenbein nicht weit sein.

Das ist alles so unwürdig, dachte Felix, so erbärmlich. Ihnen gehört die Stadt, ihnen gehören die Straßen, das ist doch die wahre beschissene Diktatur des Proletariats, hier, im Neubauviertel-Nord, haben sie genau verstanden, was damit wirklich gemeint ist. Und uns bleibt nur die erniedrigendste Unterwerfung oder der brutalste Untergang. Das wird nie aufhören, nie, dachte Felix und wurde langsam wütend, sie machen uns fertig, und wir lassen es geschehen. Er fühlte eine Welle heftigen Selbsthasses heranrollen.

»Wir sind zu dritt, er ist alleine«, sagte Christoph mit unerwartet fester Stimme, sodass in dieser lapidaren Feststellung schon der durchaus überraschende Hauch von aufreizender Risikobereitschaft signalisiert wurde.

»Stimmt.«

Drei zu eins, dachte Felix. Wenn wir jetzt umkehren, können wir uns auch gleich alle umbringen. Er blickte Christoph und den Roloff entschlossen an.

»Wir gehen da jetzt rein, holen das verdammte Modell, und wenn er Ärger will, bleiben wir zusammen, aber diesmal wirklich!«

Christoph nickte stumm.

Der große Roloff'sche Kehlkopf lief am Hals Amok.

»O.k., let's go!«

Angefeuert durch den unverhofften Mutimpuls ging Christoph mit ausladenden Schritten los. Irgendwie fühlte er sich verpflichtet, vorneweg zu gehen, schließlich war er nicht nur der Älteste, sondern auch Initiator dieses Himmelfahrtskommandos.

Felix und der Roloff folgten ihm. Immerhin stehe ich zur Abwechslung mal nicht in der ersten Reihe, dachte Felix, als sie im strammen Marschierschritt die Einfahrt passierten. Plötzlich kam Hölzenbein hinter dem Mauervorsprung hervor, Lockenköpfchen im Schlepptau. Hölzenbein schien mindestens genauso überrascht wie sie selbst, hielt aber, ohne zu zögern, direkt auf Christoph zu.

»Ja, sieh mal einer an!«, rief der Hölzenbein höchst erfreut und schlug Christoph aus dem Gehen heraus mit brachialer Wucht auf das Nasenbein. Das klatschte fies. Rot schoss es ins Gesicht. Dumpf rammte sich das Hölzenbein'sche Knie in Christophs Magen. Der klappte kurz zusammen, wurde aber von dem unverdrossenen Hölzenbein augenblicklich an den Haaren wieder aufgerichtet, um dann so, mit weit nach hinten gezogenem Kopf, über den Hof gezerrt zu werden, während ihm der Hölzenbein pausenlos mit seiner Trümmerfaust das Gesicht zerpflügte.

Vereist standen der Roloff und Felix nebeneinander. Felix sah nur die weitaufgerissenen Augen von Christoph. Dieses Unverständnis, diese Überraschung, diese Angst. Hörte das fiese Klatschen, immer und immer wieder.

»Was guckst du denn so doof?«

Lockenköpfchen stand genau vor ihm. Die fauligen Zähne entblößt, die Hände in den Hüften. Lockenköpfchen rotzte auf den Boden.

Der ist sogar kleiner als ich, dachte Felix noch, das ist doch auch entwürdigend, vor so einem Pimpf so eine Angst zu haben. Wenn ich jetzt nichts mache, kann ich mich gleich an meinen albernen Karate-Gürteln zu Hause aufhängen. Lockenköpfchen drehte sich leicht von ihm weg, aber nur kurz, und trat Felix dann mit einem präzisen und durchaus nicht ungekonnten, schwungvollen Tritt in den Unterleib. Im Fallen spürte Felix noch einen Fausthieb auf den Kopf, der aber nicht richtig traf. Da musst du aber ein bisschen üben, dachte er noch, das kann dein Hölzenbein aber besser.

»Was macht ihr denn da? Lasst das sofort sein, ich hole die Polizei!«

Eine unbekannte Stimme drang zu Felix, der aus den Augenwinkeln gesehen hatte, wie der Baltus den Roloff mit einem Sprung aus vollem Lauf umgetreten hatte.

»Nichts wie weg hier!«, brüllte der Hölzenbein.

Turnschuhe quietschten auf dem Pflaster, Beine rannten an Felix vorbei.

Ein bärtiger Mann kniete ein paar Meter neben ihm und redete auf den seltsam gekrümmt liegenden Christoph ein, der sein Gesicht mit den Händen verdeckte. Wenn das so weitergeht, müssen wir bald alle mal zum Schönheitschirurgen, überlegte Felix, so vernarbt und entstellt, wie wir jetzt schon sind. Und während er mit tauben Fingern seinen noch tauberen Unterleib ertastete, wurde ihm klar, dass sich für ihn das Thema Geschlechtsverkehr auch erledigt hatte.

Der Roloff röchelte.

»Na toll«, ächzte er, »denen haben wir es ja richtig gegeben. Genialer Plan, Jungs, hat super geklappt, mehr davon! Habt ihr gesehen, was für einen Schiss die hatten vor uns? So machen wir das jetzt immer, ja?!«

»Schnauze, Roloff!«

»Halt's Maul!«

Felix musste trotzdem grinsen.

Der Bärtige, wohl der Hausmeister, hatte unterdessen Unterstützung von einer gedrungenen Frau bekommen, die Christophs Gesicht von den schlimmsten Blutspuren befreite.

»Wie sehe ich aus?«, fragte Christoph und versuchte ein gequältes Grinsen.

»Ehrlich gesagt besser als vorher«, sagte der Roloff und rappelte sich langsam hoch.

»Stimmt, steht dir ganz gut, wirkt irgendwie männlich«, pflichtete Felix bei.

»Das gibt die Hauptrolle im Remake von ›Ein Zombie hing am Glockenseil‹, würde ich sagen«, sagte der Roloff.

»Sehr lustig.«

»Ist die Nase denn wenigstens gebrochen?«

Christoph tastete den Knochen ab.

»Nö, das ist eben echte Wertarbeit!«

»Dann hat er auch nicht richtig fest zugeschlagen«, meckerte der Roloff.

»Hast das wahrscheinlich nur inszeniert, um uns zu imponieren, oder was?!«, sagte Felix und spürte plötzlich, dass er sich übergeben musste. Sein Frühstück ergoss sich über die Steine. Dass einem bei diesen Tritten in die Weichteile auch immer so übel werden musste.

Christoph durfte sich im Gemeindehaus das Gesicht waschen. Die Fragen des Bärtigen nach den Tätern ignorierten sie. Es hatte einfach keinen Sinn.

Sie luden das große Modellflugzeug in Einzelteile zerlegt in den Golf und fuhren schweigend Richtung See.

»Irgendwann«, sagte Felix, »besorge ich mir eine Knarre und lege sie alle um.«

Christoph schüttelte den Kopf.

»Das kannst du vergessen.«

»Ach ja, und warum bitte schön?«

»Weil ich das vor dir erledige!«

12. Wahrheit

Sie fuhren jetzt mindestens zum sechsten Mal die weitgezogene Kurve der Ringstraße an der Volkshochschule vorbei, bogen hinter den Gleisen links ein, passierten durch diverse Gassen in Schleichfahrt Treffpunkte wie den Griechen oder das Mars, hielten kurz vorm Kalkwerk, wo sie bei jedem Stopp abwechselnd kurz hineinschauten, um von dort ungeachtet aller Verkehrsvorschriften über die Wiese an der Bank vorbeizuruckeln, wo sie aber, wie zu erwarten gewesen war, um diese Zeit niemanden antrafen. Über die Umgehungsstraße ging es schließlich wieder zum äußeren Rand vom Neubauviertel-Nord und damit zum Ausgangspunkt ihrer Patrouille.

»Das macht echt keinen Sinn«, beschwerte sich der Roloff vom Beifahrersitz. »Wir haben keine Adresse, keine Telefonnummer, nichts. Wie sollen wir die denn je finden? Völliger Schwachsinn! Ich bin schon ganz rammdösig von diesem Rumgekurve.«

»Steig doch aus, wenn es dir nicht passt«, sagte Felix, »wäre ja auch zu schön, wenn man sich in einem Notfall mal auf seine sogenannten Freunde verlassen könnte. Bitte schön, halte ich halt an, damit Herr Roloff seine Zeit sinnvoller verbringen kann.«

Der Wagen stoppte abrupt. Felix kaute auf der Unterlippe und stierte geradeaus. Das würde der Roloff doch nicht wagen, überlegte er, das kann der doch nicht machen, wenn der jetzt aussteigt, gehen wir für immer getrennte Wege.

»Ist ja schon gut, schon gut, reg dich ab, drehen wir halt noch eine Runde, haben ja eh nichts anderes vor.«

Verkrampft umklammerte Felix das Lenkrad und fixierte seine weißgepressten Handknöchel.

»Felix, fahr schon. Ist ja gut.«

Der Roloff boxte ihn leicht.

»Bist jetzt plötzlich eine Mimose geworden, oder was?«

Felix fädelte sich wieder in den Verkehr ein. Natürlich hatte der Roloff recht, natürlich machte das so gar keinen Sinn. Es machte nicht nur keinen Sinn, es war auch lebensgefährlich. Das mochten die hier doch gar nicht, wenn Unbekannte ihre Runden drehten. Was wollen die in unserem Viertel, die wollen uns wohl provozieren, so denken die doch, diese ganzen arbeitslosen Totschläger, die sitzen jetzt schon hinter den Mauern und wetzen die Messer, ölen die Pistolen und polieren die Baseballschläger.

Wir sind ein richtiger Selbstmord-Express, dachte Felix und wusste, dass der Roloff, der sich so auf seinem Beifahrersitz zusammengekauert hatte, dass man ihn von außen kaum sah, genau dasselbe fürchtete und deswegen nicht gerade erfreut war, weitere Zielscheibenrunden zu drehen, nur um Anna durch Zufall zu finden. Aber »nur« stimmte auch wieder nicht, er hatte ja keine andere Wahl.

Siedendheiß war ihm mittags eingefallen, dass der Anna-Unfall bereits gut vier Wochen her sein musste. Die ersten beiden Wochen danach hatte er an nichts anderes denken können, hatte überall nur noch Schwangere gesehen, dicke Bäuche in großen Massen, die wie leuchtende Warnbojen auf den Straßen umhertrieben, Kinderwagenkolonnen, die über ihn hinwegbrausten und unter ihren Stahlrädern zermalmten, glatzköpfige Babys mit riesigen Kürbisköpfen, die ihn »Papa« nannten, die ganze Stadt eine einzige Geburtenstation, in der Windeln wie Girlanden an den Laternen und Häuserfassaden baumelten. Sogar die Luft war ihm so eigenartig schwül vorgekommen, angefüllt mit allgegenwärtiger Geschlechtlichkeit. Nur in diesem fürchterlichen Warte-Vakuum hatte ja auch die Bereitschaft zu dem unerhörten Geständnis gedeihen können, mit dem er seine Eltern dann überfiel. Eine völlig überflüssige Entgleisung, wie er im Nachhinein befand.

Bald verblasste jedoch die Erinnerung ein wenig. Mit Kraft unterstützte ihn die Denkmaschine bei der Beschönigung und Verniedlichung des eben noch so furchtbaren Vorgangs, als ob allein die zeitliche Distanz jene Nacht ungeschehen machen oder wie ein nachträglich benutztes Verhütungs-mittel wirken könnte.

Bis der Roloff beim Reinkommen heute beiläufig ihren Namen erwähnte.

»Unfassbar, ich glaube, der Blaschek hat es jetzt auch noch mit deiner Anna gemacht, du weißt schon, die aus dem Park. Hat Mike mir erzählt!«

»Das ist nicht meine Anna.«

»Du weißt schon, was ich meine.«

»Nein, weiß ich nicht.«

»Reg dich ab.«

»Ich reg mich gar nicht auf.«

»Natürlich regst du dich auf.«

»Nein, tu ich nicht.«

»Ach, nein?«

»Nein, verdammt.«

»Dann ist ja gut.«

Ein nervöser Kontrollblick auf den Kalender hatte das Startsignal für die sofort eingeleitete Suche gegeben. Heute entscheidet sich, ob ich noch ein Leben vor mir habe oder eigentlich schon tot bin, hatte Felix dem Roloff erklärt, ob ich fortan ein zum Scheitern verurteiltes Kind durch die Straßen und meine zerstörte Existenz schiebe, also ein neues Men-schengewächs ungefragt aus dem Nichts hole, um es in diese lebenslange Verzweiflung zu stoßen, die da draußen von den anderen Leben genannt wird.

Derart aufgeschreckt hatten sie beide beschlossen loszufahren, ohne Adresse und Telefonnummer. Er hatte keine Lust, irgendwen nach diesen Details zu fragen. Zu sehr graute ihm vor den unangenehmen, harten Fragen, die dann auf ihn einprasseln würden.

Nie zuvor hatte er sich so brennend gewünscht wie jetzt, irgendwo auf diesen öden Straßen eine große Glatze aufleuchten zu sehen. Das Haarlose bedeutete nicht selten ja auch tödlichste Gefahr, aber heute sehnte er sich nach geschorener Kopfhaut, dem stoppeligen Grau, auf dem es etwas schorfig-matt schimmerte.

»Felix?«

»Ja?«

»Was willst du eigentlich machen, wenn sie dir sagt, dass sie schwanger ist?«

Das ist eine böse Killerfrage vom Roloff, dachte Felix, jetzt will er mich richtig fertigmachen, weil ihm das hier gewaltig auf den Geist geht. Was soll ich dann schon machen? Das war ja der große lähmende Schwachpunkt der ganzen Suchaktion. Sollte er ihr auf der Stelle Geld für eine Abtreibung bieten und gemeinsam mit ihr einschlägige Adressen heraussuchen? Andererseits wusste doch eine Frau wie Anna bestimmt, was zu tun ist, oder eine ihrer Freundinnen. Die sind alle Abtreibungsexpertinnen, die geben darin schon Nachhilfe oder VHS-Kurse, hatte sich Felix immer wieder selbst beruhigt. Das machen die doch halbprofessionell, geradezu routiniert. Die hatte doch nicht bloß wegen ihm nicht verhütet, nein, die verhütete einfach die ganze Zeit nicht, da war doch jahrelange Abtreibungserfahrung im Spiel, die haben zusammen garantiert schon ganze Schuljahrgänge aus den eigenen Körpern entsorgen lassen – wenn die sich der Grenze nähern, holen doch alle holländischen Ärzte präventiv den

Absauger aus dem Schrank, hatte er sich immer wieder versucht einzureden.

»Ich habe keine Ahnung. Geld für eine Abtreibung bieten?!«, kam es schwach aus Felix Mund.

»Tolle Idee. Das wird die bestimmt super finden.«

»Etwa nicht?«

»Keine Ahnung. Denke eher nicht.«

»Also?«

»Also was?«

»Also: Was schlägst du vor?«

»Für was?«

»Für was wohl? Für Anna.«

»Keine Ahnung.«

»Wie, keine Ahnung?«

»Ja, keine Ahnung. Was sollst du da auch schon machen?«

»Das meine ich ja.«

»Wie?«

»Dass ich nicht weiß, was ich dann sagen soll.«

»Das ist aber schlecht.«

»Weiß ich auch. Sag du doch was.«

»Keine Ahnung.«

»Eben.«

»Scheiße.«

»Ja.«

Toll, dachte Felix, am Ende bleibt man nur noch schlaffer, noch hilfloser zurück, als man ohnehin schon ist. Der Roloff ist ein echter Zermürber, setzt immer wieder zum Stich an, bis man nicht mehr kann, zeterte er stumm vor sich hin.

Schweigend fuhren sie weiter.

Draußen sah Felix den Alltag an sich vorbeiziehen. Hausfrauen, die Tüten vollgepackt, strebten im Eilmarsch aus dem großen Supermarkt an der Kreuzung, ein paar kleinere Skateboardfahrer rollten in Fluchtgeschwindigkeit über den

Bürgersteig Richtung Fußgängerzone, mehrere Jungen und Mädchen, die er nicht kannte, hingen am Brunnen vor dem Krankenhaus herum, auf der Hauptdurchfahrtsstraße verstopften die ersten Nachhausekommer mit ihren Fahrzeugen die Fahrbahn, viele Rentner in ihren beige- und braunfarbenen Blousons – ihrer erdnahen Grubenkluft, wie Mike den Einheitslook der Baldtoten immer gerne nannte – schleppten sich träge durch den Nachmittag.

Selbst die haben noch mehr Spaß und mehr Zukunft vor sich als ich, wenn die es mit ihren Omas treiben, werden die auch nicht gleich schwanger, dachte Felix und verstand gar nicht, warum sich alle so vor dem Altern fürchteten. O.k., der Weg dahin war bestimmt die Hölle, wer wollte schon all die Jahre des Leidens, des Zweifelns, der vergeblichen Suche nach Sinn in allen furchtbaren Einzelheiten durchstehen müssen, aber wenn man erst einmal alt war, dachte er mit neuem Erkenntnismut, hatte man das Schlimmste doch geschafft, dann konnte man doch entspannt dem erlösenden Ende entgegensehen, ohne überraschende Schwangerschaften, tödliche Hölzenbeins oder andere irrwitzige Probleme.

Als sie gerade beschlossen hatten, ein letztes Mal das Kalkwerk zu kontrollieren und dann die Mission abzubrechen, rief der Roloff, den Hals blitzschnell nach hinten drehend und mit dem linken Arm Richtung Fahrerseite deutend:

»Da ist sie!«

Felix bremste abrupt am Straßenrand, ignorierte die wütend Hupenden hinter sich und drehte sich um. Tatsächlich, der Roloff hatte sich nicht getäuscht, beinahe wären sie an dem Pärchen vorbeigebraust, das dort auf der anderen Straßenseite Richtung Park ging. Anna mit ihrer Freundin Conny.

»Los, Felix, raus, sonst ist sie gleich weg!«

Der Roloff presste ihn mit beiden Händen gegen die Fahrertür. Felix registrierte benommen, wie sein Inneres praktisch überschwemmt und weggespült wurde von Substanzen, die ihn aufpeitschten und bewegungsunfähig zugleich machten. Erstaunt registrierte er, wie sich dennoch seine linke Hand zum Griff bewegte, die Tür öffnete und er irgendwie nach draußen gelangte. Die Echtwelt schien durch eine Art Milchglasscheibe von Felix getrennt. Alles so dumpf, alles so verschleiert.

Er kam direkt vor der etwas erschrockenen Anna und ihrer Freundin zum Stehen.

»Anna?«

»Jaaa? Was ist?«

»Ich wollte, ich dachte, ich wollte nur wissen …«

Anna gab Conny mit einem Blick zu verstehen, dass sie in keinster Weise verstand, worum es ging. Und Felix, der erfreut spürte, dass sein innerer Wirbelsturm zu einem Orkan abflaute und er wieder Herr über bestimmte Funktionen wurde, warf ihr das nicht einmal vor.

»Sag mal, wer bist du, und was soll dieses Gestammel?«

Anna klang genervt und zugleich ernsthaft interessiert, hatte Felix den Eindruck, auch wenn ihn die Frage etwas irritierte.

»Wie? Ich bin doch der Felix, mit dem du …«

»Was für ein Felix? Ich verstehe nur Bahnhof.«

»Der Felix von der Bank.«

»Was für eine Bank?«

Annas Blick sagte Conny, dass sie den Typen vor ihnen zwar für völlig plemplem, jedoch nicht für gemeingefährlich hielt.

»Na, die Bank da hinten im Park, da wo ihr auch schon mal wart.«

»Schön, und was willst du, Felix von der Bank?«

Anna grinste ihn an, wie ein Arzt vielleicht einen besonders schwierigen Patienten angrinst.

Felix schwindelte plötzlich. Warum grinst die so? Warum

macht die so, als ob sie mich nicht erkennt? Ist das alles ein großer Witz, den ich nicht verstehe, und alle haben ihren Spaß, halten sich die Bäuche, wischen sich die Lachtränen aus den Augen, während ich noch glaube, hier existenzielle Fragen klären zu müssen?

»Wir waren doch vor ungefähr vier Wochen, also, da haben wir uns getroffen und erst an der Bank den Abend miteinander verbracht und ...«

»Ach ja? Wie spannend.«

Gequält blickte sie ihn an und führte die Hand zum Mund, als könne sie kaum ein Gähnen unterdrücken.

Das brachte ihn völlig durcheinander. Da gab es doch keinen Zweifel, das war die glatzköpfige Anna, mit der er, nachts, auf Mutters Sofa, vor allen, und dann oben noch einmal, das war doch genau so gewesen.

»Äh, ja, so war das.«

»Ja und?!«

»Ja, wir waren, sozusagen, man könnte sagen, die GANZE Nacht zusammen.«

»Toll. Und?«

»Ich meine, die ganze Nacht, bis morgens!!«

»Echt? Ja, kann passieren.«

Anna rollte die Augen und stieß Conny feixend in die Seite, die mitleidig lächelnd den Kopf schüttelte. Felix ballte beide Fäuste, kniff kurz die Augen zusammen, bis er Sternchen sah, und presste dann hervor:

»Wir haben ohne Verhütungsmittel miteinander geschlafen, und ich wollte bloß wissen, ob du jetzt schwanger bist.«

Es war, als hielte das Universum für eine Sekunde inne, um dann mit Macht über seinen ermattetsten Vertreter zusammenzubrechen.

Annas Kopf, der große, eben noch graue Glatzenkopf, wechselte sekundenschnell in ein massives Alarmrot und schien vor innerem Druck platzen zu wollen, als es in donnernder Lautstärke aus ihr herausbrach, das animalischste Lachen, das erniedrigendste Grölen, das abstoßendste Wiehern, das Felix je zu Ohren gekommen war. Die Wucht des ekstatischen Lachbebens ließ sie nach vorne pendeln, wo sie sich unwillkürlich kurz an Felix festhielt, der naturgemäß zurückzuckte, ihre Freundin Conny hängte sich, nur noch ein schreiverzerrtes Grimassengesicht, an Annas linken Arm, so vereinigten die beiden sich zu einer demütigenden Schallwelle, die Felix vom Bürgersteig zu fegen drohte. Hilflos stand er im Lachsturm und wusste nicht wohin.

»O-b i-c-h s-c-h-w-a-n-g-e-r b-i-n?«

Annas durch heftigste Muskelkontraktionen nur zerhackstückt an die Welt gerichtete Frage klang wie eine Kettenexplosion kleiner Handgranaten. Als wäre sie sich nicht sicher, ob Felix und der ganze Globus den Satz auch richtig verstanden hätten, wiederholte sie ihn gleich nochmal.

»O-b i-c-h s-c-h-w-a-n-g-e-r b-i-n?«

Und wie von einem Lebendecho schallte es aus dem nicht minder schwer arbeitenden Conny-Mund leicht überarbeitet zurück.

»O-b d-u s-c-h-w-a-n-g-e-r b-i-s-t?!«

Die gehen mir jetzt aber langsam auf die Nerven mit ihrer Wiederholungsmanie, dachte Felix, zunehmend verstört ob des gigantischen Prust- und Donnerlachkonzerts.

»Das willst du ganz im Ernst wissen, Felix von der Bank?«, quoll es Anna jetzt in Schüben aus dem immer noch unkontrolliert zuckenden Körper.

»Deswegen kommst du vier Wochen später zu mir?«

Sie schlug ihm leicht gegen den Arm, als wolle sie sicherstellen, keiner Fata Morgana aufzusitzen, keiner Vision, die sie wahrscheinlich bei all ihren Pillen- und Pilzcocktails öfter hatte und deswegen immer mit einer solchen rechnen musste, überlegte Felix kurz.

»Deswegen? Echt? Das ist alles?«

Felix nickte. Er fand immer noch, wenn auch mittlerweile mit Zweifeln unterlegt, dass das ein triftiger Grund war. Schwanger oder nicht, das schien ihm eine durchaus nicht belanglose Frage zu sein. Obwohl er damit offensichtlich alleine war. Conny prustete erneut heftig los.

»Mannomann. Du bist ja ein komischer Kauz.«

Die zwei Mädchen guckten sich kurz an und einigten sich mit stummen Gesten darauf, dass sie jetzt ihren Spaß gehabt hatten und weiterziehen wollten. Also ließen Anna und Conny ihn einfach stehen. Einzementiert stand Felix auf dem Bürgersteig und warf seine Blicke wie Lassos vergeblich hinter ihnen her. Doch nach zwei, drei Schritten, als fiele ihr just noch etwas ein, spuckte Anna ihm halb über die Schulter einen Satzstummel vor die Füße wie einen abgenagten Knochen.

»Natürlich nicht, Mann.«

Und dann gingen Anna und Conny weiter, als ob nichts geschehen wäre, und verschwanden im Park. Sie drehten sich nicht noch einmal um.

Felix kämpfte sich durch einen zähen Gelee-Teppich zurück zum Auto, mehrere Kilometer chemischer Sumpf, wo eben noch Straße war, so kam es ihm vor, der Boden gab nach, und er versank bis zur Hüfte, er quälte sich durch eine undefinierbare heiße Masse, schwitzend, keuchend, der ganze innere Belag der Wirklichkeitsblase, so kam es ihm vor, hatte sich mit einem Male gelöst, um ihn für immer zu begraben. Sich einfach hinlegen, dachte Felix erschöpft, einfach fallen lassen, versinken und nie wieder auftauchen, das wäre auch kein schlechtes Programm.

»Alter, wie war's, was hat sie gesagt, halloooo!!«

Der Roloff war ihm auf der schmalen Straße entgegengeeilt, zog ihn Richtung Auto, öffnete die Fahrertür und schob ihn in den Innenraum.

»Aufwachen, huhu, was ist denn los, was hat sie gesagt?«

226

Felix blickte ihn verwundert an.

»Sie sagt, alles in Ordnung, ich glaube, das war die Message.«

Wie die versucht haben, mich mit ihren Lachsalven niederzumähen, dachte er. Man schämt sich insgeheim, weil man ihnen alles zutraut, und doch sind sie in Wirklichkeit noch viel härter. Das ganze Leben als ein einziges Verrottungsdrama, alles um sie herum ziehen sie mit in ihre Verrottungs-Trichter, da häckseln sie alle und alles klein, denn weil sie innerlich verrottet sind, dulden sie auch nichts als Verrottung um sich herum.

»Das ist doch super, Felix, du bist gerettet.«

Der Roloff hatte wieder auf dem Beifahrersitz Platz genommen.

»Ich glaube, das heißt es, ja.«

»Super, Mann.«

»Ja.«

»Warum guckst du dann so bedröppelt?«

»Ach, nichts.«

»Das müssen wir heute Abend aber feiern.«

»Was?«

»Was wohl? Deine Nichtvaterschaft, oder?«

»Ach so.«

»Komm, auf jeden Fall. Wir müssen dein Entkommen begießen.«

»Ich weiß nicht.«

»Doch, ja klar, nach all den Qualen!«

Felix dachte kurz nach.

»Wenn du meinst.«

Der Roloff trommelte begeistert auf die Beifahrerkonsole.

»Logo, na klar! Auf geht's, auf geht's!«

Felix legte den Gang ein. Der Roloff steigerte sich, immer heftiger rhythmisch auf die Ablage schlagend, in einen wahren Begeisterungsrausch. Die dumpfe Suche war zu Ende, die

Vollkatastrophe offensichtlich noch einmal vermieden worden, jetzt könnte man in Ruhe und mit Recht richtig feiern. Er intonierte eine Spontankomposition.

»Felix, you're a free man, a free, free man.«

Felix bemühte sich zu grinsen. Von wegen, dachte er, die Wahrheit ist doch, wir sind alle schon tot. Entweder verrotten wir noch oder sind schon tot. Und einige waren immer schon tot, die brauchten vorher gar nicht erst zu verrotten. Aber darüber würde er später noch einmal genauer nachdenken müssen.

»Ja, Roloff, so ist es. Auf geht's!«

13. Geständnis

Karla. Der Roloff. Mein Freund. Nebelschwaden waberten durch Felix' Zimmer, eine nach der anderen steckte er sich an. Spürte befriedigt, wie das Nikotin durch tiefste Lungenkapillaren diffundierte, das Blut schwer machte, wie sich dieses Gewicht durchs Hirn schob und da für wenige Augenblicke jede Beschleunigung verhinderte. Gut fühlte sich das an, aber viel zu kurz. Schon hämmerte es weiter.

Karla. Der Roloff. Die Zahnlücke. Was tun? Felix blieb, von der Ausweglosigkeit dieses Gedankens übermannt, kurz stehen, schlug sich mit der flachen Hand gegen die Stirn, schließlich auch gegen die Holzverkleidung des Raumteilers. Kaulquappengleich zischelten die Gedanken in seinem Kopf umher, immer stärker, immer größer wurden sie. Bald reichte der Schädel nicht mehr aus, sie glitten in jede Zelle seines Körpers, ließen ihn zucken und zappeln, er hatte den Eindruck, er werde von innen aufgepumpt bis zum Bersten.

Roloff. Karla. Roloff.

Ein Blick nach draußen auf die Straße. Sah keine Konturen, nur Flimmern. Er öffnete die Tür, horchte zum hundertsten Male sinnlos ins Treppenhaus. Er erwartete niemanden. Niemand war da. Er sprühte mit einer Sprühdose goldene Strichmuster auf die Wand neben dem Bücherregal. Versuchte hektisch und vergeblich, sie mit dem Handballen wieder wegzuwischen. Er zündete lustlos einen aufgebrochenen Chinakracher auf dem weißen Bettlaken an und beobachtete, wie sich das Pulver zischelnd in den Stoff fraß. Er sagte alle zehn Sekunden »Scheiße«. Verfluchte sich laut. Ich hätte nie mit zu Cure gehen dürfen, das war doch alles absehbar gewesen.

Seit jener sternenklaren Nacht fühlte sich sein ganzes Leben an wie ein Steilhang, den er immer unkontrollierter hinunterrutschte. Er ging schlafen und hoffte, das innere Zittern verschwände über Nacht wie die Ahnung einer Sommergrippe, die man durch Ruhe noch im letzten Moment abwehren kann.

Vergeblich.

Er hatte mit Gewalt versucht, bei den unvermeidbaren folgenden Begegnungen mit Karla ihre Zahnlücke nicht als das Tor zu einem unbekannten Paradies zu deuten, sondern als kieferchirurgisches Problem.

Umsonst.

Auch die Porzellanhaut blieb eine schmerzende Verlockung, egal wie oft er sich sagte, das sei weniger edel als vielmehr krankhaft blass. Es half alles nicht. Sobald er Karla sah, wechselte die Welt ihren Takt.

Heute Morgen hatte sich Felix vor den Spiegel gestellt und laut und deutlich in sein Zimmer gesagt:

»Du bist verliebt. Verliebt in den Lebensgrund deines Freundes. Du bist ein Verräter. Du beklagst die Niederträchtigkeit der Welt und bist der Niederträchtigste, du zeigst mit den Fingern auf die Verkommenen und bist selbst einer von ihnen.«

Dann hätte er gerne geweint. Aber es ging nicht, obwohl ihn der Schmerz und die Ausweglosigkeit durchschüttelten. Es war, als hätte die bloße Feststellung dieser Ungeheuerlichkeit – der Roloff! Mein Freund! – seine Tränen verdampfen lassen.

Felix hielt inne.

Plötzlich hatte er eine Eingebung.

Er musste es ihr sagen. Sie musste es sofort erfahren. Das war ihr Recht. Er hatte die Pflicht, es ihr zu sagen. Wahrscheinlich wartete sie schon lange darauf. Er musste nur an ihre Blicke denken, ihre Gesten, die kleinen Zeichen, diese Wärme, dieses Begehren. Mit ihr, fasste Felix die Überlegungen zusammen, gibt es keine unlösbaren Probleme, kein Verzagen, keine Mutlosigkeit, wenn ich ihr alles gestehe, gehört uns die Welt. Wir werden das Problem mit dem Roloff bewältigen. Es ist schließlich Liebe. Und Liebe ist das Höchste, das Größte, das Beste, Liebe kann nichts Schlechtes sein. Das weiß auch der Roloff, der nie etwas anderes sein wollte als ein selbstloser Diener der Glückseligkeit.

Felix sprang zum Telefon. Alles war so klar. Zwei Herzen, die zueinander gehörten. Zwei dürstende Seelen, die sich gefunden hatten. Die Zeit des Verstellens war endgültig vorbei. Beschwingt wählte er ihre Nummer.

»Ja? Karla hier!«

Ihre Stimme. Entzückt stellte er sich vor, wie sie den Hörer in einer ihrer schlanken, langgliedrigen Hände an ihr Ohr hielt. Diese Finger, diese Haut, das frische Heu.

»Hallo, Karla! Ich bin's, Felix. Wie geht's?«

»Felix?«

»Ja, Felix!«

»Der Felix vom Roloff?«

»Äh, ja, genau der.«

Felix war irritiert. Warum ist die denn so überrascht? Hat die mir nicht zugetraut, ein Telefon bedienen zu können, oder was? Oder kennt die so viele Felixe, dass sie sie erst einmal sortieren muss, oder wie?

»Ach so, hab dich kaum erkannt. Ist ja auch das erste Mal, das du bei mir anrufst.«

Sie lachte.

»Mir geht's gut, und selbst?«

»Äh, ja, auch gut, danke!«

»Und, was machst du gerade so?«

Moment, dachte Felix, was nimmt das denn hier für eine Richtung, das war doch ganz anders gedacht. Wie eiskalt die mich jetzt schon ausbremst und von der Spur abbringt.

»Nichts Besonderes. Ich wollte dich nur etwas fragen.«

»Ja?«

»Ob du heute vielleicht Zeit hast?!«

»Heute, gleich?«

»Ja.«

»Mmh. Wofür?«

Das war doch jetzt Absicht, überlegte Felix, wofür sollte man schon Zeit haben, was kamen denn da in unseren Breiten für phantastische Möglichkeiten in Betracht?

»Ich würde mich gerne mit dir treffen.

»Wir zwei, alleine??«

Karla war eindeutig etwas lauter geworden, fiel Felix sofort auf, die klang überrascht und lauter, das konnte man nicht verleugnen. Der Teppich unter ihm schien sich etwas zu bewegen. Hatte nicht dieselbe Frau ihm kürzlich zugeraunt, man solle sich doch mal treffen, alleine? Das hatte er doch nicht geträumt, oder?

»Ja, wir beide alleine.«

»O.k.«

Nicht dass die mir gleich vor Begeisterung abhebt, dachte Felix.

»Dann hole ich dich in einer Viertelstunde ab, ja?«

»O.k.«

»Bis gleich dann.«

Felix legte erleichtert auf. Das hätte er geschafft. Und natürlich musste Karla so reagieren. Sie wusste doch auch um die Brisanz eines solchen Anrufs. Die Verabredung zu einem Treffen mit Karla, dem Roloff'schen Lebensmotor, katapultierte Felix mit einem Mal außerhalb aller zivilisatorischen Kreise in eine frostige, einsame Steppe, in der nur das

Verderben auf ihn wartete. Da brauchte er sich nichts vorzumachen. Das würde ihm weder der Roloff noch irgendwer sonst verzeihen. Gerade du, Felix, würden sie sagen und mit den Fingern angewidert auf ihn zeigen. Was hast du wegen Nadja und André gelitten – und jetzt so etwas! Aber das war Felix in diesem Moment alles egal. Und außerdem, so entschuldigte er sich schon jetzt, hat Karla bisher noch nicht signalisiert, ob sie tatsächlich Interesse am Roloff hat.

Felix schwebte zur Garage. Er war nur noch ein Sklave der Liebe. Er würde zwei Menschen, sie und sich, für immer von der quälenden Ungewissheit befreien. Karla. Von nun an gehörte er ihr. Sie ihm. Ihnen die Welt.

Nervös raste er zu ihrer Wohnung. Drehte drei Extrarunden um den Block, um sicherzustellen, dass niemand Bekanntes sein Kommen beobachtete. Wären die Verhältnisse erst einmal geklärt, dachte Felix, würden sie sich wie die Freiesten bewegen können, aber bis dahin galt es, Aufsehen zu vermeiden. Sich dicht an Hecken und Mäuerchen haltend, ging er vom Parkplatz zum Hauseingang. Hier wohnten auch ein paar ihrer Freundinnen, womöglich sogar einige seiner Bekannten, die ihn auf keinen Fall sehen durften.

Erst jetzt fiel Felix wieder auf, wie wenig er vom echten Leben einiger derer wusste, mit denen er den Großteil seiner Zeit verbrachte. Nur in den seltensten Fällen traf man sich noch bei irgendwem zu Hause. Zu klein waren die meisten Wohnungen, zu geistzerstörend die Atmosphäre. Wenn Felix etwa den Roloff besuchte, mit dem er schon immer befreundet war, hatte er den Eindruck, er betrete eine Druckkammer – als sei die Roloff'sche Wohnung eine Art Flugzeugkabine, in der aufgrund der komplizierten atmosphärischen Bedingungen in einer feindlichen Umwelt bald alles implodieren oder explodieren könnte. Um das zu vermeiden, wurde permanent verbissen an den Stellschrauben filigranster Sozial-Konstruktionen gearbeitet, um das Überleben der Sippe zu gewährleisten. Dieser Druck lastete auf allen und allem. Die endlosen Überstunden des Vaters. Das ewige Geldthema. Die Wochenendarbeit. Die Enge. Schon eine als leicht gereizt interpretierte Frage nach der Butter beim Abendessen mit den Eltern und den vier Geschwistern führte zu brutalsten Wortgefechten und fürchterlichsten Verletzungen. Jeder Quadratmeter Wohnung ein kleines Verdun. Bei vielen seiner Freunde war es ähnlich. Kein Wunder also, dachte Felix, als er sich Karlas Wohnhaus näherte, dass sich alle lieber auf dem neutralen Boden der Bank trafen.

Felix klingelte und hoffte inständig, Karlas Eltern seien beide berufstätig, in Urlaub, zumindest aber einfach nicht da. Eltern, vor allem aber gelangweilte Mütter, hatten ja die unglaubliche Gabe, aus den herrlichsten Situationen mit großer Treffsicherheit Alpträume zu machen.

Er nahm drei Stufen auf einmal und hetzte hoch.

Mit einem unergründlichen Schmunzeln empfing sie ihn vor der Tür. Sie trug ein leichtes beigefarbenes Sommerkleid mit Spaghetti-Trägern und nahezu flache Sandaletten. Ihr offenes, ungestümes Haar wirkte im Gegenlicht wie Ährengold, registrierte er überwältigt. Ein leuchtend zarter Kranz schien ihren Kopf zu umrahmen. Er hatte das unwiderstehliche Gefühl, sich sofort niederknien und ihr einen Antrag machen zu müssen.

»Und was machen wir jetzt?«

Ihre fröhlich-aufgekratzte Stimme drang kaum durch das Tosen in seinem Ohr, das sich mit dem Dröhnen aus seinem Brustkorb zu einer gigantischen Schallwellenflut vereinigte, er war nurmehr nur noch ein einziger Resonanzboden für den schwersten inneren Aufruhr, denn just in diesem Augenblick wurde ihm wieder bewusst, welche Ungeheuerlichkeit er im Begriff war zu begehen.

Der Roloff. Karla. Der Roloff.

Er murmelte etwas von Raus-an-die-frische-Luft-Gehen, griff ihre Hand und zog sie hinter sich her. Willig folgte sie ihm, lachend, hielt ihn kurz zurück, zog die Tür zu, dann stürmten sie, ihre kühl-frische Hand in seiner schwitzigen, schnell die Treppen hinunter.

Er hatte sich auf dem Weg alles genau ausgemalt: sie auf einer Bank, in den Auen am großen Fluss, wie er ihr dort alles erklären würde, das Roloff-Problem, seine Liebe, ihre Zukunft, seinen Kampf, seinen wirklich harten Kampf, wie er es nennen wollte, gegen den drohenden Verrat gegenüber dem Freund, und schließlich der unabwendbare Sieg seiner Gefühle. In groben Zügen stand der Vortrag. In ihr Herz würde er sich reden, heiß und tief.

Während sie zum Auto gingen, fragte er sich, wie er die Zeit bis zu seinem Geständnis überbrücken sollte. Daran hatte er nicht gedacht. Felix hielt ihr die Beifahrertür auf. Schloss die Tür. Ging um den Wagen herum. Unauffällig überprüfte er die Halsschlagader. Wie das da wummert, analysierte er kurz, das arbeitet schon jenseits der erlaubten Höchstbelastung, das halte ich nicht mehr lange durch und falle einfach um. Ich sterbe praktisch neben ihr, mein Kopf womöglich in ihrem Schoß, frohlockte Felix, als er sich auf dem Fahrersitz mit einem Blick auf Karla niederließ. Wie zwei zarte Versprechen sah er ihre ebenmäßigen, nackten Schenkel unter dem Rocksaum verschwinden.

»Was machen wir eigentlich?«, fragte sie und wickelte mit einem Finger einen Teil ihres goldgelben Schopfes auf.

»Ich dachte, wir fahren ein bisschen an den Fluss«, krächzte Felix.

»Warum nicht, das Wetter ist ja super!«

Entspannt lehnte sich Karla in den Sitz zurück, verstellte die Lehne etwas nach hinten und kurbelte die Scheibe herunter.

Felix drehte das Radio auf, bis die Boxen metallisch schepperten, und beschloss, bei jedem Song so enthusiastisch wie möglich mitzuwippen und die Lippen zu bewegen, um so nicht nur seine künstlerische Ader zu betonen, sondern vor allem, um alle möglicherweise aufkeimenden Gespräche schon im Ansatz zu unterbinden. Unter keinen Umständen auf irgendeinen Smalltalk einlassen, dachte Felix, sonst bin ich verloren.

Nach wenigen Minuten bedeutete ihm Karla, die unglaubliche Lautstärke doch bitte ein wenig herunterzudrehen. Felix fasste kurz an den Regler, blickte zu ihr, sagte: »Bitte nur noch diesen Song!«, und holte mit einer schnellen Bewegung das ganze brachiale Volumen zurück. Sie zuckte mit den Schultern, hob fragend die Augenbrauen und ließ es dabei bewenden.

Nach ein paar Minuten hatten sie die ausladenden Wiesen am Fluss erreicht.

»Wohin wollen wir genau?«, fragte Karla beim Aussteigen lächelnd, aber auch etwas süffisant, wie Felix fand. Ihr Unterton ließ erkennen, dass sie ahnte, dass er einen bestimmten Plan verfolgte. Jetzt gab es kein Zurück mehr. Die Endgültigkeit seines Entschlusses legte seine Stimmbänder in Eisenketten. Metallen der Geschmack, hallend die Stimme.

»Da vorne, es sind nur noch ein paar Meter …«

Im Eilschritt ging er voraus, schaute sich alle paar Sekunden kurz um, stellte sicher, sie ist noch da, sie biegt nicht ab, sie dreht nicht um. Angestrengt wanderten seine Augen über die weiten Felder bis hin zum Waldrand, suchten nach menschlichen Bewegungen, einem Radfahrer oder Jäger vielleicht, ungebetenen Zeugen also, wie Felix dachte, der nichts mehr fürchtete als eine mögliche Störung seines bevorstehenden Auftrittes. Er fühlte sich wie der Teilnehmer eines Triathlon, am Ende seiner Kräfte, ausgelaugt, zerstört, und doch durch die Aussicht beseelt, in wenigen Augenblicken das Ziel zu erreichen, die Zentnerlast von sich stoßen und die Tür zu einem neuen, besseren Zeitalter aufstoßen zu können.

Ein angenehmer Wind fuhr über sie hinweg, das hohe Gras verneigte sich vor ihnen, das Wolkenballett tanzte seinen schönsten Reigen.

Seinen Puls brauchte Felix nicht lange am Hals zu ertasten, er schien sich durch die Haut schneiden zu wollen. Das hält kein Muskel lange aus, diese extreme Höchstdauerbelastung, befand Felix trocken. Er spielte mit seinem Leben. Und das für die Liebe, für meine Liebe, wie er gerührt von seinem eigenen Vorgehen sofort hinzufügte.

Er sah sie an seinem Grab stehen, eine dunkle Brille vor den rotverweinten Augen, dazu schwarze, natürlich halterlose Strümpfe unter dem engen Kleid, ein goldenes Kreuz zwischen den blassen Brüsten mit den hellsten, reinsten Vorhöfen – die ganze Karla also am Ort des Zerfalls, ein einziger Schrei nach Zukunft, nach Lust und Sinnlichkeit, ganz heiß wurde ihm bei dieser Vision, als er endlich eine passende Bank fand.

»Bitte, Karla, setz dich doch!«

Sie nahm Platz, schlug die Beine übereinander, kramte eine Zigarette aus ihrem kleinen bestickten Stoffbeutel, zündete sie an, bündelte mit der geschmeidigsten aller Handbewegungen ihre Haare und legte den Schopf hinter eine Schulter, um schließlich Felix erwartungsfroh anzulächeln.

Diese Zahnlücke, diese Lippen, die blauen Strudel, nie war sich Felix in seinem Leben einer Sache sicherer gewesen.

»Also, Karla, ich kenne da jemanden, der fühlt etwas für jemanden, für den er eigentlich gar nichts fühlen dürfte. Was ich sagen will, ist, dass dieser Jemand für diese andere Person nichts empfinden dürfte, weil jemand anderes etwas für sie empfindet.«

Felix hielt kurz inne und durchdachte den gesagten Text noch einmal. Logisch schien alles korrekt, aber, Mann, das war auch ganz schön kompliziert, wenn man sich das mal genau überlegte, fand Felix, da kann man aber leicht durcheinanderkommen mit diesen ganzen Jemanden und wer da wen warum mag und warum nicht. Er sah kurz zu ihr rüber. Ihr Gesicht war ein engelsgleiches Fragezeichen.

»Dieser andere, der eigentlich sehr viel für diese Person empfindet, weswegen sich die andere Person, also die erste Person, die etwas empfindet, schlecht fühlt, kann sich aber nicht sicher sein, ob diejenige Person, für die er etwas empfindet, auch so fühlt, und der andere, der eben zuerst Erwähnte, der etwas für sie empfindet, kann sich übrigens auch nicht sicher sein, ob sie etwas für die andere Person empfindet, weswegen er sich, also der Erste, vielleicht sogar zu Unrecht schlecht fühlt für seine Gefühle, weil das ja doch vielleicht einen Unterschied machen würde für alle Beteiligten, wenn der eine, der etwas empfindet, das nur einseitig macht, wobei natürlich auch der Erstere der Erwähnten auch keinesfalls sicher sein kann, ob nicht auch er am Ende etwas empfindet, was niemand sonst so empfindet.«

Felix verstummte. So kam er nicht richtig weiter. Wer sollte da noch durchblicken. Irgendwie hatte er sich das doch klarer und vor allem glamouröser vorgestellt. Diese Andeutungen, mit denen er sich langsam der unfassbaren Wahrheit nähern wollte, brachten ihn geradewegs in die dunkelste Sackgasse. Karla guckte ihn mit ihren sehr großen, sehr blauen Augen an, hatte sich auf der Bank etwas nach vorne gebeugt, sodass er den Ansatz ihrer festen Brust im Ausschnitt mehr als nur erahnen konnte und hielt ihren Mund auffällig hinter beiden Händen versteckt. Ein kaltes Beil fuhr in Felix' Seite. Lacht die etwa?

»Felix?«

»Ja?«

»Was willst du mir eigentlich sagen?«

Felix hatte den unangenehmen Eindruck, da werde ein

aufkeimendes Prusten unterdrückt, verbot sich aber, darüber weiter nachzudenken, denn, so fiel ihm sofort auf, sie hatte ja recht. Was erzählte er da eigentlich für einen elenden Stuss? Wie sie da so saß, ihn anlächelte, das war doch alles so eindeutig, so einfach.

»Karla, ich glaube, ich habe mich in dich verliebt! Nein, ich glaube es nicht, ich weiß es. Und das ist das Schönste, was ich je empfunden habe, plötzlich scheint mir Sinn, wo vorher nur Sinnlosigkeit war, Schönheit, wo ich vorher nur Elend sah. Ja, du hast mir den Glauben an diese Welt zurückgegeben, als ich dachte, der Tod selbst wäre womöglich die größte Freude, die dieses Dasein für mich bereithält. Und dieses Gefühl, von dem ich ja gar nicht weiß, auf was es auf deiner Seite stößt, auf was ich da hoffen kann und auf was nicht – aber das ist zumindest für einen Moment auch unerheblich, denn das Gefühl selbst ist so groß und so schön, dass mir fast alles egal ist –, dieses Gefühl allein macht mich schon wirklich frei. Aber auch nicht frei genug, um zu ignorieren, dass es ein verbotenes Gefühl ist.«

Felix hatte während seines Ausbruchs die Grasnarbe auf dem Feldweg vor sich gemustert und schaute jetzt auf. Karla starrte ihn wortlos an, den gewellten Mund leicht geöffnet, die Zahnlücke halb bedeckt, das ausgeglühte Zigarettenende sinnlos zwischen den Fingern eingeklemmt.

»Denn dir wird ja nicht entgangen sein, was du für meinen besten Freund, den Roloff, bedeutest. Du bist sein Lebenselixier. Und wie könnte ich es jemals wagen, gerade ich, da hineinzugrätschen, seine Träume zu zerstören, die Hoffnungen wegzublasen? Und doch stehe ich heute hier und kann nicht anders, als dir genau das zu sagen. Ich weiß auch nicht, wie ich oder wir damit umgehen sollen, aber das Mindeste, was ich tun kann, ist, dir meine Gefühle zu gestehen.«

Ihr Gesicht war ein großer weißer Milchsee, in dem er schwimmen wollte bis ans Ende seiner Tage. Die Augenstrudel zogen ihn immer tiefer hinab in ihre Seele, die, das sah und spürte er, nur für ihn offen stand. Und er ließ sich hineinfallen und wollte nie wieder heraus aus diesen privatesten Kammern ihres Bewusstseins.

Einmal in Fahrt, fand sich Felix eigentlich ganz gut und hörte deswegen gar nicht mehr auf, seine Wiedererweckung allein durch sie zu preisen, ihre Anmut zu loben, ihre Menschlichkeit zum Maßstab allen Seins auszurufen. Befriedigt bemerkte er, wie überzeugend sich das alles anhörte. Das stachelte ihn zu immer neuen Superlativen an. Immer neue Details seines Innenlebens, die ihm teilweise bis eben auch nicht bewusst waren, breitete er vor ihr aus, seinen ganzen Kosmos ließ er nur noch für sie und um sie herum kreisen. Und während er also sich selbst und sie und die ganze Welt hier neben dem großen Fluss schwindelig redete, wurde ihm langsam die befreiendste, die beglückendste aller Wahrheiten bewusst:

Alles, was er gerade als ewiges Liebesgesetz formulierte, war wahr. Das waren die großen Gefühle. Das waren die echten Gefühle. Das waren die Gefühle, die Menschen zu Menschen machten. Aber, und diese sehr plötzliche und sehr fundamentale Erkenntnis ließ ihn innerlich jauchzen und jubilieren, das waren ganz bestimmt nicht die Gefühle, die er für Karla hegte. Mit jedem Satz, mit jedem Wort der Lobpreisung wurde er sich darüber klarer.

Ja, sie war wunderschön. Ja, sie hatte die tollsten, die zartesten Brüste westlich des Urals, und er würde viel dafür geben, wenn er sie einmal anfassen dürfte, nur ein einziges klitzekleines Mal. Ja, ihre Zahnlücke war die Pforte in ein unbekanntes, aufregendes Reich. Aber er liebte sie nicht. Er war verliebt in das Gefühl der Liebe, aber nicht in sie.

I-c-h l-i-e-b-e s-i-e n-i-c-h-t!, triumphierte es in Felix, I-c-h l-i-e-b-e s-i-e n-i-c-h-t!

Wie hatte er anderes nur denken können. Das hatte auch

nichts mit dem Roloff zu tun und der berechtigten Angst vor katastrophalen Konsequenzen. Ich habe mich da wie der Blindeste hineingesteigert aus der schieren Lust an dem Gefühl, versuchte Felix eine erste Analyse, während er verstummte und vor der verdatterten Karla auf und ab ging. Die drohende Möglichkeit, der Frevelhafteste zu sein, ließ mich automatisch zum Frevelhaftesten werden, die drohende Möglichkeit von komplizierten Gefühlen ließ automatisch die kompliziertesten Gefühle emporschießen. Es war meine verzweifelte Sehnsucht nach irgendeinem Halt, der zu diesen wahnhaften Versteigerungen führte, folgerte Felix, der sich fühlte wie Atlas, dem der Herr zur Feier des Tages die Erdenkugel von der Schulter genommen hat.

»Karla, ich weiß gar nicht, wie ich es dir sagen soll.«

Er suchte nach Worten. Alles war so klar. Wie aber würde er ihr das jetzt erklären können, nach diesem Auftritt?

»Felix, ich bin ja völlig …«, versuchte sie sehr bedacht, sehr feierlich einen ersten Satz.

»Nein, nein, vergiss es, vergiss alles, was ich gerade gesagt habe«, rief Felix, »es ist alles falsch, das ist mir gerade klar geworden. Was ich eigentlich sagen wollte …«

»Felix!«, sagte sie sehr bestimmt. »Jetzt lass mich mal ausreden. Was du da eben gesagt hast, ist das Schönste, was mir jemals jemand gesagt hat. Und ich wollte dir sagen, dass auch ich …«

»Nein!«, unterbrach Felix sie laut.

Er lief auf sie zu. Griff beide Hände. Schaute in diese großen blauen Augen, die jetzt nur noch ungefährlich, aber immer noch sehr schön vor sich hin kreiselten. »Nein, nein, nein. Vergiss das alles, Karla! Ich liebe dich nicht! Das ist mir eben klar geworden. Und du hast mir dabei geholfen. Danke dafür!«

Das war aber jetzt auch wieder einer zu viel, dachte Felix noch, wie soll sie das denn verstehen? Tief wie der Grand

Canyon hatte sich zwischen Karlas Augen eine Zweifels-
falte eingegraben. Ihr Blick, plötzlich leer. Der Mund, halb
offen. Und er stand da immer noch, ihre beiden Hände, ihre
deutlich erschlafften Hände, wie er feststellen musste, in den
seinen.

»Karla, es tut mit wahnsinnig leid. Ich dachte, ich liebe
dich. Aber eben ist mir klar geworden, du bist eine wahnsinnig tolle Frau, du bist sexy, du bist begehrenswert, schlau,
alles, wirklich einfach alles, aber« – er hielt inne und vergegenwärtigte sich noch einmal die gewaltigste aller heuti-
gen Erkenntnisse – »ich bin nicht in dich verliebt!«

Er ließ ihre Hände los.

»Ich bin nicht in dich verliebt. Tut mir leid.«

Felix drehte sich um, ließ sie da einfach sitzen und lief los
Richtung Auto. Er hörte, wie Karla ihm hinterherrief.

» Felix, was machst du denn? Was soll das? Das kannst du
doch nicht machen. Hör mir bitte mal zu. Ich muss dir sagen,
dass ich auch …«

Der Rest des Satzes wurde von den Feldern um ihn herum
verschluckt und vom lauten Tuckern der Frachtschiffe auf
dem großen Fluss übertönt.

Atemlos erreichte Felix das Auto, schwang sich hinter das
Lenkrad, zündete sich die bestschmeckendste Zigarette seines
Lebens an und wusste vor heißem Glück für einen Moment
kaum, wohin mit sich und seinen Gedanken.

Aber es gab natürlich nur ein Ziel.

»Roloff«, rief Felix in den aufbrausenden Motorenlärm,
»ich komme!«

14. Kirmes

Hier müsste man eine Atombombe draufschmeißen, dachte Felix, als ihn erneut jemand anrempelte, sofort wäre die Welt eine bessere. Mit diesen Überlegungen ließ es sich schon besser auf der überfüllten Kirmes am großen Fluss aushalten, über die er seit Stunden mit Tom, Mike, Mark, Christoph und dem Roloff zog. Warum sie überhaupt noch dort hingingen, konnte er nicht sagen. Vielleicht, weil man immer hoffte, eines der Mädchen zu einer eng umschlungenen Fahrt in der Raupe überreden zu können. Über die Jahre hatte sich diese Veranstaltung einfach zu einem Pflichttermin entwickelt. Also schoben sie sich mit Zehntausenden anderen wie die Lemminge über den aufgeweichten Boden.

Das ist hier so gemütlich wie in einem Massengrab, dachte Felix verzweifelt und starrte auf Toms Fersen, eingekeilt in dem ewig grundlosen Fleischstau auf einem der Gehwege.

Die Kirmes war für ihn eine große Lehrstunde im Fach Menschenekel. Sie war einerseits das beliebteste Gipfeltreffen aller Neubauviertel-Bewohner, ein Ort also, der in Testosteron förmlich ersoff, an dem nichts als billigste Niedertracht und abstoßendste Kaltblütigkeit herrschten. Andererseits schleppten sich hier über den Platz auch bürgerlichere Familien wie versprengte Reste eines längst vergessenen Flüchtlingstrecks – mit Gesichtern, denen die professionalisierte Heuchelei eingraviert war und die wie marode Fassaden kurz vor dem Zusammenbruch wirkten.

Umso mehr amüsierte sich Felix über den Atomblitz vor seinem geistigen Auge. Wie der Pilz direkt neben der Achterbahn von Bruch & Sohn langsam in die Höhe steigen würde und man im selben Augenblick, dem letzten für immer, mit dem Röntgenblick durch alle Skelette und Buden hindurchsehen könnte, wie sie dann alle einfach zu Staub zerfallen würden, die halslosen Sonnenstudio-Monster mit ihren aufgekratzten Permanent-Make-up-Begleiterinnen, aber auch die furchtbaren Selbstzerfleischungsrudel, die sich als sogenannte harmonische Familien tarnten und doch nur Existenzzerstörungskommandos waren. Dann wäre endlich Ruhe, dachte Felix und ließ gelangweilt in einem Zug das Bier in seine Kehle laufen, das Tom ihm gereicht hatte.

Sie standen an einer Kreuzung, wo sich die Massenströme aus vier Richtungen ineinander verkeilten und hoffnungslos gegenseitig behinderten. Es war sinnlos. Nach kurzer Diskussion wurde beschlossen, den Heimweg anzutreten. Plötzlich vernahmen sie eine laute, scheppernde Stimme, die von einem Verstärker viel zu hoch gedreht wurde.

»Da ist eine Boxbude«, sagte Mike und zeigte zu einem Zelt in der Nähe.

»Boxbude? Kommt, das schauen wir uns doch mal kurz an!«, schlug der Roloff vor. Alle nickten. Forsch kämpften sie sich durch die Massen zur Quelle des Lärms.

Boxbude! Das klang wie ein Gruß aus einer anderen, fernen, vergangenen Welt. Vergilbte Bilder kamen Felix in den Kopf, von Männern in quergestreiften Trikots, mit Schnauzern, die breiter waren als die Gesichter, Männer, die Eisenstangen bogen oder Hanteln mit lustigen runden Gewichten an den Seiten hochstemmten. In Geschichtsbüchern hatte er solche Bilder schon gesehen, aber live?

Auf der einfachen Holzbühne vor dem roten Plüschvorhang, der den Zelteingang verdeckte, buhlten vier Männer um die Aufmerksamkeit der Passanten. Vorne links wankte mehr, als dass er ging, ein fetter Typ am Rand entlang, das massige Gesicht rot aufgedunsen, die Fleischmassen kaum gebändigt von seinem winzig wirkenden Catchertrikot, ein Stofffetzen auf einem großen behaarten Berg, der unentwegt provozierend in Richtung Publikum grunzte. Auf der rechten Seite tänzelten mit überraschender Anmut zwei schwarze Boxer mit nackten Oberkörpern in knappen blauen Satinhosen um einen Sandsack herum. Sie tätschelten das Leder, beugten demonstrativ langsam und muskelbetonend die Arme, täuschten gegenseitig leichte Schläge an. Ihre weißen Zähne blitzten im flackernden weißroten Scheinwerferlicht, allein die Augen schienen dumpf und tot.

Der Einpeitscher zwischen ihnen trug einen großkarierten Anzug mit tragflächengroßen Revers, ein sehr offenes Hawaihemd und ein mattglänzendes Amulett über der entblößten Brust. Seine Stimme kannte keine Höhen und keine Tiefen, sondern nur ein sonores Schnarren.

»Kommense rein, kommense ran, meine verehrten Damen und Herren. Hier erwartet Sie die wahre Sensation des Abends. Wer aus dem Publikum einen unserer Profis auf die Bretter befördert, kann zwischen 150 und 300 Kracher einstecken. Wer mindestens sechs Runden durchhält, geht immerhin mit einem Fuffi nach Hause. Also, leben hier nur Weicheier, Hasenfüße und Memmen – oder Männer? Na, was ist? Da sehe ich doch einige hoffnungsvolle Gestalten. Was ist mit Ihnen da vorne, junger Mann, wollen Sie nicht mal Ihrer Braut zeigen, wo bei Ihnen wirklich der Hammer hängt?«

Der Ansager lachte gackernd über seinen eigenen Spruch.

»Oder Sie da, mit der Lederjacke, sehen Sie nur kräftig aus, oder sind Sie es auch? Kommen Sie hoch, beweisen Sie es uns und sich, was Sie wirklich draufhaben. Und keine Bange, so viele sind in den Kämpfen mit unseren sympathischen Profis aus Kuba noch gar nicht gestorben.«

Er lachte keuchend in das Mikro und zog noch einmal schnell an seiner Zigarette.

»Das kann doch nicht wahr sein, niemand meldet sich? Werde ich tatsächlich morgen in der Welt verkünden müssen, dass in dieser schönen Stadt nur Schlappschwänze leben, Männer, wollt ihr das? Wollt ihr eurer Stadt solch eine Schande machen?«

Langsam klang seine Stimme rauer, noch ruheloser. Auch im Publikum wurde es unruhiger. Alle schauten sich um, ob sich nicht irgendwo ein Arm hochreckte. Die Ersten zogen bereits weiter. Eine Boxbude ohne Kampf, wer wollte das denn sehen? Der Ansager appellierte noch einmal an die Ehre, den Mut, das Mannsein, verlegte sich wegen des ausbleibenden Erfolges dann auf leichte, sich langsam steigernde Beschimpfungen der Zuschauer – es half alles nichts. Die Hemdkragen zitterten im Takt seiner nervösen Trippelschritte, mit denen er die Bühne immer schneller auf und ab ging, mal hier einem Boxer die Schulter tätschelte, mal dort anerkennend auf den Catcherbauch zeigte.

Irgendwie konnte Felix den Unmut des Moderators verstehen. Viele von denen, die hier herumstanden, gingen sonst keiner Konfrontation aus dem Weg, zettelten vielmehr abends am Tresen gerne mal die ein oder andere Schlägerei an, aber hier, wo man es mit ebenbürtigen Gegnern zu tun haben könnte und obendrein gewisse sportliche Bestimmungen gelten würden, da wich der Mut aus den Kampfmaschinen um ihn herum wie aus lecken Ballons.

Der Moderator zupfte sich nervös am Hemdkragen und schmierlächelte erneut ins Publikum.

»O.k., o.k., ich verstehe, ihr braucht noch einen stärkeren Anreiz. Also, Männer, aufgepasst. Wer von euch mindestens sechs Runden durchhält, kriegt einen Hunni, wer durch K.o. siegt, mindestens 250 Kracher! Und jetzt lege ich noch einen drauf: Wer vor der fünften Runde mit K.o. siegt, der kriegt von mir fünf nagelneue Hunderterscheine! Männer! Ist das kein Angebot?! Los, ich will jetzt viele Hände sehen, von echten Männern!«

Die Luft über den Köpfen blieb armfrei. Mike drehte sich zu Felix um.

»Los, das wird nichts mehr, lasst uns gehen.«

»O.k.«, sagte Felix.

»Jau, auf geht's« pflichtete der Roloff bei.

Tom und Mark nickten zustimmend und drehten sich um. Sie hatten sich gerade zwei, drei Meter durch die lichter werdenden Reihen Richtung Parkplatz gedrängelt, als sie lautes Triumphgeheul durch die knisternden Lautsprecher stocken ließ.

»Ahhhhh, wusste ich es doch, dass hier ein echter Kerl zu finden ist, komm zu mir hoch, mein Sohn. Los, ihr Luschen da vorne, lasst den einzigen mutigen Mann vorbei.«

Augenblicklich setzte um Felix und seine Freunde ein nervöses Scharren und Raunen ein. Jeder reckte den Hals und wollte sehen, wer der Todesmutige war, der sich in den Ring wagte. Felix kämpfte darum, in dem einsetzenden Strudel nicht von seinen Freunden fortgerissen zu werden, Tom stützte sich kurz auf seine und Marks Schulter, um sich hochzustemmen, konnte aber in dem Wirrwarr nichts ausmachen. Der Lautsprecher knisterte laut.

»So, da haben wir ihn endlich, unseren Helden. Ja, keine Hemmungen, komm nur zu mir, mein Junge. Brauchst dich nicht zu verstecken, du bist hier der Tapferste.«

Felix und die anderen drängten entschlossener nach vorne, gleich würden sie den Wahnsinnigen sehen können.

»Wie heißt denn unser erster Kandidat? Was? Wie? Frank? Sag mal, man kann dich ja kaum hören, die Zuschauer verstehen bestimmt kein Wort. Jetzt nimm mal das Mikro und sag laut und deutlich, wer du bist und wo du herkommst, damit alle wissen, auf wen sie stolz sein können.«

Aus den Boxen pfiff eine Rückkopplung ihr garstig Lied, dann hörte man jemand elektrisch verstärkt schnaufen.

»Ich bin Frank Hölzenbein aus dem Neubauviertel-Nord«, schrie eine belegte Stimme in das Mikrofon, »und ich werde euch gleich zeigen, was für Loser ihr alle und diese Bimbos seid!«

Felix und die anderen starrten sich an.

»Ach du Scheiße«, sagte Felix.

»Unser Hölzenbein«, kam es aus dem verdutzten Tom.

»Unfassbar«, kommentierte Mark.

»Jungs, das dürfen wir uns auf gar keinen Fall entgehen lassen, wie der Hölzenbein zermalmt wird«, schlug Mike diabolisch grinsend vor.

»Vielleicht schlagen sie ihn zum Krüppel«, rief der Roloff, »dann wäre ich fast wieder bereit, an ein höheres Wesen zu glauben!«

Die Entscheidung stand fest. Hölzenbein. Ausgerechnet. Aber wer sollte sich auch auf so etwas einlassen, wenn nicht er? Hölzenbein gegen Kuba. Kuba gegen Neubauviertel-Nord. Dafür zahlten sie gerne den eigentlich unverschämten Zehner Eintritt. Die Aussicht, Hölzenbein leiden zu sehen, war jeden Preis wert.

Hunderte drängten ins Zelt. Schoben sich über den matschigen Boden, der stellenweise mit Holzplanken abgedeckt war. Kahle Glühbirnen erhellten das Zelt nur ungenügend, Rauchschwaden standen im funzeligen Licht, Überbleibsel der Zeugen vergangener Kämpfe vom Nachmittag. Ein modriger Geruch wie im Heizungskeller stach in der Nase und vermischte sich mit der Ahnung billigen Parfums. Innerhalb weniger Minuten war das Zelt mit seinen Stehplätzen, die an der Seite vom Ring zum Rand hin leicht anstiegen, gut gefüllt. Überwiegend waren es kleine Männertrupps, aber auch Pärchen, kräftige Typen mit starkgeschminkten Frauen an ihrer Seite.

Die Stimmung war gut, die Atmosphäre angespannt. Die Meute hatte eine Fährte gefunden und Witterung aufgenommen. Ave, Realität, die Todgeweihten grüßen dich.

Felix stand zwischen Mike und Tom. Sie konnten es immer noch nicht glauben. Hölzenbein, der Killer aus dem Neubauviertel-Nord. Fuhr aus seinem Wohnring in seiner Freizeit in den Kampfring.

Die Stimme des Schiedsrichters hatte den Widerstand gegen die kurzen dicken Filterlosen vor langer Zeit aufgegeben, der Bauch unter dem einst weißen Hemd mit den bräunlichen Schmutzschatten zog ihn nach vorne, nach unten, dorthin, wo immer die lagen, die er tagaus, tagein auszählen musste. Das wulstige Gesicht war von tiefen Kratern zerklüftet, Alkohol- und Lebenseinschläge hatten ihr furchtbares Werk mit grausamer Endgültigkeit verrichtet.

Während sich die Kontrahenten in ihren Ecken unterhalb des Ringes vorbereiteten, spulte das Boxfossil monoton seine Begeisterungslitanei ab. Von Ehre und Mannsein war die Rede, von Fairness und Leidenschaft. Allein seine Stimme war so tot wie seine Augen, die er hinter einer glasbausteindicken Brille versteckte. Die Halle, gemeint war das verrauchte Zelt, so verkündete er stolz, sei jetzt ausverkauft und mit vierhundert Personen besetzt.

Felix schaute fasziniert in die Runde und bemerkte, wie sein Puls schneller wurde. Eine seltsame Erregung erfasste auch ihn inmitten der immer lauter schreienden Massen. Feuchte Augen, unwillkürlich klatschende Hände. Es lag eine erregende Ahnung von Hass und Blut in der Luft. Der Langeweile einen Haken.

Kuba stieg in den Ring und lächelte amüsiert und siegesgewiss in die Menge. Der schwarze Muskelkörper glänzte matt im Spot, der auf das Kampfquadrat gerichtet war. Einzelne Frauenstimmen kreischten, anerkennende Pfiffe.

»Das gibt's doch nicht. Guckt mal, wer da noch alles ist!«

Die fassungslose Stimme von Mike riss Felix und die anderen aus ihren stummen Beobachtungen. Jetzt erst sahen sie, wer sich auf der anderen Ringseite um Hölzenbein kümmerte. Schulze, Gehrens, Blaschek, Willi, Lockenköpfchen, der Baltus, ein paar aus Blascheks Clique und mindestens die beiden neuen Türsteher aus dem Kraftwerk erkannten sie.

»Das Böse macht 'nen Betriebsausflug, oder was?«, bemerkte Mike mit unsicherer Stimme.

»So eine Scheiße«, sagte Christoph und strich sich über das Veilchen, das er beim letzten Hölzenbein-Überfall davongetragen hatte.

»Die sehen uns hier im Gedränge nicht, außerdem haben die echt andere Sorgen im Moment«, beantwortete Mark, der umständlich an seiner Piratenaugenklappe nestelte, für alle die Frage, die sich sofort aufdrängte.

Felix nahm sich vor, gleich nach dem Kampf die Atombombenversion noch einmal mit einem Volltreffer direkt neben dem Ring durchzuspielen, möglicherweise würde er diese Sequenz auch überarbeiten müssen und statt einer Atombombe nur eine kleine, sehr gezielte, punktgenau einzusetzende Geheimrakete des israelischen Mossad für die guten alten Bekannten auf der anderen Seite verwenden.

Hölzenbein stampfte wie ein Stier auf Speed mit einem Fuß auf den Boden. Felix musste grinsen. Sein Hölzenbein. Der Grausamste, der Unerbittlichste, der sein Leben zur Hölle machte, wie lächerlich dieser Fetzenschädel jetzt aussah, in den viel zu engen Satinshorts, in die sie ihn reingepresst hatten. Mit den roten Pickeln auf dem nackten, teigigen Oberkörper, dem leichten Hängebrustansatz und dem deutlich nach vorne gewölbten Bauch. Kein Vergleich mit den durchtrainierten Schulzes und Gehrens, die sich auf ihre perfekten Totschlagtechniken zu Recht genauso viel einbildeten wie auf ihre makellosen Körper, die sie stolz im Sommer am See oder am Fluss entblößten. Hölzenbein wirkte dagegen wie ein tumber Bauer, ein Kartoffelsack auf zwei Beinen. Allein der Blick verriet den gefühllosen Hinrichter.

Die Hölzenbein'schen Kiefer mahlten ruhelos. Er würde es diesem schwarzen Lümmel zeigen. Jeden Abend die Zuschauer plattmachen und Geld dafür kassieren, damit war jetzt Schluss. Die anderen Besucher waren schwule Luschen. Er würde es allen zeigen. Er wurde immer hektischer. Hölzenbeins Begleitmannschaft forderte lautstark einen Sieg.

Beim Gongschlag explodierte er und schleuderte wütend und hasserfüllt die harten Unzen gegen Kuba. An seinen Schläfen traten bläuliche Adern hervor. Das Gesicht war nur noch eine rötliche Erregungsmasse mit blassgrauem Sekret zwischen den Lippen.

Das Neubauviertel-Nord grölte.

Schlag ihn kaputt.

Puste ihn weg.

Blas ihm das Hirn aus der Rübe.

Für uns.

Hölzenbein gab sich alle Mühe. Linker Schwinger, rechter Schwinger, nur Feiglinge achten auf die Deckung. Mit Anlauf drauf, immer wieder, wie auf der Straße, wie daheim. Hölzenbein, die Kampfmaschine made in Neubauviertel-Nord.

Der Stimmenteppich lullte alles und alle ein. Schreie blieben im Qualm stecken, begeisterte Schreie. Aufgetakelte Blondchen klatschten mit ihren manikürten Händchen frenetischen Beifall.

Der Kubaner war überrascht. Sein Job war ein Spiel gewesen. Bis zum letzten Fight. Aber dieses explodierende Etwas vor ihm, der meinte es ernst. Hölzenbeins Blick ließ keine Fragen offen. Und die ersten Schwinger saßen, abgeschwächt durch jahrelang antrainierte Abwehrreflexe zwar, aber doch wirkungsvoll genug, um die Adrenalinproduktion des Profis in Zehntelsekunden auf Höchstleistung zu kurbeln. Kuba legte den Hebel um. Für viel hatte er in diesem dreckigen Geschäft Verständnis, aber nicht, wenn ihn jemand so vorführen und seine Gutmütigkeit ausnutzen wollte. Jetzt war endgültig Schluss.

Hölzenbeins Begleiter trommelten mit den Fäusten im Takt auf den Ringboden, Hölzenbein schoss nach vorne wie aufgezogen. Unzählige Male hatte er sich schon in seinem Leben geprügelt, unzählige Male ausgeteilt, keiner Schlacht war er jemals aus dem Weg gegangen, er war einer der Härtesten, und das würde er jetzt beweisen.

Der Kubaner tänzelte. Einen Schritt nach rechts, einen kleinen Schlenker nach links. Gerade. Hölzenbein hob ab. Krachte zurück. Der Boden knirschte. Die Schulze-Gehrens schnaubten vor Wut. Die Blechstimme in der Kraterlandschaft fing an, emotionslos die Zahlen herunterzuknattern. Hölzenbein rappelte sich hoch. Seine Augen glänzten glasig, aus der Unterlippe tropfte Blut. Neben dem Ring kämpfte sich Willi in seiner Vampire-Weste durch das Publikum zum mittlerweile wieder knienden Hölzenbein. Hysterisch brüllte er ihn an:

»Steh auf, du Scheißer. Meinst du, wir haben hier mit zehn Leuten Eintritt bezahlt, damit du dich plattmachen lässt? Steh auf, du Memme, und hau den Schwarzen um. Verdammt, steh endlich auf, du Sack. Du eierloser Versager. Los jetzt!«

Hölzenbein nickte. Er hatte vielleicht eine Schlacht verloren, aber noch lange nicht den Krieg. Bei »sechs« stand er wieder, wischte sich das Blut aus dem Gesicht und nahm die Fäuste hoch. Er wankte, aber er würde es nicht zum Fangschuss kommen lassen.

Hölzenbein hatte den Schwarzen offensichtlich unterschätzt. Aber ein Zurück war nicht mehr drin. Zu Hause, im Neubauviertel-Nord, hätte er dem Kubaner schon dreimal in die Eier getreten und anschließend das Knie ins Gesicht gerammt. Aber hier standen die Regeln im Wege, schon wieder Regeln.

Die Jagd wurde erneut durch den Gong eröffnet. Die erregten Massen hatten den Kreis um den Ring noch enger geschlossen. Das Tier in allen war hungrig, hier war Fütterung angesagt. Der Schweiß der Kontrahenten roch nach Endgültigkeit. Es würde einen echten Sieger, einen echten Verlierer geben. Keine Kompromisse. Und alles echt. Und exklusiv. Nur für sie. Der Qualm, der Schweiß, das Blut. Erschrecken vor der eigenen Lust an der Vernichtung, entzücktes Aufstöhnen bei jedem beobachteten Schmerz. Jeder Schlag eine Streicheleinheit für die Instinkte. Die mächtige Poesie der realen Gewalt hielt alle in ihrem Bann.

Der Gong ließ Hölzenbein kugelgleich hervorschnellen. Mit der ganzen Kraft seines bulligen Körpers trieb er seine Rechte nach vorne, doch zu offensichtlich, zu langsam. Kuba wehrte ab, drückte einen kurzen Haken auf Hölzenbeins Schläfe. Volltreffer. Hölzenbein taumelte und schlug auf ein Knie. Die Niederlage war unabwendbar.

Gute Nacht, Hölzenbein, du Arsch, dachte Felix und wusste für eine Sekunde lang nicht, ob er sich wirklich darüber so freute, wie er sollte.

Hölzenbeins Freunde konnten es nicht fassen. Sein Niedergang war auch ihrer. Die ersten Pfiffe. Die ersten lauten Flüche. Die ersten obszönen Verwünschungen. Der Kubaner drohte dem Ringrand mit eindeutigen Gesten. Es roch nach Saalschlacht.

Hölzenbein kannte kein Erbarmen mit sich. Zeitlupenhaft bewegte er sich zwischen den Pfosten. Höher als zum Bauchnabel bekam er die Hände nicht mehr. Der K.-o.-Sieg war Milliarden Lichtjahre entfernt. Jetzt hieß es für ihn nur noch, die Restehre gegenüber den tobenden Blascheks einen Meter unter ihm zu retten, und das bedeutete, die heroische Zerstörung der Aufgabe vorzuziehen.

Hölzenbeins Gesicht war aufgequollen und blaurot, auf der Oberlippe hatte sich eine Kruste gebildet, der Cut am rechten Augenlid blieb unbehandelt. Noch einmal ließ er sich Richtung Kuba fallen. Keine Chance. Der Schwarze stand jetzt unter Strom. Der Wahnsinnige mit dem quadratischen Schädel hatte an seiner Boxbudenehre gekratzt und ihn mit den ersten unerwarteten Treffern aus der Bahn gebracht. Das ließ er nicht auf sich sitzen. Jetzt trugen ihn die Massen davon. Das war nicht mehr die Boxbude am großen Fluss, das war New York, der Madison Square Garden.

Kuba demütigte lustvoll Hölzenbein, indem er ihm unbeanstandet ohrfeigenähnliche Streicheleinheiten mit den dicken Handschuhen gab. Hölzenbeins Hände hingen nur noch auf Höhe der Oberschenkel. Der Kubaner wischte ihm triumphierend über die Stirn. Hölzenbein konnte den schnellen Bewegungen nicht mehr folgen, der Demütigung schon. In seinem Gesicht spiegelte sich grenzenloser, erschöpfter Hass wider. Ein Schritt nach vorne, Kuba nach rechts, Hölzenbein lief ins Leere, hundertfaches Gelächter, Gejohle.

Und in dieser Sekunde fühlte Felix plötzlich so etwas wie Mitleid mit diesem Ungetüm, dem er so oft in den letzten Monaten mindestens den Tod an den Hals gewünscht hatte. Irgendwie, schoss es Felix irritiert durch den Kopf, ist der Hölzenbein zwar ein brutales Arschloch, aber manchmal auch eine arme Sau.

Kuba tätschelte weiter. Der Mundschutz wurde durch das breite Grinsestrahlen freigelegt. Alles unter Kontrolle. Hölzenbein, down by law. Ein letztes Mal raffte er sich zu einem Befreiungsschlag auf. Ein gewaltiger Schwinger, abgewehrt. Kuba unterlief auch Hölzenbeins Nachsetzer, gab ihm dafür im Gegenzug einen satten Uppercut unters Kinn, eine saubere Gerade aufs Jochbein und setzte dem taumelnden Gegner völlig frei und unbeanstandet den finalen Schlag aufs Auge. Hölzenbein schlug lang auf die Bretter. Mit einer Hand versuchte er noch, sich im Fallen an einem Seil festzuhalten, doch die Kraft reichte nicht mehr aus. Gekrümmt lag er da.

Das Publikum klatschte, schrie und pfiff so frenetisch, als hätte Max Schmeling gerade die Weltmeisterschaft nach Hause geholt.

Das Blechstimmengespenst hielt Kubas Arm hoch und ratterte die Siegesformel herunter. Unterdessen rollten sie Hölzenbein seitlich aus dem Ring und versuchten, ihn auf beide Beine zu stellen. Zu zweit mussten sie ihn stützen. Er sackte immer wieder weg. Unter dem rhythmischen Geklatsche der aufgebrachten Zuschauer verließ der Schwarze federnd den Ring.

Niemand achtete auf Hölzenbein, stellte Felix mit einem schnellen Blick in die Massen fest, außer ihm – und seinen Freunden. Mit ausdruckslosen Gesichtern spähten sie durch die wogenden Leiber zum Ringrand. Felix wartet auf ein Gefühl des Triumphes, vielleicht auf ein wenig Genugtuung, doch er spürte nichts als Leere.

Hölzenbein hatten sie unten angelehnt. Er hielt seinen Kopf in den Händen und schien nichts mehr wahrzunehmen. Er war k.o. gegangen. Vor allen. Schulze redete aufgebracht auf ihn ein und stieß ihm mehrfach vor die Brust. Keine Reaktion. Hölzenbein war mit sich alleine.

Zufrieden strömten die Zuschauer aus dem Zelt. Der Eintritt hatte sich gelohnt, die Show alle Erwartungen übertroffen. Felix und die anderen kamen als Letzte ins Freie. Der Platz vor der Boxbude leerte sich in Minutenschnelle. Lichter wurden gelöscht. Die ersten Profis schlenderten in Straßenkleidung aus dem Zelt. Auf der untersten Stufe eines Aufgangs am Rande saß Hölzenbein, soweit er in dem Zustand noch sitzen konnte. Die Blascheks und Schulzes hatten sich offensichtlich verdrückt, selbst von Lockenköpfchen und dem Baltus war keine Spur zu sehen. Neben dem Geschlagenen saß ein Mädchen und guckte hilflos drein. Hölzenbein hatte seinen Kopf an ihre Schulter gelehnt und tupfte sich mit geschlossenen Augen das Blut aus dem Gesicht. Er hatte alles gegeben. Und alles verloren. Das Neubauviertel-Nord ließ grüßen.

Felix und die anderen schlurften an ihm vorbei.

»Steht ihm eigentlich ganz gut, der Look«, sagte der Roloff.

Niemand ging drauf ein.

Als sie im Auto saßen, sagte Mike:

»Das hört sich jetzt vielleicht seltsam an, aber ihr könnt mir sagen, was ihr wollt, der Hölzenbein, wenn man den so sieht, der ist irgendwie auch eine arme Sau, oder?!«

Niemand antwortete.

Stumm fuhren sie zur Bank.

15. Kampfhamster

August war weg. Felix konnte es nicht fassen. Sprachlos stand er mit dem Roloff und dem ausnahmsweise völlig ruhigen Mike vor dem leeren Käfig. Wenn Häuptling moosgrüner Zahn schweigt, dämmerte es Felix, wird es wirklich ernst, wenn selbst dem Klosteine-Verteiler etwas die Sprache verschlägt, hat man es zweifelsfrei mit einer unglaublichen Lebenskatastrophe zu tun. So schnell geht das, eben freut man sich noch auf die Party, den Exzess, den himmlischen Orgientag, schon trauert man am Grab der Vernunft, dem Krematorium der Hoffnung, dem Kerker der Realität.

Da standen sie also mit baumelnden Armen und wegen der Suchaktion, der immer hektischeren, immer panischeren Suchaktion, wie man sagen musste, der auch nicht ganz klaren Suchaktion, wie man angesichts bräunlicher Rauchreste überall einräumen musste, bereits etwas außer Atem geraten, vor dem trostlos leeren Käfig.

Verlassen das grüne Plastikhäuschen, erschlafft die abgekokelten Holzwollebällchen, unbewegt das gelbe Rad, in dem er so gerne trainiert hatte, der August, Gerds heiß geliebter Kampfhamster, wie er ihn immer zärtlich genannt hatte.

Wie er ihn immer noch nennt, du Aufgeber, fauchte sich Felix bei diesem fatalistisch frevelhaften Gedanken sofort innerlich an. Denn der Gedanke ans Aufgeben war der unerlaubteste, und für alle ganz bestimmt der gefährlichste von allen.

»Verdammte Scheiße. Was machen wir jetzt?«, fragte der Roloff in die angespannte Stille.

»Keine Ahnung. So ein Mist!«

Mike schüttelte langsam den Kopf.

»Wir müssen ihn finden.«

»Er muss hier irgendwo sein«, versuchte Felix, Vernunft in die Sache zu bringen.

»Ach ja, Superspruch, Herr Felix, deswegen haben wir ihn ja auch gerade überall gesehen, oder was?«, platzte es aus dem Roloff raus.

»Wer hat denn die Scheiß-Käfigtür einfach aufgemacht«, brüllte jetzt Tom hinten von der Balkontür, wo er auf allen vieren mit der Nase am Boden umherkroch.

»Was willst du damit sagen«, fragte der Roloff ungewohnt scharf zurück, »bin ich jetzt schuld, ja?«

»Na ja, Tom hat ja zumindest recht damit, dass du die Tür aufgemacht hast, aber ist jetzt auch egal«, versuchte Christoph zu beschwichtigen, der mit einem langen Besenstiel hinter der Küchenanrichte rumstocherte.

»Jetzt reicht's mir aber«, schrie der Roloff aufgebracht, »ich habe die verdammte Käfigtür doch nur aufgemacht, weil Tom, der Schwachkopf, den brennenden Joint in die Holzwolle geworfen hat. Wer wollte denn mal sehen, ob Hamster auch kiffen, wer hatte denn diese geniale Idee? Und wer wurde dann panisch und hat plötzlich gerufen ›der Schwanz brennt, der Hamster verbrennt, der Hamster verbrennt‹ – ich oder Tom, ihr Idioten?!«

Alle Augenpaare richteten sich automatisch auf Tom, der mit krebsroten Froschaugen bedröppelt und schuldbewusst zu Boden blickte, ohne seine Kriechposition aufzugeben.

»Das macht alles keinen Sinn«, sagte ein sichtlich genervter Häuptling moosgrüner Zahn. »Wir haben nur noch drei Stunden Zeit. Wir müssen uns jetzt konzentrieren. Tom, du bekiffter Spasti, her mit deiner letzten Tüte. Wir dampfen jetzt einen, und dann fangen wir nochmal richtig systematisch an. Er muss hier sein. Wir werden ihn finden.«

Oder Gerd dreht durch!, dachte Felix den Satz weiter. So ist es doch oft, die wichtigsten Informationen und Schlussfolgerungen unterdrücken sie einfach. Ganze Weltwahrheiten finden so nie ein Ohr, nützlichste Existenzbeendigungswarnungen nie den Adressaten. Unartikuliert verenden derart viele Erkenntnisse, dachte Felix fasziniert, dass die Geistesgeschichte völlig neu mit all dem Unausgesprochenen geschrieben werden könnte, sogar müsste. Eben noch ein hoffnungsvoller Satz wie »Wir werden ihn finden«, in Wahrheit schon eine Todesankündigung: »Sonst werden wir alle sterben.« Das eine meint das andere, ohne es auch nur als Buchstabennebel über die Gemeinde ziehen zu lassen. Darüber, so beschloss Felix sogleich, würde er noch einmal nachdenken müssen – sobald August wieder da wäre.

Tom zog einen Joint aus der Hose, zündete ihn an und gab ihn weiter an Mike, der augenblicklich hinter einer riesigen Wolke verschwand.

Schweigend kreiste die Tüte, nur ab und an hustete einer von ihnen trocken.

In drei Stunden würde Gerd hier auftauchen, in seiner eigenen Wohnung, die er ihnen für ein paar Tage überlassen hatte. Gerd, der sich bis vor kurzem bei seinen Eltern noch ein Zimmer mit einem jüngeren Bruder im Neubauviertel-West hatte teilen müssen, der aber dank seines nach der Lehre gestiegenen Gehaltes in der Lage war, sich eine eigene Zwei-Zimmer-Wohnung zu nehmen, wenn auch mitten im Todeszentrum. Denn die Wohnungswahl des Gerd'schen, allein durch ökonomische Faktoren bestimmt, hatte ihn in die abgründigste aller abgründigen Wohngegenden ziehen lassen, mitten in das verhasste Neubauviertel-Nord. Das hatte unweigerlich zur Folge, dass sie sich alle jetzt öfter in dieser Vernichtungszone aufhielten.

Diese Woche war Gerd auf Montage in Norddeutschland. Mike hatte er den Schlüssel gegeben, damit jemand auf seine Goldfische Berthold und Friedhelm sowie seinen Kampfhamster August aufpassen würde. »Kannst mit den anderen Gymnasiumswürstchen ruhig mal von da oben die Aussicht genießen«, hatte er Mike lachend zugerufen, bevor er im VW-Transporter mit seinen Malocherjungs Richtung Autobahn donnerte.

Das macht dem Gerd schon Spaß, uns so ein bisschen herabzusetzen, dachte Felix, als er unter seiner Nase den Tabak hellglühend aufleuchten sah. Immer wieder hielt er ihnen ihr Milieu vor. Nur weil sie fast alle auf dem Gymnasium waren, behandelte er sie gerne wie eine Schicht überflüssiger Adeliger, die in der Revolution schlichtweg ihren Guillotinen-Termin verschwitzt hatten und jetzt auf den Betriebshöfen der herrschenden proletarischen Eliten nutzlos herumhingen. Dabei war es ihm völlig egal, dass einige von ihnen wie der Tom ja auch im Neubauviertel-West zu Hause waren. Das ließ der Gerd nicht gelten. Der kannte dann nur noch eine einig Welt von straßenschlachtuntauglichen Gymnasiumsschnöseln.

Eigentlich war es gerade an ihrer Bank egal, wer wo herkam, das war das unausgesprochene Gesetz, aber natürlich hatte man als Gymnasiast mit mehr Vorurteilen zu kämpfen als die anderen, vor allem aber, wenn man aus einer der sogenannten besseren Siedlungen kam, wie Felix wieder bewusst wurde. Deswegen traten doch Jungs wie der Mike ab und zu so besonders asozial, so besonders hart und menschenverachtend auf, weil sie zeigen wollten, dass sie trotz ihrer Herkunft gesellschaftsfähig waren, auf der Straße, im Park und in den Clubs.

Wir müssen doch immer wieder beweisen, dass wir im Darwinismus-Roulette nicht nur Ausschuss- und Abschussware sind, so weit sind wir doch bereits, ereiferte sich Felix innerlich, deswegen arbeiten wir doch alle so unerbittlich daran, das Denkzentrum auszuschalten und niederste Instinkte zu bedienen, zu locken, zu fördern, weil wir lieber wären wie sie, und weil sie das wissen und spüren, deswegen demütigen sie uns so gerne, weil sie ahnen, dass wir es nicht bringen, dass uns der Schneid fehlt, um uns gegen diese archaische Gewalt ihrer Lebens- und Todesverachtung durchzusetzen.

Der Gerd war immer anders gewesen. Zwar riss er beizeiten Witze auf ihre Kosten, ließ aber andererseits nichts auf sie kommen. Sie waren Freunde. Punkt. Wie oft hatte er sie schon gerettet und sich selbstlos ins Getümmel gestürzt, aus denen er sich ebenso gut hätte heraushalten können. Aber, dachte Felix gerührt, da kannte der nix.

Doch es gab ein paar Sachen, da verstand der Gerd keinen Spaß. Er wurde zum Weichsten, Zartesten, Umsorgendsten, wenn es um seinen kleinen Privatzoo ging, wie sie August, den Hamster, und seine beiden Goldfische, Berthold und Friedhelm, alle nannten, heimlich nannten, wie Felix einräumen musste, denn die drei Viecher waren eine scherzfreie Zone für alle.

Extra für Gerds Rückkehr hatte man eine Überraschungsparty in seinen Räumen geplant. Kistenweise hatten sie Bier, Schnaps und Chipstüten mit dem Aufzug in die Wohnung im achten Stock gebracht, hatten die Badewanne zur Kühlung geflutet und alle Teller als Aschenbecher verteilt. Der größere Raum war eine Art Wohnzimmer mit Küchenzeile und großer Balkonfront, von der aus man einen guten Ausblick auf das gruselig-schöne Neubauviertel-Nord hatte.

Es gab einen Tisch, mehrere Matratzen, die als Sofa dienten, ein paar riesige Regale mit Unmengen von Platten und CDs sowie zwei alte Sessel vom Sperrmüll – und eben das Aquarium sowie den Käfig, den Gerd auf einer Art Bierkastensäule positioniert hatte, damit August auch mal rausschauen kann, wie Gerd ernsthaft erklärt hatte. Der Raum war quadratisch, es gab eine Tür in den winzigen, dunklen Flur, von wo es zum Bad, zum Schlafzimmer sowie nach draußen auf den Etagenflur ging.

Die Tür zum Flur war zu, als sie das Gittertürchen öffnen mussten, um August zu retten. Nachdem Tom den Joint in den Käfig geworfen hatte, vernahmen sie im Rauch- und Holzwollenfeuerinferno ein allzu grässliches Quieken und hatten den Geruch verbrannter Hamsterhaare in der Nase. Da war ihnen gar nichts anderes mehr übrig geblieben, als den tatsächlich etwas vor sich hin glimmenden, hysterischen Hamster rauszulassen. Und plötzlich war er weg. Spurlos. Lautlos. Unerklärlich. Aber August musste irgendwo in diesem Raum sein, es gab keine andere Möglichkeit.

»Los jetzt!«

Mike duldete keinen Widerspruch. Sie teilten das übersichtliche Zimmer in Planquadrate auf und gingen konzentriert ans Werk, vielleicht nicht alle wirklich konzentriert, wie Felix mit einem Seitenblick auf Tom bemerkte, der die Augenlider kaum noch hochbekam und sichtlich bemüht war, ein aufquellendes, völlig unmotiviertes Kichern zu unterdrücken, und sich deshalb unter groteskesten Verrenkungen eine Hand vor den Mund presste.

Felix und Mike rückten ein Küchenelement nach dem anderen nach vorne, inspizierten mögliche Hohlräume und stocherten mit dem Besenstiel unter jedes Möbelstück. Christoph räumte die untersten CD- und Plattenfächer der nach hinten offenen Regale aus und hörte nicht auf »Das kann doch nicht wahr sein, das kann doch nicht wahr sein!« zu murmeln.

Der geht mir langsam echt auf den Zeiger, dachte Felix, als er sich dabei ertappte, wie er völlig willenlos anfing, den Satz nachzuplappern. Wir Hamsterjäger werden noch alle wahnsinnig. Neu im Kino, die Jäger des verlorenen Hamsters, des verlorenen Kampfhamsters August, amüsierte er sich.

»Warum kaufen wir ihm nicht einen neuen?«, fuhr aus dem Christoph'schen Mund ein Geistesblitz in die Runde.

»Geile Idee?«

»Ja, warum eigentlich nicht?«

»Das ist die Lösung. Christoph, du Genie!«

»Ja! Die sehen doch eh alle gleich aus!«

»Halleluja!«

»Auf zum Hamstershop!«

»Wir nehmen gleich zwei. Das kommt noch besser.«

»Ja, ein Pärchen. Dann denkt Gerd, wir haben es August mal richtig besorgen wollen.«

»So ein verdammter Schwachsinn!!«

Alle blickten auf den wütend dreinblickenden Mike, der mit seiner eiskalten Bemerkung den warmen Hoffnungs-schimmer vernichtet hatte.

»Warum Schwachsinn, Mike?«, fragte etwas kleinlaut Tom, der sich beim letzten Buchstaben wieder mit aller Kraft auf die Unterlippe beißen musste, um nicht hemmungslos loszuprusten.

»Weil wir nach 19 Uhr haben und nicht jeder Scheiß-Super-markt Kampfhamster führt, die amerikanische Boxershorts tragen und am Schwanz drei Punkte tätowiert haben!«

Das leuchtete allen sofort ein. Wie hatten sie die Uhrzeit, vor allem aber die Boxershorts vergessen können, die Gerd von seiner Mutter für August hatte nähen lassen. Eine Woche lang hatte sie gebraucht, besonders leuchtende Farben für die Shorts aus Satin zu verarbeiten. Die verdammten Hamster-Hosen waren ein echtes Unikat. Von dem unter dubiosesten Umständen angebrachten Tattoo am hinteren Hamsterteil mal ganz zu schweigen. Sie hatten also keine Chance, sie mussten den echten August finden. Wortlos suchten sie weiter.

Felix blickte auf die Uhr. In weniger als zwei Stunden wür-de Gerd aufkreuzen. Er wird sterben, dachte Felix sofort, wir haben sein Vertrauen missbraucht, seine Warnungen ignoriert und ihm das Liebste genommen, er wird sterben oder uns alle zermalmen. Das wird er uns nie verzeihen, war er sich sicher, da brauchte man sich keine noch so raffinierte Ausrede zurechtlegen.

»Ich glaube, ich habe ihn!!«

Der Schrei des eigentlich sehr transusig dahinkriechenden Tom riss Felix aus den fürchterlichsten Überlegungen.

»Was, wie, wo denn?«

»Spinn nicht rum, echt?«

»Zeig her!«

»Wehe, du Schwachkopf verarschst uns!«

Im Nu standen sie alle hinter Tom, der sich, auf den Knien rutschend, den Hintern in die Höhe gestreckt, an einer Bodenleiste hinter den Matratzen zu schaffen machte, mit seinem Körper aber die Sicht behinderte.

»Zeig mal.«

»Weg da. Man sieht ja nichts?!«

»Hast du ihn?«

»Wo ist er?«

Rotköpfig und etwas außer Atem drehte sich Tom triumphierend um. Und da sahen sie des Rätsels Lösung: Am unteren Rand der weißen Raufasertapete über der sehr schmalen Bodenleiste war eine Öffnung, genauer gesagt, ein leicht ausgefranstes kleines Loch in der Tapete.

»Ich habe seine Arme gesehen!«, rief Tom entzückt und mit geädert-verklärtem Blick. »Ich glaube, er hat mir gewunken.«

»Gewunken? Hast du sie noch alle?«

»Das nennt man übrigens Pfoten«, belehrte ihn Christoph umgehend.

»Ich sehe nix!«, grummelte Mike und kniete sich sofort nieder.

»Wir brauchen eine Taschenlampe!«

»Und ein Lasso!«

»Du spinnst.«

»Wir müssen ihn mit Futter rauslocken!«

»Nein, wir räuchern ihn aus!«

»Idiot! Dann erstickt er – und dann?«

»Wir schieben ein Blatt Papier mit Uhu drauf rein, dann klebt er fest, und wir ziehen ihn raus.«

»Du Voll-Spast!«

»Wir halten den Fön rein, bis er es nicht mehr aushält.«

»Tolle Idee. Hamster gegrillt. Guten Appetit.«

»Idiot!«

»Wo ist denn jetzt die verdammte Taschenlampe?!«

So grimmig hatte Felix Mike noch nie erlebt. Hinter dem zerfrästen Äußeren, hinter der bewussten optischen Selbstverstümmelung steckt eben doch ein hochanständiger Mensch, der Verantwortung, Pflicht und Freundschaft ernst nimmt, auch wenn er an der Bank gerne jeden Anschein von Anstand, Moral und Gewissen brutal zu überspielen versucht. Der Mike will den Gerd nicht enttäuschen, der ihm den Schlüssel und die Wohnung und auch den August anvertraut hat, deswegen dreht er langsam durch. Und zu Recht. Weil sonst der Gerd durchdrehen wird. Also holte Felix aus dem Schlafzimmer die Taschenlampe, die er dort heute erst erspäht hatte, und reichte sie – nicht ohne die Tür zum Flur wieder sorgfältig zu schließen – dem ungeduldigen Mike, der sich jetzt ebenfalls in eine sehr ungünstig aussehende, aber unvermeidbare Beobachtungsposition vor dem Tapetenloch gebracht hatte – eine Gesichtshälfte auf dem staubigen Boden, den Hintern in die Höhe.

Ächzend und fluchend brachte Mike die Lampe neben seinem Gesicht in Position, wobei sofort klar war, dass das Loch zu klein war für beides, für die Lampe UND Mikes Auge. Tom fing deswegen hektisch an, an den Tapetenrändern des Lochs zu zerren, wobei sich kleinste Putzpartikel lösten und in Mikes Augen landeten, der nur mit Mühe davon abgehalten werden konnte, aufzuspringen und Tom für immer in das Hamsterloch zu stopfen.

Endlich kehrte etwas Ruhe ein.

»Da ist er tatsächlich!«

Mikes Triumphgeheul erschien ihnen allen wie der Freuden schönster Götterfunken.

»Ich sehe eine Pfote und seine Schnauze!«

August wieder da! Den Hamster gefunden! Den Abend gerettet! Alle schrien wild durcheinander, klopften einander auf die Schultern und gaben sich High five.

»Ruhe, verdammt! Das Viech kriegt ja noch einen Herzinfarkt!«

Alle außer Mike gingen übertrieben vorsichtig auf Zehenspitzen Richtung Küchenzeile, wobei Felix schon wieder bemerkte, dass Tom ein Losprusten nur mühsam unterdrücken konnte und sich auffällig heimlich aus der Tasche irgendein Knabberzeug in den Mund steckte. Der Tom hat die ganze Tasche mit Haschkeksen voll, dachte Felix noch, der dröhnt sich mit den härtesten Backwaren zu, bevor die Party überhaupt angefangen hat.

Vor der Küchenzeile bildeten sie eine engumschlungene Reihe wie Fußballspieler beim Elfmeterschießen und lauschten gebannt den Kratz- und Atemgeräuschen von Mike, der fieberhaft versuchte, mit einem kleinen Bleistift August aus seiner Höhle zu schieben.

»Ich hab ihn, ich hab ihn, ich hab ihn an der Pfote!!«

Mikes Stimme zitterte, während er beschwörend auf sich und August einredete.

»Komm, August, mach keinen Scheiß, zieh nicht so, August, los jetzt, nein, nicht nach hinten ziehen, Scheiße, Scheiße, die Pfote ist so glitschig, Scheiße!«

Mit versteinerten Mienen starrte die Elfmeterkette auf den zuckenden Mike'schen Hintern, der alles verdeckte.

»Zieh nicht so, Scheiß-Viech!«

Ein grässliches, nie zuvor vernommenes Quieken durchbohrte die urplötzliche, tödliche Stille.

»O nein!!«

Mike schien von einem zum anderen Moment zu erstarren. Der ganze Mike'sche Organkörper war nunmehr nur noch ein Betonabguss seiner selbst.

»O nein!«

Das war nicht mehr Mike Stimme, das war ein Wimmern eher, die Stimme eines Wesens, das soeben mit dem Ende aller Dinge konfrontiert worden war.

Mike schluchzte.

Felix starrte Christoph an. Das hatten sie noch nie erlebt. Mike schluchzte? Die Temperatur im Raum fiel um gefühlte 30 Grad. Christoph hatte vor Schreck den Mund aufgerissen. Der Roloff bestand nur noch aus panisch geweiteten Augen. Tom hatte die Hände vor das Gesicht geschlagen.

Mike drehte sich schwerfällig um, ein gebrochener Mann. Mühsam, wie von überirdischen Ketten festgezurrt, das Gesicht nach unten gehalten, schob er sich kriechend in ihre Richtung, die rechte mächtige, verschorfte, vernarbte Faust seltsam verkrampft geballt.

»O nein!«, kroch es wieder aus der Mike'schen Richtung.

Dann schob er ihnen mit totem Blick nach unten den rechten Arm entgegen, kniend, wie ein um Gnade bittender, unterlegener, ehemals stolzer Krieger.

»August, ich, er, ich wollte, so leid«, hörten sie Wort- und Buchstabenfetzen, die sich durch gepresste Lippen quälten.

Dann öffnete Mike langsam die Hand.

Eine abgerissene Hamsterpfote.

»O Gott!«

»O nein!«

»Heilige Scheiße!«

»Verdammt!«

Alle starrten auf das Hamsterfäustchen in Mikes schmutziger, schwieliger Hand. Der Kühlschrank bollerte ein wenig, von Ferne waberten Musikfetzen durch die geschlossenen Fenster, im Flur vor der Wohnung erklang helles Mädchenlachen.

Christoph fasste sich als Erster.

»Jetzt hilft kein Gejammer. Was tun wir jetzt? Gerd bringt uns alle um!«

Tom unterbrach ihn mit hysterisch verzerrtem Gesicht. Wenn der jetzt loslacht, dachte Felix noch besorgt, wenn der jetzt losprustet, wird ihn Mike ungespitzt in die Hamstergruft rammen.

»Vielleicht können wir es ihm einfach erklären.«

»Schnauze, Tom.«

»Halt den Rand.«

»Schwachkopf.«

Christophs Stimme klang so spitz-metallen wie das Blatt einer funkelnden Axt.

»Ich habe eben im Bad eine große Packung Spachtelmasse gesehen.«

Fragezeichen in allen Gesichtern. Nur nicht in Mikes. Über dieses Stadium war er bereits hinaus, wie Felix fasziniert dachte, als er sah, dass Mike nicht aufhörte, die Lippen zu bewegen. Es waren keine Sätze, nur Variationen der immer gleichen Fragmente »August«, »ich«, »Gerd« und »leid«. Mike, so wurde Felix klar, ist jetzt schon geistig in einem Unzustand, einer Art Vorstufe zum absoluten Nichts, zwischen Erde und Hölle, in einem einzigen Gedankenloop, der ihn aller irdischen Überlegungen enthebt, wie Felix dachte, immer noch auf die abgerissene Pfote starrend. Der Mike ist jetzt schon wahrscheinlich genau da, wo auch dieser amerikanische Soldat nach dem Artillerieüberfall war, den er mal auf einem berühmten Foto aus dem Vietnamkrieg gesehen hatte – »shell shocked« hieß das Fachwort für dieses Stadium, in dem sich Mike jetzt befand.

»Roloff«, ging Christoph jetzt jeden einzeln an, »du nimmst den Mike und entsorgst den Käfig sowie die verdammte Pfote draußen, geht danach einen trinken, bis Mike wieder o. k. ist.«

Da ist er wieder, der Arztsohn, der sortiert noch im schwersten Bombenhagel die Patienten in Seelenruhe nach dem Grad ihrer Verwundungen, dachte Felix anerkennend.

»Tom, du fegst die Putzkrümel vor dem Loch zusammen und schmeißt sie über den Balkon. Felix, du und ich rühren die Spachtelmasse an und mauern das verdammte Loch zu, bevor August, die arme Sau, da jetzt plötzlich rausgehumpelt kommt. Los, auf geht's!«

Schweigend gingen sie ans Werk. Der Roloff packte sich den Käfig wie ein Handtäschchen in der einen, den vor sich hinbrabbelnden Mike mit der anderen Hand. Tom, immer noch schwerst auf der Unterlippe kauend, fegte verbissen den Boden vor dem Loch des Grauens. Felix und Christoph rührten im Rekordtempo im Bad die gesamte Großpackung Spachtelmasse in dem kurzerhand geleerten Plastikpapierkorb an. Zusammen knieten sie sich vor dem Loch nieder. Beide nickten sich unmerklich zu. »Sorry, August«, sagte Christoph noch leise, glaubte Felix im Eifer des Gefechtes gehört zu haben, der hat doch tatsächlich noch »Sorry, August!« gesagt, dachte er. Mit Suppenlöffeln pressten sie hektisch den gesamten Eimer Spachtelmasse in das Loch, bis nichts mehr reinpasste.

Wir haben August lebendig, verstümmelt, blutend vergraben, schüttelte sich Felix, während er im Bad die Suppenlöffel und den Eimer von dem weißen Schleim befreite und Tom mit Christoph die Matratzen wieder vor das gestopfte Loch schob, wir haben ihn alle auf dem Gewissen, dachte Felix und presste die Augen zusammen, um nicht immer und immer wieder das bizarre, irreale Bild der putzigen, grausam ausgefransten Hamsterpfote sehen zu müssen.

Christoph stürmte ins Bad.

»Bist du so weit?«

»Wieso?«

»Roloff und Mike sind wieder da. Mike ist voll wie nichts – aber o. k. Bevor sie unten in den Aufzug gestiegen sind, haben sie Gerd kommen sehen.«

»Auweia. Bin sofort fertig.«

»O. k., Jungs«, brüllte Christoph jetzt vom Flur aus in das große Zimmer und ins Badezimmer gleichzeitig, »die Party kann beginnen. Rock 'n' Roll!«

16. Sodom

Es ist erstaunlich, in welch rekordverdächtiger Zeit wir jeden Raum so zurichten, als habe hier die Schlacht an der Somme getobt, dachte Felix. Aufs seltsamste verdreht warteten neben der Balkontür die sterblichen Überreste des Stelzi auf den Abtransport oder eine erlösende Schnellverwesung, wobei das Erstaunlichste die Tatsache seiner Anwesenheit war. Ihn in seiner paramilitärischen Kluft in der Gerd'schen Wohnung liegen zu sehen und nicht auf Station 1 beim Bonngard'schen, ließ soziale Entwicklungen vermuten, die Felix verpasst haben musste. Oder es lag an der allzu lockeren Einladungspolitik seiner Freunde. Das Wohnzimmer war mittlerweile prall mit Leibern gefüllt, die Körpermassen hatten sich auch ins Schlafzimmer, den winzigen Flur sowie selbst das Bad ausgedehnt.

Der Gerd war Stunden zuvor erstaunlich gelassen geblieben, wie Felix fand, als ihm der bewundernswert gefasste Christoph erklärt hatte, man habe dem August nicht die Party zumuten wollen und ihn deswegen der Christoph'schen Schwester zur Pflege überlassen. Das war ein nobler Zug vom Arztsohn. Sich selbst auf das Schafott zu stellen, sich womöglich konsequent zu opfern für die anderen, das kam unter diesen extra furchtbaren Bedingungen – August! Verstümmelt! Lebendig begraben! – besonders gut an.

Jetzt würde Christoph einen Hamster besorgen und ihm eine verdammte Satinboxerhose in den amerikanischen Nationalfarben nähen lassen – und dem Vieh mit Nadel und

Füllertinte die drei Schwul-asozial-und-arbeitsscheu-Punkte auf den hochsensiblen Schwanz tätowieren müssen, damit Gerd nicht erkennen würde, wen er da wirklich in seiner Mechanikerhand hielt.

Nur einmal war Gerd laut geworden und hatte dem von allen bloß Hollenstein genannten Jürgen so kräftig vor die Brust gestoßen, dass der zusammengesackt war. Doch das hatte nichts mit August zu tun, sondern mit einem Experiment des Hollenstein.

»Habt ihr den geilen Schwarz-Weiß-Fernseher vom Gerd gesehen?«, hatte der Hollenstein schon sehr lallig in den Raum gerufen.

»Nö!«

»Bist du bescheuert, das ist ein Farbfernseher.«

»Blindschleiche.«

»Penner.«

»Hollenstein, geh uns nicht schon wieder auf die Eier.«

»Dann schaut euch die magischen Kräfte des einzigartigen Hollenstein an«, hatte der gerufen und war mit einem Satz bei dem stumm vor sich hin laufenden großen, älteren Farbfernseher gewesen. Bevor ihn jemand stoppen konnte, hatte er zwei Bierflaschen parallel hinten in die Plastikfassung der Farbröhre entleert, wo die Flüssigkeit plätschernd und leicht zischend verschwunden war. Erst hatte kaum jemand dem irren Hollenstein, wie er auch genannt wurde, Beachtung geschenkt. Nach den spitzen Schreien einiger Mädchen starrten aber alle zum Bildschirm, der sich tatsächlich seiner Farbe entledigte.

»Das Bier wäscht ihn rein!«, rief Hollenstein froh gelaunt, bis ihn der erwartbare, entsetzliche Hieb von Gerd sehr ruhigstellte – und der Gastgeber nur schwer davon abgehalten werden konnte, »Hollensteins Schädel mit Friedhelm und Berthold im Aquarium um die Wette schwimmen zu lassen«, wie er brüllend und überzeugend mehrfach wiederholte.

Hollenstein ist einer der Allerschwierigsten, der Aller-
anstrengendsten, fiel Felix mal wieder auf. Eigentlich wusste
er gar nicht, warum der noch ein Bleiberecht an der Bank
hatte.

Natürlich ist so eine exzentrische Figur sehr unterhaltend,
vielleicht die unterhaltendste, dachte Felix, vielleicht ist das
der Reiz an den Allerschwierigsten, die sich an den Rändern
unseres fragilen Netzes festklammern, um nicht ganz fort-
geweht zu werden in die eisigen Weiten der tödlichsten Einsamkeit. Vielleicht, dämmerte es ihm plötzlich unangenehm,
sind wir nicht unschuldig am bizarren Verhalten der Rand-
ständigen, an ihren verzweifelten Bemühungen um unsere,
um irgendeine Aufmerksamkeit. So kämpfen sie eben um
das bisschen verächtliche Zuwendung, die sie kurz erhalten,
um danach wieder fallengelassen zu werden.

Geradezu gefühlig, wie Felix peinlich berührt bemerkte,
blickte er zum Hollenstein hinüber, den sie sackartig und
bäuchlings in seinem Alkohol-Koma auf den Bierkastenturm
gehievt hatten, auf dem vor wenigen Stunden noch August
in seinem Käfig friedlich seine Runden im gelben Rad gedreht hatte.

Der Hollenstein'sche Kopf hing nach unten, nur wenige
Zentimeter über dem Boden, auf dem sich sein bräunlich-
weißes Erbrochenes reliefartig ausbreitete. Unser Hamster
Hollenstein, Felix musste über seinen eigenen Witz grinsen.
Anders geht es uns ja auch nicht, dachte er mit urgewaltiger
Verbitterung. Ein ewiger sinnfreier Lauf in einem beschissenen Plastikrad auf einem riesigen Bierkastenhaufen, das ist
doch unser aller Leben. Vielleicht ging es August jetzt schon
besser als ihnen, sie waren ja noch im Hamsterrad, sie mussten noch sinnlos weiterlaufen, auch so ein verlorenes Stück
Mensch wie der Hollenstein.

Niemand beachtete das Kunstwerk »Hollenstein auf Bierkästen«, das jedem Wochenend-Beuys Freude bereiten wür-

de, wie Felix bemerkte. Irgendwie hat die Lebend-Skulptur etwas Symbolisches, überlegte er, so wie der da hängt, bevor die Party richtig begonnen hat. Man könnte auch behaupten, das Hollenstein'sche Leben ist bereits am Ende, bevor es richtig begonnen hat, dachte Felix traurig mit Blick auf das fahle, ausgemergelte Gesicht des reglosen Dahingehängten. Die Haut so weiß und krank, das kam nicht nur von seinen Dauerbrutalbedröhnexzessen. Der Hollenstein war der härteste, der konsequenteste Vertreter der »robotti, robotti, saufi, saufi«-Fraktion, wie sie immer nur genannt wurde. Allesamt Jungs aus der Neubausiedlung-West – darunter anfangs auch Gerd –, die früh die Schule verlassen hatten, weil sie mussten oder wollten, um richtiges Geld, wie sie sagten, nicht irgendwelches Geld, nein, »richtiges Geld« zu verdienen, das sie dann bedingungslos versoffen oder stolz in ihre Wagen steckten, mit denen sie zur Arbeit (»robotti, robotti«) oder lieber noch zum Saufen (»saufi, saufi«) fuhren.

Seit Jahren schon hatte den Hollenstein die Henkel'sche Klebemaschine eingesaugt und ausgemergelt, in seinen wenigen wachhellen Momenten – die letzten müssen Jahre her sein, dachte Felix – hatte Hollenstein einmal wortgewaltig seinen Arbeitsplatz als eine anachronistisch vorindustriell wirkende Vorhölle der entsetzlichsten Art beschrieben. Sie hatten Bilder von dampfenden Becken mit ätzenden Zutaten vor Augen, zwischen denen sich halbversklavte Lehrlinge hustend und keuchend im erbarmungslosen Drei-Schichten-Dienst durchschleppten und nur darauf warteten, sich abends mit Unmengen von Alkohol zu betäuben.

Einmal war Felix entnervt auf den Hollenstein losgegangen, weil er diesen demonstrativen Stumpfsinn nicht mehr hatte ertragen können, diesen ewigen Dauerabschuss. Plötzlich war ihm der Hollenstein wie das Symbol ihres lebendig Begrabenseins erschienen, wie sein hässlicher Mentalbruder, sein fleischgewordener Geisteszustand, der ja nichts als ein dauernder Unzustand ist, wie Felix angeekelt hinzufügen musste.

Zehn-, zwanzigmal, so nahm er sich selbst in Schutz, hatte er den Hollenstein an der Bank gebeten, das Maul zu halten und sie von den ewig gleich stumpfen Saufgeschichten zu verschonen. Nur damit der Hollenstein immer akribischer aufzählte, was er wann mit wem in welchen Mengen in sich hineingeschüttet hatte, bevor er den üblichen Filmriss erlitten habe. Mit einem Satz war er da auf den Hollenstein zugesprungen, hatte ihm in den Magen geschlagen und ihm die Beine weggezogen. Zornig, so erinnerte sich Felix immer lebhafter, war er auf den verblüfft daliegenden Hollenstein gestiegen, hatte ihn beim Kragen gepackt und mehrfach ins erstaunte Gesicht gebrüllt:

»Hollenstein, du Schwachkopf. Hast du Beton in den Ohren?«

Und wie entsetzt er, Felix, dann über die Antwort war, als er dem Hollenstein die Frage entgegengeschleudert hatte:

»Hollenstein, was ist der verdammte Sinn des Lebens für dich? Los, sag's uns, pack aus, was ist es?«

Und der verdattert und laut geantwortet hatte:

»Saufi, saufi – saufi, saufi!«

Wie von Sinnen hatte Felix ihn da noch fester und kehlkopfquetschender am Kragen gepackt und den Kopf wild hin und her geschleudert, so fassungslos war er ob der Antwort gewesen, deren womöglich wahrer Kern ihm den Atem raubte.

»Hollenstein, das kann nicht sein, das kann nicht alles sein, sag, dass das nicht wahr ist, gib zu, dass da noch etwas anderes ist!«, hatte er ihn angebrüllt, viel zu erregt, zu laut, zu hysterisch. Und wie dann alle gelacht hatten, als der verzweifelte Hollenstein laut schrie:

»Na klar gibt es da noch was: ficki, ficki – ficki, ficki.«

Da hatte Felix dem Hollenstein eine letzte harte Ohrfeige

gegeben und war unter den Lach- und Zuprostsalven der anderen zu seinem Platz auf der Bank zurückgekehrt. Das ist alles so hoffnungslos, hatte er gedacht, so erbärmlich, was soll ich mich da noch aufregen.

In diesem Moment röchelte es aus dem Hollenstein'schen Schädel. Zwei, drei unförmige bräunliche Brocken kullerten ihm aus dem Mund, lange, sämige Fäden ziehend. So kann der Idiot wenigstens nicht ersticken, sah Felix plötzlich die Vorteile des Komaturms, auf dem der Hollenstein lag. So etwas könnte man auch neben der Bank aufstellen, da hätten alle was von, frohlockte er jetzt, die Mittrinker bräuchten keine Sorge mehr zu haben, dass einer der ihren am eigenen Erbrochenen erstickt. Grandios, dachte Felix, der Hollenstein feiert hier vielleicht gerade die Premiere einer wegweisenden Erfindung: Der Hollenstein-Tower – Entsorgungstürme für den ernsthaften Trinker, das könnte ein richtiges Geschäft werden. Für den Hollenstein selbst machte die Anschaffung in jedem Fall Sinn. Selbst an der Bank galt er als Ausnahmetalent, als einer, der unentwegt Bier in sich hineinkippen konnte, zu jeder Tages- und Nachtzeit, ohne Rücksicht auf sich oder andere.

Erst vor zwei Tagen hätte er beinahe Felix und den Roloff mit seinem hochgetunten Mini von diesem Planeten geschrammt.

Mit einem halben Dutzend Jungs hatten sie im Stadtteil Garath, eigentlich eine absolute No-go-Zone der allerschlimmsten, allergrausamsten, allerausschließlichsten Art, im Jugendzentrum ein Konzert der Hosen besucht. Jeder hatte schwören müssen, sich so unauffällig wie möglich zu benehmen. Zu oft gab es bei den Konzerten blutigste Schlägereien. Hollenstein, der Allerbegriffsstutzigste, der von den Klebenebeln aus den gärenden Bassins an seinem tödlichen Arbeitsplatz womöglich Allerschrumpfköpfigste, war schon nach wenigen Takten und vielen Bieren so in Stimmung gekommen, dass er in glückseliger Offenheit oder vielleicht auch nur aus einer spontanen Selbstmordlaune heraus einigen Garathern seine und die Herkunft seiner Begleiter offenbarte, worauf sofort die vorhersehbaren Hinrichtungsversuche begannen, aus denen sich alle zum Glück mit nur leichten Blessuren und Schwellungen befreien konnten – aber auch nur, weil die durchdrehenden Garather plötzlich Hosen-Fans aus Eller erspäht hatten, die ihnen als das lohnendere Ziel erschienen. Denn das mochten die Garather ja gar nicht, wenn andere Stadtteile als noch grausamer galten (»In Eller stirbst du schneller«) als der eigene.

Später hatten alle wütend an der Bank gestanden und sich über die »ungeheuere Geldverschwendung«, wie es Mike nannte, beschwert, denn mehr als den ersten Song hatten sie aufgrund des Hollenstein'schen Ausrasters für ihren Eintritt ja nicht mitbekommen.

Plötzlich steuerte quer über den Rasen der Hollenstein in hochtourigster Höchstgeschwindigkeit mit seinem Mini genau auf den betonschreckstarren Roloff und Felix zu, nur um in letzter Sekunde das Lenkrad einzuschlagen, millimeternah an den beiden vorbeizudonnern und wenige Meter später den Wagen um die eigene Achse schleudernd zum Stehen zu bringen. Dann riss er die Fahrertür auf, einen Volltrunkenen viel zu übertrieben mimend, wie alle dachten, begrüßte die Runde und sank sehr gekonnt ins Gras, um dort vor seinem Wagen bei geöffneter Türe liegen zu bleiben. Dafür hatte es Applaus gegeben, wie Felix sich jetzt noch einmal kopfschüttelnd vergegenwärtigte, das hatten sie honorieren wollen, so eine gekonnte Vorführung nach hartem Kampf. Dann war es ihnen immer komischer vorgekommen, dass der Hollenstein trotz des Applauses einfach liegen blieb – bis alle brüllten, er könne jetzt aufhören mit seiner Show. Schließlich waren Felix und der Roloff zu ihm gelaufen, nur um festzustellen, dass der Hollenstein keinesfalls gespielt hatte – außer vielleicht mit seinem und ihrem Leben –, denn er war neben der Fahrertür wahrhaftig in eine Art Koma gefallen, vollgepumpt mit Alkohol. Der Roloff hatte wutentbrannt einmal in den Hollenstein getreten, »Hier hast du dein beschissenes Saufi-saufi!« gerufen, um ihn dann mit Felix in vorbildlicher stabiler Seitenlage neben die Bank zu legen.

Jetzt lag der Hollenstein, der bald »ein Jahr Alkohol am Steuer« feiern wollte, im ureigensten Urzustand, also völlig weggetreten, auf seinem Komaturm in der Gerd'schen Partyhölle.

Achselzuckend leerte Felix seine Bierflasche, prostete dem Hollenstein zu und folgte den heftigen Winkbewegungen des Roloff, der an der Küchenzeile eingekeilt mit ein paar anderen stand, darunter einigen Mädchen, die Felix aus Erzählungen bekannt waren. Einige von denen waren gerade mal 16, pressten sich aber bei jeder Party als Erste auch unbekannteste chemische oder natürliche Substanzen in den Schlund und hatten es schon mit diversen Älteren gemacht, wie man sich bewundernd zuraunte. Darüber sprachen Felix und der Roloff oft, voll Neid. Sie wagten es gar nicht, sich auszumalen, was die alle so miteinander trieben, die jungen Mädchen mit allen anderen – außer ihnen.

»Die sind doch bestimmt total pervers!«

»Richtig, Roloff. Alle voll druff, die ganze Zeit!«

»Und nüchtern kriegen die nichts auf die Reihe.«

»Genau.«

»Und wie minderjährig diese Weiber sind.«

»Völlig verboten, alles.«

»Die Körper auch.«

»Ja, irgendwie noch so unschuldig mädchenhaft.«

»Schlimm.«

»Absolut.«

»Nur so einwandfreie, straffe Brüste.«

»Wie wahr, wie wahr.«

»Und die haben bestimmt so komische Vorlieben, Felix.«

»Ja, so Sauereien machen die überall.«

»So richtig schmutzigen Sex, meinst du?«

»Bestimmt.«

»So mit allem Drum und Dran?«

»Aber hallo.«

»Auf Drogen womöglich?«

»Ekelhaft.«

»Total.«

»So richtig versauten Sex?«

»Ja.«

»Immer und überall?«

»In den wildesten Stellungen.«

»Auch von hinten?«

»Am liebsten von hinten, habe ich mal gehört.«

»Wahrscheinlich machen die vor nichts halt, auch nicht vor so Dreiern und so.«

»Auf gar keinen Fall.«

»Das mögen die bestimmt total.«

»Und probieren alles aus.«

»Ja.«

»Scheiße.«

»Ja, Scheiße!«

»Mist, Roloff. Ich dreh durch.«

»Scheiße, Alter, ich auch.«

»Na dann: Prost!«

»Jau, Prost!«

Endlich hatte sich Felix bis zur Küchenzeile durchgekämpft, wo der Roloff mit Christoph und Mike stand. Verwundert hatte er auf dem Weg durch die wiegenden Massen den, wie er meinte, spöttischen Blick der Conny auf sich ruhen gespürt, die er im Türrahmen kurz zu sehen glaubte. Der Gedanke ließ ihn zusammenzucken. War die wirklich hier?

Dann wird sie doch gleich schon jedem Dahergelaufenen seine Anna-Story in die willigen Ohren stopfen, bis der ganze Partykosmos in ein einziges Felixvernichtungsgewieher einstimmt. Was machten die nur alle hier? Der Stelzi neben der Balkontür, selbst die dicke Schlögel ward eben von Tom gesichtet worden, wie der ihm aufgekratzt zugeraunt hatte, der perverse Schwachmat, wie Felix ihn lächelnd automatisch titulieren musste.

Erst vor wenigen Tagen hatte der wie immer etwas bekiffte Tom ihnen plötzlich Ungeheuerliches gestanden, die wildesten Träume, die härtesten Fantasien. Wie er es am liebsten mal mit einer Dicken wie der Schlögel treiben würde, er, der trotz seiner generellen Beliebtheit etwas verstörend Asexuelles ausstrahlte. Mit wahnsinnigem Blick schilderte er ihnen, wie er sich stundenlang durch diese unfassbaren Brust- und Fettmassen der Schlögel wühlen und beißen wollte, wie er zwischen ihren Beinen ihr Heiligstes erst noch suchen, wie er danach graben und immer neue Schichten durchkreuzen müsste, so beschrieb der immer aufgewühltere Tom mit Armen und Beinen fuchtelnd vor der Bank das verborgene Innenleben hinter der Tom'schen Schädeldecke, das alle augenblicklich schwerst irritierende Innenleben, wie man sagen musste. Und immer härter und fleischiger wurden seine Ausführungen, wie ihn der Gedanke daran allein schon so rattig und rollig wie kaum etwas anderes machen würde. So überraschend detailliert, so spitzfindig, so bunt malte der nicht für seine Sprachvirtuosität bekannte Tom all diese Gelüste aus, dass es dauerte, bis endlich jemand rief: »Halt's Maul, du Perverser!« – just in dem Moment, als er ansetzte, darüber zu philosophieren, warum man wahrscheinlich noch besseren, »den besten Sex«, wie er mehrfach rief, nicht irgendeinen, sondern »den besten Sex« mit einer Contergan-Geschädigten mit kurzen Armen und Beinen haben würde, weil man die im Bett so leicht drehen könnte. Seitdem hieß

Tom »der Perverse« – und Felix hatte nicht den Eindruck, der sehe das als Schmähung.

»Sag mal, Roloff, wer läuft denn hier alles rum?«

Felix quetschte sich neben seinen Freund auf die Küchenanrichte. Von hier betrachtet, bildeten die Haarkronen aller Anwesenden einen sich hektisch wellenden Teppich, einen dampfenden Teppich, wie man ja sagen musste, denn meterdick stand dichter bräunlich-grauer Rauch über den Köpfen, wie Morgennebel über dem Regenwald. Aus den riesigen Boxen dröhnten tiefe Bässe, selbst von hier aus konnte Felix sehen, wie sich die Membrane nach außen stülpten, trotzdem hörte er kaum etwas, so schrie alles und jeder durcheinander, so laut wurde gequatscht und gebrüllt, gequiekt und gelallt.

Wir sind alle vom selben Fieber erfasst, dachte Felix gerührt und blickte unauffällig das erhitzte Gesicht des Roloff an, dem der Schweiß schon an den Nasenflügeln runterfloss und dem höhere Mächte ein unerklärliches Grinsen ins Gesicht tätowiert zu haben schienen.

»Keine Ahnung, selbst der olle Stelzi liegt irgendwo tot herum.«

»Ich weiß, wer hat den denn eingeladen?«

»Keine Ahnung. Sogar die Schlögel wurde schon gesichtet, die Conny habe ich auch eben kommen sehen.«

»O no! Habe ich mich also nicht getäuscht.«

»Felix, don't panic. Die Anna kommt bestimmt nicht. Da war irgendwas mit Bella, da musste sie heute Nachmittag schnell hin.«

»Mit der behämmerten Bella? Was war da?«

»Keine Ahnung. Ist ja auch egal.«

»Stimmt.«

»Aber weißt du, wer gleich noch kommen soll?«

Die luftleere, einen Tick zu hochstimmig gestellte Frage des Roloff löste in Felix sofort einen Großalarm aus.

»Ne, keine Ahnung.«

Felix schluckte und würgte, seine Hände krallten sich in die Begrenzungsleiste der Anrichte. Bitte nicht, dachte er noch, bitte nicht die …

»Karla!«

Erwartungsvoll blickte der Roloff ihm mitten ins Gesicht. Oder vorwurfsvoll? Wusste der mehr, als er sagte? Hatte Karla ihm womöglich von seinem übereilten Geständnis berichtet, und wollte der ihm jetzt eine letzte Gelegenheit bieten, den grausamen Betrug zu gestehen, um den größten Schaden noch zu vermeiden?

Denn natürlich hatte sich Felix nach der abrupten Flucht vor Karla und seinen eigenen Worten nicht an den Roloff gewandt, sondern vielmehr dazu entschieden, alles zu vergessen und zu verschweigen, weil er sonst, so hatte er es vor sich selbst gerechtfertigt, mehr zerstört als aufgeklärt hätte und am Ende für alle Beteiligten das Unglück noch größer gewesen wäre. Nicht zum Roloff war er gefahren, nicht mit dem besten Freund hatte er gesprochen, sondern mit den schlechtesten getrunken, bis sich seine Verwirrung am Grunde eines profunden Rausches zumindest kurzfristig auflöste. Und doch fragte er sich seitdem, was inmitten dieser allergrößten Gefühls- und Lebenskonfusion nur ausgedacht war, was wirklich empfunden. Immer wieder hatte er versucht, in sich hineinzuhorchen, aber nicht mehr gefunden als Rätsel und Unsicherheiten.

Man denkt, man liebt, dachte Felix, und dann merkt man, dass man nur die Idee liebt, zu lieben, dann denkt man wieder, man liebt nicht, sondern fühlt sich nur sehr wohl, um dann, natürlich zu spät, zu merken, dass man doch geliebt hat. Liebe, Nichtliebe, das hat die Natur mal wieder richtig verbockt, wer soll da durchblicken, so hatte er sich tagelang in den Schlaf gewälzt.

Und immer, wenn er kurz davor war, Karla als bizarre

Anekdote wegzuspeichern, kam sie ihm wieder in den Sinn, ihre Brüste, ihre Zahnlücke, der Duft nach Heu. Schlimmer noch hatten sich die verschiedenen Katastrophen-Bilder aufs ungünstigste miteinander vermengt. Da gaben sich im Traum plötzlich die Porzellanene, Nadja, André und der Roloff gegenseitig nur so die Klinke in die Hand. Einmal küsste André Karla auf den halterlos bestrumpften Oberschenkel, während Nadja, der Roloff und er selbst unbekleidet und sehr interessiert zuschauten, und diese Vorstellung, und das war das Allerschlimmste, das Allerunwürdigste, hatte ihn völlig erregt aufwachen lassen. Aufgewühlt und angeekelt hatte er im Bett gelegen und gehofft, vom Schlag getroffen zu werden, damit die Qualen endlich aufhörten. Mittlerweile ging es etwas besser, wie er sich beruhigte. Auch der Roloff schien etwas von seinem irren Karla-Tripp heruntergekommen zu sein, zumindest hatte er sie in den vergangenen Tagen praktisch nicht mehr erwähnt.

»O.k., Karla, ist doch gut, oder?«, fragte Felix zaghaft, so dämlich zaghaft, wie er sich sofort kritisierte, dass der Roloff spätestens jetzt spüren müsste, wie viel Leichen er noch im Freundschaftskeller stapelt. Aber der Roloff war abgelenkt, weil vor ihrer Küchenzeile der wöchentliche Schadensbericht diskutiert wurde.

»Der Clausen liegt immer noch im Koma.«

»Gehirntot soll er sein.«

»Gelähmt, ich habe gehört, der ist von oben bis unten gelähmt.«

»Hirntot war der doch schon immer.«

»Du Arsch.«

»Hölzenbein hat einen aus der Jahrgangsstufe 11 vorm Griechen umgetreten, Kieferbruch.«

»Habe ich auch gehört. Als da so ein Rentner helfen wollte, hat der Baltus ihm einen Dänemann verpasst, zack, lag der.«

»Der große Gehrens hat in Garath drei auf einmal fertiggemacht.«

»Die Blascheks sollen ein paar Bullen nach Dienstschluss so bedroht haben, dass die eine Anzeige zurückgezogen haben.«

»Wie, was für eine Anzeige denn? Doch noch wegen der Bella und dem Tritt in den Fötus, oder was?«

»Keine Ahnung.«

»Was ist überhaupt mit Bella?«

»Was soll sein. Immer noch mit dem Blaschek zusammen.«

»Wahnsinn.«

»Stand die nicht auf Schläge oder so?«

»Du Asi. Bist du irre?«

»Schon gut.«

»Der Willi von den Vampiren ist übrigens wegen Schusswaffenbesitz angezeigt worden, stand im Kurier.«

»Schusswaffen? Ach du Scheiße!«

»Der kleine Gehrens hat im VHS-Club einem den Arm gebrochen. Zwei Freunde von dem haben die arme Sau am Boden so festgehalten, dass der Arm über einer Kante lag und der Gehrens ist dann mit Anlauf draufgesprungen.«

»Au weia.«

Plötzlich gab es im Eingangsbereich einen Tumult. Von hinten wurde gedrückt, vorne im Raum schrien ein paar aus Protest. Felix sah nur ein paar dunkle Silhouetten – und einen kahlen Schädel, der sich durch das Menschenknäuel Richtung Küche drückte.

»Roloff, kneif mich.«

»Wie? Wasn los?«

»Ich glaube, da kommt Anna!«

»Quatsch!«

»Ich schwöre.«

»Sag mal, langsam verstehe ich nix mehr. Wer hat die bloß alle eingeladen?«

Sonst war es üblich, in kleinen, wohlbekannten Gruppen Privatpartys zu feiern, der heutige grenzüberschreitende Verkehr beim Gerd'schen war eine absolute Ausnahme, dachte Felix verwundert. Diese Wahllosigkeit war ja immer auch ein Sicherheitsrisiko, durchfuhr es ihn, gleich steht noch der Hölzenbein vor der Tür, oder was?

»Neiiiiiin.«

Felix wäre vor Schreck beinahe die Anrichte hinunter-gerutscht. Reflexartig bohrten sich seine haltsuchenden Finger in den Roloff'schen Arm direkt neben ihm. Auch der starrte fragend zum Quell des spitzen Schreies, der jetzt mehrfach wiederholt wurde.

»Neiiiiiin!«

Das war kein aufgeregter Ekstase-Schrei, kein Drogen-durchdrehschrei. Dieser Schrei war von so einer gellenden Endgültigkeit, von so einer wahrheitsverkündenden Heftig-keit, dass Felix augenblicklich schlecht vor Angst und Horror wurde. Geistesgegenwärtig machte jemand sofort die Musik aus und das helle Deckenlicht an. In Windeseile herrschte tödlichste, erregte Stille. In der Mitte bildete sich ein Kreis um – Conny und Anna.

Annas Gesicht war nur noch ein rotnasser Brei, in dem keine Konturen mehr Platz hatten, nur noch furchtbarstes Entsetzen, zerreißendster Schmerz, tödlichste Wut. Und was immer der Anlass des Schreis war, es hatte gereicht, um Con-ny augenblicklich zu fällen, niederzustrecken, zu vernichten. Als muskel- und knochenloser Haut- und Fleischsack war sie zusammengebrochen, sich mit den dünnen, hellhäutigen Armen und schlanken, mehrfachberingten Fingern an Anna festklammerte, es schluchzte und wimmerte aus dem zarten Resonanzkörper ihres magersüchtigen Rumpfes.

Niemand wagt mehr zu atmen, dachte Felix fasziniert und verängstigt zugleich. Sein Herz schlug im Hals, das schlägt verdammt hart, dachte er, gleich ist es so weit, da droht ein neuer Infarkt, ließ aber den Gedanken sofort fallen, weil Anna etwas sagen wollte.

»Schnauze, alle«, brüllte Gerd überflüssigsterweise in den ja ohnehin vakuumstillen Raum, »Anna will etwas sagen!«

Von »sagen« wollen konnte objektiv betrachtet keine Rede sein, es drängte sich unter dem machtvollsten Beben und Schütteln aus dem Anna-Körper hinaus, es würgte sich selbst in die Welt, in die erstarrte, nichtswürdige Welt, in diesen stinkenden, biergetränkten Raum am Rande des Universums:

»Bella ist tot!«

Felix fühlte, wie sein Kopf explodierte. Teile seines Gehirns, ganz bestimmt aber die Augen, klebten praktisch unter der Decke und verfolgten die endzeitliche Versammlung, ganz sachlich, wie er noch fand, so übertrieben emotionslos, wie er sich sofort tadeln musste. Und so hörte er gewissermaßen aus der Vogelperspektive die heulrotzigen Sätze, die Anna in Wellen in die Runde erbrach.

»Bella ist tot!«, sagte sie immer wieder, »unsere Bella, die Bella ist tot!«

Und dann folgten verwirrende Details, übertriebene Spekulationen, furchtbare Schlussfolgerungen, und am Ende blieb nichts außer niederschmetterndster Hoffnungslosigkeit.

Bei dem Blaschek, Bellas sogenanntem Freund, sei es passiert, schluckste es aus der Anna heraus, tot sei sie unten vor dem Haus gefunden worden, zerschmettert habe sie dort gelegen, ihr Kopf in tiefrotem dickem Blut gebettet, so habe sie selbst Bella noch unter der Plane erspähen können, die jemand behelfsmäßig über den leblosen Körper gelegt habe.

Aus Blascheks Wohnung sei sie gesprungen, sechs Stockwerke tief, nach einem Streit, wie der Blaschek ganz ruhig der von ihm selbst gerufenen Polizei erklärt habe. Ganz ohne Vorwarnung, so der Blaschek, erzählte Anna, sei die

Bella plötzlich mit Anlauf aus dem Wohnzimmer auf den Balkon über die Brüstung gesprungen, mit einem Satz auf einen der Holzstühle und dann kopfüber, mehrfach habe er das betont, »kopfüber«, über die Brüstung. So schnell sei alles gegangen, sagte Anna in immer neuen Schrei- und Tränenschüben, dass er sie nicht habe aufhalten können, wie er sich jetzt schon vorwerfe, habe der Blaschek hinterher auch den neugierigen Passanten immer wieder von vorne erzählt, sagte Anna.

Keinen anderen Zeugen als ihn selbst habe es dafür gegeben, sagte Anna, nur er alleine sei mit ihr da oben gewesen, bei diesem »völlig unerwarteten Selbstmord«, wie er nicht müde wurde zu wiederholen, wie die Nachbarn erzählt hätten, sagte Anna. Ganz seltsam hätten dabei alle geguckt, erzählte sie weiter. Eigentlich sei es schon nach wenigen Minuten vor dem Haus neben der mit der Plane bedeckten Leiche der Bella fast ausschließlich um diesen einen Punkt gegangen, dass es eben keinen weiteren Zeugen als diesen Blaschek gegeben hätte, nur diesen vorbestraften Fötenzermalmer, diesen härtesten aller Knochenbrecher, wie ihn einige Nachbarn dann schnell hinter vorgehaltener Hand genannt hätten.

Ein regelrechter Auflauf sei das geworden, immer mehr Beamte seien dazugekommen, schon habe es die ersten Gerangel mit den ebenfalls herbeigeeilten Blaschek-Brüdern gegeben, naturgemäß auch bald die ersten »Mörder, Mörder«-Rufe, wie Anna stockend weiter berichtete.

Einer der Umstehenden wolle gehört haben, dass die Polizei im Gesicht der zerschmetterten Bella Verletzungen, heftigste Verletzungen, wie gesagt worden sei, erkannt hätte, die in keinem Fall auf den Sprung zurückgeführt werden könnten, sagte Anna, der ein Stuhl vom Balkon gebracht wurde, zu dessen Füßen sich Conny einrollte, leise schluchzend, bibbernd.

Bald sank Anna erschöpft zusammen. Eine bleischwere

Erschöpfung legte sich auch über die anderen wie eine Panzerdecke. »Die Schweine«, sagte jemand, »unfassbar« ein anderer, »Sie bringen uns alle um«, »Die Bella hätte den lange schon verlassen müssen!«, »Wann gehen die alle endlich in den Knast!«, »Wichser«, »Die Ratten!«, bis Gerd auf die lebensrettende Idee kam, die Musik wieder hochzudrehen, und zwar so laut und so hart, dass alle den Eindruck hatten, die brutalsten Schallwellen aus den monströsen Boxentürmen seien der Fön Gottes, der ihnen die trüben Gedanken aus den malträtierten Hirnen blasen wollte.

Schon bei den ersten Takten explodierte das Zimmer, sprang ein jeder aus seiner Anspannung in das wilde, hemmungslose Nichts des Musikrausches, wurde selbst der Hollenstein mitsamt seinem Komaturm einfach umgetanzt, fielen sich die Zartesten und Sensibelsten auf die härteste Art und Weise an, als wollten sie alle zusammen Bella sofort ins Grab folgen.

Nicht eine Sekunde zögerte Felix, als der Roloff ihm ein Wasserglas voll Schnaps in die Hand drückte, um es in einem Zug zu »exen«. Nur rein mit dem Gift, dachte Felix noch, nur mit dem Gift in mir kann ich das Gift draußen ertragen. Er bemühte sich, dem Würgereiz nicht nachzugeben. Das bleibt schön drin, sagte er sich, das bleibt schön drin, da kenne ich heute nichts.

Die ersten Tassen wurden an der Wand zerschmettert, dann einzelne Teller, jedem Treffer und dem Schwarm gefährlich spitz umherkreiselnder Porzellanpartikel folgte ein Johlen und Grölen. Matratzenreste wurden von der Küchenanrichte auf die hysterisch ineinander verkeilten Tanzmassen geschmissen. Überall glimmten Joints, hier und da sah er Leute Pillen schlucken, in einer Ecke schnieften andere vom Boden grauweiße Linien irgendwelcher Substanzen.

Wenig später sah Felix, dem der Schnaps schwer auf den Kopf gehauen hatte, das zur grotesken Fratze verzerrte Gesicht unter dem Anna'schen Schorfschädel lachweinend inmitten der wildesten Tanzwelleneruptionen, alles begraben im verstandschluckenden Orkan aus den Lautsprechern.

Benommen und unangenehm oft aufstoßend wühlte sich Felix durch das Chaos – hier und da noch schnell ein Gläschen Bier oder Kornreste leerend – auf den überraschend leeren und sehr dunklen Balkon, ließ sich nieder auf dem kalten, leicht feuchten Estrich und schloss die Tür zur Wohnung.

Von hier aus, durch die Wohnzimmerscheibe, sah das Gewühl, sahen seine Freunde aus wie Fische im Todeskampf, dachte er kurz, ein gläserner Topf, erhitzt in der Hölle, und alle darin wissen, dass sie gekocht und sterben werden, daher das spastische Zappeln, daher das wortlose Brüllen, dieser ganze Aufstand der Vergeblichkeit eben, das letzte Zucken vor dem ewigen und unvermeidbaren Aus in unserer Todeszone.

»Na, Felix, lange nicht gesehen.«

Er fuhr herum. Vor ihm kniete, das darf ja nicht wahr sein, versuchte er noch zu denken, aber es war sie. Er roch das Heu, er erahnte die Zahnlücke in dem Mund, der ihn da aus nächster Nähe ansprach: Karla! Er hatte große Mühe, ihre Konturen scharfzustellen.

»Hast dich wohl die ganze Zeit vor mir versteckt, was?!«, sagte Karla und schien noch etwas näher zu rücken, wie er unter seinen halbgeschlossenen Lidern zu erkennen glaubte.

»Nein, äh, ja, ich meine, nein, aber, der Roloff, du weißt schon«, antwortete Felix. Ob ihr jetzt sofort auffällt, wie beschränkt ich im Grunde genommen bin, überlegte er erschöpft. Ihre Nähe war ihm unheimlich und angenehm zugleich.

Der Roloff.

Das Heu.

Das Geständnis.

Er fühlte sich sehr schwach und alleine. Er ahnte ihren

warmen Körper und sehnte sich urplötzlich nach Ruhe und Geborgenheit mit ihr, fern von allem, fern von allen. Aber, versuchte Felix das letzte bisschen Restvernunft zu aktivieren, das geht doch nicht, das hatten wir doch schon mal. Er schloss die Augen vollends. Die ersten langen Haare kitzelten ihn auf den Wangen.

»Nichts weiß ich, Felix«, hauchte die Karla, ganz nah vor seinem Gesicht, so nah, dass er ihren zarten Lippenflaum zu spüren glaubte und in der Heuwolke noch die Ahnung dezenten Lippenstiftgeruchs wahrnahm.

»Nichts weiß ich«, wiederholte sie, »und du doch auch nicht, Felix«, fügte sie noch hauchzarter hinzu, und zwar eine Spur zu aufgeregt heiser, wie Felix spontan analysierte, während er spürte, wie sich in seinem Becken eine plötzliche Ohnmachtserregung zusammenbraute, die in wenigen Augenblicken schon, das ahnte er mit lustvoller Angst, seinen schwachen Widerstand hinwegfegen würde.

»Du denkst einfach zu viel nach«, sagte jetzt die Heu-Wolke vor ihm, »wärst du einfach dageblieben beim letzten Mal, hätte ich dir gezeigt, was ich von alldem halte, zerbrich dir doch nicht immer meinen Kopf!«

Und bevor Felix gelähmtes Hirn dazu einen Kommentar abgeben konnte, spürte er plötzlich, wie sich ihre weiche Zunge sanft durch seine Lippen drängte, warm presste sich ihre rechte Hand in seinen Nacken, fordernd ihre linke seitlich an seinen Brustkorb. Mit einem Satz war sie halb über ihm, der mit ausgestreckten Beinen an das Balkongeländer gelehnt auf dem Boden saß, er spürte ihren Po auf seinen Schenkeln und konnte nicht mehr genau verorten, wo ihn welche Hitzewelle wann erreichte, da waren glühend samtweiche Hände auf seiner nackten Rückenhaut – sitze ich denn hier schon nackt, dachte Felix völlig verdattert für eine Sekunde, bin ich schon der Kleider wie des Verstandes komplett entledigt, ohne es gemerkt zu haben? –, da ahnte er auf seinem berstenden Brustkorb den warmen, wohligen, lüsternd-fordernden Druck der zartesten, perfektesten Brust mit den hellbraunsten, perfektesten Brustwarzen der Weltgeschichte. Gar nicht genug kriegen konnte er von dieser weichen Zunge in seinem Mund, die direkt sein Großhirn zu liebkosen schien, jede noch so kleine Bewegung ihres feucht-weichen Muskels löste einen elektrischen Sturm in seinem ehemaligen Denkzentrum aus.

Voll Dankbarkeit spürte er, wie ihre linke Hand an seiner rechten Seite immer weiter nach unten wanderte, wie sie ihren kleinen harten Po auf seinen bereits tauben Beine etwas umsetzte, um diese Hand noch tiefer zu führen, zu seinen Schenkeln und noch weiter, und sein ganzer Körper schrie nur noch »ja, ja, ja«. Weil ihn aber just in diesem Moment eine ihrer goldenen Locken in der Nase kitzelten, öffnete er die schweren Lider, griff in sein Gesicht, um die Haaresprach ein wenig zu Seite zu bewegen – und starrte geradewegs in ein Paar entsetzt aufgerissener Augen hinter der Scheibe. Fassungslos guckte Mike auf ihn herab und schüttelte langsam und angeekelt den großen Kopf.

Was für einen monströsen Rübenschädel unser Häuptling moosgrüner Zahn hat, dachte Felix, bis ihm plötzlich bewusst wurde, wobei Mike ihn gerade ertappt hatte: beim größten Verrat unter Freunden.

Mit einem Ruck hatte er die erschrocken aufschreiende Karla grob von seinem Schoß geschubst, unsanft landete sie auf dem feuchtgrauen Balkonboden.

»Sorry, Karla, sorry, das geht nicht, tut mir echt leid, ich, du, der Roloff, sorry«, polterte es aus Felix, der aus den Augenwinkeln sah, wie Mike sich in einer Schneidebewegung die Handkante am Hals langzog.

Oh, oh, oh, dachte Felix, ich bin geliefert, das Todesurteil ist schon gesprochen, der Henker schon bestellt, ich bin bereits Geschichte, das will er mir doch sagen, mit der Frau eines anderen rummachen, mit der Frau des besten Freundes noch dazu, das gibt die Höchststrafe, völlig zu Recht die Höchststrafe, wie er selbstkritisch sofort hinzufügen musste.

Er wusste gar nicht, was er zuerst machen sollte: die wütend nach ihm greifende Karla beruhigen oder Mike im Auge behalten, der sich jetzt betont langsam, so betont gefährlich, wie Felix es schien, umdrehte. Er müsste sofort mit dem reden. Mann, dachte Felix, Tatsache ist, ich bin echt das Allerletzte. Er hätte sich gerne selbst geschlagen, war aber zu sehr beschäftigt, die erboste Karla zu besänftigen und aufzurichten, die doch erheblich mehr Schwierigkeiten hatte, ihren Körper zu koordinieren, als er es bei der Heudame jemals zu vermuten gewagt hätte.

»Sag mal, was glaubst du, wer du bist, jetzt hau ab, nein, hilf mir auf, du Trottel«, kam es ungewohnt drastisch aus dem Zahnlückenmund, wie Felix trotz seines Schnapshirns durchaus verwundert registrierte.

Auf allen vieren kroch Karla zum Geländer und wollte sich daran hochzuziehen. Sie stieß laut auf. Erst jetzt fiel ihm auf, wie betrunken auch sie war.

»Sag mal, du Idiot, kannst du mir mal helfen, oder was«, kam es weinschwer aus dem Wellenmund. Mit einem Ruck hatte er sie hochgezogen und Richtung Balkontür bugsiert. Im Wohnzimmer drückte er die Zeternde wortlos zur Küchenzeile und stellte erleichtert fest, dass der Roloff nicht zu sehen war.

Noch dichter hing der Qualm mittlerweile über allem, noch unkoordinierter sprangen Einzelne gegeneinander, der Boden war abseits des als Tanzfläche reservierten Mittelquadrates ein einziger Teppich aus hoffnungslos ineinanderverknoteten Freunden und Bekannten, Matratzen- und Porzellanresten, Spuren Erbrochenens und unidentifizierbaren Unrats. Er sah Annas Torf- und Schorfschädel, der sich heftig arbeitend auf Marks Gesicht in Position zu rücken schien,

Gerd hatte sich auf die Küchenanrichte gesetzt und von hinten um die Conny gehängt, nicht ohne ihr dabei eine Hand auf die linke Brust unter dem Shirt zu legen, was sie, die da mehr im Stehen schlief, als wach stand, offensichtlich ohne Protest mit sich machen ließ.

Mehrere Gestalten wiesen glucksend in die Ecke, wo es vor Stunden noch, wie Felix kurz in den Sinn kam, um das Loch der Schande gegangen war, wo aber jetzt der offensichtlich seit Jahren verkannte Tom halb auf der dicken Schlögel lag und seinen Kopf zwischen ihre gewaltigen, nur noch halb mit dem T-Shirt bedeckten Brüsten versenkte.

Völlig regungslos haben sie die Schlögel da hinzementiert, fiel Felix etwas unangenehm auf, da bewegt sich ja nichts mehr am dicken Körper, wie die da liegt, den Mund halb offen, die Augen fest geschlossen, die Arme so erschlafft abgelegt, das sieht nicht wirklich toll aus, dachte er ein wenig besorgt, so stellt man sich wilde Leidenschaft nicht wirklich vor, die wird man auf jeden Fall im Auge behalten müssen, die beiden Turteltäubchen.

Mike stellte sich ihm plötzlich in den Weg. Für Sekunden musterten sie einander. Felix war bereit für die Standpauke, für die Strafe, für das Verbannungsurteil. Er suchte in dem verschwitzten Gesicht nach einer Regung und beobachtete fasziniert, wie ein dicker roter Pickel auf Mikes Stirn durch heftige Faltenaktivitäten wie eine Boje in stürmischer See tanzte. Mit fleischiger Macht sauste die Mike'sche Rechte auf seiner Schulter nieder.

»Da hast du dich aber ganz schön erschrocken eben, was?!«, dröhnte er unerwartet fröhlich los. »Da dachtest du schon, dein letztes Stündlein hat geschlagen, nicht wahr, du Fummelmeister?!«

Immer heiterer schien der Häuptling moosgrüner Zahn, stellte Felix höchst irritiert fest, und starrte gebannt auf die ökologische Nische, die sich als Mikes Mund tarnte.

»Aber mach dir keine Sorgen, Alter, der Roloff hat es nicht mitbekommen, und außerdem ist er ja auch selber schuld, wenn er es nicht mit der auf die Reihe bekommt. Der hatte seine Chance. Greif dir die Alte ruhig. Und wenn du nicht willst, dann besorg ich es der!«

Sagte es und zog wiehernd weiter. Felix fühlte, wie seine Beine vereisten. Blutleer der Kopf, federleicht die nutzlosen Ärmchen, rasend das geschundene Herz. Es ist alles noch viel schlimmer, als man ohnehin immer denkt, dachte er ermattet. Er hatte doch den allergrößten Mist gebaut, den größten Verrat begangen, Mike sollte ihn dafür vierteilen, aber stattdessen offenbarte der noch schlimmere Abgründe, noch größere Haltlosigkeit, die größte Skrupellosigkeit. Wo bleibt die Treue zum Freund, wo meine gerechte Strafe, die mir das Gefühl geben könnte, der Roloff ist auch dem Mike nicht völlig egal, dachte Felix, aber nein, da werden im Vorbeigehen die letzten Halte- und Rettungsleinen gekappt.

Es gibt keinen Anlass, nicht abgrundtief depressiv zu werden, dachte er bitter, es gibt keinen Grund, sich auf irgendwen auch nur wegen irgendwas zu verlassen. Wir geben vor, die Menschlichsten zu sein, und sind die Unmenschlichsten, wir wiegen uns in der Illusion, dass uns etwas verbindet, und müssen feststellen, dass uns nichts verbindet. Wir sind genauso Abschaum wie alle anderen auch, dachte er und schob eine Spur zu aggressiv ein paar Gestalten beiseite, die ihm den Weg zum Klo versperrten, aus dem lautes Gejohle seine Aufmerksamkeit erregte.

»Gerd, du musst sie segnen!«, brüllte einer quietschend.

»Ja, gib ihnen deinen Segen«, rief ein anderer.

»Sag ordentlich tschüss«, forderte eine junge Blonde ihn auf.

»Gerd, ist doch nicht so schlimm.«

»Echt, ist das Beste für sie.«

»Konnte keiner was für, Gerd, wirklich nicht.«

»War auf jeden Fall keine Absicht.«

Erst jetzt sah Felix das ganze dramatische Ausmaß der Veranstaltung. Auf dem Badewannenrand saß ein seltsam gekrümmt kauernder Gerd. Sein Kinn hing auf der weißen T-Shirt-Brust, die an mehreren Stellen blutrot und nass zu sein schien, wie Felix verwundert dachte, da Gerd zwar mitgenommen, aber unverletzt aussah. Die Augen hatte er praktisch geschlossen, den Mund zu einem hilflos irren Grinsen eingefroren, die beiden Hände klammerten sich vorne an eine geöffnete Bierflasche, die er zwischen die Jeansbeine gequetscht hatte. Er wippte leicht von vorne nach hinten. Das ist ein richtiger Hospitalismus, dachte Felix.

Vor Gerd standen ein Jüngerer und erstaunlicherweise der offensichtlich wieder erwachte Hollenstein. Diese beiden hielten zwischen sich das bedrohlich wankende Aquarium, aus dem es herausschwappte. Eine dicke, undurchdringliche Filter- und Tabakschicht saß wie ein Propfen auf dem einstigen Wasser, das jetzt braunschwarz war, undurchsichtig, mit konturenlosen festen Stücken versetzt. Ein starker Tabak-Müllgeruch ging von dieser Kloake aus, die sich auch auf dem Badezimmerboden ausbreitete.

»Wo sind die Fische? Wo sind Berthold und Friedhelm?«

Felix' fast geschriene Frage brachte alle Umstehenden sofort zum Schweigen. Gerd öffnete für einen Moment die Augen, in denen kaum noch Pupillen zu entdecken waren, zumindest keine, die noch eine Adresse auf der Erde hatten.

»Hollenstein. Wo sind die verdammten Fische?«

Felix schnürte die tödliche Gewissheit bereits die Kehle zu. Der Angebrüllte ließ die Lippen wie ein nach Luft schnappender Karpfen aufeinanderfallen, um dann sehr kleinlaut zu antworten:

»Sie sind noch drin. Wohl 'ne Nikotinvergiftung. Beide tot.«

Felix starrte genauer in den Kloakenpropfen. Hollenstein

hatte recht. Da lagen Friedhelm und Berthold bäuchlings im Sumpf, halb bedeckt von Tabak- und Papierresten. Berthold, der größere der beiden, schien noch etwas zu japsen. Das war kein richtig guter Abend für Tierschützer, fiel Felix auf.

»Wir wollten ihr Leiden verkürzen und sie ins Klo schütten«, fügte der Hollenstein entschuldigend hinzu und knallte kurz mit seiner Hüfte gegen das Waschbecken, so betrunken war er.

Alle guckten fragend Felix an. Nur Gerd grinste abwesend weiter. Felix überlegte kurz. Einen Arzt konnte er für die Fische ja schlecht rufen. Und was für einen eigentlich – einen Tierarzt? Kannten die sich bei Nikotinvergiftungen von Goldfischen aus? Und würden die deswegen um diese Zeit überhaupt noch ausrücken, wenn man von dieser Party in diesem Zustand anrufen würde? Ein normaler Arzt würde bestimmt nicht kommen. Was sollte er denen am Telefon sagen?

»Herr Felix, sind die Verletzten weiblich oder männlich?«

Keine Ahnung, sie heißen Berthold und Friedhelm, aber über ihr Geschlecht kann ich im Moment nichts sagen, ich weiß nicht, wo ich da nachgucken muss? Das war sinnlos. Er bedeutete den beiden Aquarium-Trägern mit einer knappen Handbewegung, ihr grausames Werk zu vollenden. Im Chor zählten alle im Bad geradezu feierlich jeden Schwung mit: »eins, zwei uuuuuund drei«. Bei der letzten Zahl kippten die beiden den Glasbehälter so weit nach vorne, dass der Inhalt in einem einzigen Schwall ins Klo stürzte, wobei es sich einige nicht nehmen ließen, eine stramme Haltung anzunehmen und eine Hand zum letzten Gruß an die Stirn zu legen. Mit einer feierlichen Bewegung drückte Hollenstein den Abzugsknopf der Spülung. Schon rauschten Berthold und Friedhelm der endgültigen Freiheit entgegen, dem letzten großen Ozean.

Gerd nahm mit geschlossenen Augen die Beileidsbekundungen entgegen.

August lebendig und verstümmelt begraben, Friedhelm und Berthold durchs Klo entsorgt, Mannomann, dachte Felix bestürzt, wenn wir so weitermachen, können wir Mengele-Kopien hier bald zur Sonderausstellung »Terror heute« einladen.

Die Beerdigung hatte Felix etwas zu nüchtern, wie er fand, vor allem aber wieder sehr durstig gemacht. Er eilte zurück zur Küchenzeile. Noch mehr Leute waren in die Gerd'sche Wohnung geströmt, das schiere Volumen der Anwesenden schien keinen Platz mehr für adäquate Sauerstoffmengen zu lassen. Wohin er blickte, wurde gekifft, getrunken und wahllos geknutscht und verstärkt auch rumgetastet.

An der Küchenzeile stand der Roloff, der aus großen Tüten Bierflaschen packte. Der Anblick beruhigte Felix. Der war also im Verratsmoment auf dem Weg zur Tankstelle gewesen. Felix war damit zumindest etwas auf der sicheren Seite – wenn Mike dichthalten würde. Da der aber ja offensichtlich moralisch verlotterter als er selbst war, gab es für den keinen Grund, den Felix'schen Verrat dem Roloff zu melden. Und irgendwie hatte Mike ja auch recht. Wie lange sollte denn die Porzellanene noch als Tabuzone gelten, wenn es zwischen dem Roloff und ihr nicht klappte? Worauf, ereiferte sich Felix, sollte man denn warten, auf ein offizielles, praktisch am Schwarzen Brett verkündetes »Go!« des Roloff? »Ich schaffs nicht – jetzt greift sie euch!?« Andererseits, was war man für eine verkommene Freundesexistenz, wenn man noch nicht mal zu diesem klitzekleinen Opfer der Zurückhaltung bereit war?

»Na, ihr Alkoholiker, wie geht es Cape Canaveral?«

Christophs glänzendes Gesicht tauchte auf, giggelnd und lidverhangen.

»Ist der Abschuss schon erfolgreich?«

Der Roloff und Felix lachten. Christophs Mund war über und über mit Schokolade beschmiert, weil er in einem Post-

Kiffanfall den gesamten Gerd'schen Süßvorrat in sich rein-
gestopft hatte. Sehr langsam erzählte er, dass sie den Tom,
den alten Teufel, eben nur mit Gewalt von der dicken Schlögel hätten ziehen können, ohne Hose habe der bereits neben
der wie tot Daliegenden gekniet. Zuvor hatte er eine der gewaltigen Brüste aus ihrem T-Shirt gezerrt und daran herum-
geleckt. Wie von Sinnen und ungewohnt aggressiv habe der
Tom gerufen: »Lasst mich, lasst mich, die will es doch auch«,
worauf der lachende Mike dem Tom so heftig ins Kreuz getreten habe, dass der sich schmollend angezogen und zum
Weitersaufen in eine andere Ecke verzogen habe.

Schwerfällig kämpfte sich Christoph weiter durch die Sätze, wie er auf dem Balkon Anna auf dem sehr breiten Mark
habe liegen sehe, wie die ihm Bier in seinen offenen Schlund
gespuckt habe, nur um ihn dann zu küssen und den Gers-
tensaft praktisch wieder aus ihm rauszusaugen, und wie der
Mark dabei ihren Rücken so gestreichelt habe, dass man diverse Pickel habe erspähen können.

»Schon gut, Christoph, reicht jetzt.«

Der Roloff hielt Christoph mit einer schnellen Bewegung
den Mund zu.

»Genau, Christoph, verschone uns. Das ist ja ekelhaft«,
lachte Felix.

Wie künstlich man manchmal lacht, dachte er sofort, man
findet nichts lustig und fletscht doch die Zähne wie beim
größten Spaß, man ist angeekelt und kann doch nicht raus
aus seiner sozialen Showtime, man heuchelt schon bei den
besten Freunden beim alleregalsten Sachverhalt. So verkommen ist man schon, so restlos Teil der Maschine, stellte er wieder einmal fassungslos fest und griff wahllos eine
der halbvollen Flaschen aus dem Glaspulk heraus, der auf
der Anrichte stand. So schnell es nur ging, versuchte er, den
goldigen Inhalt in einem Zug zu leeren, den Moment der
Geschmacksübertragung herbeischaudernd. Denn, so hatte

er ja in vielen aufopfernden Sitzungen gelernt, es dauerte etwas, bevor die Nerven meldeten, was sich da in den Körper pressen wollte, und bevor es zu Abwehrreaktionen kommen konnte, musste man schon geschluckt haben, das war der ganze Trick, so behielt man selbst so etwas grausam Zielgerichtetes wie Apfelkorn bei sich.

Er hörte jetzt keine einzelnen Stimmen mehr, während der Alkohol seine Zellen weitete und benebelte, nur noch Schallkaskaden, keine Musik mehr, nur noch ein großes Wummern. Er lehnte sich gegen den Kühlschrank und ließ ermattet die Arme baumeln. Für eine Sekunde glaubte er noch, André, das Schwein, in der Masse zu erspähen, aber der war ihm auch schon egal. Viel wichtiger waren doch all die anderen, seine Lebensmenschen, die Verrückten, die Durchdreher.

Was sind wir doch für ein riesengroßer Irrenhaufen, dachte er mit den plötzlich wärmsten Gefühlen, was wären wir nur ohne uns alle – noch einsamer, noch verlorener. Erst in der Masse beherrschen wir die Fliehkräfte, die uns sonst unweigerlich immer weiter forttreiben würden – nur die anderen, so sehr wir sie auch immer wieder verdammen mögen, geben uns den Halt, damit wir überhaupt weitermachen und uns nicht sofort umbringen.

Niemand beachtete ihn. Inmitten der Massen stand er mit sich und seinen Gedanken alleine. Er fragte sich, woher die Bleigewichte herkamen, die ihm jetzt die Lider mit Macht hinunterdrückten. Das ist nur ein kleiner Schwächeanfall, beruhigte er sich, während er versuchte, die heraufdrängende Säure nicht hochkommen zu lassen, das wird gleich wieder, nur ein kleines Päuschen, dann beruhigen sich die Organe wieder und der Kopf sowieso.

Er stolperte, mehr als er ging, Richtung Flur, wo er sich durch die dichte Leiberwand zur Schlafzimmertür tastete. Erstaunlicherweise war der Raum leer. So unauffällig wie möglich drückte er sich durch die Tür und schloss sie sofort von innen.

Zweifelsfrei hatte das sogenannte Schlafzimmer schon mal besser ausgesehen. Die einst weißen Laken lagen zusammengeknüllt in einer Ecke, nur mehr eine grau-bräunliche Masse Stoff, darunter die bläuliche Matratzenoberfläche, von feucht-dunklen Flecken übersät, Brandgeruch zog ihm trocken in die Nasenschleimhäute, Filterstummel bildeten quer durch den kleinen Raum ein dichtes organge-beige-farbenes Muster, Pappteller mit Kartoffelsalatresten waren unter dem geschlossenen Fenster gestapelt, umsäumt von fettig glänzenden Mayonnaisebrocken.

Erschöpft ließ er sich am Matratzenrand nieder, um sich mit dem Gefühl seligster Dankbarkeit auszustrecken und die Augen zu schließen. Gar keine Kraft hatte er und noch viel weniger Lust aufzuschauen, wer da nach wenigen Momenten versöhnender Quasi-Stille die Tür aufriss, um kurz Lärmmüll und noch mehr Gestank hereinzulassen. Befriedigt registrierte er das kaum vernehmbare Klicken des Schlosses, das erneute Abgeschiedenheit signalisierte.

Die Ahnung eines anderen Menschenkörpers in seiner Nähe verdichtete sich zu einer leicht flirrenden Erregung, der er aber, kraftlos wie er war, nicht mehr Aufmerksamkeit widmen konnte und wollte. Selbst das eindeutige Schnappen eines Benzinfeuerzeuges und die folgenden Einsauggeräusche konnten keine weitere Neugier auslösen, zu warm war der Untergrund, zu erschöpft der ganze Felix'sche Körperapparat.

Es muss ein Mädchen sein, dachte er sehr langsam, so wie da der Rauch ausgestoßen wird, Karla vielleicht, hoffentlich nicht Anna. Aber auch als er plötzlich spürte, wie sich offensichtlich jemand neben ihn auf die Matratze kniete, die dem Gewichtsdruck nachgab, und er dadurch etwas nach links rutschte und eine noch stärkere Erregungswelle durch seine Glieder fuhr, beschloss er, um keinen Preis der Welt die Augen zu öffnen.

Eine weitere Bewegung des Liege-Untergrundes signalisierte ihm, dass der andere Körper sich jetzt wohl mit einem Arm abstützte und ihn möglicherweise genauer inspizierte.

Dann spürte er den Hauch einer Fingerkuppe auf dem T-Shirt über seinem Bauchnabel, sanft schob sich ein Fingernagel an den Rand seiner Jeans. Keinen Lärm vernahm er mehr, nur noch sein Atmen und das Atmen des anderen Körpers. Fordernd schob sich jetzt der Finger von unten kommend unter sein Shirt, der Hautkontakt ließ ihn heftig erzittern, wie er registrierte, da kommt so ein unbekannter Finger, und man windet sich schon wie ein Zitteraal. Er hielt den Atem an. Dem einen Finger folgte die ganze Hand. Gebannt wartete er auf die Ahnung von Heu, die jeden Moment seine Nase streifen müsste – umsonst. Schon jagten neue Prickelsensationen durch seine Großhirnrinde. Denn feine Haarspitzen streichelten jetzt über seine Wangen, sein Kinn, seine Stirn. Warm und weich tastete sich die Hand zu seiner rechten Brustwarze, die seltsam taub auf das Reiben und Drücken reagierte, wie er enttäuscht feststellte, als sich plötzlich die köstlichste aller Zungen durch seine wüstentrockenen Lippen drückte und mit Macht die Mundhöhle und all seine Sinne besetzte. Unwillkürlich musste er grinsen. Wenn er das später den anderen erzählen würde!

Mit neuerweckter Energie ließ nun auch er die Zunge tanzen. Hart sammelte sich sein Blut zwischen den Beinen, wohin jetzt die Hand mit größter Bestimmtheit wanderte, wie er immer losgelöster spürte. Und als diese Hand immer stärker und entschiedener an seiner Jeans rieb, schließlich den Gürtel öffnete und sich zielgerichtet unter seine Unterhose tastete, vernahm er nur noch den dröhnenden Beat seines panisch-erregten Herzens. Jetzt platzen gleich die Arterien, ich bin schon tot, bevor das Glück vollendet wird. Zum Glück löste sich sein Hirn in einem scharfen Hormonelixier blitzschnell auf, wie er dankbar feststellte, nicht ohne sich für eine Millisekunde die entwürdigende Situation vorzustellen, aus der Müllgruft mit geöffneter Hose tot hinausgetragen zu werden.

Doch schon näherte sich der flammende Blitz, der vor kurzem noch eine Hand gewesen sein musste, seinem Schwanz und umfasste ihn mit einer wissenden Zielgerichtetheit. Als habe ihn ein Stromschlag getroffen, bäumte sich Felix auf und klammerte sich mit seiner linken Hand in das Haar über ihm. Entsetzt und sterbenserregt spürte er, wie sich der eben umgriffene Kopf aus seiner Hand wand und sich Richtung geöffneter Jeans bewegte und dort entschlossen nach unten beugte. Ein spontanes, gellendes »Nein« in seinem Schädel konnte sich nicht richtig entschließen, Schallform anzunehmen, nur um dann als jämmerlich gestöhntes »Ja, ja« den Mund zu verlassen.

Als er eine Art Kernschmelzgefühl in den Lenden spürte, riss ihm der Lustschmerz unwillkürlich die Augen auf.

»Nadja!«

Er hatte den Namen mehr gekrächzt als geschrien, mehr rausgezittert als wirklich gesagt, geschüttelt von Entsetzen und jetzt eindeutig unaufhaltsamer Erregung, die seine Stimmbänder lahmlegte und seinen Verstand pulverisierte. Langsam drehte sich der Nadja-Kopf um, die Augen, wie er fassungslos sah, betrunken glasig, die speichelfeuchten Lippen zu einer Art versonnen-schwachköpfigem Grinsen geöffnet.

Für einen Existenzbruchteil fixierte sie ihn, eine Hand weiter hart um seinen Schwanz geklammert, ließ einmal keck die Zunge hervorblitzen, nur um sich sofort wieder ab- und seinem Unterleib zuzuwenden und den verdatterten, aber hocherregten Felix mit wenigen geschickten Mund- und Hand-Bewegungen explodieren zu lassen.

Wie in Trance sah Felix, dass sich Nadja sofort eine herumliegende Serviette nahm und den Mund abwischte, sah den trüben Blick, der sich noch einmal auf ihn heftete, er folgte benommen ihren taumelnden Bewegungen, mit denen sie sich hochstemmte, die Serviette zerknüllt zu den Papptellern warf und Richtung Tür stolperte.

»Nadja!«

Sie drehte sich schwankend um. Mit halb geschlossenen Augen grinste sie ihn an, mit einem Gesicht, das ihn an die Frau seiner Träume nur erinnerte. Das kann sie nicht sein, das war sie nicht, das ist sie nicht, das kann nicht sein, polterte es sinnlos durch seinen brennenden Kopf.

»Das kannst du gerne öfters haben, Felix«, hörte er sie nuscheln, »muss der André doch gar nicht mitbekommen.«

Sie drehte den Schlüssel um, öffnete die Tür und verschwand.

Mechanisch zog sich Felix die Hose hoch, verstohlen zum Türspalt blinzelnd. Unsicher stand er auf, zwängte sich in den Flur, wurde von irgendwem zur Seite geschubst, prallte gegen einen Kleiderständer, spürte, wie sich ein Chromträger in den Brustkorb bohrte, schaute blicklos in die Runde, erkannte niemanden und fand erst nach endlosem Tasten die Tür zum Hausflur.

Wie ein unwirkliches Bild registrierte er aus der dunklen Aufzugkabine just in dem Moment, in dem sich die Tür automatisch schloss, einen Treppenabsatz tiefer ein in sich verknäultes Körperensemble, das ihn an Karla und Mike erinnerte.

Das ist ein Abgrund ohne Rand, resümierte er während der quälend langsamen Abwärtsfahrt erschöpft, und wir sind alle im freien Fall. Wir machen noch aus dem letzten Gefühl einen Betrug, aus dem letzten Halt einen tödlichen Speer, aus dem aufrichtigsten Gedanken eine einzige Kloake.

So kann das nicht weitergehen, dachte Felix, so kann ich nicht weitermachen.

17. Clausen

Clausen war tot. Nicht mehr aus dem Koma erwacht. Sein Herz hatte nach mehr als vier Wochen an den Apparaten einfach aufgehört zu schlagen. Stand da. Auf dieser Zeitungsseite. Als kleine Meldung bloß. Felix zitterte mit den Augen wieder und wieder die Buchstabenreihe ab, die das Ungeheuerliche in so simple Worte und Sätze packte.

Tot.

Tot.

Tot.

Der Clausen ist nicht mehr, der Clausen ist weg, der Clausen, unser Clausen, dachte Felix und versuchte vergeblich, den Namen über seine Lippen zu bringen, als könne er den Druck in seinem Kopf dadurch verringern. Doch nichts in ihm gehorchte ihm mehr.

Ich kann nicht mehr reden, weil ich nicht mehr leben kann, dachte Felix, kurz fasziniert von diesem Ministreik im Biokörpersystem. Dem kann man wirklich nichts vormachen, dem ganzen Zellapparat, wegen Überdruck geschlossen, kommen Sie bitte morgen wieder, geht grad nicht.

Der Clausen.

Tot.

Die haben unseren Clausen umgebracht, die haben ihn ausradiert, massakriert, vernichtet, die haben unseren Scheiß-Clausen ausgelöscht.

Leise fielen Tränen auf das weißgraue Zeitungspapier auf dem Tisch zwischen seinen Armen. Er musterte das Foto neben der Meldung. Unser Clausen, dachte Felix und registriere, wie seine Körperspannung verschwand, wie er sich über der Zeitungsseite zu ergießen drohte, von nichts mehr gehalten. Da stehen so ein paar simple Sätze, blutleer und akkurat, fehlerfrei und diszipliniert, schweifte Felix innerlich ab, in Sekunden erfasst und gelesen, und doch ist der Clausen, unser Clausen, jetzt für eine Ewigkeit tot, ist weg, kommt nie wieder.

Durch kein Bierkastengeschrammel wird er mehr zu locken sein, durch keinen Freijoint und keine Pillchen aus holländischen Laboren, jetzt bleibt sein Körper für immer ein dahinfaulender Fleischberg, ein zu großen Teilen, wie Felix einräumen musste, vergifteter Fleischberg, ein womöglich, fügte er ein wenig feixend hinzu, auf dem Sondermüll zu entsorgender Fleischberg, bei all den toxischen Vorbelastungen, an denen der Clausen zeitlebens intensiv gearbeitet hatte. Da war der Clausen ja sehr systematisch vorgegangen, mit einer selbstzerstörerischen Lust, die oft die Grenze hysterischer Euphorie überschritten hatte und vielen ein Rätsel geblieben war, nicht aber mir, wie Felix dachte, auch wenn der Clausen schon ein irres Faktotum war, durch dessen Gröl- und spielerischen Aggressionspanzer seltenst einer durchdringen konnte.

Das haben wir ja gewissermaßen anerkennend registriert, resümierte Felix, wie konsequent der Clausen sich bedröhnte, wie überlegt und raffiniert er immer härtere, immer existenzvernichtendere Substanzen in seinen immer ausgemergelteren Körper reinpresste, sodass man nur voll Ehrfurcht und heimlichem Ekel darüber sprach.

Das würde dem Clausen schon Spaß machen, wenn er mitbekäme, dass sein Leichnam als Sondermüll unter größten protokollarischen Schwierigkeiten entsorgt werden muss, das wäre für den, als wenn er allen aus dem Sarg noch einmal den Stinkefinger zeigen könnte, der ganze Menschenrest des Clausen ein einziges »Fuck you!« an alle. Das würde ihn hysterisch kichern lassen, gewiehert hätte er, so musste man ja seine Laute korrekt beschreiben, die sich da durch pelzige und verklumpte Gänge hinauf in den hohen, schmalen, kalkigen Clausen-Resonanzkopf drängten, wenn er mal aus seiner grunzschneuzenden Apathie am Rande der Bank aufwachte, mit in allen Erd- und Naturtönen schimmernden Feuchtigkeitsresten an Mund und Nase, einem hilflosen Geschöpf gleich, das gerade aus dem Urschleim ins Dasein gezwungen wurde, ungefragt, ungebeten, aus einer Laune der offensichtlich meist sehr übellaunigen sogenannten Schöpfung heraus, wie dieser brutalste Zufallsgenerator, dieser Zwangsqualmechanismus, diese erbärmliche Existenzaufdrängmaschine ja verharmlosend gerne genannt wurde.

Der Clausen war immer dabei, dachte Felix, und doch kannte er niemanden, und niemand kannte ihn. Er war in seiner ganzen Mitsaufsolidaritätswurstigkeit der Einsamste unter den Einsamen, oder vielleicht auch nur der Ehrlichste unter den Einsamen an unserer Gedankenvernichtungsbank.

Lächelnd blickte Felix auf das Foto neben der Meldung, das einen Clausen aus vergangenen Tagen zeigte. Ein glatthäutiger, vielleicht 16-jähriger Seitenscheitelträger strahllächelte da in die Kamera, die weißen Kragenspitzen des Hemdes unter dem Pullunder schienen ihn von unten geradezu magisch zu erleuchten. Das ganze Lächeln, die ganze Haltung, das ganze Bild-Arrangement war ein einziges lebens- und regelbejahendes, neugierig-forsches Weltbewältigungsgesicht, voller Hoffnung, voller Glaube, voller Zähne im noch unverkrusteten Mund.

Nicht mehr als vielleicht zwei Jahre konnten seitdem vergangen sein, schätze Felix, zwei geistesvergiftende Horrorjahre für den Clausen, dachte er, ein Turboabsturz. Eine überwältigende Seelenverkrustungsmaschine hatte sich da plötzlich den Clausen vor aller Leute Augen geschnappt und zermalmt, immer eine Stufe schneller, härter, lauter als uns, die wir ja auch barfuß über rasierklingenscharfe Lebens-abgründe laufen, im Gedankenmorast versinken oder im Zweifelskerker leiden. Und hinten kam dann der zahnlose, der verschorfte, der stinkende, der ewig sich selbst benäs-sende, die Welt anbrüllende und verlachende Körperver-giftungs-Clausen raus, der zufrieden war, wenn er neben der Bank trinken und kiffen durfte. Immer absonderlicher wurde er, immer häufiger verschwand er im Stadtzentrum, alleine, tagelang, um dann in Pennerecken vor dem großen Kaufhaus gesichtet zu werden, mit noch kaputteren, noch abwesenderen, noch selbstzerstörteren Gestalten. Oder er tauchte wieder an der Bank auf, in den sichtlich schneller zerfallenden, mit großem Stolz getragenen Lumpen, die al-lein am Ende noch den Körper zusammenhielten.

Nur wenn es aus dem Ghettoblaster schepperte, wenn es aus Lautsprechern schrie oder aus Kopfhörern surrte und wimmerte, fuhr so etwas wie ein Lebenswunsch in den Clausen'schen Körper, da wachte was auf in seinem Kopf, da glimmte plötzlich Licht am Ende des rabenschwarzen Zeitabsitztunnels. »Jesus lebt doch«, riefen sie in solchen Momenten zu ihm rüber, in der rotzigen Warmkälte, die höchster Ausdruck von Zärtlichkeit an der Bank war. Wahr-lich kam er ihnen dann wie ein Erleuchteter vor, der über die Töne in das gelobte Land schwebte.

Keiner kannte sich mit Musik so gut aus wie er, keiner hatte so viele selbst aufgenommene Tapes, so viele geklaute Platten, so viele Bandnamen und Stücke parat wie der bis eben noch wie besinnungslos daliegende, dreckverkrustete Clau-sen, dachte Felix, dem plötzlich klar wurde, dass der Clausen praktisch nie ganze Sätze formuliert, sondern eigentlich nur Laute abgesondert hatte – außer eben beim Thema Musik. Da fielen dann Namen, da stellte er Zusammenhänge her, wer mit wem wann wo was wie genau aufgenommen und verbessert, verändert, neu abgemixt oder auch nur geklaut hatte.

Da wusste er plötzlich, was der Sänger von Slime neulich erst wieder Revolutionäres zum Häuserkampf verkündet habe, wo die Hosen, deren Vorgänger ZK er wahrlich besser fand, sich wieder mit wem geprügelt hätten, wer letztens erst noch im Hof überraschenderweise gesichtet worden sei, warum man jetzt auf keinen Fall mehr Bärchen und die Milchbubies hören dürfe, sich aber doch noch einmal die letzte von Sisters of Mercy zu Gemüte führen müsse, dass man nicht mitreden könne, wenn man das beste Album von Crass nicht kenne, er mit Notdurft seine Schwierigkeiten habe, sich aber mit den Comsat Angels und Hüsker Dü immer mehr anfreunde, Sham 69 und Cockney Rejects nach wie vor gut fände, unter gar keinen Umständen jedoch jemals wieder von den Holzköpfen von Canalterror oder den Trittbrettfahrern von Daily Terror belästigt werden wolle, genau wie ihm die ungeteilte Zustimmung zur Monarchie und Alltag suspekt sei und er nicht mehr zu beurteilen wage, wo New Model Army den nun wirklich politisch einzuordnen seien, wobei ihm übrigens die neuen Sachen von den Dead Kennedys zu lusch vorkämen. New Order könnten sich anstrengen, wie sie wollten, und würden dennoch immer Lichtjahre von Joy Division entfernt bleiben, der Selbstmord von Sänger Ian Curtis bleibe eben das große tragische Ereignis, das man damals noch nicht richtig habe einordnen können. Ganz klar wäre natürlich der KFC in seiner abgrundtief giftigen, kaputten Hassorgien-Zelebrierung immer noch unerreicht.

Und nach jedem dieser seltenen, von immer erneuten »Jesus lebt!«-Sprechchören unterbrochenen Lebensauswürfe brach der Clausen'sche wieder von einer auf die andere Sekunde in sich und seiner Todeserwartungshaltung zusammen, unansprechbar, nur noch abwesend, bald schon wieder über und über verrotzt.

Angeekelt hatten ihn die anderen in der Stadt beobachtet, die sogenannten Erwachsenen, die Autoritäten, aber auch die Blascheks, die Gehrens, die Schulzes, die Hölzenbeins, alle fühlten sich durch ihn provoziert, zu heftigsten Reaktionen aufgerufen, animiert zu immer teuflischeren, unbarmherzigeren Angriffen auf den harmlosen, den armen, den friedfertigen Clausen, angeekelt von seiner Erscheinung, von seiner Ignoranz, von seinem Ablehnungstrotz, den sie spürten und verachteten, von dem Spiegel, den er ihnen vorhielt, indem er das Kaputte, das er in den anderen sah, an sich selbst zur Lebenskunst erhob und konsequent darin aufging.

Sein demonstrativer Verwahrlosungsprozess war für sie nichts anderes als die beleidigendste Verachtungsdemonstration, die brutalste Anmaßung, dachte Felix und musste darüber schmunzeln, wie der schlaksige Clausen durch sein schieres Sein die niedrigsten Instinkte der anderen in Wallung gebracht hatte, wie er sie an ihrem wundesten Punkt erwischte, mit den furchtbarsten Konsequenzen für ihn selbst, wie Felix sofort bestürzt hinzufügen musste.

Eine Hetzjagd hatten sie regelrecht auf den »letzten Punk«, wie er von der Geiferpresse genannt worden war, geführt. Nirgendwo war er mehr sicher gewesen, nirgendwo mehr unerkannt, immer bedroht, immer verfolgt, wegen nichts anderem als seinem Anderssein. In immer kürzeren Abständen hatten sie die Angriffe auf ihn registriert, darüber in der Zeitung gelesen, es manchmal, wie Felix mit einem dumpfen Schamschmerz zugeben musste, auch unmittelbar miterleben können.

Wir haben den Scheiß-Clausen sterben lassen, dachte Felix, und gegen den geballten Widerwillen seiner Kontrollzellen kämpfte sich das Bild vor sein geistiges Auge, das ihm der Roloff vor kurzem ja erst erschüttert in die Hand gedrückt hatte: das Foto des entmenschlichten, verunstalteten, schon völlig vernichteten Clausen, der ganze Anblick eine einzige Anklage. Das Foto würde Felix nie wieder vergessen, denn, das wusste er jetzt mit tödlicher Gewissheit, das Bild zeigte nicht nur den Clausen, sondern es zeigte vor allem ihr Versagen, ihre erbarmungslose Kläglichkeit.

Clausen tot. Bella tot. Ausgetretene Augen, gebrochene Schienbeine, Schwangere, denen die Föten aus dem Bauch gestampft werden, dachte Felix und spürte eine gallige Übelkeit die Speiseröhre hochsteigen. Wir registrieren das Unfassbare wie den täglichen Wetterbericht und hoffen bloß, auch der nächste Tornado werde bitte, bitte nur die Nachbarn zerfetzen, während wir uns in unserer Angstburg verschanzen. Wir glauben, wir sind die Sensibelsten und sind doch nur die Grausamsten, dachte er, wir behaupten, wir sind etwas Besonderes, und doch sind auch wir nur kalte Menschendarsteller wie die Blaschek-Gehrens. Unsere Angst vernichtet genauso wie ihr Vernichtungswille, das ist doch die Wahrheit, fasste Felix zusammen, wir sind so schuldig wie sie. Denn wir haben uns an alles gewöhnt, den Terror, die Demütigungen, die Verblödung an diesem Verblödungsort, das ganze elende eingeschränkte Leben, das um nichts als ihre Vernichtungslust herum geplant wird in diesem beschissenen Kriegsgebiet.

Felix sprang vom Zeitungstisch auf und schrie wutentbrannt ins Wohnzimmer: »Wir haben fucking nichts gemacht!!« Immer wieder schrie er das nun, da ihm seine und ihre gemeinsame tödliche Hasenfüßigkeit bewusst wurde, da ihm seine eigene Opferexistenz, sein Untergeherleben, seine Selbstverleugnungskonstruktion mit einem Male so heftig, so unbarmherzig, so unerbittlich wie niemals zuvor klar wurde.

»Wir sind so scheiße, wir sind so widerlich, wir sind das Allerletzte, ich bin das Allerletzte, wir alle sind mitschuldig!«

Erst vor wenigen Wochen hatte der Clausen ja einen Verdacht auf Milzriss und mehrere Brüche erlitten, weil der junge Gehrens pfeifend, wie Augenzeugen beobachtet hatten, den zufrieden betrunken zu Freunden schwankenden Clausen erst ansatz- und grundlos niedergeschlagen und dann mit den Cowboystiefeln minutenlang in den bereits bewusstlos daliegenden Körper getreten hatte. Niemand hatte den Clausen danach im Krankenhaus besucht. Das ist unser wahres Gesicht, wir Gruppenillusionäre, dachte Felix, wir Freundschaftsheuchler.

Kein Zeuge war bereit gewesen auszusagen. Aber alle wussten, wer der Täter war – außer der Polizei, die in ihrer verbeamteten Blindheit auch nicht viel mehr mitbekam als die mickrigen Realitätsreste, mit denen sich schon die Eltern die offensichtliche Verwesung hier als schönes Leben zurechtlogen. Und irgendwie hatte es hier und da sogar geheißen, ob der Clausen nicht etwas aufpassen könne, er wisse doch, wie sehr er alle mit seinem Auftritt immer provoziere.

Erschöpft lehnte Felix in der Wohnzimmertür, die Stirn gegen den Rahmen gestützt. Die Totschläger töten, und wir empfehlen den Opfern, netter zu sein, werfen ihnen praktisch ihre Verwundungen noch vor, oder was?

Wir sind die Lächerlichsten, die Unterwürfigsten, die Lebensunwürdigsten, die Allerletzten, fasste Felix seine Gedanken kurz und hart zusammen. Wir wissen, dass da draußen Krieg ist, wir wissen, dass sie keine Gnade kennen, wir wissen, dass sie uns zerstören wollen, und wir antworten mit nichts als Lähmung, Ohnmacht, Ignoranz und Angst. Und weil wir so lächerlich sind, zerstören wir uns lieber selbst, oder – er musste würgen vor Selbstekel – wir präsentieren uns als willfährige Opfer, als Appeasement-Schwachköpfe, als doofe Devote, wie man sich fortan nur noch nennen konnte, denn freiwillige Kapitulierer sind wir, selbstverstümmelnde Aufgeber, die hoffen, verschont zu werden, wenn wir uns den Vollstreckern vor die Füßen werfen. Dabei können wir selbst mit zerschlagenen Gesichtern nie so hässlich werden, wie uns unsere vor Lebensangst verzerrten Fratzen jetzt schon aussehen lassen.

Sie brauchen uns gar nicht mehr umzubringen, dachte Felix, wir sind schon tot, so tot wie der Clausen, aber er hat das Schlimmste hinter sich. Der hat jetzt wenigstens Ruhe – wir noch nicht, dachte Felix.

18. Gegenschlag

Die Nachricht vom Ende des Clausen hatte Felix so aufgewühlt, dass er sich sofort die Sportsachen anzog und in seine Folterkammer rannte. Säuerlicher Schweißgeruch hing in den Fugen der hölzernen Wandverkleidung. Keine Fensterlüftung, kein Durchzug, kein Raumspray konnte mehr diesen wirklich abstoßenden, durch und durch unangenehmen Grundton beseitigen. Kaum unten, schon war nur noch Ekel, ein aggressiver, alles und alle sofort übermannender Ekel der vorherrschende, der einzige Eindruck. Felix fühlte sich davon immer wieder angezogen und abgestoßen zugleich. Angezogen von dieser ehrlichen Hoffnungslosigkeit, die er mit dem Keller verband, von dem aufputschenden Gefühl allübermächtiger Körperlichkeit, abgestoßen von den allzu menschlichen Ausdünstungen, der Ahnung zutiefst brutaler Körperlichkeit, die den Gestank, als den man ihn ja bezeichnen musste, hier produzierte. Er hasste es, in diesem Drecksloch, wie er es insgeheim oft nannte, immer größere, vergeblichere Teile seiner Freizeit verbringen zu müssen – und zu wollen.

Meine Anwesenheit hier unten ist doch die allerüberflüssigste, sagte sich Felix, und zugleich die allernotwendigste. Ich gehe in den Keller, um zu überleben, und je mehr ich das Überleben trainiere, destso weniger lebe ich, desto mehr Zeit verbringe ich in diesem Bunker wider die Wirklichkeit, in meiner Geistesausrottungszelle, denn nichts anderes, war er sich bewusst, mache ich hier unten doch: Ich setze auf den Geistesmord der anderen da draußen noch meinen eigenen, meine eigene Hetzjagd auf meine Geistesreste. Es ist ein einziger aussichtsloser, vergeblicher, selbst beim besten Willen nur als stumpf zu bezeichnender Höhepunkt der Verrottung. Auch wenn er durch die jüngsten Verbitterungen, durch die unglaublichen, die allerschlimmsten jüngsten Entwicklungen – der Clausen tot, die Bella tot – eine giftige, neue Art entschlossener Erregung spürte, die ihn antrieb.

Warum rannte er denn immer wieder hierher, in dieses Loch, in diese Fluchtkammer, in seinen ureigensten Panic Room, wenn er sich da draußen doch immer wieder nur in selbstverletzendster Weise demütigen, beherrschen, manipulieren ließ?, fragte sich Felix, während er anfing, mit den dünnen Lederhandschuhen den Sandsack zu bearbeiten.

Was bringt all dies hier denn außer noch größerer Schmach, fragte er sich selbst jetzt drängender, wenn es so folgenlos bleibt, wie es bislang folgenlos geblieben ist?

Dumpf klatschten seine Fäuste auf das harte Leder, sanft fing der schwere Sack zu schwingen an. Immer schneller schlug Felix seine Kombinationen, griff ab und zu das Pendel, um mal links, mal rechts das Knie hochzureißen und seitlich in den Lederkörper zu knallen.

Je mehr du trainierst, so wurde ihm plötzlich klar, je mehr suggerierst du dir, es gäbe so etwas wie Gegenwehr, so etwas wie Stolz, wie Selbstrespekt, nur um am Ende wieder festzustellen, dass du keinen Stolz hast, keinen Selbstrespekt, dass du dich nicht wehren kannst, weil es dir an allem fehlt, weil dich die Angst, der Terror so schwächt, so lähmt, so niederstreckt, dass du schon erledigt bist, bevor sie dich getroffen haben. Du wünschst sie dir tot und zitterst bei jedem Gedanken an sie. Du träumst dir tausendfach den triumphalen Sieg, die endgültige Zerstörung, ihr blutiges Untergehen durch deiner Hände Arbeit und bist schon ein zitterndes Nichts, wenn bloß ihr Name fällt.

Und das theoretische Wissen um deine im Training er-

arbeiteten Fähigkeiten, so wurde Felix klar, während er dazu
überging, dem Sandsack gezielte Kopfstöße zu verpassen,
mit aller Härte, so musste man schon sagen, mit äußerster
Härte also seine Stirn gegen den Sandsackgegner zu schlagen, dieses Wissen um die seelenzerstörende Kluft zwischen
deinen Erwartungen an dich selbst und deiner jämmerlichen
Hölzenbein-Realität bewirkt nur zu einem selbstmörderi-
schen Eigenhass.

Keuchend hielt Felix inne, wischte sich mit dem linken
Unterarm den Schweiß von der Stirne und umarmte den
Sandsack wie einen haltgebenden Freund.

Langsam ließ er sich in den seitlichen Spagat gleiten und
ignorierte das unbändige Ziehen der noch nicht ganz warmen Bänder.

Dir fehlt der alles entscheidende Vernichtungswille, da
helfen dir auch die ausgefeiltesten Techniken nicht, das
spezifisch Asoziale ihrer kaputten Hirne ist ihr größter Vor-
teil, ihre gefährlichste Waffe, dachte Felix und spürte mit
Genugtuung, wie er mit dem Rumpf den Boden berührte,
die Beine perfekt gestreckt. Die totale Skrupellosigkeit ist die
Voraussetzung für ihr Sein, jeder zivilisatorische Gedanke
dagegen, jede Überlegung, jede Reflektion hemmt dich und
spielt ihnen in die Hände. Und deswegen war es egal, wie gut
er im Dojo war, in den Wettkämpfen, so kurz vor offiziell
beurkundeter Meisterschaft sogar, egal, wie viele Stunden er
zusätzlich hier unten verbrachte, egal, wie brutal gegen sich
selbst und seine Freunde er im Keller den Krieg, der da oben
auf der Straße tobte, möglichst realistisch zu simulieren versuchte. Die Hände hatte er sich dabei regelmäßig blutig geschlagen, bis die Haut in Streifen von den Knöcheln hing, die
Fußgelenke waren teilweise für Wochen verstaucht und die
Handkanten geschwollen vom ewigen Weiterprobieren.

Es hatte alles nichts genutzt.

Die Angst war immer noch da.

Die Demütigungen.

Das Verlorensein.

Sobald einer von ihnen auftauchte, einer von diesen Zivilisationsvernichtern, zog Gott höchstpersönlich den Felix-Stecker und ließ ihn da, wo er gerade war, als nutzloses, lächerliches, überflüssiges Hauthüllenpaket in der Gegend stehen, um die dann wohl auch irgendwie gerechte Strafe der Darwinismusgewinner zu empfangen. Das war die Lektion, die er vom Universum lernen sollte, hatte sich Felix immer mal wieder zu erklären versucht. Jemand hat einfach erkannt, dass wir als doofe Devote offensichtlich nicht richtig kapieren, wie das Spiel hier läuft, hatte Felix öfter dem Roloff dargelegt, der dagegen nur schwache Einwände ins Feld führen konnte, die allesamt in der Sphäre von Moral und Gerechtigkeit angesiedelt waren und damit naturgemäß keine Rolle spielen konnten vor ihrer Haustür.

Felix stemmte sich hoch. Schaute in den Spiegel. Nahm befriedigt die feine Definition seiner Schultermuskulatur zur Kenntnis. Wie eitel man ist, dachte er kurz angewidert, man würde wahrscheinlich noch vor der offiziellen Hinrichtung sichergehen wollen, dass man auch markig genug ausschaut, cool genug guckt, lässig genug die letzten Meter zurücklegt, so bescheuert, so verkümmert ist man ja bereits. Er stellte sich direkt vor den mannshohen Spiegel und zog die eine Stehlampe so nah ran, dass er seine Augen klar sehen konnte. Felix musterte sich. Sah sein nichtswürdiges, verschwitztes Gesicht. Spürte das pochende Herz, das immer drängender pochende Herz. Dachte an den Clausen, an die Bella. Sah das feixende Gesicht des Hölzenbein, die hohnlachenden Vampire im Bus, den blutberauschten Willi, der dem Mark das Auge herauspressen wollte. Felix spürte eine seltsame Erregungswut herangaloppieren, eine durchaus überraschende Aggressionslawine, die ihn mitriss.

»Du kannst hier trainieren, wie du willst«, schrie er in

den luftleeren Raum, »du bist und bleibst eine feige Sau, ein nutzloses Stück Scheiße! Du bist das Allerletzte. Stirb doch!«

Und dann drehte sich Felix um und schlug wie von Sinnen abwechselnd eine Faustkombination gegen den Sandsack und Einzelschläge gegen das Makiwara, dessen scharfe Holzkanten er ein um das andere Mal streifte, sodass er schon nach wenigen Minuten die Hitze offener Wunden und beginnender Schwellungen spürte, er schlug links, er schlug rechts, dann fing er mit den mittelhohen Tritten an, Seitwärtskick gegen den »Neger«, Halbkreistritt gegen den Sandsack, Ellenbogen gegen das Makiwara. Immer schneller, immer atemloser trat, schlug, berserkerte er gegen Sack, Wand, Punchingball, immer unkontrollierter traf er, immer öfter rutschte er ab, bis sein Hirn, das kaum noch mit Sauerstoff versorgt wurde, nichts mehr spürte als einen lähmenden Schmerz, der wenigstens stärker war, wie er befriedigt dachte, als die normale Scham-Pein, die er in den Momenten ungestörter Reflektion spürte, diese gehirninduzierte Qual, der man nicht entkommen konnte und für die es im Gegensatz zu profanen echten Wunden keine schnelle Linderung gab.

Zufrieden wischte er den Dunst vom Spiegel und hielt keuchend die aufgequollenen, blutenden Fäuste in Kampfposition vors Gesicht. So gefiel er sich, so sah er aus wie jemand, der es mit allen aufnehmen könnte, ein echter Killer, ein Retter, ein Mensch mit Mut und Selbstrespekt. Er mochte sein Spiegelbild so sehr, wie er den echten Felix hasste

Ächzend schleppte er sich die Treppe hoch. Das Blut pochte in den Händen, die er kaum strecken konnte. Adrenalinbesoffen federte er ins Esszimmer, wo er sich zuvor eine Schüssel Müsli zubereitet hatte. Ohne Umweg ins Bad setzte er sich und fing gedankenverloren an, den bananenversetzten Brei in sich hineinzuschaufeln. So schwitzend und nachdünstend in seinem übergezogenen baumwolldicken Kapuzenpulli, die Muskeln glühend am ganzen Körper, kam er sich auf angenehmste Weise wie ein echter Kämpfer vor. Und während wieder Begriffe wie »der Clausen«, »die Bella«, »Timo«, »Nadja« durch seinen Kopf irrlichterten, nahm sein Unterbewusstseinsradar plötzlich, so erklärte er es sich später, Peilung auf mit etwas, was er Sekunden später erst gedanklich und optisch durch die Gardinen tatsächlich erfasste. Da draußen, keine drei Meter vor ihrem Esszimmerfenster, keine fünf Meter von seinem Platz entfernt, ging eine Silhouette vorbei, die in ihrer lächerlichen Verkorkstheit, so war ihm augenblicklich klar, in ihrer comicartigen Muckelhaftigkeit, kein anderer sein konnte als, ja als der, er spuckte einen Bananenrest zurück in die Schüssel, als das Grauen selbst: der Hölzenbein.

Er ließ den Löffel fallen. Fühlte automatisch den Puls am Hals. Eiseskälte stieg seine Beine hoch. Schweißnass die Fingerkuppen. Der Kiefer zitterte, wie zur Beruhigung kaute er auf der Unterlippe, die er leicht nach innen saugte.

Der Hölzenbein.

Da draußen.

Alleine.

Auf dem Weg zum Supermarkt womöglich, dachte Felix. Geht hier an unserem Haus vorbei, als sei nichts geschehen, in dem festen Bewusstsein, dass ihm natürlich und selbstverständlich hier nichts geschehen wird. Weil ja immer nur etwas geschieht, schob Felix sofort zynisch hinterher, wenn der Hölzenbein oder seine Freunde es geschehen lassen wollen. Weil sie wissen, dass wir nicht anders können, als es geschehen zu lassen, was immer sie auch mit uns vorhaben.

Im Zeitraffer rekapitulierte er plötzlich eine der hilflosen Diskussionen über das Phänomen ihrer absoluten Wehrlosigkeit, die sie erst kurz vor diesen verteufelten Sommerferien im Deutsch-Leistungskurs mit dieser ganz und gar späthippiehaften, also durch und durch beschränkten Lehrerin, der erdfernen Frau Lewanski, geführt hatten. Eben noch Peter Bichsels allerhohlste Kurzgeschichte »San Salvador« erörtert, die Kommunikationsregeln von Watzlawick darauf angewendet, so wollte sie ihren Ödnis- und Abstumpfungsterror noch bis zur letzten Minute in der üblichen ignoranten Unbarmherzigkeit an ihnen exekutieren, da hatte der Roloff in einem seiner hellsten, klarsichtigsten Momente des laufenden Schuljahres angeekelt in den sterbensgelangweilten Raum gerufen:

»Die Scheiße hilft uns bei den Hölzenbeins auch keinen Deut weiter. Wie wär's denn mal mit ein bisschen echtem Leben in Ihrem sogenannten Deutschkurs? So einer wie der Hölzenbein, der könnte Ihnen mal ein paar ganz neue beschissene Kommunikationsregeln beibringen!«

Als Frau Lewanski daraufhin schwerstes disziplinarisches Geschütz gegen den Wahrheitsaussprecher Roloff in Stellung bringen wollte, waren nicht nur die wenigen Vertreter der Bank im Kurs auf die Barrikaden gegangen, hatten gejohlt, gebrüllt, geflucht, was das Zeug hielt, sondern auch andere, die sonst eher stumm an und unter den Verhältnissen litten.

»Recht hat er, der Roloff!«

»Sie wissen doch nichts, rein gar nichts, von nichts!«

»In was für einer Kack-Realitätsblase leben Sie denn, Frau Lewanski?!«

»Wir scheißen auf Bichsel, der hilft niemandem weiter.«

»Schmeißen Sie uns doch alle raus, ja los, machen Sie schon!«

»Uns reichts, Sie können uns doch mit Ihrem lebensfernen Dreck hier nicht für blöd verkaufen!«

»Hände weg vom Roloff, wir machen Ihnen Ihr Leben zur Hölle, kapiert!«

»Wir wissen, wo Ihr Auto parkt!«

»Und wo Sie wohnen!«

Und gar nicht mehr enden wollte der Strom der unflätigsten, beleidigendsten Schimpfkaskaden gegen die immer verstörter und hilfloser aussehende Frau Lewanski, die zwar, wie Roloff im ganzen Tohuwabou grinsend bemerkte, »trotz allem geile Titten«, aber eben leider überhaupt keine Ahnung hatte, woher der Aufruhr kam, diese Aggressivität, die gegen sie und ihr Fach gerichtete kompromisslose Feindseligkeit. Sodann forderte sie verzweifelt und den Tränen nahe ein »sachliches Gespräch«. Schon entbrannte eine hitzige Diskussion über das Leben draußen vor der Türe, über die Hölzenbeins und Gehrens, über das Neubauviertel-Nord und die allgemeine Notstands- und Notwehrsituation in der Stadt, die sie, Frau Lewanski, bisher offensichtlich für eine friedliche, überschaubare, lebenswerte gehalten hatte.

Mit nichts als schierem Unglauben hörte sie nervös und immer nervöser werdend die Schilderungen aus den Schützengräben des Felix'schen, des Roloff'schen und all der anderen Leben, nach Luft schnappend, wie es ihnen schien, dann zunehmend stumm und in sich zusammensinkend. Schließlich versuchte sie eine Antwort, aber, so war es ihnen vorgekommen, sie lallte sich ein Weltverständnis zusammen, das nichts mit dem zu tun hatte, was ihr Minuten zuvor doch in aller scheußlichen Direktheit geschildert worden war. Die Betonmischung in ihrem Kopf ließ keine frischen Erkenntnisse zu. Also faselte sie davon, wie man der Gewalt mit versöhnlichen Gesten und permanenter Gesprächsbereitschaft entgegentreten solle, dass jeder, wirklich jeder, und dabei schaute sie so bemüht ernsthaft und überzeugen wollend in die Runde, dass Felix lachend unter den Tisch kroch, was er im Nachhinein als durchaus peinliche Überreaktion zu entschuldigen versuchte, dass auch die eben genannten Personen gar nicht anders könnten, als auf solche Zeichen des guten Willens hin von ihrem schlimmen Tun abzulassen.

Mit anderen Worten, dachte Felix, hat sie in brutalster

Offenheit ihre absolute Verständnislosigkeit, ihr furchtbares Weltverdrängungspotenzial demonstriert, ihre durch keine Wirklichkeit zu beeinflussende Straßenferne, und, schlimmer noch, sie zeigte uns allen damit, stellvertretend für all die ach so gebildeten und zivilisierten Erwachsenen, dass wir in keinster Weise von irgendwem aus unserem eigenen Lager Hilfe zu erwarten haben, sondern im Gegenteil: Sobald wir die Wahrheit aussprechen, gelten wir als die eigentlichen Störenfriede, Hysteriker und Albtraumanrührer.

Die Auseinandersetzung war dann in den erwartbaren, wütenden Tumultschreien untergegangen, was sie durch immer neue, immer absurdere, immer idiotischere Theoriestichworte wie »Friedfertigkeit«, »Gewaltlosigkeit«, »Verständnis für familiäre Hintergründe« etc. pp. zielgerichtet, wie man ja sagen musste, heraufbeschworen hatte.

»Schwachsinn!«

»Geile Ansage, werde ich dem Hölzenbein sagen, wenn er mir beim nächsten Mal in die Eier treten will!«

»Super Idee, Frau Lewanski, echt toll!«

»Wow, Sie haben's ja voll drauf!«

»Was interessieren mich deren beschissene Familienprobleme, wenn die mich umbringen wollen?!«

»Gehen Sie doch mal abends hier ins Jugendheim, Sie Ignorantin!«

»Ohhh, du armer Hölzi, du kannst ja gar nicht anders, du arme Sau, oder was?«

»Ja, ja, schlag mich, Gewalt ist ja so böse, ich wehre mich auch nicht, Frau Lewanski hat gesagt, das hilft, ja lieber Hölzenbein?!«

Das alles zischte in herzwummernden Mikrosekunden durch den flambierten Felix'schen Schädel, während er ein Bananenstück im Müslisumpf vor sich versinken sah.

Der Clausen.

Die Bella.

Die Lewanski.

Die Blaschek-Gehrens.

Und immer wieder Hölzenbein.

Mit dem Baltus und Lockenköpfchen.

Ohne Baltus und Lockenköpfchen.

All die Scham, all die Angst, all die Demütigungen. Da draußen ging das Monster vorbei, völlig entspannt vorbei, so viel war sicher, und er, Felix, konnte sich selbst hier, hinter den sicheren heimischen Mauern, kaum noch regen, kaum noch atmen, kaum noch denken. Und das, dachte Felix bestürzt und schaute resigniert an seiner kaum noch spürbaren Körperillusion hinunter, die nur noch aus muskellosen Angstpartikeln zu bestehen schien, jede Zelle eine einzige Voll-Lähmung, das wird sich nie ändern.

Nie.

Nie.

Nie.

Oder jetzt.

Langsam wuchtete er sich, die Hände schwer auf den Tisch gestützt, aus dem Stuhl hoch und verharrte für einige Sekunden so, als sei er sich nicht ganz sicher, ob die leicht zitternden Trainingshosenbeine wirklich in der Lage wären, sein Körpergewicht zu halten. In bedächtigen Schritten ging er zur Wohnungstür, griff mechanisch den neben dem Spiegel liegenden Haustürschlüssel, steckte ihn in die vordere Tasche seiner dampfenden Kapuzenjacke, erspähte, für den Bruchteil einer Sekunde nur, ein ausdrucksloses, fahles Gesicht im Spiegelvorbeigang, bemerkte dann, dass er im Flur schon die Schrittlänge langsam vergrößerte, so leicht fühlte er sich, so wahnsinnig, gefährlich gewichtslos leicht. Er trat durch die Haustüre, schloss nicht ab, dachte noch kurz daran, dass er eigentlich abschließen sollte, verwarf den Gedanken augenblicklich, wieso sollte er, nur kurz wäre er ja fort – aber warum eigentlich, wie er versuchte zu denken, obwohl er halsklosig dachte, dass er eigentlich schon wusste, wohin er jetzt gehen und warum er nur kurz wegbleiben würde.

Vielleicht 100 Meter entfernt sah er den quadratisch-unförmigen Körper das Ende der Straße erreichen, von wo dieser, sollte seine Supermarkt-Annahme richtig sein, gleich nach links einbiegen würde, um dann nach wenigen hundert Metern schon rechts auf das eigentliche Shoppinggelände zu gelangen.

Die Zeit läuft mir davon, dachte Felix, der sofort in einen leichten Trab verfiel, in einen nahezu gedankenfreien, beschwingten Trab, der sich langsam zu einem schnelleren Lauf steigerte. Vorgärten und Nachbarn flogen an ihm vorbei, Autos und Straßenlaternen, während der Körper nach links verschwand.

Jetzt wurde aus dem Galopp ein regelrechter Spurt, allein angetrieben von dem einzigen Gedanken »vor dem Supermarkt«, nur diese Wortdreierkette dachte er noch, »vor dem Supermarkt«, nichts anderes. Eine wohltuende Gedankenreinheit hatte sich seines glühenden Kopfes bemächtigt, die nichts anderes mehr zuließ als eben »vor dem Supermarkt«, ein einziges Ziel, ein einziger Daseinsgrund, ein alleiniger Lebensmotivator: »vor dem Supermarkt«.

Er spürte kaum noch die Asphaltkontakte seiner Turnschuhe, keinen Schmerz in seinen offenen, geschwollenen Händen, kein Geräusch mehr drang zu ihm außer dem eigenen heftigen, regelmäßig stoßenden Atem. Den Kopf leicht nach unten geneigt, den Oberkörper wie zur Beschleunigung nach vorne gedrückt, bog er um die Ecke, ohne seine Geschwindigkeit auch nur um eine Mikroanstrengung zu verringern. Der Felix-Express war eine einzige brutale Vorwärtsbewegung, auf die Grundfunktionen der Maschine konzentriert.

Da, keine 50 Meter vor ihm, sah er den Rücken des Körpers noch auf dem Bürgersteig, auf dem er selbst auch gerade lief, entlang der weißen Begrenzungsmauer mit der davor stehenden Hecke. Gleich würde der Körper die Straßenseite wechseln müssen, funkte es an Felix' Hirn, dann wäre der andere fast auf dem Supermarktgelände. Aber das wird der nicht mehr schaffen, dachte Felix mit geradezu entspannter Vorfreude – wie er im Nachhinein mehr als verwundert feststellen musste, zumindest im ersten, unmittelbaren, endorphingetränkten Nachhinein.

»Hölzenbein!!«

Mit unvermindertem Tempo hielt Felix auf den Rücken zu, der jetzt stoppte.

»Hölzenbein!«

Der geschwind näher kommende Rücken drehte sich. Der quadratische Kopf. Die schlachterbrutalen Gesichtszüge. Der ganze Muckelkörper. Hölzenbein blickte ihn erst fragend, dann verwundert und augenblicklich, wie Felix zu registrieren glaubte, leicht spöttisch an. Felix schien es noch so, als wollte Hölzenbein etwas sagen, als habe sich der diesmal noch schaumfreie Mund öffnen und irgendetwas ausstoßen wollen, aber dazu ließ er es nicht mehr kommen.

Aus vollem Lauf hob Felix mit ungebremster Bewegungsenergie ab, um dem dann doch völlig und naiverweise, wie es Felix noch durch den Kopf schoss, überraschten und zu keiner Bewegung mehr fähigen Hölzenbein mit einem tausendfach geübten, in diesem Fall geradezu ideal ausgeführten Yoko Tobi Geri, einem eingesprungenen Seitwärtstritt, gegen den Brustkorb zu donnern, den linken Fuß nur knapp unter dem dicken Hals aufsetzend. Voll auf eine saubere, also das Stolpern und Fallen vermeidende Landung konzentriert, nahm Felix nur aus den Augenwinkeln wahr, wie der Hölzenbein durch die Wucht des Tritts halb gedreht wurde und seltsam grunzend über die Hecke Richtung Ziegelmauer abhob, stürzte und seitlich verdreht in das Gestrüpp prallte. Schon setzte Felix über die Hecke und trat dem verdattert dreinblickenden, auf die Ellenbogen gestützten Hölzenbein mit Anlauf und brutalstem Beinschwung in die Seite. Der Körper wurde herumgerissen, satt klatschte der Hölzenbein'sche Quadratschädel durch die Trittwucht an die Mauer, wo sich augenblicklich, wie Felix sachlich registrierte, Blutschlieren am gekalkten Weiß bildeten.

Keuchend blieb Felix mit geballten Fäusten vor dem Menschenhaufen stehen, wartete auf irgendeine Reaktion, zitternd, dampfend, taub, hysterisch geradezu, wie er die Sekunden später nur beschreiben konnte. Eine stille Hysterie, so sagte er dem Roloff nachher immer wieder, es war wie eine stille Hysterie. Der aufgeplatze Hölzenbein-Schädel hatte sich mittlerweile umgedreht, Rinnsale dickflüssigen Dunkelrots bahnten sich ihren Weg durch die Visagenmassen, es ächzte und pfiff, so schien es Felix, irgendwie seltsam aus dem Hözenbein'schen Körper, der sich trotz der schweren Stöße tatsächlich daranmachte, aus der gefällten Opferhaltung herauszukommen. Hölzenbein spuckte Blut. Und dann sagte er etwas, undeutlich nur, Lall-Laute bloß, unverständlich in jedem Fall, wie Felix erst dachte, aber dann schien der Hölzenbein'sche Blutmund ein und dasselbe immer und immer wieder zu wiederholen, bis die verquollenen Laute in Felix' Ohr explodierten: »Ich mache dich Arschloch fertig!« Die Macht dieser Wortedetonation riss Felix vollends das Zivilisationsfundament weg, wie er später den Vorfall sich selber zu erklären versuchte.

Von oben hämmerte er dem hündisch und irgendwie mit blutunterlaufenen Augen dennoch fies nach oben blickenden Hölzenbein die linke Handkante auf das sofort brechende Nasenbein und setzte dem niedersinkenden Gesicht noch das linke Schienbein mit Macht hinterher.

»Du willst mich fertigmachen, du Arschloch? Du glaubst, du kannst mich immer wieder und immer wieder fertigmachen, du Tier? Ja, das willst du, du Wichser, ja? So, wie ihr den Clausen fertiggemacht habt, ja? So wie ihr die Bella fertiggemacht habt, ja? So wie du mich und all die anderen immer wieder und immer wieder grundlos fertiggemacht hast, ja, du Arschloch? Ich zeig dir jetzt mal, wie das ist, wenn man einen fertigmacht, ja? Dann guck doch mal, wie das ist, wenn dich einer fertigmacht, du Mörder, du verficktes Stück Scheiße!«

Immer besinnungsloser brüllte Felix den Hölzenbein an, immer besinnungsloser trat Felix in die zunehmend unförmigere Blutfleischmasse auf dem Hals und auch in den sich krümmenden Muckelkörper, bis sein Fuß überhaupt keinen Widerstand mehr registrierte und er eine ihn tödlich erschreckende Erschlaffung des Hölzenbein'schen festzustellen glaubte.

Felix beugte sich weit nach vorne, die Hände auf die Oberschenkel gestützt, Schweiß perlte ihm von der Stirn auf die Nasenwurzel und von da die Wangen hinunter, im Nacken spürte er kitzelnde Salzwasserbäche. Er sah seine schlammbraunrote linke Turnschuhspitze. Roch das metallene Blut auf dem Schuh. Sah die feuchtdunkeln Spritzer auch auf seiner Trainingshose. Spürte plötzlich seine beißenden Handknöchel wieder. Hölzenbein röchelte.

Felix fühlte sich sehr schwach. Seine Knie zitterten unkontrolliert. Der Kiefer schnappte spastisch auf und nieder. Er hörte seine Zähne klappern. In höchster Erregung, immer noch gebeugt wie nach einem Zehntausendmeterlauf, sah er, wie sich an der Hölzenbein'schen Nase Blutblasen bildeten, platzen, sich neue bildeten, wieder platzten.

Der Hölzenbein lebt noch, dachte Felix und spürte einen tiefwahren Moment der Erleichterung. Der atmet noch. Da bilden sich Blasen. Da platzen Blasen. Der Hölzenbein'sche Lebensapparat arbeitet noch.

Mit einer Mischung aus Ekel und Interesse betrachtete er den Menschenrest vor ihm. Kraftlos kniete er sich hin. Mit leichten Fauststößen, eher kräftigeren Streicheleinheiten gleich, schlug er dem jetzt heftigst atmenden, wahrscheinlich hyperventilierenden Hölzenbein in die erschlaffte Körpermasse.

»Das hast du jetzt davon, du Arsch«, keuchte es aus Felix, »du hast es doch nicht anders gewollt, du Widerling, du hast es doch herausgefordert!«

Hölzenbein blieb stumm.

»Jetzt sag schon was, du Wichser, los jetzt, sonst hast du doch auch immer so ein großes Maul! Los, du Arschloch, sag was!«

Kräftig langte er in den jetzt nicht einmal mehr zuckenden Hölzenbein. Felix spürte, wie sein eigenes Hormonsystem die Adrenalinproduktion stoppte. Eben noch der Killer, jetzt nur noch der Zusammenfallende.

Er musste plötzlich weinen.

Schlaff lagen seine Hände auf dem irgendwie doch noch Lebenden. In immer größeren Schüben quollen Tränen auf sein Gesicht. Scheiße, dachte Felix nur noch, Scheißescheißescheiße, was habe ich bloß gemacht? Er sah sich dort knien, neben dem Quasi-Toten, mitten im Erdblutdreck, die Hecke unter sich begrabend, halb an die körperschleimbeschmierte Ziegelwand gelehnt, von oben bis unten, so kam es ihm vor, mit seinem eigenen und dem Hölzenbein'schen Blut besudelt. Das ist doch alles nur der absurde Höhepunkt eines absurden Albtraums, dachte Felix für eine Sekunde oder zwei und wusste, dass es anders war, wahrer, grauenvoller, unumstößlicher.

Irgendwie fingerte er aus den tiefsten Gruften seiner Trainingshose einen Taschentuchlappen, den er gedankenverloren dem Hölzenbein halb übers entstellte Gesicht legte, nicht ohne mit einer gewissen Beruhigung zu bemerken, dass der mit einer Hand zuckte, an der, wie man konstatieren musste, ein Finger grotesk verdreht abstand. Da fällt der also in dieser ganzen Katastrophe auch noch auf die ohnehin verwachsene Hand, nur um sich zu allem Überfluss den Finger zu brechen, oder was, fragte sich Felix und wurde darüber fast etwas wütend. Aber Hauptsache, er zuckt noch, unverwüstlich, der alte Hölzenbein, dachte er geradezu froh und wischte sich das nasse Gesicht trocken.

So weit bin ich jetzt also gekommen, so weit haben sie mich also dann doch getrieben, fasste Felix die Situation kurz und sachlich zusammen. Man denkt, man ist anders, und dann ist man doch nur ein Killer wie die anderen, man ekelt sich vor Gewalt und entpuppt sich schließlich als Freizeit-Himmler, man vergeht vor Angst und verbreitet doch den größten Terror.

Felix schluchzte und schüttelte sich.

Da lag dieser beschissene Hölzenbein-Körper vor ihm, da konnte er jetzt die Augen, so oft er wollte, schließen, der lag da in seinem Blut und jetzt auch in seiner Kotze und hatte die Knochen und vielleicht den Schädel gebrochen, und nichts konnte das mehr ändern, und das warst allein du, du, du, schrie sich Felix innerlich an.

Ich kann nicht mehr, erkannte er plötzlich klarer denn je zuvor, ich kann so nicht mehr weitermachen, nicht weiterleben, wenn man das überhaupt als Leben bezeichnen kann. Ihr Vernichtungswille macht mich zum Vernichter, ihr Geisteshass macht mich zum Geistverächter, ihr Hass macht mich zum Selbsthasser. Das ist alles so trostlos, dachte Felix, so hoffnungslos, so abgrundtief verachtenswert und sinnlos, und nie ändert sich irgendwas, nicht hier, nicht anderswo, nur man selbst wird plötzlich auch noch zum Allerwiderlichsten, zum Abschaum wie die anderen. Und was bleibt ist nichts als eine noch monströsere Einsamkeit, ein Verlorensein in dieser erbarmungslosen Psudolebenskulisse, dass es eigentlich keinen Grund mehr gibt, sich diesem Verblödungsspielchen weiter zu widmen, fasste Felix mit neuer Bestimmtheit seine Existenz zusammen.

Er rappelte sich hoch, warf einen letzten Blick auf den jetzt ruhiger atmenden und still vor sich hinblutenden, offensichtlich bewusstlosen Hölzenbein und entfernte sich langsam von der Stelle seiner Schande. Wie schwere Gewichte schleppte er seine Beine und den ganzen Rest mühsam, nur schlurfend gehend, zurück.

Er hatte noch nicht ganz die Haustür erreicht, als er die gellende Sirene des Krankenwagens vernahm.

19. Final Cut

»Kein Sinn, kein Zweck, mein Wahnsinn, mein Dreck« – als ob er den Song nur für mich geschrieben hätte, dieser Tommi Stumpff vom KFC, dem Kriminalitäts-Förderungs-Club, dachte Felix. Er nahm einen großen Schluck Wein und stellte die Flasche zurück auf den Wohnzimmertisch neben die anderen. Immer und immer wieder ging Felix zur Anlage und hörte sich die gleichen zwei, drei Stücke an, immer lauter, bis er Angst um die Lautsprecher bekam.

»Der goldene Schlagring« ist in jedem Fall ein epochales, völlig unterschätztes Stück der Musikgeschichte, überlegte Felix, da offenbart doch jede Zeile die Abgründe, in die ich gestoßen worden bin: »Das ist der Preis, das ist das Pfand/Für meinen eigenen Wahnsinn, für meinen Verstand/Das ist der Preis, das ist der Pfand/Für meinen goldenen Schlagring, für meine Hand.«

Aber auch ihr Song »Wie lange noch?« brachte die Dinge doch auf den hoffnungslosen Punkt, wie hatte man das so lange übersehen können? Die besungene totale Selbstaufgabe erschien ihm plötzlich wie eine völlig verständliche, nachvollziehbare Haltung, die natürliche Konsequenz aus dem Dauerverschleiß im Krieg da draußen.

»Wie lange noch? Ich warte immer noch!/Ich glaube an nichts, ich glaube nicht an nichts/Die Zeit geht an mir vorbei und wartet nicht auf mich/Ich mag nicht reden, ich mag nichts hören/Ich hasse nichts und kümmere mich um nichts/ Wie lange noch?«

Der Sänger ist ganz klar auf unserer Seite, freute sich Felix. Der kennt sich aus mit dem Terror, dem Irrsinn, der Hoffnungslosigkeit. Kein Wunder, der KFC kommt ja auch aus unserer Gegend. Genau wie die Toten Hosen oder die Fehlfarben:

»Und wenn die Wirklichkeit dich überholt, hast du keine Freunde, nicht mal Alkohol, du stehst in der Fremde, deine Welt stürzt ein, das ist das Ende, du bist alleine.«

Irgendwo gibt es also Menschen, die mich verstehen, dachte er beglückt, irgendwo – bloß nicht hier.

Seit drei Tagen war er praktisch nicht mehr aus dem Haus gegangen. Nur ein-, zweimal am Tag rannte er, mehr als dass er ging, zum Supermarkt oder Kiosk, um sich Bier, Zigaretten und Fertiggerichte zu holen. Den Rest der Zeit saß er auf dem Sofa und machte die Musik so laut, dass er nicht mehr klar denken konnte, denn angesichts seiner Situation blieb nichts als tödlichste Ratlosigkeit und schwärzeste Endgültigkeit.

Jedes Mal, wenn es klingelte, zuckte er zusammen und erwartete das Allerschlimmste. Er öffnete niemandem, nur dem Roloff, der sich telefonisch anmelden musste. Die anderen konnten nur Freunde seiner Eltern sein, die nicht da waren. Oder jene, mit denen er eigentlich rechnete, die er fürchtete – die Polizei womöglich oder Hölzenbeins Freunde –, und denen wollte er unter keinen Umständen öffnen.

Ich bin in jedem Falle geliefert, war Felix klar, daran gibt es keinen Zweifel. Sogar in der Zeitung hatten sie Hölzenbein erwähnt, den schwerverletzten Hölzenbein, wie es hieß, was er für eine Sekunde etwas übertrieben fand, bevor er sich eingestehen musste, dass es die Wahrheit war. Und er hatte das angerichtet, er hatte einen anderen Menschen verletzt, aufs schwerste verletzt, da stand es, das war kein Traum. Er, der nichts mehr hasste als diese ewige Gewalt, diesen Terror, er war schuld, er stand jetzt praktisch in der Zeitung als einer der Grausamen, der Gefürchteten, als einer von ihnen sozusagen, er war damit offiziell Teil des Bodensatzes geworden, der hier alles und jeden vergiftete.

Gegen Unbekannt würde ermittelt, stand da. Er kannte sogar die Autorin des Artikels, die Tochter einer Freundin seiner Mutter. Völlig entsetzt seien alle in der Siedlung, schrieb die, so viel Gewalt vor der eigenen Haustür, wurden mehrere Nachbarn zitiert, das hätte es noch nie gegeben. Da war ihm beim Lesen ein spontanes »ihr dreckigen Heuchler« herausgerutscht, so sehr hatte ihn dieser erneute Beweis ihrer Realitätsverklärung aufgebracht.

»Der arme Junge«, soll der dicke Rentner vom Ende der Straße gesagt haben, stand da. Unser Hölzenbein ein »armer Junge«, dachte Felix, wie kann man nur so hirnverbrannt sein, der Hölzenbein-Terrorist, der Schläger, der Menschenmisshandler, der elendste Tyrann, der unser aller Leben seit Jahren und Ewigkeiten zur widerlichsten Hölle macht, der ist in den Augen der lieblichen Bürger hier plötzlich ein »armer Junge«, das gibt es doch gar nicht. Sie leben in ihrer Parallelwelt und glauben, das sei alles, sie kennen nichts und glauben, sie kennen alles, sie sehen ihre geschorenen Vorgärten, die ordentlich gestutzten Hecken, die polierten Karossen und denken, so ist die Welt. Und wenn plötzlich die Kanalisation von unten herauf stinkt, wenn die Fassade bröckelt, wenden sie sich sofort ab, weil nicht sein darf, was nicht sein soll. Ihre Ignoranz ist so unmenschlich und tödlich wie ihr Desinteresse, sie wollen in ihren Plastikhirnen ihre Plastikwelt nicht demontiert sehen, dachte Felix, deswegen kämpfen und sterben wir jeden Tag da draußen auf verlorenem Posten, weil wir alleine sind, weil uns unsere eigenen Truppen im Stich lassen, so sieht das doch aus.

Immer wieder las er den Bericht, jedes Wort buchstabierte er dreimal, nur um zu sehen, ob irgendwo ein klitzekleiner Hinweis auf mögliche Zeugen für seinen fürchterlichen, unverzeihlichen Auftritt versteckt war. Nichts dergleichen konnte er finden, aber leider auch keinen Rückspulknopf, dachte Felix, um die wenigen Minuten des Wahnsinns ungeschehen zu machen

Hin und wieder empfand er ein tiefes Gefühl der Genugtuung. Wie er den einfach so umgesprungen hatte, wie simpel das war, wie erstaunt der geguckt hat, der Schlächter, dachte Felix, um dann augenblicklich zurück in seine tiefe Depression zu fallen.

Es war ja nicht nur so, dass er möglicherweise die Polizei im Nacken hatte, wobei das alleine schon das Ende bedeuten würde: Wenn ich festgenommen werde, bringt sich meine Mutter sofort um, der Vater auch, und dann bleibt noch nicht mal jemand übrig, um die Beerdigung zu organisieren, denn ich bin ja dann entweder für immer weggesperrt oder richte mich bei der nächstbesten Gelegenheit selbst – und meine armen kleinen Geschwister müssen ganz alleine bei der völlig überforderten Tante aufwachsen, dachte er.

Die Polizei war das eine. Solange ihn niemand gesehen hatte, würde ihm keine große Gefahr drohen. Denn so ekelhaft der Hölzenbein auch war, der würde sich nie an die Bullen wenden, das ließe dessen gestörter Ehrenkodex gar nicht zu, damit würde er sich ja vor den Gehrens und Blascheks zum Allerlächerlichsten machen, zum größten Hanswurst der Stadtgeschichte. Der würde also schweigen, selbst unter Folter, und die Polizei selbst ist bekanntermaßen völlig ermittlungsbehindert, dachte Felix. Deswegen laufen die doch alle immer noch frei herum, die ganzen Totschläger.

Im Zweifelsfall, so überlegte er, plädiere ich eben auf Notwehr, vielleicht auf Notwehr-Exzess, darauf haben sie doch in der Karate-Schule immer hingewiesen, dass man diesen Schweinen – bei allem Verständnis – nicht gleich das Genick brechen sollte, auch nicht in eindeutigen Verteidigungssituationen, und wenn, müsse man mit einem Verfahren wegen Notwehr-Exzess rechnen.

Sein wahres Problem aber war ja nicht die Polizei, sondern der Hölzenbein und seine Freunde. Ich bin praktisch jetzt schon tot, dachte Felix, die werden mir auflauern, die werden mich massakrieren, ich bin geliefert. Die ganze Stadt würde darauf warten, wie sich der Hölzenbein rächt. Der war ja jetzt unter extremen Zugzwang, dachte Felix und empfand für eine Sekunde ein eigenartiges Mitleid. Der muss mich in jedem Fall vernichten, ob er will oder nicht, sonst kann er sich nirgendwo mehr sehen lassen, andernfalls verstoßen die Blascheks und Gehrens ihn oder machen ihn womöglich selbst fertig, so waren nun einmal die Gesetze hier. Deswegen hatte er, Felix, in den letzten Tagen, wenn überhaupt, das Haus nur bewaffnet verlassen – in der Hosentasche einen scharf geschliffenen Wurfstern, einen Shuriken, im Jackenärmel sein Holz-Chaku.

Ich gehe vor die Tür und bin bereit, zum Mörder zu werden, dachte Felix verbittert. Ich gehe zum Bäcker Brötchen kaufen und bereite mich darauf vor wie auf den Dritten Weltkrieg. Ich hasse sie und bin jetzt doch einer von ihnen, mit dem Unterschied, dass ich dabei vor Angst und Erbärmlichkeit fast umkomme. Ich bin das Allerletzte. Er starrte auf seine linke zitternde Hand und das Chaku, das sie umschloss. Ich sitze hier mit so einem verdammten Tötungsapparat im verdammten Wohnzimmer meiner Eltern und warte auf mein sicheres Ende. Felix ließ das Holz voll Wut auf sein rechtes Schienbein niedersausen. Er schrie vor Schmerz. Er wollte sich strafen. Für seine Feigheit, für seine Hölzenbein-Aktion.

Ich bin lebendig begraben, dieses Wohnzimmer ist mein Sarg. Trete ich vor die Tür, bin ich tot. Muss ich in zehn Tagen wieder in die Schule, bin ich schon Historie. Die ganze Stadt, jede Straße, jeder Bus, jedes Geschäft ist mir nun noch mehr Feindesland als jemals zuvor. Den Hölzenbeins und seinen Freunden gehört ja sowieso die Stadt, jetzt zapple ich noch mehr in ihren Fängen – bis sie mich haben. Wie hatte er das nur ausblenden können, diese unweigerlichen Konsequenzen seines Aufbegehrens, das war doch in jedem Fall der Preis, den er jetzt zahlen müsste.

Der Roloff hatte ihn zwar beruhigen wollen und erzählt, in der Stadt habe man den Fall eher mit sportlichem Interesse registriert. Er sei dem Baltus und Lockenköpfchen begegnet und habe gerade nach diesem Vorfall schon das Allerschlimmste befürchtet, aber zu seinem größten Erstaunen hätten die ihn zum allerersten Male nicht sofort geschlagen – vielleicht, weil sie in Eile waren und dafür keine Zeit hatten, wie der Roloff spekulierte –, sondern ihn nur von der anderen Straßenseite beschimpft und gegen sie beide, also den Roloff und Felix, die übelsten Todesverfluchungen ausgestoßen. Der Roloff wollte aber auch die Möglichkeit nicht ausschließen, dass der Baltus und das Lockenköpfchen durch den überraschenden und überraschend harten Felix'schen Ausraster doch sehr beeindruckt worden seien, aber das konnte sich Felix nicht vorstellen.

Es klingelte. Der Roloff. Unpünktlich wie immer, dachte Felix grinsend. Als er die Tür öffnete, erschrak er aufs unheimlichste. Vor ihm stand der aufgelöste, der kaum wiedererkennbare, der Schatten des ehemaligen Roloff, seines besten Freundes. Noch tiefer hingen dessen Schultern, noch vergeblicher als sonst versuchte sein Körper, die Kleidung mit Volumen zu füllen, noch weltverlorener blickten die Augen ins Nichts der Marmormaserung des Eingangs. Ganz nah stand der Roloff-Rest vor ihm, stumm, schwer atmend, irgendwie auch nach Alkohol riechend, nahm Felix sofort die Witterung auf, der hat doch getrunken, das riecht doch wie in einer verdammten Kneipe, regte er sich geradezu auf, bis ihm einfiel, das er selbst eben erst in einem Anfall massiver Selbstbetrauerung Wein in sich hineingeschüttet hatte. Aber wenn der Roloff nachmittags um vier schon stinkt wie das

Kalkwerk morgens um drei, musste Fürchterliches geschehen sein.

»Die Karla …«

»Was ist los, Roloff?«

Der Roloff zog plötzlich mit Urgewalt und einem monströs erscheinenden Lärm, wie Felix angewidert dachte, Nasensekrete wo-auch-immerhin, wischte mit dem rechten Unterarm letzte zähe Flüssigkeitsreste aus dem Gesicht, die, wie Felix nicht umhin konnte zu registrieren, nassklar auf dem Jeansjackenärmel glänzten, und ließ den Kopf noch tiefer hängen.

»Die Karla hat auf der Party mit dem Mike rumgemacht.«

»Ach was, Roloff, das kann ich mir nicht vorstellen«, log Felix etwas zu stammelig, wie er sich sofort vorwarf.

»Doch, und es war noch viel schlimmer.«

Eisgekühlt prallte der Satz gegen Felix' Ohrmuschel, so frostig hatte er den Freund verlassen.

»Quatsch, Roloff, vielleicht haben die da ein bisschen rumgeknutscht, aber, hey, die waren so blau wie wir alle. Und wenn das so war, dann war das bestimmt ganz harmlos und hat nichts zu bedeuten. Aber ich kann es mir nicht vorstellen. Das würde der Mike nie machen«, sagte Felix und hätte sich bei der Erinnerung an seine eigene Balkonszene am liebsten sofort enthauptet.

»Doch.«

»Nein, würde er nicht.«

»Felix?«

»Ja?«

»Die hat mit Mike geschlafen.«

»Nein!«

»Doch!«

»Roloff, erzähl keinen Mist. Das ist völliger Blödsinn. Du bist ja paranoid. Das ist absolut ausgeschlossen«, sagte Felix und fragte sich zugleich, warum das eigentlich ausgeschlossen sein sollte, doch wohl nur, dachte er irritiert, weil ich es gerne für ausgeschlossen halten würde, damit ich nicht die sich abzeichnende Katastrophe ertragen muss.

»Gerd hat sie morgens, als fast alle schon weg waren, in seinem Schlafzimmer überrascht. Die Tür war abgeschlossen, aber er hat einen Ersatzschlüssel, und dann hat er einfach die Scheiß-Tür aufgeschlossen. Ich kann ja wohl in meiner Wohnung jede Tür aufschließen, wann ich will, hat er noch gebrüllt, haben die anderen erzählt, und da lag der nackte Mike auf der nackten Karla, so richtig mit allem Drum und Dran.«

Felix konnte den Roloff kaum noch verstehen, so viel Schmerz drängte zeitgleich mit den Worten aus ihm, immer leiser wurde der Freund, immer heftiger schien er zu beben, als wolle der Körper dieses peinigende Wissen einfach abschütteln.

»Und dann hat er beide rausgeworfen und geschrien, sie sollten woanders vögeln, nicht bei ihm im Schlafzimmer. Vor den anderen hat er geflucht, die sollten das Luder vergessen und dem Mike würde er aufs Maul hauen. Und er wollte jeden umbringen, der mir davon auch nur ein Sterbenswörtchen erzählt, hat mir die Conny heute Morgen gesagt.«

Seine Stimme kam tief aus dem Grabesinneren des vor langer Zeit verstorbenen Roloff, eine kraftlose Anklage, ein schwaches Wimmern, eine grausame Bestandsaufnahme der tödlichsten Wahrheit.

Also habe ich mich doch nicht verguckt, dachte Felix grimmig und rief sich die verschwommenen Bilder in Erinnerung, die er bei seinem Abgang von der Party aus dem Fahrstuhl gespeichert hatte. Und der Gerd, das war ein echter Freund, von dem können wir alle noch viel lernen, stellte Felix mal wieder anerkennend fest.

Bestürzt blickte er auf den zerschmetterten Roloff. Mochte ja sein, dass Karla nichts von ihm wollte, aber dass sie ihn bei der Party eines Freundes derartig vorführte, und dann noch mit Häuptling moosgrüner Zahn, dem widerlichsten Verräter unter dieser Lügensonne an diesem Verstümmelungsort, wie Felix vor innerer Wut zitternd dachte, das war in seiner kaltblütigen Niedertracht, in seiner zielgerichteten Vernichtungskraft, in seiner allerbrutalsten Unmenschlichkeit so infam, so ungeheuerlich, dass er sich augenblicklich schwor, dafür Rache zu nehmen.

Was sind das nur für Monster, dachte Felix plötzlich sehr traurig, oder besser: Was sind WIR nur für Monster, was ging da vor, in diesen bewiesenermaßen ja sehr hohlen Köpfen, wofür schlugen diese offensichtlich kalten Herzen in diesen überflüssigen Körpern dieser ja nur noch sogenannten Freunde. Wie konnte sich Mike, das Schwein, der sich mit ihnen den größten Teil seines erbärmlichen Lebens teilte, so gehen lassen, fragte sich Felix fassungslos.

Mike wusste wie alle, dass Karla der einzige Weiterlebensgrund für den eigentlich abgrundtief melancholischen und zur Dauerdepression neigenden Roloff war. Würde man ihm Karla nehmen, so hatte Felix das ein oder andere Mal beunruhigt gedacht, würde der Roloff nicht weiterleben wollen, dann wäre das in der Roloff'schen Denke der ultimative Beweis für die Sinnlosigkeit von allem, für die Nichtexistenz lebenswerter Gefühle, ein letzter Punkt in der elenden Zersetzungsroutine, die er Leben zu nennen nie bereit gewesen ist, wie Felix sich erschrocken ins Gedächnis rief.

Das hier ist doch kein Leben, hatte der Roloff oft gesagt, manchmal auch geschrien am Ende all der kaputten Abende und Nächte, verzweifelt und angewidert. Diese verdammte Ursuppe aus Angst und Demütigung, hatte er wiederholt, diese Ursuppe, in der wir alle langsam weichgekocht werden, damit uns die Grauenhaften leichter schlucken können, kann man doch nicht Leben nennen.

Was sich dahinter verbarg, war doch nichts anderes als eine kaum verdeckte Todesankündigung, ein Unlebenswille, der zu den allerfürchterlichsten Befürchtungen Anlass gab. Karla war die einzige Rettungsleine, die den Roloff noch hielt, dachte Felix. Umso unverzeihlicher waren ja seine eigenen Karla-Verwirrungen.

Und dieser verkommene Zerstörungsarbeiter Mike vernichtet wegen so eines betrunkenen Paarungsaktes nicht nur den Roloff, sondern eigentlich uns alle, unsere Freundschaft, die Bank, einfach jedes letzte Gefühl von Moral und Anstand und Halt. Der Mike hat mit seinem verdammten Schwanz die letzten Bande der Menschlichkeit durchbohrt, mit seinem vergammelten, bemoosten, stinkenden Schwanz, ereiferte sich Felix heftigst, mit diesem ungewaschenen Ungetüm, das er in die duftende Heu-Dame gesteckt hat, hat er uns gleichsam alle endgültig vernichtet.

Felix erschauderte ob der Bilder der nackten Karla, die ihm das Kopfkino augenblicklich auf die Leinwand legte. Wie sich die Marmorne da auf der dreckigen Matratze räkelte – die wahnsinnigen Lippen leicht geöffnet, die anbetungswürdigsten Brüste der Brustgeschichte darbietend, die Schenkel geöffnet –, Felix drückte die Daumen auf die Lider, bis die verbotenen Bilder in einem bunten Funkenregen zerstoben. Was ist das nur für eine Gehirnanarchie, kann hier jeder nach Lust und Laune irgendeinen unerwünschten Bildersalat auf Sendung schicken, oder was? Er legte in einer hilflosen Geste dem Roloff einen Arm um die Schulter, um ihn endlich ins Haus zu ziehen. Wir stehen uns doch hier wie so zwei Bronzeaffen gegenüber, dachte Felix und schubste den Roloff Richtung Wohnzimmer. Er holte zwei angebrochene Weinflaschen und eine Schnapsflasche aus der Küche, drehte das Radio lauter und zündete sich eine Zigarette an. Plötzlich sagte der Roloff so leise, dass Felix es kaum hören konnte:

»Anna hat Karla vor ein paar Tagen auch mit dem Blaschek knutschen sehen.«

»Völliger Blödsinn, Roloff, das glaube ich nie und nimmer!«

»Doch, der Mark hat es auch gesehen, hat Anna gesagt. Ich habe ihn angerufen. Erst hat er alles abgestritten, dann aber alles bestätigt.«

»Unmöglich, das kann doch nicht sein!«

»Doch, so ist es aber.«

»Reden wir hier über den Blaschek, den Mörder, den Balkonrunterschubser, den Weltverschlechterer Blaschek? Niemals!«

Felix schluckte schwer. Ich habe gerade richtig gebrüllt, so völlig unkontrolliert und spastisch gebrüllt, maßregelte er sich sofort.

»Ja. Genau der.«

Die letzten Worte musste Felix erahnen, weil sie in einem Roloff'schen Schluchz- und Weinanfall untergingen.

Blaschek, Mike, Karla. Dieser abgründige menschliche Höllenbrei ist der tödlichste, man kann nur an ihm ersticken, dachte Felix und spürte, wie sich eine ausgewachsene Atemnot anbahnte. Der Roloff weinte leise vor sich hin und vernichtete die Weinreste aus einer der Flasche in wenigen Schlucken.

»Felix, darf ich mal duschen?«

»Was?«

»Darf ich mal duschen?«

»Hast du sie noch alle, warum willst du denn jetzt duschen?«

»Weil ich mir den ganzen Dreck abwaschen muss, weil ich schwitze vor Aufregung, weil ich stinke, weil ich – MANN! Ich will einfach duschen, ist das so schwer zu kapieren?«

Fassungslos sah Felix den Roloff an und nickte stumm. Der Freund stemmte sich aus dem Sofa und wankte zum Badezimmer. Wir sind alle wahnsinnig, dachte Felix, aber wer im Dauerausnahmezustand überleben will, muss den Wahnsinn zum Teil der Persönlichkeit machen, um nicht von der Realität abgestoßen zu werden wie ein Organ aus einem fremden Körper.

Die Bella ist tot, umgebracht, völlig klar, egal, was sie offiziell sagen, und wieder kommt der Fötenraustreter davon, während die Bella schon in der Kiste modert, dachte Felix verbittert, genau wie der Clausen, den sie ungestraft totgeschlagen haben wie einen Straßenköter.

Das ist doch das Ergebnis der ganzen hilflosen Bürgerscheiße, die nicht ein noch aus weiß, wenn sie mal mit ein bisschen Echtrealität konfrontiert wird. Nichts, dachte Felix, ist realer als der reale Terror da draußen, die reale Gewalt. Anwälte, Polizei, dieses ganze lächerliche Repertoire der Elternwelt ist ja immer nur für danach, wenn alles schon passiert ist, wenn das Blut geflossen und die Knochen gebrochen sind. Wenn du den Blascheks und Gehrens begegnest, also denen, die keinen Gesellschaftsvertrag unterschrieben haben, hilft dir das alles nicht, da hilft nur eine Knarre, wurde Felix wieder einmal klar, damit du ihnen endlich eine Kugel zwischen die Augen setzt und die Welt danach eine bessere ist. Solange das nicht geschieht, zappeln wir wie die lächerlichsten Schwachköpfe an ihren Launenfäden. Alleingelassen, schutzlos, völlig ausgeliefert.

Und wo man in dieser Gefühlswüste Freunde erhofft, ist nichts als Verrat. Karla, das Roloff'sche Lebenselixier, treibt es mit unserem Häuptling moosgrüner Zahn und den schlimmsten Verbrechern; Nadja, meine heilige Nadja, benimmt sich wie die letzte Schlampe, und André, mein einstiger Freund, hat mich schon vor Monaten kaltblütig vernichtet – man könnte sagen, wir hatten schon einmal einen besseren Sommer, resümierte Felix knapp.

»O.k., jetzt ist die Stunde der Wahrheit!«

Felix drehte sich um. In der Tür stand der Roloff, tropfnass, mit einem großen weißen Badetuch um die Hüfte geschlungen, ansonsten nackt.

»Roloff, was soll denn der Quatsch jetzt schon wieder?«
Felix war perplex.

»Du bist mein Freund, Felix, und jetzt will ich von dir die Wahrheit wissen!«

Felix durchzuckte es heiß. Würde der Roloff ihn jetzt endgültig entlarven und ihn nach Karla fragen?

»Bis du bereit?«

Herausfordernd und leicht irre, wie Felix fand, starrte der immer lauter werdende Roloff ihn an. Kein Zweifel, der dreht jetzt möglicherweise richtig und für immer durch.

»Ja, mach schon hin, was willst du?«, fragte Felix mit brüchiger Stimme.

»O.k.!«

Mit einer schnellen Bewegung zog sich der Roloff das Badehandtuch vom Körper, schmiss es mit einer Bewegung, die an einen Striptease-Tänzer erinnerte, in das Wohnzimmer und stemmte herausfordernd die Hände in die nackten Hüften, das Gesicht zu einer undeutbaren Grimasse verzogen.

»Und jetzt will ich die Wahrheit wissen. Habe ich wirklich so einen kleinen Schwanz?«

»Was?«

»Bist du taub? Habe ich wirklich so einen kleinen Schwanz?«

»Sag mal, Roloff, geht es noch, oder was?«

»Das ist keine Antwort, ich will jetzt sofort von dir wissen: Ist das ein besonders kleiner Schwanz oder nicht?«

»Roloff, jetzt beruhige dich bitte und zieh dir was an, Mann!«

Doch der Roloff wollte und konnte sich nicht beruhigen, das war Felix sofort klar. Wutrot war das Gesicht des Freundes angelaufen, der jetzt mit brachialer Gewalt an seinem

Schwanz zog und ihn mit tränenerstickter Stimme anschrie: »Leck mich am Arsch, Felix, sag mir jetzt sofort, ob das ein verdammt kleiner Schwanz ist oder nicht.«

Wenn der weiter an dem Ding so zieht, dachte Felix plötzlich besorgt, reißt er ihn womöglich gleich ab. Immer wieder hatte der Roloff in den letzten Monaten dieses für alle naturgemäß heikle und nicht sehr angenehme Thema angesprochen, nachdem er einmal von einer flüchtigen Party-Bekanntschaft im entscheidenden Moment ausgelacht worden war. Seitdem war er ein anderer. Seine generelle Glücklosigkeit bei Mädchen und bei Karla im Besonderen – alles führte er darauf zurück. Immer wieder verfluchte er seinen »Winzschwanz« – so hatte der Roloff seinen Penis mit einem verzweifelt-hysterischen Unterton nur noch genannt, gar nicht oft genug wiederholen konnte er das Wort, immer wieder fing er von seinem »Winzschwanz« an. Das glaube ich nicht, hatte Felix ihm oft gesagt, und wenn du ein neues Mädchen kennenlernst, bist du ja angezogen, und sie weiß eh nichts davon.

Doch der Roloff war davon überzeugt, dass man ihm das Problem ansieht. Die sehen mich und wissen um meinen Winzschwanz, sie erahnen ihn und sind abgestoßen, Felix, glaub mir, die werden von der Natur praktisch gewarnt, ganz instinktiv, und deswegen wollen sie nichts mit mir zu tun haben, genau wie die Karla, sagte er manchmal täglich, um danach in eine seiner tiefen Depressionen zu fallen.

Felix wusste, dass er jetzt antworten musste.

»Roloff, dann hör mal auf, so dran zu ziehen, wie kann ich das sonst beurteilen?!«, sagte er so ruhig wie möglich.

Sofort stemmte der Roloff wieder beide Hände in die Hüften, schob das Becken absurd weit nach vorne und guckte ihn mit großen Augen an.

Felix musste schlucken. Das war allerdings eine echte Stummelversion von einem Schwanz. Einen so kleinen hatte er zuvor noch nie gesehen. Der hat ja einen richtigen Winzschwanz, stellte er erschüttert fest, was soll ich bloß dazu sagen?

»Was ist jetzt? Soll ich dir eine Lupe holen, oder was?«, bellte ihn der Roloff an.

»Schon gut. Also, das sieht doch aus, wie so etwas eben aussehen muss«, sagte Felix langsam.

»Felix, verarsch mich nicht. Ist das ein Winzschwanz oder nicht?«

»Blödsinn, Roloff, ich meine, also, die Wahrheit ist, aber das weißt du ja auch, dass du damit nicht beim Don-Long-John-Porno-Wettbewerb den ersten Preis machen würdest, aber Mensch, das würde ja keiner von uns.«

»FELIX!!«

»Ja, also, er ist jetzt nicht extrem groß oder so, aber auch nicht so extrem klein, davon habe ich schon viele gesehen im Schwimmbad in der Umkleide und so«, log Felix unsicher und dachte völlig fasziniert, dass er in seinem Leben noch nie, aber wirklich noch nie so ein Zwergenwürstchen gesehen hatte.

»Um es kurz zu machen, das ist völlig o.k., zumal er ja im Moment auch nicht hart ist. Mach dir deswegen keine Sorgen mehr, das ist überhaupt kein Problem!«

»Echt nicht?«

»Nein.«

»Wirklich nicht so schlimm?«

»Nein, wirklich nicht.«

Ratlos und nicht richtig überzeugt, blickte der Roloff an sich hinunter, schüttelte nachdenklich ein-, zweimal den Kopf, hob schließlich das Handtuch auf und verschwand im Bad.

Erleichtert setzte sich Felix aufs Sofa und griff sich eine Flasche Bier, die er schnellstens leerte. Das war knapp, dachte er, das hätte richtig ins Auge gehen können.

Nach wenigen Minuten setzte sich der angezogene Roloff neben ihn.

»Danke.«

»Keine Ursache.«

»Tut mir leid, dass ich dich damit so überfallen habe.«

»Kein Problem.«

»Felix?«

»Was denn noch?«

»Wir sind doch echt gute Freunde, oder?«

»Ja klar, was soll das denn jetzt wieder?«

»Und gute Freunde müssen sich doch auch Dinge sagen, die unangenehm sind, oder?«

»Na logo, Roloff. Was ist los?«

»Etwas mit Nadja.«

Felix schnellte hoch.

»Was ist mit Nadja?«

»Du musst mir aber versprechen, dass du niemandem sagst, wo du das her hast, ja?«

»Roloff! Was ist mit Nadja?«

»Versprichst du mir das?«

»Ja, ja, jetzt sag schon, was ist mit Nadja?«

»Christoph hat …«

»Christoph hat was, Roloff. Herrgott nochmal, lass dir jetzt nicht alles aus der Nase ziehen, Mensch!«

»Christoph hat mit ihr geschlafen.«

»Was?«

Felix fiel wie ein Stein zurück.

»Christoph hat mit Nadja geschlafen, vor ein paar Tagen. Er hat es mir selber erzählt, als er total betrunken war.«

»Nein.«

»Doch, Felix, sorry, aber er hat gesagt, sie hätte ihn dermaßen angemacht, dass er gar nicht mehr anders konnte. Er solle sich nicht so anstellen, hat sie gesagt, hat Christoph erzählt, der André mache das auch mit anderen Mädchen, was sei schon dabei, sie sähe das auch sehr locker und …«

Felix hörte gar nicht mehr, was der Roloff sagte. Nadja. Seine Nadja. Die Heilige. Die Verehrte. Tränen schossen ihm ins Gesicht. Aus dem dreckigsten Schlamm seiner Seele erhoben sich Dämonen und fingen an, ihn von innen aufzufressen. Er spürte, wie ihm einzelne Organteile herausgerissen wurden, wie sich Gift und Säure im ganzen Körper ausbreiteten und Fleisch und Knochen zersetzten.

Das war's, dachte Felix mechanisch, das war's jetzt endgültig. Christoph, ausgerechnet der. Gestern hatte er ihn noch angerufen und bedauert, weil der Gerd wegen des Hamsters dann doch extrem ausgerastet war und Christoph ein blaues Auge geschlagen hatte, nachdem der endlich mit der Wahrheit rausgerückt war, dass sie August verloren hätten. Aber das war jetzt alles egal.

Christoph mit der Nadja. Das ist das Ende. Mein Todesurteil, dachte Felix. Er zitterte so heftig, dass er die Schnapsflasche nur mit beiden Händen greifen konnte. Der Roloff schwieg und starrte auf eine Zigarette, die im Aschenbecher langsam verglühte. Felix nahm noch einige größere Schlucke. Alles wurde taub. Er konnte den Roloff nicht mehr hören, nicht mehr die Musik, nichts mehr – und eigentlich will ich auch nichts mehr hören, viel zu viel habe ich ja bereits gehört, eben, die letzten Wochen, ein ganzes Leben lang, dachte er. Immer kälter wurde ihm. Meine Füße schlafen ein, bemerkte er, mein Körper schaltet sich ab, wie er sich immer abschaltet, weil er nichts mehr erwartet, außer noch mehr Wut und noch mehr Hass, außer Enttäuschung und tödlichster Verbitterung.

Felix hatte den Eindruck, die Raumtemperatur stürze ins Bodenlose. Kann man Traurigkeit in Grad Celsius messen, überlegte er, ob der Roloff sich damit auskennt? Der leidet doch auch unter der Bank und dem ganzen Wahnsinn, da will doch nie jemand etwas hören von unseren Zweifeln, unserem Kummer, unseren Sehnsüchten, da sind doch auch alle immer nur cool.

Wir alle haben bis jetzt nichts anderes gemacht, als ein ganzes verdammtes Leben darauf zu warten, dass etwas passiert, dass wir gerettet werden, dass uns ein Signal gesendet wird, dass es noch etwas anderes gibt als diese verkümmerte Existenz an diesem Todesort. Dass uns die Weltgeschichte wahrnimmt und an ihr teilhaben lässt.

Wie oft haben wir die Anlage bis zum Anschlag aufgedreht und uns ausgemalt, wie es sein würde und müsste, irgendwo und irgendwann einmal, das Leben, das sogenannte, in richtigen Städten, mit richtigen Menschen, nicht mit diesen mutierten Monstern, diesen Totschlägern und Geistvernichtern. An der Bank haben wir nie mehr geschafft, als das Leben, das wahre, wie wir es uns vorstellen, wie wir es in Magazinen und im Fernsehen immer wieder zu entdecken glauben, zu simulieren, um es dann möglichst brutal am Ende doch wieder wegzutrinken und wegzukiffen oder in einem zynischen Witzeterror zu sprengen. All diese sinnlosen Abende, an denen auch er sich gerne einlullen ließ von der scheinbaren Wärme, die er zu spüren glaubte, wenn sich das Dutzend Eisblöcke aneinanderrieb, die sich aber meist doch nur als das entpuppte, was sie im Kern war: eisige Eiseskälte. Unsere Bank ist nichts als eine Schlachtbank, ereiferte sich Felix, wir trotten wie Vieh von der kalten Weide in den warmen Schlachthof und sind bescheuert genug, das Bollern der Heizung vor dem Schafott als beruhigend zu empfinden. Wir haben uns lallend nur noch in der Gewissheit bestärkt, das sei es schon. Weil wir uns unsere Mutlosigkeit nicht eingestehen wollen, dachte Felix, völlig in sich versunken.

Und noch eine verzweifelte Band unserer sogenannten Freunde hat auf irgendeiner verschrammelten Holzbühne noch verzweifelter gegen diese Erkenntnis angeschrien, und noch ein deprimierter Dichter hat seine frustrierten Zeilen ins Publikum gerotzt, in dem wir sitzen und uns gegenseitig beteuern, dass wir so einen Hauch von Echtleben spüren. Um nach all diesen elenden, leeren, kalten Abenden doch wieder nur beim Pinkeln in den Pissoirs mit der Stirne gegen die Kacheln zu knallen, weil wir nicht mehr gerade stehen können. Und wenn wir dann verloren in den Bierpfützen sitzen und irgendwer die letzten Krümel Tabak zu einem Joint zurechtfriemelt, halten wir das Gefühl von Trauer, das uns in solchen Momenten verstummen lässt, für einen Weltschmerz, den wir uns hart verdient haben und der uns zum Teil einer größeren Gemeinschaft macht, die weit weg von diesem Ort ein Leben lebt, das diese Bezeichnung wirklich verdient hat.

Aber das auszusprechen, haben wir uns doch vor den anderen noch nie getraut, dachte Felix mit neuem Erkenntnisschmerz. Weil wir es dann nicht mehr aushalten, weil wir uns dann nicht mehr aushalten – so wie wir uns eben nicht aushalten und das alles hier nicht aushalten in diesem Ghetto der Trostlosigkeit, das uns keine andere Wahl lässt, als an die Bank zu fliehen, in den wohligen Muff der gemeinsamen Mutlosigkeit, des kollektiven Scheiterns, der kraftlosen Träume und der hohlen Ankündigungen. Und jeden Absturz feiern wir wie eine Erlösung, weil wir glauben, das ist wenigstens echt, so wahr, weil wir uns einreden, das ekstatische Gefühl dabei sei so etwas wie Glück. Dabei ist das schwarze Loch unserer Mutlosigkeit das Gefängnis, aus dem wir nicht rauskommen, nicht rauskönnen, und oft genug nicht entschlossen genug rauswollen, wurde Felix immer klarer. Wie werden es nie schaffen, wir werden nichts schaffen, dachte er, außer uns selbst zu bedauern. Die wahre Welt, die bessere Welt, die ist bloß für die anderen.

Felix wurde schlecht. Er rannte aufs Klo und übergab sich. Über der Schüssel hängend, glaubte er auf einmal, erstmals richtig klar zu sehen.

Er würde nie wegkommen. Sie würden alle hier nicht wegkommen, sie würden nicht fliehen können. Dieser Höllenort war die Grenze seiner Möglichkeiten. Er war dazu verdammt, auf ein Gefühl zu warten, das er nicht kannte, von dem er bloß jahrelang geträumt hatte, dass es über ihn käme und ihn befreien würde. Es wird nie kommen, und nichts wird sich ändern, dachte Felix mit nüchterner Endgültigkeit und drückte die Spülung.

Er taumelte ins Wohnzimmer zurück und griff sofort wieder zur Schnapsflasche. Nach all den Jahren dieselben Reflexe, dachte Felix, während er die brennend-scharfe Flüssigkeit in seine Speiseröhre drückte, bringt mir alles, was mich jetzt und hier sofort tötet, damit ich nicht mitkriege, dass ich sterbe. Lasst sie mich zuschütten, meine verfaulende, nutzlose Hülle. Die Welt in Watte. Kein klarer Gedanke, kein klares Gefühl möglich.

Er hielt den Roloff auf, der an ihm vorbei zur Toilette wollte.

»Roloff, gib mir bitte mal eine Ohrfeige!«

Der Roloff lachte irre und wollte weiter.

»Roloff, könntest du mir mal bitte eine Ohrfeige geben?«

»Was willst du?«

»Ich will, dass du mich schlägst. Jetzt. Sofort. Los jetzt.«

Der Roloff starrte Felix an.

»Was soll das?«

»Ist das so schwer zu verstehen? Schlag mich!«

»Jetzt hör doch auf mit dem Blödsinn. Nimm dir noch ein Bier.«

Der Roloff versteht mich nicht, der also auch nicht, dachte Felix matt und fühlte sich einsamer als jemals zuvor. Er griff sich kurz an den Hals, der Puls beschleunigte sich. Der Boden schwankte.

»Wenn du mich jetzt nicht sofort schlägst, schlage ich dich. So lange, bis du mich endlich schlägst. Ist das zu viel verlangt? Jetzt mach endlich.«

Felix spürte, wie sich seine Stimme überschlug. Dass ich das nicht besser kontrollieren kann, dachte er, man will überzeugend wirken und kreischt doch wie ein arabisches Klageweib.

Der Roloff kam einen Schritt auf ihn zu, mit beiden Händen nach Felix greifend. Das kann er doch nicht ernst meinen, diese buddhistische Handakrobatik, dachte Felix verächtlich. Er hatte den Eindruck, das Haus neige sich ein wenig nach vorne – wie auf hoher See, schoss es ihm durch den Kopf, wir treiben als Schiffbrüchige auf dem Meer unserer unwürdigen Existenz. Er war bereit für den Untergang.

»Jetzt mach dich mal locker, was hast du denn?«

Der Roloff versuchte es mit seiner allerfriedlichsten Krankenschwesterstimme, wie Felix verächtlich konstatierte. Der Trottel. Ganz falsch.

Der Roloff ging sofort zu Boden, als er seinen Solar Plexus traf.

»Ich sag es dir ein letztes Mal, alles, was ich will, ist, dass du mich schlägst. Du bist mein verdammter Freund, tu mir also bitte diesen beschissenen Gefallen.«

Der verdatterte Roloff rappelte sich hoch. Felix zitterte. Er musste schlucken. Gleich würde er losheulen, er spürte es genau.

»Los jetzt!«

Felix brüllte den Roloff an, wie er ihn noch nie angebrüllt hatte. Das hat geradezu schon Marines-Qualitäten, lobte er sich kurz mal selbst, das klingt doch schon ganz gekonnt.

»Roloff, du Jammerlappen, du Schwächling, du nutzloses Stück Biomasse. Schlag mich jetzt endlich!«

Der Roloff starrte Felix entsetzt an und hielt sich seinen Brustkorb. Manchmal sieht er beinahe lustig aus, dachte Felix. Aus den Boxen dröhnte Babylon's Burning, der alte Punk-Klassiker, er hatte ganz vergessen, das Radio leiser zu stellen, Babylon's Burning von den Ruts, irgendwie der passende Soundtrack, dachte er. Eine mächtige Welle Selbstmitleid packte ihn. Alles war so schrecklich hoffnungslos.

Felix traf den Roloff an der Unterlippe. Blut schoss heraus. Das schien zu wirken. Der Roloff revanchierte sich mit einer zaghaften Ohrfeige. Fast zärtlich traf seine Rechte Felix' Wange.

»Fester.«

Keine Reaktion vom Roloff. Er versteht immer noch nicht, wie ernst es mir ist, dachte Felix, als der Kopf des Freundes durch die Wucht seines Schlages nach hinten geworfen wurde.

»Ich werde dich so lange schlagen, bis du endlich kapierst, was ich will! Geht das nicht in deine gottverdammte Birne?«

Felix schluchzte. Das kann doch nicht wahr sein, regte er sich auf, dass der Roloff mich hier so schluchzen und hängen lässt. Das macht mir doch so wenig Spaß wie dem. Vorsichtig geradezu schlug der Roloff ihm jetzt in den Magen. Schon besser. Aber wenn man auf den Bauch zielt, darf man keine Hemmungen haben, dachte Felix, man muss so schlagen, als wollte man ein Ziel hinter der Person treffen. Ungebremst. Wenn man etwas zögert, wenn die Dynamik der Bewegung auch nur durch einen klitzekleinen Skrupel vergiftet wird, weil man spürt, dass man in den Körper des anderen eindringt, wenn sich seine Bauchdecke nach innen wölbt und man zu fühlen glaubt, wie seine Organe gequetscht werden, dann sind alle Mühen umsonst. Entweder spannt der Geschlagene reflexartig die Muskeln an, oder, schlimmer noch: Er weicht nach hinten aus.

Zur Strafe für den zu zaghaften Schlag gab er dem Roloff eine harte Ohrfeige. Befriedigt sah er, wie der jetzt richtig wütend wurde. Felix setzte eine leichte Gerade hinterher. Dann hatte er endlich sein Ziel erreicht. Der Roloff schaltete, überwältigt von den eigenen Schmerzen, der Überraschung und der zunehmenden Wut, auf Autopilot. Er gab Felix eine Ohrfeige. Und noch eine. Fester, immer fester. Bald ballte er zum ersten Mal die Faust.

Sobald er nachließ, schlug Felix ihn; hart genug, um ihm seine Dringlichkeit deutlich zu machen, schwach genug, um ihn stehen zu lassen. Und bald kamen die Roloff'schen Kombinationen immer schneller und mechanischer in sein Gesicht, auf den Körper.

Immer wütender wurde der Roloff.

Immer schneller kamen seine Schläge.

Immer zufriedener wurde Felix.

Was für ein schöner Anblick das war, wie der Roloff aufgelöst und mit hochrotem Kopf wie ein Boxer mit immer größerer Wucht auf ihn einprügelte. Felix empfing den Fausthagel wie einen warmen Sommerregen. Erst war es eine kleine prickelnde Sensation, dann begann sein Kopf zu glühen. Er beugte sich leicht nach vorne, damit er nicht so schnell umfallen und möglicherweise den Roloff'schen Rhythmus unterbrechen würde. Langsam verschwand seine Taubheit, die Nervenenden meldeten Großalarm, das Schmerzrinnsal wurde zu einem reißenden Strom, der ihn weg- und mitriss, berauschte und – wie er freudig feststellte – glücklich machte. Kein Gedanke war da mehr, nur noch eine betörende Gefühlsexplosion.

Hin und her flog sein Schädel, Blut schoss ihm übers Gesicht, zufrieden schloss er die Augen, und wenn er nur den Ansatz einer längeren Pause bemerkte, schlug er in Roloffs Richtung, aber das war bald gar nicht mehr nötig, der Roloff war in seiner Wut und seiner Verzweiflung nicht mehr zu bremsen. Als Felix langsam zu Boden sackte, weil ihm die Beine nicht mehr gehorchten, empfand er eine so große Dankbarkeit, wie er sie schon lange nicht mehr verspürt hatte.

Er wollte nur noch liegenbleiben. Nie wieder aufstehen, das wäre es, dachte Felix, sich auf nichts mehr konzentrieren müssen als auf so ein bisschen Schmerz, der von all den quälenden Überlegungen, von den abscheulichen Erinnerungen und fatalerweise gespeicherten Bildern der zerstörerischsten Momente ablenkt, das würde vieles einfacher machen.

»Jetzt reicht es aber, Felix, du Idiot!«

Felix nickte ergeben. Der Roloff zog ihn langsam hoch. Felix hatte große Mühe, stehen zu bleiben. Wortlos ließ er die Schimpfkanonade des Roloff über sich ergehen, der ihn verfluchte und als Irren, als Unmenschen, gar als den größten Freundschaftszerstörer bezeichnete.

Langsam bewegte er sich Richtung Bad. Er fühlte sich wie eine riesige Gesamtschwellung, alles brannte, alles zog. Er sah, wie sich der Roloff seine Jacke griff und gen Haustür eilte.

»Geh nicht, bitte!«, sagte Felix und schluckte bluteisernen Speichel hinunter.

Der Roloff grinste schief.

»Ich gehe mal eben zum Supermarkt und hol ein paar neue Flaschen. Und wenn ich wiederkomme, will ich keinen Wahnsinn mehr, verstanden?!«

Felix signalisierte Zustimmung mit der Hand. Dann schloss sich die Tür, und er war alleine. Er stützte sich keuchend auf den Waschbeckenrand und bemühte sich, seinen Atem wieder unter Kontrolle zu bringen. Er betrachtete sein Spiegelbild, das verschwitzt-verschmierte rote Gesicht, das er sein sollte. Der Roloff hatte ganze Arbeit geleistet.

Über dem linken Auge hatte er einen blutenden Riss, wahrscheinlich von dem Ring an der Roloff'schen Rechten, unter der Nase hatte sich eine rote Kruste gebildet, die ihn an Paniermehl erinnerte, die aufgeplatzten Lippen waren geschwollen und sahen aus wie zwei aneinanderkuschelnde Nacktschnecken.

Ganz nah schob Felix seinen Kopf an den Spiegel, fasziniert verfolgte er ein, zwei Schweißtropfen, die langsam nach unten rannen, registrierte die Schmerzblitze, die sie auslösten, wenn die salzige Substanz über eine offene Stelle lief.

Wie oft hatte er morgens schon genau so hier gestanden,

dachte Felix und spürte, wie ihn die Macht untröstlicher Trauer plötzlich erstarren ließ. Wie oft hatte er an dieser Stelle darauf gewartet, dass sich das furchtbare Gefühl nach einem grausamen Abend an der Bank verflüchtigen würde. Wenn er sich morgens mal wieder gewünscht hatte, die Erinnerungsfetzen an den Vorabend möchten bittebitte nur Teil eines bösen Traums sein, der platzt, sobald die Kopfschmerzen nachlassen, weil er sonst vor Selbstekel nicht weiterleben könnte. Wenn die verstörte interne Datenbank unkontrolliert Teile eines Bilderbreis losschickte, in dem er sich vor seinem geistigen Auge immer wieder in Nahaufnahme sah, mit immer verzerrteren Gesichtszügen, womöglich Speichelfäden ziehend oder aus dem großen, dummen, bösen Mund Verbalmüll poltern lassend und sich diese Gedanken wie blitzende Messer ins Bewusstsein bohrten, und er wusste, das ist alles wahr, das ist kein Traum, ich kann vor Selbstekel nicht weiterleben.

Felix leitete mit einem Finger das dünne Rinnsal um, das sich aus dem Cut auf der Stirn bedrohlich dem Auge näherte. Wir sind alle so stumpf, und ich bin der Stumpfeste. Jede Stunde ein Horror, jeder Tag eine Qual, jedes Jahr ein neuer Lebenstiefpunkt. Ich bin nicht besser als ein Hölzenbein, nicht besser als ein Mike, ich bin auch nur überflüssiger Dreck, der sogar den besten Freund zu Ungeheuerlichkeiten drängt. Aber das Allerschlimmste ist, dass ich feige bin, dachte Felix, ich kann gar nicht leben vor Angst und bin zu feige, daraus die Konsequenzen zu ziehen. Ich lasse mich eher verformen von allen und allem und werde zum Widerlichsten, zum größten Ungeheuer, verpestet von den giftigsten Gedanken, verkommen und verloren, ein Ballast für mich selbst und jeden, ein echter Weltverschlechterer bin ich, das ist das Traurigste, das Unentschuldbarste.

Wie nebenbei zog er die Schublade auf, in der sein Vater das Rasierzeug aufbewahrte. Lächelnd blickte er auf die

Wechselklingen, ganz warm wurde ihm plötzlich, ganz aufgeregt wummerte das Herz, ein leichter Schweißfilm bildete sich auf den Händen. Mit spitzen Fingern angelte er eine der silbernglänzenden Klingen aus der Vorratsbox.

Wie dünn die sind, dachte er anerkennend, wie sorgfältig gearbeitet, so fein, so scharf. Er hielt sich die Klinge vor das linke Auge und starrte durch das Loch in der Mitte. Dieser Blick auf die Welt ist doch gleich ein anderer, frohlockte er mit neuer Entschlossenheit.

Sein Herztempo erhöhte sich spürbar, immer schwitziger wurden die Hände. Einmal nicht feige sein, dachte Felix, einmal konsequent.

Er hatte das Metallplättchen jetzt zwischen den Daumen und den Zeigefinger der linken Hand gepresst und näherte sich damit langsam dem rechten Daumen. Nur leicht drückte er die Klinge ins Fleisch. Sofort quoll ein dicker, zähflüssiger Blutstropfen an die Oberfläche. Den Schmerz des Einschnittes nahm er kaum wahr. Lächelnd betrachtete er das Ergebnis seines Versuches und drückte seine Lippen drauf. Er dachte kurz nach. Der Roloff würde mindestens noch 20 Minuten brauchen, das sollte eigentlich reichen.

Er legte die Klinge neben das Waschbecken und ging schnell ins Wohnzimmer. Er griff zur Schnapsflasche und ließ den gesamten Rest in einem Zug in seinen Körper laufen. Dann rannte er zu den Schubladen im Esszimmer, riss das unterste Fach mit dem Briefpapier auf, nahm sich einen Stapel Blätter und taumelte zum Tisch in der Mitte des Raumes, wo er eben noch einen Stift erspäht hatte.

Ich zittere ja, konstatierte er, da will man einmal in seinem Leben etwas Vernünftiges machen, da weiß man einmal ganz genau, was zu tun ist, und schon schüttelt es einen wie einen Parkinson-Patienten im Endstadium. Fasziniert betrachtete er den blutverschmierten rechten Daumen, von dem es auf die weiße Tischdecke tropfte.

»Lieber Roloff« schrieb er in übergroßen Druckbuchstaben auf das weiße DIN-A4-Blatt. Er hielt inne. Das klingt doch auch völlig schwul, dachte er entsetzt, so kann man doch nicht anfangen, Mann, das soll eine letzte Botschaft sein, das muss seriöser rüberkommen, cooler auch, nicht so verklemmt förmlich. Wie sieht das denn aus, wenn hinterher alle vor der Grube stehen und das möglicherweise vorgelesen wird, wenn das so albern klingt, werden sich doch einige das Lachen kaum verkneifen können, da wird doch dann gekichert und gewiehert, dass sich die Kreuze verbiegen, das geht auf keinen Fall.

Er zerknüllte das Blatt und warf es in eine Ecke. Auf der Tischdecke hatte der Daumen mittlerweile ein ansehnliches Sprenkelmuster hinterlassen.

»Hey Alter« schrieb er auf das nächste Blatt und hielt sofort inne.

Hey Alter, hey Alter, äffte er sich augenblicklich selbst nach, das wirkt ja noch geistloser, noch hohler, beschimpfte sich Felix immer wütender und zerriss das Papier in kleinste Partikel.

»Roloff!« – Das sieht auch nicht besser aus, dachte er deprimiert, dass er so heißt, weiß er ja nun wirklich. Erschrocken blickte er auf die tickende Uhr an der Wand. Nach seinen Berechnungen hatte er keine 10 Minuten mehr.

Man ist noch nicht mal in der Lage, die simpelsten Sätze aufs Papier zu bringen, man ist ja noch viel kaputter und stumpfer, als man ohnehin vermutet hat, dachte Felix und zwang sich zur äußersten Konzentration. Der Daumen pochte immer stärker. Der Schnaps schien nicht zu wirken. Er sprang auf, rannte ins Wohnzimmer, leerte die letzte Bierflasche und spurtete zurück. Dann doch »Lieber Roloff«, dachte Felix, da muss ich jetzt durch. Das ist ja kein Literaturwettbewerb hier, sollen sie doch lachen und grölen.

»Der Stille stummer Schrei/in der schwarzen Nacht/überall nur Mauern/in kalter Leere/das muss ein Ende haben/es ist vorbei – dein Freund Felix«.

Was ist das denn für ein hanebüchener Poesiealbumquatsch, dachte er entgeistert, wie kann einem so eine Buchstabenverwirrung aus den Fingern gleiten?

Die Uhr tickte.

Er hatte den Eindruck, säuerlichen Schweiß auf seinen Händen riechen zu können. Hektisch strich er die Sätze durch, setze ein riesiges »Sorry« unter »Lieber Roloff« und eilte ins Bad.

Mit fahrigen Fingern nahm er die glänzende Klinge in die linke Hand, um ruhige Atmung bemüht. Er schaute sich noch einmal im Spiegel an. Das rote Gesicht, die glänzenden Wunden, die Blutspuren, egal jetzt, dachte er, wir stehen ja nicht vor der Mister-Universum-Wahl. Er streckte den rechten Unterarm nach vorne. Deutlich zeichnete sich die bläuliche Pulsader ab, die sich wie ein ruhiger Fluss vom Handwurzelknochen herunterschlängelte, um nach wenigen Zentimetern ein kurzes Stück parallel zur Hauptsehne zu verlaufen.

Man muss längs schneiden, dachte Felix, auf gar keinen Fall quer, wer quer schneidet, ist ein Schwachkopf, ein dämlicher Dilletant, wer sich die Pulsadern quer aufschneidet, ist der Lächerlichste, das bewirkt nichts, da kann man es auch gleich sein lassen, da musst du längs ran, damit das auch alles schön rauskann und nicht sofort wieder verklebt und gebremst wird, das ist doch das Allerwichtigste, dass es da schön sauber rausfließen kann, was anderes zählt nicht.

Mit größter Genugtuung spürte er die beschwingende und betäubende Wirkung des Alkohols. Da ist also doch Verlass drauf, konstatierte er froh, dauert etwas, aber dann geht's.

Er ballte die rechte Faust und hob sie in Gesichtshöhe, sodass er die Pulsader gut und klar erkennen konnte. Das ist ja ein filigranes Ding, dachte Felix, das ist gar nicht so einfach, die zu treffen, so wie die sich da versteckt. Womöglich wieder so ein fieser Trick der Natur, die es einem so schwer wie möglich machen will, aber das kriegen wir schon hin, das klappt schon.

Er setzte die Klinge am rechten Rand des Handgelenks an und drückte zu. Er holte in Erwartung des Schmerzes noch einmal tief Luft und zog das scharfe Metall mit einer schnellen Bewegung durch die Haut.

Das brennt ja wie Feuer, wunderte er sich kurz und wagte kaum hinzuschauen. Für den Bruchteil einer Sekunde sah er dennoch einen weißroten, feinen Strich, dann füllte sich der Hautgraben blitzschnell mit Blut. Er setzte sogleich noch einmal an. Zog die Klinge erneut durch, länger diesmal, tiefer, das Ziehen war wie ein gellender Schrei, der ihm den Schädel sprengen wollte. Noch zwei-, dreimal wiederholte er das, bevor er vor Schmerz geschüttelt unwillkürlich die Klinge fallen ließ. Er hörte das Metall ins Waschbecken klirren. Er blickte sich im Spiegel an. Sah eine verzerrte Fratze. Eingefroren im Moment der Hautdurchdringung.

Er zwang sich, auf den Unterarm zu starren. Wie in einem Flussdelta bahnten sich dort unterschiedlichste Blutströme ihren Weg, am Handgelenk entlang tropfte es ins Becken, Richtung Beuge ergoss sich der Rest.

Das sieht schon recht ordentlich aus, dachte Felix, aber wenn ich weiterhin zentimeterweit neben die Hauptleitung schnitze, habe ich da bald zwar einen ganz beachtlichen Fransenteppich, aber nicht das erwünschte Resultat. Mit dem letzten Schnitt hatte er die Ader nur um wenige Millimeter verfehlt.

Die Furchen im Arm brannten ihm den Verstand weg. Da wird man wohl noch richtig irre im allerletzten Moment, das erzählen sie einem auch nie richtig, beschwerte er sich sogleich. Er brauchte mehrere Versuche, bis er mit seinen zitternden Fingern die glitschige, verschmierte Klinge aus dem Becken herausgefischt hatte. Entschlossen hob er seinen tropfnassen, beißenden rechten Arm wieder, wischte mit dem linken Handballen das Blut weit genug beiseite, um die Ader klar zu erkennen und die Klinge schnell daraufzusetzen. Ein letztes Mal sah er sich im Spiegel an.

»Tschüss, Felix«, sagte er laut und schloss die Augen.

Es klingelte.

Felix zuckte zusammen.

Verdammt, hat man denn hier nicht einmal seine Ruhe, kann man denn hier nicht einmal eine Sache ordentlich zu Ende bringen? Er schmiss die Klinge weg und rannte zur Haustür. Seit wann ist der Roloff denn so eine Sportskanone, dass der die Strecke in Nullkommanichts zurücklegt, das darf doch nicht wahr sein. Er öffnete die Tür und drehte sich sofort wieder um, ohne mit dem Roloff zu reden, dessen Silhouette er schon durch das milchige Glas erkannt hatte. Aus den Augenwinkeln sah er, dass der Freund an jeder Seite eine prallgefüllte Plastiktüte trug.

»Was'n los?«, hörte er den Roloff hinter sich herrufen.

»Nicht, nichts, geh schon mal ins Esszimmer, ich komme gleich!«, brüllte Felix entnervt zurück. Im Bad machte er sofort die Tür zu. Er war außer Atem und suchte die Klinge, die er wohl auf den Boden hatte gleiten lassen. Das ganze Becken ist blutverschmiert, das ist ja eine schöne Sauerei, jetzt schon, dachte er noch kurz, bevor er sich hinkniete, um die Klinge aufzuheben. Als er sich auf den blutenden rechten Arm stützte, schrie er kurz auf. Endlich hatte er das verklebte Ding erspäht und mit der linken Hand ergriffen.

Da stürzte plötzlich der Roloff herein, aschfahl, die Augen schreckgeweitet, der ganze Roloff ein fürchterliches Entsetzen.

»Was machst du Schwachkopf da?«, brüllte der Freund ihn an, »was soll diese Gedichtscheiße?«

Mit unbändiger Kraft würgte er Felix am Kragen nach

oben. Sah das Blut, sah die Klinge, verharrte für eine Welt-
sekunde und schlug ihm dann ansatzlos ins Gesicht.

»Drehst du jetzt komplett durch?«

Der Roloff riss Felix am linken Arm und hatte ihm im Nu
die Klinge entwunden.

»Was für ein Arschloch bist du bloß? Willst dich verpis-
sen, ja? Willst du mich hier alleine lassen, ja, bist du so eine
Drecksau?«

Felix wusste nichts zu sagen. Verdattert sah er den Freund
an. Wenn der so weitermacht, hat er gleich Flocken in den
Mundwinkeln wie der Hölzenbein, dachte er kurz.

Bevor Felix reagieren konnte, zog der Roloff sich plötzlich
die Klinge mit einer flüssigen Bewegung längs durch seinen
linken Unterarm. Sofort platzte dickes Roloff-Blut aus dem
Schnitt.

»Willst du das? Ja? Willst du das? O.k., komm her, du
Sack, dann mal ran, dann lass uns jetzt die Scheiße vollenden, komm, auf geht's, dann wollen wir das alles mal auf-
schneiden, du Arsch!«

Der Roloff ist völlig außer sich, dachte Felix gerührt, der
ist völlig außer sich, weil ich ihn hier alleine lassen wollte,
was ich ja, wie er einräumen musste, überhaupt nicht bedacht
habe.

So standen sie sich schließlich gegenüber, stumm, im Badezimmer vor dem Spiegel, mit hängenden Armen, aus denen
stetig das Blut tropfte, das sich zu ihren Füßen in kleinen
Lachen sammelte.

Man denkt, man ist ganz alleine, dachte Felix, man sieht
und spürt nichts als Hoffnungslosigkeit und Kälte, als Leere
und Verzweiflung, und dann ist da plötzlich der Freund, der
wärmste und treueste, der beste und menschlichste.

»Du siehst ganz schön scheiße aus, Alter, hier in deinem
Blutbad!«, sagte der Roloff in die Stille und musste tatsächlich ein bisschen grinsen.

»Du auch.«

Auch Felix musste jetzt grinsen.

»Was für ein Scheiß-Sommer.«

Der Roloff grinste immer breiter.

»Was für ein Scheiß-Jahr.«

»Was für ein Scheiß-Leben.«

»Was für eine Scheiß-Welt.«

Felix musste ein Lachen unterdrücken.

»Total.«

»Roloff?!«

»Ja?«

»Ich will nie wieder 18 sein.«

»Ich auch nicht.«

»Völliger Dreck!«

»Der allerschlimmste.«

»Lass uns schwören: Egal was passiert, wir wollen später niemals, unter keinen Umständen jemals so einen Spruch wie die Alten ablassen, dass wir gerne wieder 18 wären.«

»Ich schwöre.«

»Ich auch.«

Felix strich mit Zeige- und Mittelfinger der linken Hand über den blutverschmierten rechten Unterarm und ging feierlich am Roloff vorbei in den Flur. Er brauchte nur wenige Anläufe, dann hatte er mit seinem Blut quer über die Stofftapete geschrieben:

»Nie wieder 18 sein!«

Der Roloff drückte ihm einen Stapel Toilettenpapier in die Hand und wedelte mit einem weißen Verband, den er im Bad gefunden haben musste. Schweigend säuberten sie ihre Wunden und legten sich gegenseitig den weißen Stoff um die Handgelenke.

»Du Dillettant. So wie du geschnitten hast, wäre das doch nie was geworden«, ätzte der Roloff.

»Aber bei dir, oder was?«, stichelte Felix zurück, »da komme ich ja mit meinem Fingernagel tiefer als du mit der Klinge.«

Der Roloff lachte.

»Und jetzt?«

Felix dachte kurz nach.

»Wie wär's mit ein paar Bier an der Bank?«

»Gute Idee, was sonst?«

»O.k., auf geht's!«

Dank

vor allem an Sandra Molzahn, die mich unentwegt ermutigt und unterstützt hat und ohne die es dieses Buch nicht gäbe. Dank auch an Feridun Zaimoglu für den Stoß in die richtige Richtung. Stefanie von Ehrenstein fürs Mitlesen. Romy Zips und Anna Gerhardt für ihre Kommentare. Andreas Klebus und Bernd Schüller für ihre Hinweise. Oliver Wurm und meiner Schwester Ulrike Schmidt für ihren Beistand. Meinen Eltern fürs Schreib-Asyl. Und meinem Lektor Olaf Petersenn für die fruchtbare Zusammenarbeit.

Inhalt

Nick McDonell
Zwölf

Roman
Deutsch von Thomas Gunkel
KiWi 749
Deutsche Erstausgabe

White Mike ist Drogendealer, und seine Kunden sind High-school-Schüler, die in den Weihnachtsferien gegen die Langeweile kämpfen, während ihre reichen Eltern im Urlaub oder auf Geschäftsreisen sind. Die größte Party aller Zeiten soll an Silvester stattfinden, und bis dahin hat White Mike noch einiges zu tun.

»Lesen! Lesen! Lesen! McDonell ist spitze – ein Buch, das ein tolles Tempo hat.« *Harald Schmidt in »Lesen!«*

»Das Böse, nicht das Gute, ist die wahre Zukunft der Belletristik.« *Jens Jessen, Die Zeit*

»Wie kann es sein, dass jemand in diesem Alter so berührend schreiben kann?« *taz*

Paperbacks bei Kiepenheuer & Witsch  www.kiwi-verlag.de

Rob Sheffield
Love is a Mix Tape

Eine Geschichte von Liebe, Leid und lauter Musik
Deutsch von Kristian Lutze
KiWi 1006
Deutsche Erstausgabe

Rob Sheffield hat die ganze Nacht nicht geschlafen, sondern diese Musikkassette gehört, die seine Frau ihm hinterlassen hat. Nach ihrem Tod schafft er es nicht, in der
Wohnung zu bleiben, meidet Restaurants und Lokale, die
er mit ihr besucht hat. Er schläft nicht und sucht Antworten
in der Musik, in den vielen »Mix Tapes« die den Soundtrack
ihrer gemeinsamen Geschichte gebildet haben. Dabei ist
es unwichtig, ob es sich um gute oder schlechte Songs
handelt.
Rob Sheffield, Redakteur beim amerikanischen »Rolling
Stone«, gelingt es, unprätentiös, leicht und ohne falsche
Hemmungen über einen unfassbaren Zustand zu schreiben.

»Ein Loblied auf eine große Dekade der Popkultur und ein
zartes, unvergessliches Zeugnis über die große Kraft der
Liebe.« *The Miami Herold*

Paperbacks bei Kiepenheuer & Witsch   www.kiwi-verlag.de

Dorota Masłowska
Schneeweiß und Russenrot

Roman
Aus dem Polnischen von Olaf Kühl
KiWi 813
Deutsche Erstausgabe

Erzählt wird die Geschichte von Andrzej, genannt »der
Starke«, der von seiner Freundin verlassen wird und dies
von seinen Freunden erfährt, während sich Polen auf
einen neuen Krieg gegen Russland vorbereitet. Auf der
Suche nach Speed lässt er sich mit verschiedenen Frauen
ein, verliert seinen Hund, fährt ans Meer, wird verhaftet
und verhört und kommt ins Krankenhaus.
In einer völlig neuen Sprache, die kreativ mit Regeln
spielt, gelingt Dorota Masłowska ein ganz erstaunliches,
literarisches Porträt.

»Was das Buch ausmacht ist die Sprache. Es ist die
Sprache der Jugend, ihr Slang. Schnell, stark verkürzend,
farbenkräftig, berstend von Eigenheiten.«
Neue Zürcher Zeitung

»Wie Autoscooterfahren zwischen Buchdeckeln.«
Süddeutsche Zeitung

Paperbacks bei Kiepenheuer & Witsch  www.kiwi-verlag.de